UN DETECTIVE CON LE VIBRISSE

LIBRI 1-3

MOLLY FITZ

Editor: Megan Harris
Traduttrice: Barbara Parutto
Revisori: Annalisa Guerrini-Körner
Copertina: TM Franklin

PO Box 873543
Wasilla, AK 99687

A chi sogna di poter parlare con il proprio amico a quattro zampe...
Cosa ve lo impedisce?

TRAMA

Da quando si è riavuta dallo scontro con una pericolosissima macchinetta del caffè, Angie Russo ha scoperto che riesce a parlare con un gatto superviziato di nome Gattavius (e, peggio ancora, riesce a capirlo!).

Il tigrato quattrozampe sostiene che la sua proprietaria è stata assassinata e che Angie è l'unica persona in grado di aiutarlo a consegnare l'assassino alla giustizia. Ma questo è solo il primo degli affascinanti misteri che i due risolveranno insieme: nel corso delle loro divertenti indagini, incontreranno anche un terrier, testimone traumatizzato di un delitto, e due Sphynx sanguinari che parlano solo per indovinelli...

Non ti resta, quindi, che armarti di lente e taccuino e seguire i nostri detective nella loro caccia al colpevole!

Se hai un debole per i gatti investigatori e ti piace l'umorismo garbato e un po' stravagante, non perderti questa serie best seller di USA Today: potrai leggere i primi tre libri tutto d'un fiato grazie a questa collezione speciale: buona lettura!

NOTA DELL'AUTORE

Ciao e grazie per aver scelto questo libro! Anche a te piacciono i cozy mystery con una buona dose di umorismo? Allora saremo ottimi amici!

Cosa ne dici, intanto, di tenerci in contatto sulla mia pagina Facebook? L'ho creata appositamente per i miei fantastici lettori italiani. Vieni a trovarmi su www.facebook.com/raccontimiciosi

Insieme ci divertiremo tantissimo. Gira pagina… e inizia l'avventura!

Ti aspetto nel magico mondo dei gatti.

MOLLY

VOLUME UNO

IL SEGRETO DEL GATTO

Ero una ragazza qualunque, con sette diplomi universitari, che ancora non sapeva cosa fare nella vita... fino al giorno in cui ho rischiato di morire.

E se essere quasi uccisa da una macchinetta del caffè non fosse sufficientemente imbarazzante, ho anche scoperto di riuscire a parlare con gli animali. O almeno con uno di essi.

Si chiama Octavius Maxwell Ricardo Edmund Frederick Fulton, ma io lo chiamo semplicemente Gattavius. Parla così in fretta che non è facile capire cosa dice, ma mi ha rivelato che la sua ex proprietaria non è morta per cause naturali come tutti credono.

. . .

Quindi non ho altra scelta: ora come ora il mio scopo è diventare il primo detective di Blueberry Bay con un aiutante a quattro zampe, nascondendomi dietro la facciata di assistente legale presso lo studio Fulton, Thompson & Associates.

Ma come diavolo faceva il dottor Dolittle a farlo sembrare così facile?

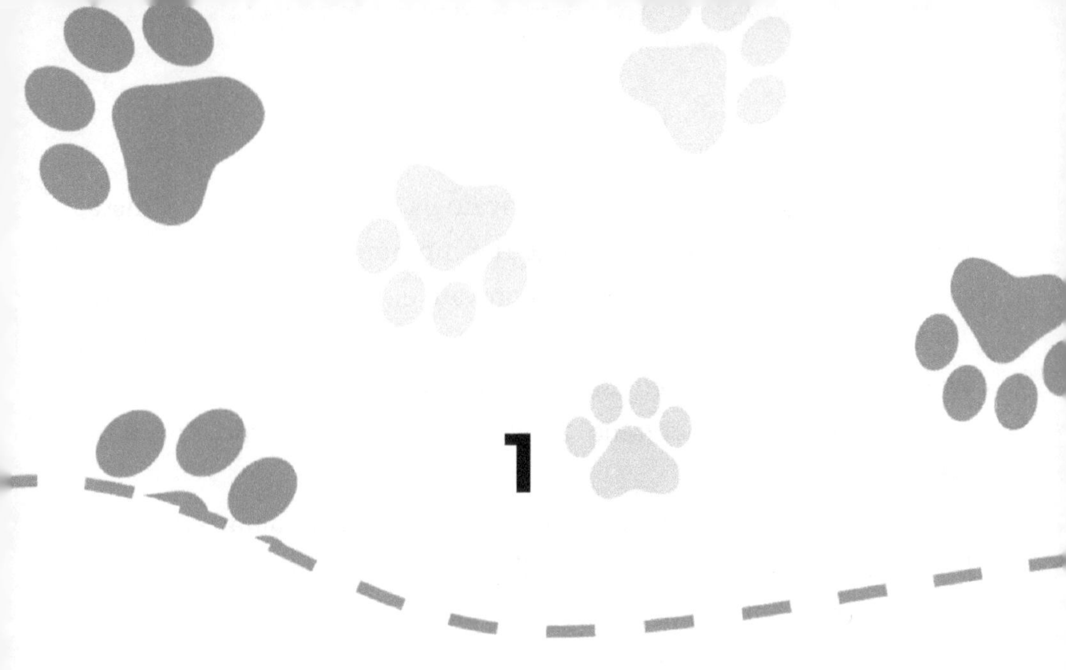

1

La prima cosa che dovete sapere di me è che detesto gli avvocati. La seconda è che lavoro per loro.

Non era questo il piano. Proprio per niente.

Sarei dovuta diventare una grande star e lasciare Blueberry Bay, senza niente di più che un'occhiata d'addio a quel dannato buco. Il problema è che... beh, ci vuole talento per diventare una star e io non ne avevo mai avuto molto. O per lo meno, non si era manifestato.

Non ancora.

Quando l'agenzia di collocamento mi aveva assegnata allo studio *Fulton, Thompson and Associates* come nuova assistente legale ero stata sul punto di rifiutare, ma poi avevo visto lo stipendio e mi ero improvvisamente ricordata della necessità di pagare l'affitto.

E così eccomi qui, a raggranellare soldi per tirare avanti mentre procedo lungo l'elusivo percorso verso la fama, eliminando uno alla volta dall'elenco ogni possibile talento.

Mi sembrava logico che, se avessi continuato a provarci abbastanza a lungo, alla fine avrei trovato la mia vocazione. Chissà, magari sarei diventata la miglior jodler hip-hop al mondo...

A parte il fatto che ci avevo già provato e... non aveva funzionato.

Ma va bene così, davvero. Mi godo la vita, anche se, ovviamente, vorrei bruciare le tappe ed essere già alla meta.

Salve a tutti, mi chiamo Angie Russo e un giorno diventerò famosa!

Sapete, mia nonna da giovane era un'acclamata attrice di Broadway fino al giorno in cui, all'apice della carriera, si è ritirata a Glendale, nel Maine, per metter su famiglia.

Prima che me lo chiediate, no: non so cantare, ballare o recitare, ma la nonna mi ha sempre detto che quello che mi scorre nelle vene è sangue da vera star, proprio come il suo e quello di mia madre.

Oh sì, probabilmente conoscete mia madre. Conduce il notiziario su *Channel Seven*, mentre mio padre è un cronista sportivo. Essendo entrambi genitori in carriera, di fatto è stata la nonna a crescermi e a me è sempre andata benissimo così.

In effetti vivrei ancora da lei se non mi avesse delicatamente spinta fuori dal nido dicendomi che era giunto il momento di spiccare il volo e cavarmela da sola.

È successo un anno fa, poco tempo dopo il mio settimo diploma universitario consecutivo al Blueberry Bay Community College. Sì, devo ammetterlo, mi è sempre piaciuto saperne di più sulle cose che non riesco a capire.

Se non altro, Dio mi ha dotato di un buon intelletto, anche se in compenso ha reso i miei veri talenti piuttosto difficili da trovare. E uno dei miei diplomi è in studi paralegali e servizi legali amministrativi, un fatto che può sembrare strano per una persona che detesta gli avvocati quanto me.

Ma quella è un'altra storia...

Questa invece è la storia di come sono quasi morta. Ed è una storia interessante!

* * *

Iniziai la giornata affondando il naso in due giacche per cercare di capire quale fosse quella più pulita da indossare in occasione della lettura di un testamento che si sarebbe svolta in ufficio quella mattina. Entrambe sapevano leggermente di sudore e scarpe da ginnastica, cosa che mi sarebbe valsa una bella ramanzina da parte dei soci; e forse, era proprio ciò che mi meritavo per aver rimandato tanto a lungo il giro in lavanderia.

Dopo aver spruzzato una nube tossica di deodorante nell'armadio con il solo risultato di farmi venire la tosse, presi la giacca rosa neon dalla gruccia e me la infilai. Una camicetta a pois bianca e nera e leggings aderenti completavano perfettamente il mio look. Poiché quella mattina non avevo avuto tempo di lavarmi i capelli, raccolsi la mia chioma vaporosa lunga fino alle spalle in un disordinato chignon, a cui diedi il tocco finale con un grazioso fermaglio che avevo acquistato in settimana nel mio discount preferito.

E prima che me lo chiediate...

No, non avevo avuto tempo per la lavanderia. E sì, ho sempre tempo per il discount.

Quella mattina, in ogni caso, non avrei avuto tempo nemmeno per quello: infatti avevo impiegato così tanto a decidere quale giacca indossare da essere ormai praticamente in ritardo. Già non sono una persona mattiniera, ma se ci aggiungiamo anche la frenesia di prepararsi per andare al lavoro...

Beh, sapevo già che la giornata sarebbe finita male.

Schizzai fuori dalla porta senza aver fatto la doccia, né la colazione e senza nemmeno aver preso il caffè, sperando di avere almeno la fortuna di beccare tutti i semafori verdi sul tragitto casa-lavoro. Invece, il treno più lungo del mondo mi bloccò la strada a soli due isolati da casa. I binari correvano a fianco dell'unica strada principale della nostra piccola cittadina costiera e non c'era modo di arrivare in ufficio tramite strade secondarie, così mi ritrovai bloccata per quindici infiniti minuti in una lunga fila di automobilisti arrabbiati che non la smettevano più di suonare il clacson.

Quando finalmente riuscii ad arrivare in ufficio, ovviamente c'erano già tutti e la lettura del testamento avrebbe avuto inizio in meno di dieci minuti. Anche la speranza di passare inosservata si infranse subito.

«Russo!» sbraitò il signor Thompson ancor prima che la porta si richiudesse alle mie spalle. Se vi immaginate un tizio un po' anziano con indosso scarpe da barca e un *ascot*, avrete chiaro l'aspetto del signor Thompson e, ancor più, il suo atteggiamento. È un ottimo avvocato, ma non è un capo amichevole.

Una spessa vena carnosa gli pulsava sulla tempia e, per qualche motivo, non riuscivo a smettere di fissarla. Mi rivolse uno sguardo torvo, facendo segno di no con il dito: «In ritardo e vestita come per una sciocca festa a tema anni Ottanta anziché per la lettura di un testamento. No, non andiamo affatto bene. Vada a chiedere a Peters se ha una giacca da prestarle.»

Mi ci volle la forza di mille bodybuilder per non alzare gli occhi al cielo mentre mi fiondavo a cercare l'unica associata di sesso femminile dello studio.

Essendo le uniche donne venivamo spesso accomunate, ma io e Bethany Peters non avevamo proprio nulla in comune. Lei era bionda e graziosa e *sembrava* dolce e gentile, ma in realtà fra tutti gli associati era il peggiore degli squali. Immagino fosse costretta a esserlo per farsi prendere sul serio in un ambiente prettamente maschile.

Ma io che ne sapevo? Ero una semplice assistente che non avrebbe nemmeno voluto trovarsi lì.

Bethany alzò gli occhi verso di me nell'istante esatto in cui varcai la soglia del suo ufficio e io mi tappai il naso con le dita: vedete, lo squalo aveva una vera e propria ossessione per gli oli essenziali, li vendeva perfino in quegli insopportabili party online a cui ci invitava tutti una volta al mese. Anche se lavoravo allo studio solo da pochi mesi, avevo già ordinato più sali da bagno alla lavanda di quanti avrei mai potuto utilizzarne in tutta la vita.

Quel giorno l'ufficio di Bethany puzzava di ginepro e limone, decisamente non la migliore delle combinazioni. Ciò nonostante, qualsiasi bizzarro elisir di *girl power* stesse cercando di preparare, speravo sinceramente per lei che lo trovasse efficace.

«Fammi indovinare» disse con quel suo tono nasale e condiscendente che usava sempre con me o con gli altri dipendenti non laureati in legge. «Fulton ti ha mandata qui per chiedermi in prestito una giacca.»

Un sorriso mi si dipinse sul volto: «In realtà è stato Thompson.» Dite pure che sono una guastafeste, ma apprezzavo le occasioni in cui potevo dimostrarle che si sbagliava, in particolare quando una giornata iniziava male come questa. Era una piccola soddisfazione.

«Non potresti procurati degli abiti un po' più appropriati in modo che non sia sempre costretta a prestarti i miei all'ultimo minuto?» sospirò prima di percorrere l'ufficio ad ampie falcate pesanti, le braccia allargate. Sembrava un gorilla biondo in abiti firmati, ma decisi di tenere quel commento per me.

«Thompson... Fulton... Stanno dando di matto entrambi oggi» mi confidò Bethany. «Pare che l'anziana defunta fosse una parente di Fulton.»

«Come fai a saperlo?» chiesi spalancando gli occhi. Ecco perché erano tutti così agitati quella mattina!

«Beh, tanto per cominciare fa Fulton di cognome.» Si picchiettò un dito sulla tempia come a mostrarmi la sua superiorità intellettuale.

Mi picchiettai la testa anch'io e le risposi con una smorfia. Bene! Così sembravamo due gorilla da ufficio. Facevamo proprio un figurone.

Bethany sogghignò porgendomi la giacca blu scuro più noiosa che si sia mai vista sulla faccia della terra. «Cerca di tenerla addosso per l'intera lettura, ok? »

Annuii mentre cambiavo giacca. La sua mi pizzicava le ascelle, ma era meglio non lamentarsi. «Grazie» balbettai, riuscendo a stento a fuggire dal suo ufficio prima che potesse riattaccare con la solita solfa che presso l'Esercito della salvezza o altri enti caritatevoli avrei potuto trovare abiti adatti alle mie finanze.

«E levati quel fermaglio!» mi gridò dietro.

Oh, accidenti! No!

Ma poiché Bethany era ostinata quanto un cane con l'osso quando si metteva in testa qualcosa, mi affrettai a togliere il pregevole accessorio, strappandomi anche qualche capello. La mossa maldestra fece crollare lo chignon; cercai di rimediare al danno passandomi le dita fra i capelli nella speranza di rendermi vagamente presentabile, almeno quanto bastava per non scontentare nuovamente tutti i presenti.

«Angie, ci siamo?» mi chiamò il signor Fulton, il più importante dei soci senior, dall'interno della sala conferenze. Per qualche motivo Thompson ci chiamava sempre per cognome e Fulton per nome. Forse era il loro modo di giocare all'avvocato buono e all'avvocato cattivo, o magari era per tenerci sempre sull'attenti.

Sfoderai il mio sorriso migliore: dopotutto il poveretto aveva appena subito un lutto. «Buongiorno, signor Fulton. Posso esserle utile?»

Il suo sguardo si soffermò qualche istante sul mio volto, poi si schiarì la gola e indicò una vecchia macchina da caffè impolverata in un angolo della sala: «Ci servirà parecchio caffè oggi e giacché è arrivata un po' in ritardo, temo non ci sia tempo di andare in caffetteria. Dovrà usare la vecchia macchinetta. Lo faccia bello forte, eh, più che può!»

«Subito!» La macchina per il caffè veniva usata molto di rado, proprio solo in caso di emergenza caffeina da codice rosso. Il fatto che quella mattina servisse non era affatto un buon segno.

In realtà non avevo mai usato quel pezzo da museo. L'unica volta in cui ci ero andata vicina, uno stagista era arrivato di corsa in ufficio con un grande vassoio di Starbucks, togliendomi dagli impicci. Ma non doveva essere poi così difficile capire come far funzionare quel vecchiume: in fin dei conti avevo sette diplomi universitari, no?!

Il signor Thompson, Bethany e alcuni altri associati fecero il loro ingresso proprio mentre armeggiavo con il filtro che, chissà perché, sembrava non avere alcuna intenzione di entrare nelle apposite scanalature del macchinario. In genere solo uno o due avvocati presenziavano alle letture, ma per questa sembrava essersi radunato lo studio al gran completo.

Forse perché la defunta era parente di uno dei soci? O c'era sotto qualcos'altro? A quel punto la situazione aveva catturato il mio interesse.

Mentre mi affaccendavo nel mio angolino colsi alcuni frammenti delle conversazioni fra i presenti riuniti intorno al tavolo della sala conferenze. Solitamente le chiacchiere quotidiane fra colleghi erano piuttosto insipide, ma quel giorno i pettegolezzi sembravano parecchio succosi.

«Bisogna ammettere che si tratta di una situazione insolita» esordì Thompson.

Fulton gli fece seguito: «Considerate le clausole, mi aspetto che qualcuno dei beneficiari abbia da ridire.»

Un associato di nome Brad piazzò sul tavolo un registratore a nastro, un'altra reliquia dell'ufficio, mentre Bethany sistemava una pila di fogli.

Quando finalmente il filtro scattò in posizione mi sfuggì un urletto di trionfo che attirò gli sguardi cupi dei colleghi. «Faccio in un attimo!» borbottai mentre mi affrettavo a superare la folla che si accalcava, con in mano il bricco per il caffè ancora desolatamente vuoto.

Prima che riuscissi a raggiungere il rubinetto della piccola cucina dell'ufficio, una bionda di bell'aspetto con indosso un elegante completo coordinato e una collana di perle rosa mi venne incontro.

«Angie, sono così felice di vederti!» Diane Fulton, la moglie del capo, mi strinse calorosamente la mano aggrottando le curatissime sopracciglia. «Ti sei vista la puntata dell'altra sera?»

Nonostante si vestisse come una nobildonna snob, Diane era la persona con cui andavo più d'accordo in ufficio. Avevamo un lungo elenco di reality show che seguivamo entrambe e di cui discutevamo ogni volta che veniva a trovare il marito per pranzo.

Sgranò gli occhi in attesa della mia risposta. Certo, a volte faccio tardi al lavoro, ma sono sempre preparata quando si tratta dei nostri programmi preferiti!

«Non posso credere che Trace sia stato eliminato!» risposi con un sospiro desolato mentre aprivo il rubinetto e riempivo d'acqua la brocca. «Probabilmente, però, firmerà comunque un contratto discografico.»

«Vediamoci più tardi» disse lei con espressione lievemente crucciata. «Devo andare...» Indicò la sala conferenze e aggrottò nuovamente un sopracciglio.

Mi sentivo davvero male per lei. «Ho saputo. Condoglianze. Ehm… non era tua parente, vero?»

Per un attimo mi fissò come se non avesse udito la domanda. Indossava orecchini con pendagli così lunghi che le colpirono le guance quando scosse il capo. «Ethel era la prozia di Richard. Era molto anziana ed era malata da tempo. Tutti ci aspettavamo che accadesse in tempi brevi, credo.»

«È comunque uno schifo di situazione» borbottai.

Diane mi rivolse un sorriso educato, poi si congedò.

Ma davvero? Il meglio che ero riuscita a tirare fuori era *uno schifo di situazione?* C'era un motivo se nessuno dei miei attestati universitari era in scienze della comunicazione! Così mi ritrovai di nuovo a pensare che non sarebbe stata una cattiva idea tornare all'università. In fin dei conti la scuola era sempre stata il mio rifugio, una delle ragioni per cui avevo così tanti diplomi.

Rientrai nella sala conferenze con la caraffa piena d'acqua e una busta di caffè in polvere scaduta l'anno prima, ma che per fortuna aveva ancora un buon profumo. Durante la mia assenza la sala si era riempita ancora di più. I Fulton dovevano essere una famiglia numerosa, oppure la prozia Ethel era molto ricca e, presumibilmente, munifica.

Il signor Fulton mi rivolse uno sguardo interrogativo, con un sopracciglio sollevato.

«Il caffè è quasi pronto!» gli assicurai mentre mi affrettavo ad attraversare la sala piena di gente, fino al mio angolino dove mi aspettava il rudere.

Riempii d'acqua il serbatoio più velocemente che potei, aggiunsi il caffè in polvere nel filtro e premetti il grosso pulsante rosso.

Ma non accadde nulla.

Provai a premerlo ancora… e ancora… e un'altra dozzina di volte senza nessun risultato.

«Magari funziona se lo colleghi alla presa!» chiocciò Bethany a voce abbastanza alta da farsi sentire da tutti, facendoli ridere di me e della mia palese incompetenza.

Accidenti, che situazione imbarazzante!

Infilai una mano dietro il macchinario e finalmente trovai il cavo. Tutti i presenti ridacchiavano ancora quando infilai la spina nella presa.

All'inizio sentii solo un lieve pizzicore alle dita, poi un'acuta sensazione di dolore mi attraversò il corpo. Per circa due millisecondi ebbi la consapevolezza assoluta di tutto ciò che mi circondava: ogni singolo odore, suono, sensazione... perfino l'aria nella stanza sembrava avere un sapore in quel momento. Le risatine si trasformarono in un sussulto collettivo che dilagò nella sala.

Poi, con un acuto ronzio, tutto svanì e caddi a terra, priva di sensi.

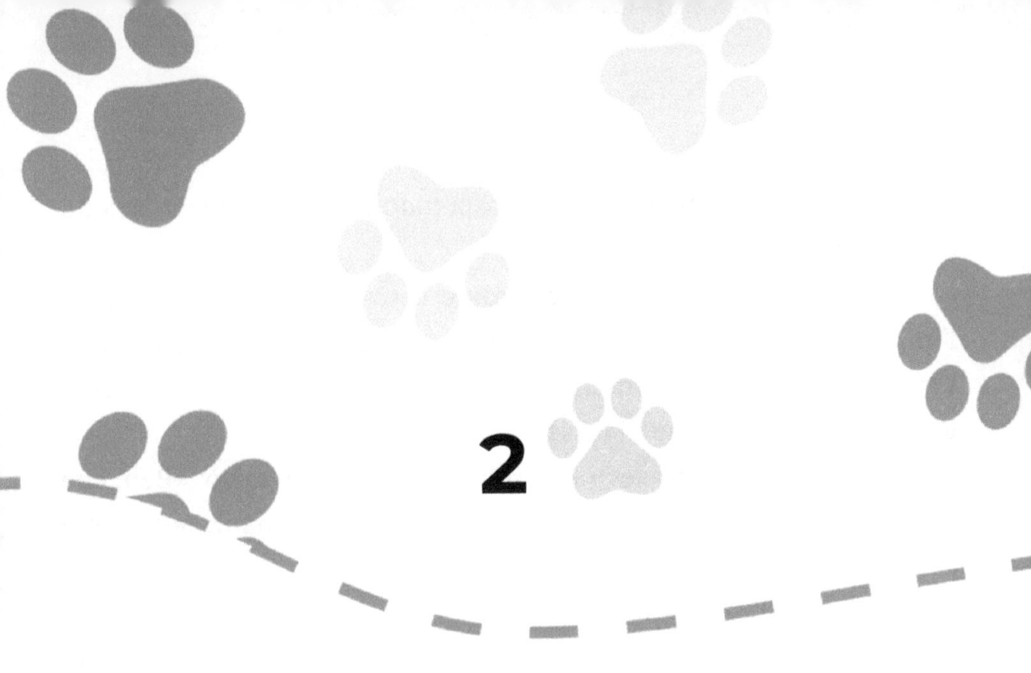

2

Quando riaprii gli occhi ero stesa sul pavimento della sala conferenze. Strano, non ricordavo di essere svenuta, eppure eccomi lì.

Il mio cuore galoppava a un milione di battiti al secondo, ma il resto del corpo era come addormentato, formicolante. Provai a muovere le braccia, ma senza riuscirci: restarono inerti lungo i fianchi. Uno dopo l'altro i miei sensi tornarono in funzione.

Pop!

La prima cosa che udii fu il grido della signora Fulton; poi i presenti iniziarono a bisbigliare fra loro. Riconobbi alcune voci, ma altre mi risultavano del tutto sconosciute.

«È ora di buttare via quell'affare» sentenziò Bethany.

Il signor Fulton la ignorò e si affrettò a raggiungermi. «Angie... Angie...» La sua voce trasudava panico e si faceva più forte man mano che si avvicinava. «Sta bene?»

Nel frattempo il signor Thompson borbottò qualcosa sulla responsabilità e sui risarcimenti ai dipendenti: proprio ciò che chiunque lo conoscesse si sarebbe aspettato da lui in una situazione del genere.

Stavo ancora cercando di ricordare cosa fosse successo quando l'improvvisa presenza di un peso sul petto mi rese difficile respirare. Un intenso odore di tonno mi riempì le narici, così forte e inatteso da causarmi un accesso di tosse.

Una voce che non avevo mai udito prima mi sovrastò: «Beh, che dire? Sembra che questa abbia più di una vita. Umani, *bah!* Sono così fragili.»

«Respira!» gridò Diane.

«Ma certo che respira, tesoro» le rispose il marito con una nota di sollievo palpabile nella voce. «Tossisce perfino.»

«E io che pensavo che non valesse la pena di fare tutta quella strada in auto!» proseguì la voce sconosciuta, facendo seguire alle parole una risatina scortese. «Giuro, zampa sul cuore, che questa è stata la cosa più divertente che mi sia capitata in tutta la settimana.»

Quando infine riuscii a sollevare le palpebre, un paio d'occhi scintillanti color ambra mi fissavano da pochi centimetri di distanza. Un momento... Perché c'era un gatto in ufficio? E perché mi stava *addosso?* Cercai di mettermi seduta, ma non avevo ancora le forze per riuscirci senza un aiuto.

«Mia cara,» proseguì la voce con la sua parlata lenta «per esser in grado di camminare ancora saresti dovuta atterrare sulle zampe.»

Mi sfuggì un gemito acuto. Percepivo gli altri affaccendarsi intorno a me, ma l'unica cosa che riuscivo a vedere era quel dannato gatto che aveva invaso senza permesso il mio spazio personale.

«Cos'è successo?» chiesi prima di ricominciare a tossire.

«Credo che tu abbia preso la scossa dalla macchina del caffè quando hai inserito la spina» mi spiegò Diane. Da come le tremava la voce capii che aveva pianto e mi sentii malissimo al pensiero dello spavento che le avevo causato con la mia goffaggine.

«Oh, cielo! Questa è ancora più stupida di quell'altra. Sarà *magnifico* vivere con lei mentre il resto della famiglia decide dove scaricarmi. Stolti! Non riconoscono la grandezza nemmeno quando ce l'hanno proprio davanti agli occhi.»

Con un altro gemito cercai di sollevare la testa per guardarmi intorno. «Chi ha parlato? » chiesi.

«Angie, sono io» disse Diane stringendomi delicatamente una mano. «Hai chiesto cos'è successo e io ti ho detto che hai preso la scossa.»

«No, intendo dire il tizio che ci ha appena dato delle stupide!» Avrei voluto tirarmi su a sedere per riuscire a vedere oltre quel fastidioso gatto, ma la sua figura riempiva per intero il mio campo visivo. Ovviamente avevo molto domande sull'accaduto e su come quel minuscolo vecchiume fosse riuscito a mettermi KO, ma avevo ancor più urgenza di capire chi aveva parlato.

Una risatina sommessa risuonò nelle vicinanze: «Ti ho dato della stupida perché *lo sei*. L'onestà è la scelta migliore, la verità ci rende liberi e via dicendo, tutte quelle insensatezze che piacciono tanto a voi umani.»

Se non avessi saputo che era impossibile, avrei giurato che quella strana voce cadenzata appartenesse al gatto. Che razza di botta in testa avevo preso??

Il felino si avvicinò talmente che le sue vibrisse mi solleticarono il viso. I suoi occhi, grandi in modo inquietante, si muovevano freneticamente da una parte all'altra, come se stesse dando la caccia a una qualche preda. Speravo proprio di non essere io quella preda! Ero a malapena scampata alla macchina per il caffè; se quel giorno un essere senziente avesse deciso di farmi fuori, non avrei avuto la minima possibilità di scampo!

«Hai... Hai davvero sentito ciò che ho detto?» domandò la voce. Di nuovo ebbi la netta sensazione che provenisse dal gatto. Si era mangiato un bambino o cosa? Quella situazione non aveva il minimo senso.

«Sì, ti sento e ti trovo piuttosto meschino» risposi, sbuffando e cercando di darmi un tono, nonostante fossi ancora stesa a terra.

«Angie, con chi stai parlando?» chiese Diane in tono incerto. Sembrava preoccupata almeno quanto me.

«Non so chi sia, ma continua a insultarmi! » Chiusi forte gli occhi e li riaprii lentamente.

Il gatto sembrava sorridere, ma non in modo amichevole. Mi chiesi nuovamente se mi considerasse una preda facile. Dannazione, perfino io mi consideravo una preda facile in quel momento.

«Nessuno la sta insultando, Angie» insistette il signor Fulton. «Vogliamo solo accertarci che stia bene.»

Il gatto sorrise di nuovo, un sorriso più ampio questa volta. «Oh oh, sono io! Io ti sto insultando, stupida creatura senza pelo.»

«Mi ha appena chiamata stupida creatura senza pelo! Davvero non lo sentite?» Sbattei le palpebre più volte e mi diedi un pizzicotto, ma non successe nulla.

«Russo, per oggi è in mutua. Vada subito in pronto soccorso!» mi ordinò il signor Thompson da un punto non ben precisato vicino alla porta, dopo essersi schiarito rumorosamente la gola.

«Wow, riesci davvero a sentirmi!» proseguì la voce. «Allora passiamo alle presentazioni: mi chiamo Octavius Maxwell Ricardo Edmund Frederick Fulton e ho alcune richieste.»

Era una tale fatica cercare di stare dietro a tutte quelle conversazioni! Sapevo che i soci erano preoccupati per me e per le ripercussioni sullo studio, ma ancora non ero riuscita a capire a chi appartenesse la voce misteriosa o cosa volesse da me. «Octavius Maxwell... chi?»

«Cara, ti riferisci al gatto?» mi chiese la signora Fulton sollevando il felino tigrato e togliendomelo finalmente dal petto. I miei poveri polmoni le furono immensamente grati e mi sentii subito più in forze.

Diane si avvicinò il micio al viso e, con la vocina stucchevole con cui si parla ai bambini, disse: «Stai cercando anche tu di aiutare la nostra Angie? Sei proprio un dolce tesoruccio peloso!»

Il gatto si voltò verso di me, le pupille ridotte a fessure: «*Aiutamiiiiii!!!!*»

Con la forza dettata dalla necessità di capire che diavolo stesse succedendo, riuscii finalmente a mettermi seduta e guardarmi intorno.

«Oh, bene. Ora che riesce a muoversi, Peters la accompagnerà immediatamente in ospedale» decretò Thompson.

Bethany sospirò, ma non osò ribattere.

«*Aspetta!*» Il tigrato balzò al mio fianco non appena Diane lo rimise sul pavimento. «E le mie richieste?»

Lo fissai esterrefatta. Non era assolutamente possibile che...

Il gatto sbatté la coda ed emise un ringhio basso e profondo. «So che riesci a sentirmi, quindi cosa ne dici di mostrare un po' di educazione e fare la tua parte nella conversazione?»

«Che cosa vuoi?» bisbigliai, ben consapevole che tutti i presenti vedevano e sentivano la pazza che parlava con il gatto, che tra parentesi non era neanche il suo.

«La mia proprietaria è stata assassinata e tu devi aiutarmi a dimostrarlo. Inoltre, fatto altrettanto fondamentale, non mangio da ore. Anni, forse!» Appiattì le orecchie contro la testa e spalancò gli occhi, cosa che mi fece provare un'immensa tenerezza nei suoi confronti, nonostante l'atteggiamento scortese.

Poi il mio cervello elaborò le sue parole e sussultai: «*Assassinata?*»

Bethany ridacchiò nervosamente e mi prese per un braccio: «Ok, andiamo subito in ospedale. Le allucinazioni non sono mai un buon segno!»

«Ma...» cercai di obiettare, ma desistetti subito rendendomi conto che non avevo nessun motivo valido (o che non sembrasse folle) per oppormi.

«*Assassinata!*» mi gridò dietro il gatto in tono drammatico. «È stata eliminata anzitempo e ora che so che riesci a capirmi mi aiuterai a farle giustizia come merita! È il minimo che possa fare per ringraziarla dei lunghi anni che ha trascorso a sfamarmi e a sistemarmi i cuscini proprio come piace a me. Inoltre, hai sentito cosa ho detto sulla necessità di mangiare?»

Io e Bethany eravamo ormai quasi alla porta: era la mia ultima possibilità di parlare con lui. Per quel che ne sapevo, non avrei più avuto occasione di rivederlo. Ovviamente sapevo che era da pazzi pensare anche solo per un momento, che tutto ciò potesse succedere davvero, ma non potevo comunque ignorare il fatto che il tigrato parlante avesse bisogno del mio aiuto.

«Ti aiuterò!» gridai verso la stanza subito prima che la porta si richiudesse alle nostre spalle.

«No, sei *tu* che hai bisogno di aiuto» ringhiò Bethany con un tono ben più animalesco di quello del gatto. «Comunque grazie tante. Era la prima volta che partecipavo a un evento di questo rilievo in ufficio e ora me lo perderò grazie al tuo bel teatrino con la macchina da caffè.»

Quelle parole mi fecero male quanto la scossa. «Non penserai davvero che mi sia presa una scarica elettrica per sabotarti??»

Lei sospirò e si coprì il volto con le mani: «No, mi dispiace. So che non è colpa tua. È che, essendo l'unica donna, mi faccio il mazzo il doppio degli altri, ma non pensano neanche lontanamente di chiedermi di diventare socia.»

«Sì, beh... almeno non sei solo un'assistente imbranata.» Onestamente non riuscivo a credere che Bethany si lamentasse dei *suoi* problemi quando mi ero trovata a un passo dalla morte solo qualche minuto prima.

O forse sì. Si trattava di Bethany dopotutto.

Mi aiutò a sedermi sul sedile del passeggero della sua auto, una Lexus nuovo modello, il che mi fece capire che probabilmente non se la passava poi così male come diceva. Ciò nonostante, mi sentivo in colpa per averle fatto perdere quella che lei considerava una grande occasione, così le dissi: «Per quel che vale, sei molto più intelligente di chiunque lì dentro.»

Lei rise mentre si allacciava la cintura di sicurezza e regolava lo specchietto retrovisore. «Anche più di Thompson e Fulton?»

Annuii e il movimento mi causò un capogiro. «Soprattutto più di Thompson e Fulton!»

Ci scambiammo una breve occhiata complice prima che ingranasse la marcia e si immettesse sulla strada principale. Mi auguravo che non passassero altri treni quel giorno perché, nonostante il breve momento di solidarietà femminile che avevamo appena condiviso, non sapevo quanto saremmo riuscite a resistere chiuse insieme in un'auto.

«Grazie per avermi accompagnata anche se non ti andava. Non c'è bisogno che mi aspetti. Basta che mi lasci lì, poi chiederò a mia nonna di venire a prendermi.»

«Ci avevo già pensato. Se mi do una mossa posso ancora assistere alla lettura.» Si picchiettò la tempia per mostrare nuovamente la sua superiorità intellettuale e con quel gesto le cose fra noi tornarono alla normalità.

E io sarei tornata alla normalità? Non ne ero sicura.

3

Me ne stavo seduta con le gambe penzoloni sul lettino del pronto soccorso con il medico che mi rideva in faccia senza ritegno: «Ha davvero preso la scossa da una vecchia macchina da caffè?» Decisamente non il tipo di accoglienza che mi sarei aspettata in ospedale!

Incrociai le braccia sul petto e mi voltai per non vedere la sua espressione divertita. «Sì e non capisco cosa ci sia di tanto buffo.»

Finalmente il medico si fece serio, mentre giocherellava con la penna come per uno strano tic. Osservandomi accigliato, chiese: «E ha perso conoscenza in seguito a ciò?»

«*Sì.*» Glielo avevo già detto.

«Ha battuto la testa quando è caduta?»

«Non credo.» C'erano ancora molti aspetti della questione che non mi erano chiari, ma se non altro fisicamente mi sentivo bene.

Il medico si infilò la penna nel taschino e mi fissò negli occhi, poi dichiarò: «Beh, a me sembra che stia bene. Al massimo le prescriverei un antidolorifico nel caso in cui dovesse aver male da qualche parte a causa della caduta.»

Esitò un istante, poi scosse il capo con una risatina ironica: «Comunque è strano... Il livello di tensione di una macchina da caffè dovrebbe causare solo una scossa lieve. Sono sorpreso da quanto le è accaduto.»

Di nuovo. Era meglio che me ne andassi prima che decidessero di convocare l'intero staff del pronto soccorso per illustrare il caso anomalo.

«Ok, grazie» balbettai.

Strinse gli occhi. «Ha parecchio di cui ringraziare. Deve essere grata di non avere ustioni o una commozione cerebrale. Ed è riuscita a farsi dare un giorno di mutua, eh?» Ebbe perfino il coraggio di farmi l'occhiolino prima di ricominciare a ridacchiare sotto i baffi e andarsene.

«Non l'ho mica fatto apposta!» gli gridai dietro cercando di impedire che la frustrazione avesse la meglio. *Che razza d'idiota.*

Quando fui certa che non sarebbe tornato, inviai un messaggino alla nonna e recuperai la mia roba per andare ad aspettarla fuori. Per tutto il tempo in cui rimasi seduta in attesa non vidi nessuno entrare o uscire dalla porta a vetri girevole dell'ospedale. Anche se Blueberry Bay non contava chissà quanti abitanti, mi sarei aspettata un po' di andirivieni, ma forse era un bene che quel pagliaccio di dottore non avesse veri malati di cui occuparsi.

Camminavo avanti e indietro lungo il marciapiede cercando di ricordare ogni possibile dettaglio di quella mattinata. Per quanto fosse stato scortese, il dottore aveva ragione almeno su una cosa. Avevo rischiato di morire a causa di una vecchia macchina da caffè e quando mi ero ripresa avevo scoperto di riuscire a capire il linguaggio degli animali.

Da bambina mi piaceva guardare Eddie Murphy nei panni del

povero Dottor Dolittle, che aiutava gli animali grazie alla sua capacità di parlare con loro. All'epoca pensavo che sarebbe stato fighissimo, ma ora che la fantasia era diventata realtà ero spaventata a morte.

Una raffica di vento fece turbinare le foglie, attirando la mia attenzione sul parcheggio dove una coppia di gabbiani lottava a colpi di becco e artigli per disputarsi quello che sembrava l'incarto di un hamburger con del formaggio appiccicato al centro.

Uno di essi virò di lato con le ali, stridendo; l'altro sibilò e gli assestò una beccata alle zampe. La lotta riprese vigore mentre danzavano intorno all'incarto, garrendo e beccandosi a vicenda; lo stridio mi provocò l'inizio di quello che sembrava un potente mal di testa.

«Oh, statevene zitti!» sbraitai.

Ma ammesso che mi avessero sentita, erano troppo presi da quella battaglia improvvisata per curarsene.

Un momento però... riuscivano a capirmi? Mi avrebbero parlato come aveva fatto il gatto?

Mi avvicinai in punta di piedi, lieta di trovarmi da sola in un parcheggio vuoto perché sapevo che se qualcuno mi avesse vista mi avrebbe presa per pazza. Ma un po' di pazzia era un piccolo prezzo da pagare per riuscire finalmente a capire cosa mi stesse accadendo.

Mi schiarii la gola e mi rivolsi ai gabbiani: «Scusate...»

Uno dei volatili gracchiava e beccava l'altro, ma nessuno dei due mi diede retta.

«Scusate» gridai un po' più forte, facendo qualche altro passo verso di loro.

Uno di essi si voltò a guardarmi e l'altro colse l'occasione per afferrare l'involucro e volare via. Il primo partì all'inseguimento e presto i due si trovarono impegnati in un tiro alla fune con l'involucro che si attorcigliava e scricchiolava fra loro.

Mi lanciai anch'io all'inseguimento gridando a pieni polmoni: «*Scusateeeeee!*»

Finalmente entrambi si voltarono a fissarmi, ma nessuno dei due mollò la presa sull'ambito incarto.

Dato che, se non altro, mi stavano ascoltando, provai con un'offerta impossibile da rifiutare e, con un ampio sorriso, dissi: «Ho cibo delizioso di ogni genere, a valanghe! Hamburger, patatine fritte, coni gelato... E sarà tutto vostro se risponderete a una semplice domanda: *mi capite?*»

Uno dei gabbiani inclinò la testa, come se ci stesse riflettendo su; mentre era distratto l'altro ne approfittò per appropriarsi dell'involucro e volare via, librandosi alto nel cielo.

«Sono spiacente» dissi al volatile rimasto. «Posso procurarti altro cibo, roba buona che non arriva dai bidoni della spazzatura, che ne dici?»

Ma prima che potesse rispondere una decappottabile sportiva rosso rubino accostò al mio fianco, spaventandolo e mettendolo in fuga una volta per tutte.

La nonna tirò giù il finestrino del suo nuovo giocattolino e mi fece un fischio: «Salta su, tesoro!»

«Grazie per essere venuta a prendermi.» Mi accomodai sul sedile di pelle e mi allacciai la cintura di sicurezza.

La nonna mise l'auto in folle, si abbassò gli occhiali da sole dallo stile retrò e mi osservò senza dire una parola. I suoi capelli grigio blu erano coperti da una sciarpa di seta dai motivi vivaci e indossava guanti da guida della stessa identica tonalità di rosso della carrozzeria dell'auto. Dovevo ammetterlo: aveva stile da vendere! Anche dopo aver lasciato le luci di Broadway, non aveva mai smesso di esibirsi.

Feci spallucce. «Che c'è? Sto bene.»

Le si formarono piccole rughe sulla fronte: «Non dicevi molto nel messaggio. Cos'è successo?»

«Solo una lieve scossa elettrica. Te lo ripeto, sto bene.»

Sollevò un sopracciglio: «Allora perché sei andata in ospedale?»

Feci nuovamente spallucce. «Sai come sono fatti i soci. Non vogliono correre rischi legati a responsabilità e quant'altro.»

Lei scosse il capo, poi pigiò il piede sull'acceleratore così energicamente che entrambe finimmo dritte contro il sedile. «Allora, dove ti porto?»

Dovevo trovare il gatto: sembrava che soltanto lui avesse le risposte che desideravo. Con un po' di fortuna l'intera storia si sarebbe rivelata solo un brutto sogno. In ogni caso, dovevo scoprire la verità. Ma la nonna decisamente no, almeno finché non avessi saputo spiegare ciò che mi stava accadendo.

«In ufficio, per favore» risposi giocherellando nervosamente con la cintura di sicurezza.

Lei sbuffò sonoramente: «Dai, non ti prendi nemmeno la giornata libera? Hai già una buona scusa, approfittiamone per spassarcela! Potremmo andare in spiaggia o a una matinée. Che ne dici, cara?»

Ah, spassarsela! Le era sempre piaciuto un sacco. In alcuni dei miei ricordi d'infanzia più belli la nonna mi faceva uscire prima da scuola per imbarcarci in avventure folli e mal congegnate. Col tempo quelle piccole fughe erano diventate sempre meno frequenti. In effetti non ne avevamo più fatta nessuna da quando mio ero trasferita a vivere per conto mio.

Senza dubbio mi mancava la mia adorata nonnina. Però...

Detestavo doverle dire di no, ma non avevo altra scelta. «Sarebbe fantastico, ma devo recuperare la macchina in ufficio o sarà un bel problema domani. Magari potremmo cenare insieme?» proposi con il sorriso più ampio che riuscii a racimolare.

Lei gemette e svoltò bruscamente a destra. «Questo nuovo lavoro ti ha cambiata.»

Oh, sì! E non sapeva quanto!

* * *

Pur avendo da ridire, la nonna mi riaccompagnò in ufficio in un lampo. Era passata poco più di un'ora da quando me n'ero andata e quasi tutti erano ancora lì a discutere del colpo di scena causato dal testamento di Ethel Fulton. Uno di loro poteva davvero essere un assassino?

Solo il mio nuovo amico a quattro zampe conosceva la risposta, perciò era fondamentale che lo trovassi senza indugio.

Avvistai Bethany che discuteva con altri associati e la raggiunsi per chiederle di ragguagliarmi su ciò che mi ero persa.

«Riuscite a credere che abbia lasciato tutti quei soldi al gatto? Che cosa può farsene un animale di una somma simile?» borbottò qualcuno che non riconobbi, prima di prendere una generosa sorsata del proprio caffè da asporto.

La donna al suo fianco annuì: «È un vero affronto!»

Chi erano quei due? Poteva trattarsi degli assassini? Mi chiesi cercando di non farmi beccare a fissarli mentre ne memorizzavo i volti.

Diane comparve dal nulla e mi strinse in un abbraccio quasi letale: «Oh, grazie al cielo stai bene. Eravamo così preoccupati.»

«Vi servirà ben più di una macchinetta del caffè di cattivo umore per liberarvi di me! Sono tosta, io!» mi diedi una pacca sulla clavicola per dimostrare quanto fossi robusta.

Anche se mi piaceva sempre chiacchierare con Diane, ero tornata per un unico motivo: il gatto. Dovevo trovare un modo per chiedere sue notizie senza sollevare sospetti.

«Tutto bene alla lettura? » azzardai, sperando che abboccasse.

Diane abbassò il tono a un sussurro avvicinandosi a me: «Sì, ma alcuni parenti sono scontenti della propria parte. Sai come vanno queste cose.»

«Almeno non ha lasciato tutto al gatto!» replicai con disinvoltura, già sapendo che invece era esattamente ciò che la buona vecchietta aveva fatto.

«Beh non tutto, ma parecchio. Per questo lo abbiamo portato qui. La signora Fulton ha richiesto espressamente che *tutti* i beneficiari presenziassero e, considerando che a lui spetta la parte maggiore, beh... non poteva mancare.»

Mi finsi sconvolta, cercando di mostrare la genuina sorpresa di chi riceve una notizia inaspettata: «Stai scherzando?!»

Diane scosse il capo e mi rivolse un'espressione buffa: «Che nessuno si azzardi a dire che la zietta non amava quel micio.»

«E cosa ne sarà di lui ora che lei non c'è più?»

Il signor Fulton ci vide e attraversò l'ufficio per unirsi alla conversazione: «Già di ritorno, Angie? Non vuole almeno prendersi la giornata libera?»

Accidenti! Ero a un soffio dall'ottenere la risposta che cercavo e ora dovevo trovare un modo per riportare la conversazione sul futuro del felino senza che la situazione si facesse eccessivamente imbarazzante. Il signor Fulton era un uomo intelligente, abituato a battere i migliori avvocati in tribunale; pensavo davvero di poter essere più astuta di lui?

Avrei dovuto provarci.

Deglutii e sfoderai il famoso sorriso che mi aveva fatto ottenere il posto. «Va tutto bene, grazie. Probabilmente andrò via un po' prima, ma sono passata per farvi sapere che sto bene e recuperare la mia auto.»

«Ottimo. A domani, allora. Una bella dormita le gioverà.» Il signor Fulton mi diede una pacca sulla spalla fissando eloquentemente la porta.

Sapevo che voleva solo essere gentile, ma non potevo andarmene senza aver prima parlato con il gatto, soprattutto se c'era davvero un assassino a piede libero. Auspicabilmente in futuro il signor Fulton mi sarebbe stato grato per la mia cocciutaggine.

Rimasi ferma al mio posto, torcendomi le mani: «Ecco, mi chiedevo... Il gatto è ancora qui? Sembrava molto agitato e volevo rassicurarlo e spiegargli che ora sto bene.»

Marito e moglie si scambiarono uno sguardo preoccupato.

«Va bene, cara. Glielo... diremo» disse gentilmente Diane.

Detestavo mentire, ma situazioni disperate richiedono misure drastiche...

«Potrebbe non bastare!» li avvertii, mentendo spudoratamente. «Ho seguito un corso di Psicologia animale al Blueberry Bay Community College e sarebbe molto utile se potesse vedere con i suoi occhi che ora sto bene. Altrimenti, ehm... l'ansia sublimata potrebbe provocare gravi problemi comportamentali!»

Diane mi fissava, confusa e allarmata: «Oh no, non possiamo permetterlo!»

Il signor Fulton sogghignò: «Puoi ben dirlo, cara! Soprattutto considerando che starà da noi per un po'. E non vogliamo certo che il buon vecchio Octavius esprima la sua ansia sublimata sulle nostre tende nuove!»

Mi si presentava un'occasione d'oro ed ero senz'altro troppo avida per non coglierla.

«Sapete... Probabilmente è già piuttosto in ansia. Quasi certamente depresso, considerando la morte della proprietaria e il cambiamento di vita radicale che ne deriva...»

«Non ci avevo pensato affatto» esclamò Diane sollevando costernata un sopracciglio. «I gatti soffrono di depressione?»

L'avevo quasi convinta!

Annuendo vigorosamente mi preparai all'affondo finale: «Certamente, e dato che non possono prendere gli antidepressivi, hanno bisogno di qualcuno che sappia riconoscerne i sintomi e trattarli con metodi naturali.»

«Lei cosa suggerisce di fare?» domandò il signor Fulton. Purtroppo la sua espressione non lasciava trasparire nulla.

Feci spallucce nel tentativo di apparire disinteressata e arrivare al mio obiettivo: «Io sono una semplice assistente legale, ma ho seguito questo corso e ho sempre avuto un certo feeling con gli animali, in particolare con i gatti. Siete già sotto pressione con le questioni familiari... potrei occuparmi del micio per qualche giorno, se volete. Per non gravarvi di un ulteriore peso e aiutarlo a elaborare la depressione.»

Si scambiarono uno sguardo che non riuscii a interpretare, con quel tipo di complicità che deriva da oltre trent'anni di matrimonio.

Infine fu Diane a rispondere per entrambi: «Sarebbe di grande aiuto, ma ne sei proprio sicura?»

«Sarebbe un vero piacere.» risposi con un ampio sorriso.

Sì, un piacere. E mi auguravo che *non* fosse l'ultimo prima del mio funerale.

4

Così, con la benedizione dei Fulton, mi recai nell'ufficio del socio senior dove individuai immediatamente il gatto: era seduto proprio al centro della sedia in pelle, come il cattivo dei film di James Bond. Quasi quasi mi aspettavo che tirasse fuori un micino soffice e cominciasse ad accarezzarlo con fare minaccioso mentre parlava.

«Ce ne hai messo!» mugugnò leccandosi furiosamente la zampa. Con tutto quello che avevo fatto per riuscire a trovarlo, non si era neanche degnato di alzare gli occhi per guardarmi. Lo avevo appena conosciuto e avevo già capito che era un gran rompiscatole.

Se l'unico problema della giornata fosse stato il fatto che comprendevo il linguaggio degli animali, probabilmente me ne sarei andata via subito. Ma qualcuno era stato ucciso, una povera vecchietta per di più.

«Sono venuta appena ho potuto» risposi a denti stretti, chiedendomi se gli sarebbe piaciuto essere trattato come trattava gli altri. «Non che tu abbia molti altri posti in cui andare.»

Lui sbuffò e borbottò qualcosa su impegni numerosi e questioni pressanti; non riuscivo a capire proprio tutto perché parlava in modo estremamente veloce.

In ogni caso me ne stavo lì, a fare conversazione con un gatto in modo comprensibile per entrambi. Se ero impazzita, se non altro ero molto coerente. Ora che l'avevo trovato e che avevo avuto conferma del fatto di riuscire a parlarci, era il momento di chiedergli di ripetermi quel suo nome assurdamente lungo. «Mi puoi dire di nuovo come ti chiami?»

Sollevò al cielo gli occhi d'ambra e si alzò sulle zampe: «Non hai prestato attenzione? Mi chiamo Octavius Maxwell Ricardo Edmund Frederick Fulton.»

Per forza che parlava così in fretta: era l'unico modo per pronunciare l'intero nome senza che l'interlocutore si addormentasse a metà. Provai a ripeterlo sperando che, se fossi riuscita a dirlo giusto, il gatto si sarebbe comportato un po' più gentilmente: «Octavius Maxwell Richard...»

«*Ricardo Edmund Frederick Fulton*» mi corresse. «Suvvia, non è così difficile.»

Saltò giù dalla sedia e mi venne incontro, gli occhi serpentini che baluginavano per l'irritazione. Ma non era mica colpa mia se aveva un nome ridicolmente lungo. Mi rifiutavo di essere maltrattata da una creaturina dieci volte più piccola di me!

«Comunque io sono Angie. Grazie per avermelo chiesto.»

Il tigrato si fermò e arricciò il naso: «Banale, direi. Niente affatto poetico.»

«Spiacente di deluderti» sibilai, domandandomi se fossi io a parlare gattese o se fosse lui a esprimersi nella lingua degli umani.

Per la prima volta da quando l'avevo conosciuto, la sua voce assunse un tono più cortese. Sospirò e disse: «Ebbene, non possiamo certo essere tutti Octavius Maxwell Ricardo Edmund Frederick Fulton I.»

«Aspetta, ne hai aggiunto un pezzo? Non era già abbastanza lungo? No, così non va! Anche se riuscissi a ricordarmelo, non ho nessuna intenzione di fare tutto l'elenco ogni volta che ti rivolgo la parola.»

«Come ti pare.» Spalancò gli occhi e sbadigliò. Che razza di impertinente! Forse, se l'avessi rimesso un po' al suo posto, avrebbe iniziato a trattarmi come una sua pari anziché come un domestico incompetente.

«Se dobbiamo collaborare ti chiamerò... ti chiamerò... *mmm...*»

«Lieto di constatare che la tua mente è arguta quanto fa supporre il tuo nome» ridacchiò. Lo ignorai.

«Zitto, Octavius... Ottogatto... Gattotto... Gattavius! Perfetto! D'ora in poi ti chiamerò Gattavius.» Mi sentivo davvero orgogliosa per quel soprannome che gli calzava come un guanto. Nemmeno il suo pessimo atteggiamento mi avrebbe scoraggiata.

«Gatt...avius.» Sogghignò e frustò l'aria con la coda. «Non credo proprio.»

«Beh, ti chiami Octavius e sei un gatto, quindi...»

Iniziò a camminare in cerchio. «No, mi chiamo Octavius Maxwell Ric...»

«*Basta così!* Preferisci Gattotto? Perché per me va benissimo.»

Stava per rispondere, ma il rumore della porta che si apriva cigolando interruppe la conversazione. Diane fece capolino ed entrò. «Va tutto bene qui? Mi era sembrato di sentire delle voci...»

Mi passai le mani sui pantaloni, rivolgendole un sorriso suadente nel tentativo di convincerla che non ero impazzita. «Benissimo!! Mi stavo giusto presentando e spiegando al gatto che verrà a stare da me per qualche giorno.»

Diane lanciò un'occhiata a Gattavius, che scelse proprio quel momento per lasciarsi cadere sulla schiena e iniziare a leccarsi le zone intime. «Stai... parlando con il gatto?» chiese. Ma non sembrava una domanda.

La fissai negli occhi per dimostrarle che non ero in imbarazzo, anche se in realtà lo ero moltissimo. «Naturalmente. Aiuta a creare un legame emotivo che sarà fondamentale per il breve tempo che trascorreremo insieme.»

Diane fissò me, poi il gatto, poi di nuovo me. Infine alzò le spalle: «Ok, ho preso la sua roba dall'auto. Sei sicura che non sia un problema occuparti di lui per qualche giorno?»

Si bloccò e mi rivolse un'espressione accigliata prima di confidarmi: «Temo che non sia proprio il più simpatico degli animaletti.»

«*Ma ceeerto!* Grazie per avermi portato le sue cose. Ora sarà meglio che andiamo entrambi a casa a riposare un po'. È stata una giornata lunga, non è vero?» ridacchiai nervosamente, facendomi strada verso la porta.

«Qui, micetto. Vieni!» Feci schioccare la lingua dandomi dei colpetti sulla coscia per attirarlo.

Gattavius trotterellò obbediente al mio fianco, mormorando a denti stretti: «Se osi chiamarmi di nuovo micetto, ti vomiterò nelle ciabatte mentre dormi.»

«Ci vediamo!» strillai a Diane mentre raccattavo rapidamente tutte le cose di Gattavius impilate accanto all'entrata principale.

Quando infine ci trovammo al sicuro in auto Gattavius attaccò una litania di quelle che, supposi, fossero parolacce in gattese.

«Basta così!» lo rimproverai. «Mamma gatta non ti ha insegnato le buone maniere?»

Si zittì e mi fissò con uno sguardo così pieno di biasimo da farmi sobbalzare: «E così ora insulti mia madre? Voglio informarti che ha fatto del suo meglio con sette gattini da sfamare e solo sei capezzoli.»

Feci spallucce e inserii la retromarcia: «Bene, ti ringrazio per questa splendida immagine.»

Gattavius emise un terribile ululato e mi saltò in grembo ad artigli sguainati: «Per tutte le vibrisse! La fine è giunta!» gridò. «Sono troppo giovane per morire. Troppo grazioso! E di gran lunga troppo nobile!»

«Oh, hai paura?» domandai, quasi intenerita nonostante gli artigli conficcati nelle cosce. «Sei adorabile!»

«Non sono affatto adorabile» borbottò. «E ora ti ordino di portarmi in un luogo sicuro dove potremo discutere della tua punizione.»

Scoppiai a ridere e accesi la radio; i brani della *top forty* riempirono l'abitacolo, coprendo le sue lamentele sul mio modo di guidare cosìcché, nonostante le sceneggiate immotivate, giungemmo a casa mia in poco tempo. Ma ora si poneva un problema. Mi piaceva il mio appartamentino in affitto, ben ordinato e dotato di un ampio portico e alte querce nel giardino anteriore, ma il mio nuovo coinquilino la pensava diversamente...

«Dove diavolo mi hai portato?» chiese, restio a scendere dall'auto a prescindere da quanto lo pregassi di farlo.

«Questa è casa mia. Vivo qui. E ci vivrai anche tu per qualche giorno» gli spiegai, anche se ormai la mia pazienza era ridotta all'osso.

Girò verso di me il nasino rosa da gatto viziato: «Assolutamente no, non ci penso neanche! Questo misero tugurio non è minimamente all'altezza degli standard di vita a cui sono abituato.»

Ero quasi dell'idea di riportarlo in ufficio e riconsegnarlo ai Fulton. Invece feci un profondo inchino e, con tutto il sarcasmo di cui ero capace, gli risposi: «Beh, sono molto spiacente, Vostra Altezza! Questo è tutto ciò che posso permettermi. Ma in realtà tu sei solo un comune gatto tigrato con un pessimo carattere e pretese ridicole.»

Soffiò e tentò di assestarmi una zampata. Per un pelo riuscii a togliere il braccio dalla sua portata prima che riuscisse a graffiarmi.

«Solo un comune gatto tigrato!» gridò, riversandomi addosso un'altra sequela di imprecazioni in gattese. «Come osi? Ti informo che sono in parte Maine Coon! Lo era mia nonna materna!»

Mi stavo veramente stufando! Perché farla tanto lunga per ogni minima cosa?

Mi inginocchiai per affrontarlo faccia a muso, anche se era un grosso rischio considerando il suo caratteraccio e gli artigli affilati: «Stammi bene a sentire! Vuoi che ti aiuti con la storia dell'omicidio o no? Perché, per come la vedo io, sono letteralmente l'unica persona al mondo che può farlo, ora come ora. Ma se vuoi che lo faccia, dovrai essere decisamente più cortese.»

Restammo a fissarci l'un l'altra: mi rifiutavo di abbassare lo sguardo per prima! Avevo a che fare ogni giorno con avvocati megalomani, di certo ero in grado di gestire un gatto con un brutto carattere.

Infine, Gattavius si stiracchiò, sbadigliò, saltò giù dall'auto e trotterellò fino alla porta: «Pensi di farmi entrare?» miagolò dal portico, sbattendo nervosamente la coda.

Era già qualcosa.

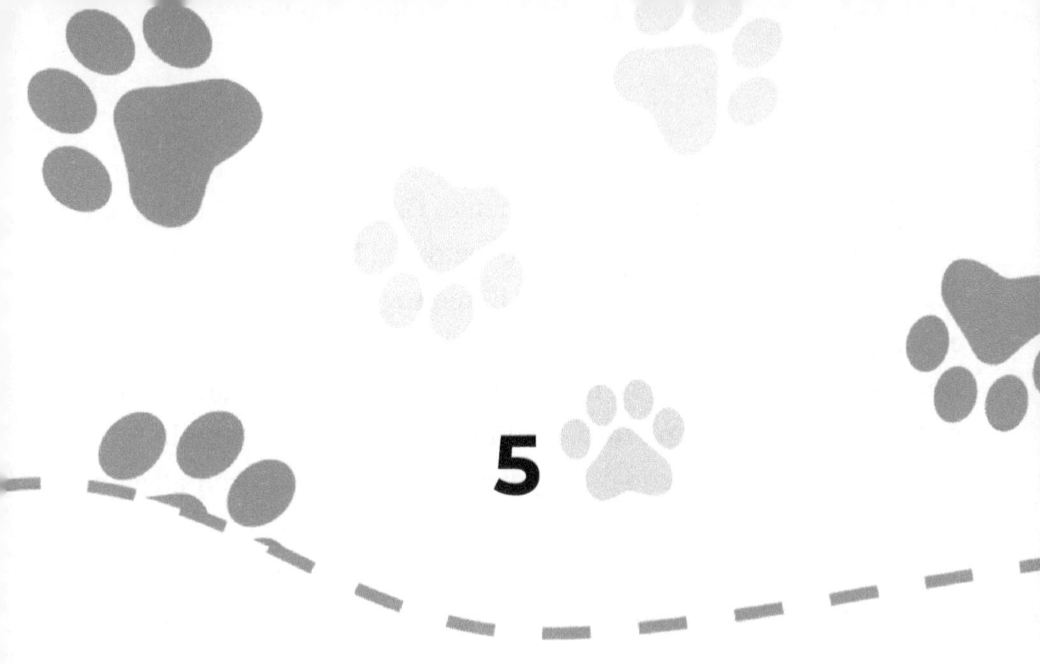

5

Una volta entrati Gattavius si diresse senza indugio alla mia poltrona imbottita preferita. Nonostante tutte le proteste di poco prima, in breve si sistemò e si mise comodo. Come dimostravano i miei pantaloni, perdeva una gran quantità di pelo: la mia povera poltrona color crema non aveva alcuna possibilità di uscire indenne contro il suo manto marrone e nero.

Ma era comunque mio ospite e la nonna si era impegnata molto per insegnarmi le buone maniere.

«Posso portarti qualcosa da bere?» gli chiesi dalla cucina.

Sollevò la testa facendo forti fusa di soddisfazione, un fatto che trovai sconvolgente come se gli fosse spuntata una seconda coda. «Hai dell'Evian?» chiese educatamente, incrociando le zampe di fronte a sé.

«Ho dell'acqua di rubinetto e...» Aprii il frigo e mi accigliai per la totale assenza di qualcosa di adatto da offrirgli. «Coca Diet e succo di mela.»

Le fusa si interruppero bruscamente. Gattavius spostò e incrociò nuovamente le zampe: «Lasciamo perdere. Dovrai andare a fare spese e procurarti il necessario per il mio soggiorno. Bevo solo Evian e mangio solo Sheba gourmet. Non un tipo qualsiasi, bada bene. Dev'essere a base di pesce e nelle lattine scatolette di metallo piccole, non nei contenitori di plastica. La differenza di gusto si sente!»

Non potei fare a meno di scoppiare a ridere per la sfrontataggine della richiesta: «Nient'altro?»

«No, ma dovremo pur iniziare da qualche parte.» Mi fissò con cipiglio, rifiutandosi di considerare il lato buffo della situazione.

Poiché non stavamo facendo progressi, me ne andai in cucina e tornai in soggiorno con una lattina di Coca Diet. Mi stravaccai sul divano con un profondo sospiro. Se voleva fare il melodrammatico, l'avrei fatto anch'io.

Sentivo addosso il suo sguardo ambrato e inquisitore; si rifiutava di abbassare gli occhi e la coda riprese a frustare selvaggiamente l'aria. Era incredibile che non avesse imparato un po' di buone maniere, considerando il modo in cui aveva vissuto solo fino a due giorni prima.

Mi schiarii la gola, ma lui continuò a fissarmi, sfrontato. Stava aspettando che...? *Oh, accidenti!*

«Non è necessario che vada a fare la spesa subito!» sbottai tirandomi su e fissandolo a mia volta. «Vero?»

Fece spallucce come se non avesse dato molto peso alla cosa, anche se sapevamo entrambi che non era così. «Beh, sarebbe cortese da parte tua.»

«Questa mattina non parlavi d'altro che dell'omicidio di Ethel Fulton. Ora procurarsi una certa marca di acqua minerale è più importante che spiegarmi tutto ciò che sai e iniziare a lavorare sul caso?»

Ci pensò su un istante. «Non avrei mai pensato di dirlo, ma... portami l'acqua del rubinetto.»

«Davvero?» Mi aspettavo che cambiasse repentinamente idea o che mi dicesse che ovviamente non diceva sul serio e che ero una sciocca per non averlo capito.

«Talvolta dobbiamo fare dei sacrifici per coloro che amiamo. Lo faccio per Ethel.» Annuì solennemente, nonostante l'assoluta banalità di quell'affermazione.

«Oh, quanto la fai lunga!»

Spalancò gli occhi, per lo shock supposi. «Auspicabilmente non dovrò patire tutto questo troppo a *lungo*. Quando ti avrò detto quello che so, tutto sarà chiaro e il caso sarà chiuso in un batter d'occhio.»

«Perfetto!» commentai. Andai in cucina e lasciai aperto il rubinetto per qualche istante per accertarmi che l'acqua fosse della temperatura giusta per il mio viziato amichetto peloso. «Ora dimmi tutto ciò che sai.»

Gattavius attese che tornassi e sistemassi la scodella con l'acqua sul tavolino da caffè di fronte a lui. Ci saltò sopra e la annusò, esitante.

«Questa roba non è di porcellana né di cristallo. Nemmeno di acciaio inossidabile.» Allungò il collo di lato, trasformandosi in un buffo intreccio di arti, pelo e atteggiamento snob: «Di che si tratta? È sicuro bere da qui?»

«È una normale scodella presa al discount. Io la uso ogni giorno per mangiare.»

La spinsi verso di lui per incoraggiarlo ma il signorino fece un salto all'indietro per lo spavento: «Questo difficilmente può bastare a convincermi!» Mi squadrò dalla testa ai piedi e scrollò le piccole spalle feline prima di girarsi e tornare sulla poltrona. «In effetti non ho così sete» dichiarò sbadigliando.

Anziché rispondergli, aprii la lattina e bevvi una lunga sorsata, ma le bollicine non servirono a calmarmi i nervi.

«Allora, vogliamo cominciare?» chiese Gattavius agitando impaziente la coda. Con tutto il tempo che aveva perso a lamentarsi, ora incolpava me di rimandare l'inizio delle indagini per quell'unico sorso di bibita.

Ma per quanto detestassi mostrarmi arrendevole, era più facile accettare la sua sfacciataggine che continuare a discutere su ogni inezia. Prima identificavamo l'assassino e lo consegnavamo alla giustizia, prima avrei potuto tornare alla vita normale, senza gatti parlanti.

Inspirai a fondo per calmarmi e chiesi: «Cosa ti fa pensare che Ethel Fulton sia stata assassinata?»

«Io non *penso* che sia stata assassinata. Io *lo so!* Ho visto tutto con i miei occhi!» Spalancò gli occhi ambrati per enfatizzare le sue parole. Forse non sarebbe stato così difficile, dopotutto.

«Oh, bene. Allora chi è stato?» mi chinai verso di lui, pronta per la grande rivelazione.

«Non lo so.»

Respira, Angie! «Ma non hai detto che hai visto tutto?»

«È così.»

«Allora come fai a non saperlo?»

«Beh, era certamente un umano» dichiarò con un sorriso soddisfatto fra le vibrisse.

«Ma davvero? È tutto quel che sai?» Il divano gemette quando mi ci buttai sopra, sollevando le braccia per scacciare l'impulso di prenderlo per il collo. «Era un uomo o una donna? Vecchio o giovane? Un estraneo o qualcuno che conosceva?»

Sbadigliò. «Davvero ti aspetti che me ne ricordi?»

«Ma dici sul serio?» Ok, stavo gridando contro un gatto.

«Cosa c'è? Non è colpa mia se voi umani siete tutti uguali.»

Calmati, respira profondamente! «Quindi hai visto un umano che la uccideva ma non sai chi sia.»

«Esatto. È quel che ho detto. Non mi stai ascoltando?»

Provai a parlargli lentamente, anche se era lui a trattarmi come un'idiota: «E sai come l'ha uccisa? Da quello che ho capito è morta per cause naturali.»

«No, la sua ora non era ancora giunta. Qualcuno ha affrettato i tempi.»

Aspettai che aggiungesse qualcosa, ma iniziò a leccarsi.

«Ehilà? Siamo nel bel mezzo di una conversazione importante! Puoi smetterla di leccarti per cinque minuti e farmi capire?»

Gattavius sbuffò piano, ma obbedì: «Quanti sacrifici! Spero che Ethel mi veda da lassù in modo che le mie buone azioni non siano vane.»

«Sono certa che sia in Paradiso e che stia pensando: 'Oh, che gatto meraviglioso avevo!' Ma ora potresti raccontarmi l'intera storia dall'inizio alla fine? *La questione dell'omicidio*» mi affrettai a specificare. Non avevo più nessuna intenzione di sentir parlare di mamma gatta e dei suoi sei capezzoli!

Annuì e si alzò a sedere. Quello che seguì fu un racconto talmente melodrammatico che gli sarebbe valso l'Oscar se qualcuno oltre a me fosse stato in grado di capirlo.

«Lascia che ti descriva la scena.» Sollevò la zampa e tracciò un arco davanti a sé: «Era solo due notti fa. Il clima era mite. La luce aveva iniziato a svanire dal cielo. Ethel aveva invitato un gruppetto di umani per consumare il cibo a tavola. Aveva cucinato tutto lei, me lo ricordo perché aveva preparato il salmone e me ne aveva dato un po' in un piattino da assaggiare. Posso affermare con certezza che il pesce era cotto alla perfezione, tenero ma non asciutto, e che la porzione era generosa. Ethel sapeva sempre esattamente di cosa avessi bisogno.»

«Vai al punto» dissi a denti stretti. «Parliamo dell'omicidio se non ti dispiace.»

Sogghignò ma non si oppose. «Tutti hanno mangiato a sazietà, poi se ne sono andati. Mentre si preparava per andare a letto Ethel si è portata le mani al petto e mi ha detto che non si sentiva bene, poi è andata a dormire. Non si è più svegliata.»

«Sembrerebbe un attacco di cuore. Cosa ti fa pensare che sia stata assassinata?» Allungai la mano per accarezzargli la testolina, ma mi allontanò con una zampata.

«Il suo cuore era forte» insistette. «Me lo diceva sempre dopo essere stata dal medico.» Assunse una voce stridula e graffiante, come a imitare quella della sua compagna umana: « '*Il dottore ha detto che ho un cuore di ferro e che potrei vivere per sempre.*' Era stata dal medico proprio quella settimana: le aveva ribadito che era in perfetta forma.»

Non sapevo come fare a dirglielo con delicatezza, quindi buttai lì: «Ok, ma era anziana. A volte il fisico non ce la fa.»

Scosse il capo, cocciuto, e quando tornò a guardarmi aveva gli occhi fuori dalle orbite: «È possibile, ma non è questo il caso: Ethel aveva un odore strano dopo cena.»

Arricciai il labbro mentre ci riflettevo. Sapevo che Gattavius amava molto la sua ex proprietaria, ma più ne parlava più mi sembrava che fosse morta per cause naturali e non per la bizzarra macchinazione di un assassino. Solo che non sapevo come dirglielo.

Dopo un attimo di esitazione aggiunsi: «Ho sentito dire che i gatti a volte percepiscono quando le persone stanno per morire. Eravate molto legati, forse l'hai avvertito...»

Riprese a scuotere il capo. «No, è stata sicuramente assassinata! La cena e il tè avevano lo stesso odore strano!»

«Mi stai dicendo che è stata avvelenata? Ma non ha senso!

Ricordi, mi hai raccontato dettagliatamente di aver mangiato anche tu il pesce e che era perfettamente normale.»

«Mi ha dato da mangiare prima dell'arrivo degli ospiti. Credo che qualcuno abbia avvelenato il cibo quando sono uscito dalla cucina per andare a schiacciare un pisolino.»

Sollevai un sopracciglio: «E allora perché gli altri ospiti non sono morti?»

«Volevano uccidere proprio lei, suppongo.» Spostò lo sguardo sulla sedia davanti a sé nella prima vera dimostrazione di cordoglio: «Non capisco. Era l'umana più dolce e gentile del mondo. Chi mai avrebbe voluto ucciderla?»

«Speravo che me lo dicessi tu.» Dovetti sforzarmi di tenere a mente che non gli piaceva essere accarezzato, per lo meno non da me. Afferrai la lattina con entrambe le mani e bevvi un altro sorso prima di continuare: «Era molto ricca. Pensi che qualcuno volesse mettere le mani sull'eredità?»

Sollevò la testa e mi fissò negli occhi: «Quindi pensi che sia stato qualcuno della famiglia?»

Feci spallucce. «Non sono nemmeno del tutto convinta che sia stata assassinata.»

«Allora immagino che dovrò dimostrartelo.» Si alzò e saltò giù dalla sedia in un batter d'occhio.

«Dimostrarmelo? Come?»

«Andiamo a casa mia e diamo un'occhiata in giro. Ti assicuro che troverai le prove che ci servono» dichiarò. Poi scosse la coda e aggiunse: «Dato che, a quanto pare, la mia parola non basta.»

6

Mi sembrò quasi un miracolo che Gattavius ricordasse l'indirizzo di casa sua, che si trovava vicino alla baia, ovvero dove vivevano tutti i ricchi di Glendale, dalla parte opposta della città rispetto a dove abitavo io.

Una stradina privata serpeggiava per circa un chilometro fra gli alberi per terminare davanti a una splendida e colossale magione coloniale dalle enormi vetrate affacciate sul mare.

Mi cadde la mandibola davanti a tanta maestosità. «Tu... vivevi qui?»

«Prima la sicurezza, poi le chiacchiere!» sibilò Gattavius affondandomi ancor di più gli artigli nelle cosce mentre percorrevo l'ultimo tratto del vialetto e mi fermavo davanti alla magione, che sembrava più un palazzo reale che una casa.

Anziché parcheggiare di fronte, scelsi di lasciare l'auto su un lato della villa in modo da non far notare troppo la mia presenza. Non appena aprii la portiera Gattavius balzò a terra e si avviò baldanzoso verso il portico.

«Aspetta!» strillai, prendendomi un momento per ispezionare il luogo. «Hai davvero intenzione di entrare?»

«Certamente! È casa mia.»

«Ok, ma non è chiusa a chiave?» Nonostante tutte le mie lauree e i miei studi, non padroneggiavo l'arte dello scassinamento. Forse avrei potuto metterla in elenco per il futuro, ma per ora non ci sarebbe stata d'aiuto.

«*Puah!* Solo per voi umani. Sta a vedere.» Gattavius salì di corsa i gradini del portico e si fermò davanti a una gattaiola quasi perfettamente mimetizzata nella facciata di pietra della villa. Un attimo dopo la porticina scorrevole si aprì e lui entrò, lasciandomi pochi dubbi sul fatto che quella gattaiola costasse ben più del mio affitto annuale.

Raggiunsi la gattaiola e mi inginocchiai; la porticina in pietra mi si chiuse in faccia ma si riaprì pochi secondi dopo e Gattavius uscì con un sorriso soddisfatto sul muso: «È bello essere a casa!»

«Beh, non ti ci abituare. Siamo qui solo in cerca di indizi.»

«Allora cosa stai aspettando? Entra!» Scivolò nuovamente nel suo ingresso privato; questa volta ero abbastanza vicina da notare una lucina lampeggiare sul suo collare prima che la porticina si aprisse. Molto chic!

Il tigrato si voltò e mi lanciò un'occhiata: «Tu non vieni?»

«C'è un piccolissimo problema.» Allungai una mano verso di lui. «Non ci passo.»

Scosse lentamente la testa e si portò una zampa alla fronte per l'esasperazione. «Allora prendi la chiave sotto il sasso lucente. Sbrigati per favore!»

Mi rialzai in piedi mugugnando e iniziai a cercare sotto il portico e nelle aiuole vicine. Anche se conoscevo Gattavius da un solo giorno, sapevo che era meglio evitare di chiedere aiuto o chiarimenti. In tutta onestà, non si è provato niente nella vita finché non si viene trattati con condiscendenza da un gatto, ma è un'esperienza che vi sconsiglio, se avete modo di evitarla.

Io però non avevo altra scelta, almeno finché non avessi risolto il caso o dimostrato che non c'era nessun caso da risolvere, due esiti che mi sembravano ugualmente probabili.

Gattavius mi raggiunse e mi diede dei colpetti sulla caviglia con la zampa senza sforzarsi di ritrarre gli artigli: «Stai cercando nel posto sbagliato» mi informò con espressione annoiata.

Lo fissai, poi diedi un'occhiata alla gamba in cerca di puntini sanguinanti.

Il mio amico peloso girò in cerchio, poi saltò giù dal portico e indicò con la zampa l'angolo in cui la villa toccava gli scalini. Proprio lì si trovava la prima di una serie di lucine per il vialetto, tutte spente nonostante il sole stesse ormai calando.

Scesi anch'io i gradini ed estrassi la lucina dal terreno: una piccola chiave d'argento era sepolta proprio lì sotto. «Bel nascondiglio!» commentai mentre recuperavo la chiave.

«Ethel era tanto intelligente quanto gentile» disse Gattavius con un tono reverente, anomalo per lui. «Era davvero l'umana migliore del mondo! È un vero peccato che tu non abbia avuto la possibilità di conoscerla.»

Stavo per dirgli quanto lo trovassi dolce quando aggiunse: «Avresti potuto imparare moltissimo da lei.»

«Ok» risposi scontrosa, voltandomi verso il portico. «Vediamo di andare avanti con l'indagine.»

La chiave scivolò senza sforzo nella toppa e un istante dopo mi trovavo nel regale ingresso della villa senza sapere minimamente da dove cominciare. Mi sfuggì un fischio: «Questo posto è enorme!»

Gattavius sospirò: «Sì. Non è perfetto?»

Restammo in rispettoso silenzio mentre osservavo il costoso arredamento: perfino i lampadari sembravano presi direttamente da un castello del diciassettesimo secolo. Già mi sentivo in colpa per essere entrata senza permesso in casa di un defunto; starsene lì a curiosare tra i suoi beni principeschi non faceva che peggiorare il mio malessere.

Il tigrato si diresse deciso verso destra: lo seguii e poco dopo ci ritrovammo in cucina.

Non potei fare a meno di notare e apprezzare gli splendidi mobili in rovere bianco. Tutto in quella stanza era spettacolare: l'immensa isola al centro della stanza aveva le dimensioni di un letto matrimoniale, mentre il frigo in acciaio inossidabile doveva essere grande almeno il doppio di quello del mio minuscolo appartamento.

«Oh, bella pensata!» mormorai, senza riuscire a staccare gli occhi da quella che era appena diventata la cucina dei miei sogni. «La cena è stata preparata qui, quindi dovremmo cercare prove che dimostrino la teoria dell'avvelenamento.»

Riportai l'attenzione su Gattavius: non gli importava che perdessi tempo se lo facevo per ammirare la sua dimora. In effetti sembrava piuttosto compiaciuto: «Ah-ah! Qui c'è l'Evian!»

Fissava la dispensa, dove, ovviamente, c'erano decine di bottiglie della sua acqua preferita ben ordinate sullo scaffale più in basso. «Davvero vuoi prima bere?»

«Sì. E sbrigati. Sto morendo di sete!» Si accucciò a terra in attesa.

Sollevai gli occhi al cielo, ma lo accontentai. Dopo avergli versato la quantità di acqua specificata nell'apposito piattino tornai alla dispensa e presi una decina di bottiglie e una ventina di scatolette di Sheba gourmet. Se non altro, non avrei dovuto spendere un occhio della testa per fargli la spesa.

Gattavius bevve con soddisfazione poi si leccò il muso, appagato: «Questa sì che è vita! Grazie.»

Resistetti al desiderio di battere il piede per l'impazienza, l'equivalente umano degli scatti della coda. «Ora che ti sei rinfrescato e reidratato, forse potresti mostrarmi ciò che sai e aiutarmi a capire cos'hai visto la sera dell'omicidio.»

«Va bene.» Attraversò la cucina a grandi passi lenti, poi saltò sul top.

Lo seguii fino al lavandino, pieno fino all'orlo di piatti sporchi.

«È disgustoso, ma lo faccio per Ethel» mi informò. Poi chiuse gli occhi e affondò il naso fra i piatti.

Ci rovistò in mezzo per un po', infine dichiarò: «È questo!»

Mi sporsi a guardare ma non riuscivo a capire a quale piatto si riferisse: «Quale? Non capisco.»

«Te lo sto indicando con il naso». La sua voce mi arrivò attutita. «Ti prego di sbrigarti, non è il più gradevole degli odori!»

Uno dopo l'altro, tirai fuori i piatti sporchi dal lavandino: c'erano resti di pelle di salmone, chicchi di riso e grumi di burro, ma avevo affrontato ben di peggio in vita mia che qualche piatto rimasto lì per un paio di giorni. La cosa mi disturbava meno di quanto disturbasse lui.

«Eccolo! È quello!» gridò riemergendo dal lavandino e iniziando subito a leccarsi la zampa. «Annusalo!»

Feci come mi aveva detto, ma non sentivo altro che un lieve odore di pesce avariato.

Gattavius si strofinò la zampa sulla testa, poi ricominciò a leccarla. «Ora annusane un altro e capirai che cosa intendo.»

Obbedii, accertandomi di annusare a fondo ciascun piatto, ma non percepivo nessuna differenza. «Cosa dovrei sentire oltre all'odore di pesce?»

«Ricordi che ti ho parlato di quell'odore strano?» Attese che annuissi, poi mi rivelò: «Solo il piatto di Ethel ce l'ha!»

«Questo era il suo piatto?» chiesi, porgendogli quello che avevo preso per primo per farglielo annusare ancora.

Il suo muso si contorse per il disgusto: «Ne sono certo!»

«Non so cosa farci. Io non sento nessuna differenza e non saprei neanche come fare per passare il caso alla scientifica.»

«Digli ciò che ti ho detto io!»

«Sì, come no! Gli dico che me l'ha detto il gatto! Ci crederanno di sicuro.»

«Obiezione accolta.» Smise di leccarsi e si guardò intorno. «Non c'è niente fuori posto a parte i resti della cena. Prova ad aprire il cestino dell'immondizia. Vediamo se c'è una boccetta di veleno.»

Feci ciò che mi aveva detto, premendo sul pedale per sollevare il coperchio in modo da poter dare un'occhiata all'interno.

«Non c'è niente» gli dissi scuotendo il capo. «Dopotutto non sembra che sia stata assassinata.»

«Oppure il colpevole è stato abbastanza furbo da portarsi via le prove. E abbiamo il piatto nel lavandino che dimostra tutto! Non è colpa mia se lo scarso olfatto degli umani non è in grado di fiutare l'evidenza!»

Detestavo ammetterlo, ma aveva ragione: «Va bene. Dove possiamo cercare altri indizi?»

Scosse il capo, sprezzante, e sferzò l'aria con la coda: «Prima dimmi che mi credi.»

«Cosa? Che importanza ha?» Lo fissai con lo sguardo più autoritario che riuscii a sfoderare. Per quanto ne sapevo, i gatti non avevano capibranco come i cani, ma dovevo pur fare qualcosa per farmi valere.

Ringhiò facendomi perdere la concentrazione: «Se dobbiamo lavorare insieme, ho bisogno di sapere che credi in quello che facciamo. Devo sapere che farai tutto il necessario per ottenere giustizia per Ethel.»

Alzai gli occhi e mormorai: «Va bene, ti credo.»

«La prossima volta sforzati di essere un po' più convincente.» Sogghignò, poi salto giù dal top scuotendo il sederino gattoso mentre si allontanava a grandi passi. «Devo avere pazienza con te, considerando che sei la mia unica speranza. Vieni, ti mostro la camera da letto.»

Mentre lo seguivo nell'ingresso e poi lungo l'imponente scalinata, mi chiesi se credevo davvero che Ethel fosse stata assassinata. Non avevo visto o fiutato nulla che potesse costituire un indizio, ma conoscevo Gattavius ormai abbastanza da sapere che non avrebbe perso il suo prezioso tempo se non fosse stato certo di ciò che diceva.

Anche se la situazione non era affatto chiara, lui era convinto che Ethel fosse stata uccisa e, anche se era una follia, io gli credevo.

7

Mi sentivo a disagio a trovarmi in una stanza in cui qualcuno era morto meno di quarantott'ore prima. L'aria della camera da letto di Ethel Fulton sembrava carente di ossigeno, come se lei avesse cercato di risucchiarlo tutto con il suo ultimo respiro. A quel pensiero rabbrividii e mi cinsi il torso con le braccia.

Gattavius saltò sul letto e toccò il piumone con la zampa: «È qui che è morta. Io dormivo su questo cuscino, lei sul lato più vicino alla toilette. Di solito si alzava un paio di volte durante la notte per fare i suoi bisogni. A proposito, voi umani siete disgustosi! Ma amavo Ethel, perciò tolleravo i suoi difetti.»

«Vieni al punto» sospirai.

Sollevò il labbro ma non soffiò: «Quella notte non si è alzata. È stato il primo segnale che qualcosa non andava per il verso giusto.»

Mi aggiravo impacciata accanto al letto: non volevo sedermici, né toccarlo. «Credevo che il primo segnale fosse stato l'odore strano.»

Gattavius annusava il letto come in cerca di qualcosa. «Quello è stato il momento in cui ho avuto i primi sospetti, ma quando ho notato che non si era alzata ne ho avuto la certezza.»

Gli concessi qualche istante per finire di ispezionare il letto. Quando si accomodò sul cuscino gli dissi: «Ok, è morta in questa stanza, ma non credo che troveremo niente di collegato all'omicidio qui. Di sotto ci sono sei piatti. Uno era di Ethel. Ti ricordi chi erano i cinque ospiti?»

«Potrei riuscire a identificarli se li vedessi o, ancor meglio, se li fiutassi!»

Lo immaginavo: l'olfatto super sviluppato di Gattavius non mi era di nessuna utilità. L'unica persona che avrei saputo riconoscere dall'odore era la mia collega Bethany, ma solo per via della sua ossessione per gli oli essenziali. A quel pensiero, però, mi venne un'idea: «Qualcuno di loro era presente alla lettura del testamento?»

Gattavius sbadigliò e si stirò le zampe in una specie di posizione yoga: «Sì, c'erano tutti» rispose.

Tutt'a un tratto risolvere il caso sembrava non solo possibile, ma probabile. Cercando di non spaventarlo con manifestazioni di entusiasmo improvvise, domandai: «E non sai chi di loro ha ucciso Ethel?»

«No, nessuno di loro aveva quello strano odore quando li ho visti lì» commentò accigliato.

«E non ti ricordi i loro nomi?»

Gattavius scosse il capo.

Dimenticandomi della sensazione di disagio provata fino a poco prima, sospirai e mi lasciai cadere sul materasso accanto a lui, sentendo scemare l'entusiasmo. «Considerando che c'erano almeno una ventina di persone, lo immaginavo.»

Sospirò anche lui: «Già.»

Rabbrividii rendendomi conto che ero seduta proprio nel punto in cui l'anziana signora Fulton era morta meno di due giorni prima. «Forse se cercassimo di...»

«*Silenzio!*» intimò Gattavius balzando in piedi. Le sue orecchie si mossero come minuscole antenne paraboliche in cerca del punto in cui la ricezione è migliore. «Qualcuno è appena entrato!»

Lo stomaco mi si contrasse per l'ansia: «*Cosa?*»

Lui restò in ascolto ancora per un po': «Sì, c'è qualcuno.»

Considerando la fortuna che avevo, era di sicuro il killer, tornato per eliminare qualsiasi possibile prova dalla scena del crimine. Prove che, tra parentesi, io ero troppo stupida per trovare e che ora sarebbero andate perdute per sempre. Così non sarebbe stata fatta giustizia per la povera Ethel Fulton, per non parlare del fatto che, se ci avesse trovati, il killer avrebbe potuto colpire ancora, dato che gli stavo proprio lì tra i piedi.

«Dobbiamo andarcene subito!» dissi a fior di labbra sperando che Gattavius riuscisse a leggere il labiale. Lui saltò sul pavimento e trotterellò fuori dalla porta della camera da letto, che avevo stupidamente lasciato aperta.

Restai in ascolto per quella che mi parve un'eternità, in attesa di reazioni dell'intruso alla vista del micio. Gattavius avrebbe fiutato il pericolo? E se l'avesse fatto, sarebbe riuscito a trovare un modo per avvertirmi?

Passarono alcuni minuti senza che accadesse nulla. Con un profondo respiro percorsi il corridoio in punta di piedi e raggiunsi le scale. Dovevo solo scenderle e uscire, poi non avrei mai più messo piede in quella casa!

Riuscii a scendere silenziosamente, ma a discapito della velocità: ero circa a metà delle scale quando una figura fece la sua comparsa nell'ingresso e si fermò vedendomi.

Di tutte le cose che avrei potuto fare, scelsi la peggiore: restare immobile.

«Chi è là?» domandò la figura. La voce era chiaramente femminile e ciò alleviò un po' la mia paura: avrei faticato a difendermi contro un uomo adulto, ma con il mio metro e settanta e una buona corporatura avrei potuto atterrare facilmente una donna... a patto che non fosse armata.

«Io... io...» Come potevo spiegare la mia presenza in casa? La verità – un gatto parlante e un possibile omicidio – sarebbe stata peggio di qualsiasi bugia ma ero troppo spaventata perché mi venisse in mente una buona scusa.

Per fortuna Gattavius scelse proprio quel momento per entrare dalla gattaiola elettronica e salire di corsa le scale per raggiungermi. «Dille che sei venuta a prendere il cibo, la cuccia e altra roba per me» mi ordinò.

Era un'ottima idea e in parte era anche vero.

«Mi occupo del gatto per un po' e sono venuta a prendere la sua roba. E... lei è?» domandai ergendomi in tutta la mia altezza, come se avessi tutto il diritto di trovarmi lì.

La donna fece un passo indietro e premette un interruttore che fece accendere il lampadario, illuminando il volto di entrambe. «Ovviamente non sei un'amica di famiglia o non avresti bisogno di chiederlo. Quindi perché non inizi a dirmi chi sei *tu*?»

«Sta bluffando» bisbigliò Gattavius al mio fianco. «È spaventata quanto te. Puzza da morire di ormoni dello stress.»

«Lavoro per il signor Fulton.» Scesi alcuni gradini senza smettere di fissarla. «Devo dirgli che è passata?»

«Vai così!» mi incitò Gattavius.

La donna borbottò qualcosa. Le profonde occhiaie evidenziavano che doveva aver dormito ben poco di recente e il modo in cui torse il labbro mi fece capire che avevo fatto centro.

«No, non ne sarebbe contento» borbottò. Lanciò un'occhiata alle sue spalle poi tornò a fissarmi. «Guarda, non ho preso niente. Stavo solo dando un'occhiata alle cose di zia Ethel per accertarmi che non mi freghino quando ci spartiremo l'eredità. Comunque me ne stavo andando, non ho fatto niente di male.» Sollevò le mani in segno di resa e attese che la raggiungessi al piano terra.

«Immagino che non sia necessario riferire al signor Fulton della sua visita ma ora sarà meglio andare» dissi, mostrando molto più coraggio di quanto ne avessi in realtà.

«Ok.» Arretrò lentamente continuando a tenere gli occhi fissi su di me, cercò a tentoni la maniglia e aprì la porta con una violenza tale da farla sbattere contro il muro. Anche se non avessi già avuto dei sospetti, era il momento buono per interrogarmi sulle sue intenzioni.

«Arrivederci» disse prima di scendere di corsa i gradini del portico.

La vidi salire su una vecchia auto e sedersi al volante borbottando fra sé. Anche se per il momento se n'era andata, sarebbe potuta tornare o sarebbe potuto arrivare qualcun altro. Dovevo andarmene, ma prima dovevo recuperare il cibo di Gattavius in cucina.

Lui mi seguì veloce come un lampo: «Sei stata grande!» disse. «Inizio a pensare che forse, dopotutto, tu sia all'altezza del compito.»

«Grazie tante» borbottai cercando di stiparmi tra le braccia il carico di bottiglie di Evian e scatolette di cibo. «Ora ti dispiacerebbe fare la guardia e avvertirmi, giusto in caso quella voglia tornare di soppiatto e accoltellarmi alla schiena?»

Gattavius saltò sul top e spalancò le pupille: «Oh, ma non è lei l'assassino!»

«Come fai a esserne sicuro?» domandai cercando di non perdere l'equilibrio sotto quel peso. «Non c'era quella sera?»

«Si che c'era, ma non è abbastanza intelligente da organizzare un omicidio, tantomeno da nascondere le prove. È la nipote di Ethel e credimi, è senza dubbio l'umana più stupida che abbia mai conosciuto. Non può essere stata lei.»

«Sembra quasi che tu ammiri l'assassino» sussurrai uscendo dalla cucina. Non sapevo se la donna se ne fosse già andata o se sarebbe tornata prima che fossi riuscita a fuggire.

Gattavius soffiò: «No, credimi, sono furioso come un umano che dimentica il cellulare. Solo che so che non è stata lei. Quindi rimangono quattro possibili colpevoli.»

La porta d'ingresso era ancora semiaperta, ma l'auto della donna non era più nel vialetto. Per fortuna, perché non ero più in vena di chiacchiere, anche se Gattavius sosteneva che non si sarebbero concluse con il mio omicidio.

«Ma non sai proprio chi erano gli altri ospiti? Prima hai detto che non ne conoscevi nessuno, ma ora hai riconosciuto la nipote di Ethel.»

Sospirò come se fosse lui quello che veniva trattato come uno sciocco: «Si chiama memoria olfattiva. Alcuni pezzi del puzzle ne hanno bisogno per andare a posto.»

«Non ho mai sentito niente di tanto ridicolo.» Procedetti con lo sguardo fisso a terra lungo il terreno irregolare fino al lato della casa dove avevo nascosto l'auto, accanto a un boschetto di alberi d'alto fusto. «Beh, con quanti gatti hai conversato prima di conoscermi?»

Dovetti ammettere che aveva ragione. «Uno a zero per te. Ma questa gitarella non è servita a un bel niente. Cosa facciamo adesso?»

Raggiungemmo l'auto e posai a terra bottiglie e scatolette; aprii la portiera e stipai tutto sul sedile posteriore.

«Non è vero che non è servita a *niente*.» Gattavius saltò sul cofano e mi guardò dall'alto in basso come un re con un suddito: «Abbiamo lo Sheba e l'Evian!»

Scossi il capo ridacchiando sommessamente e chiusi la portiera. Mi ero trovata faccia a faccia con un potenziale assassino, non eravamo nemmeno lontanamente vicini alla soluzione del caso, *ma avevamo l'Evian.*

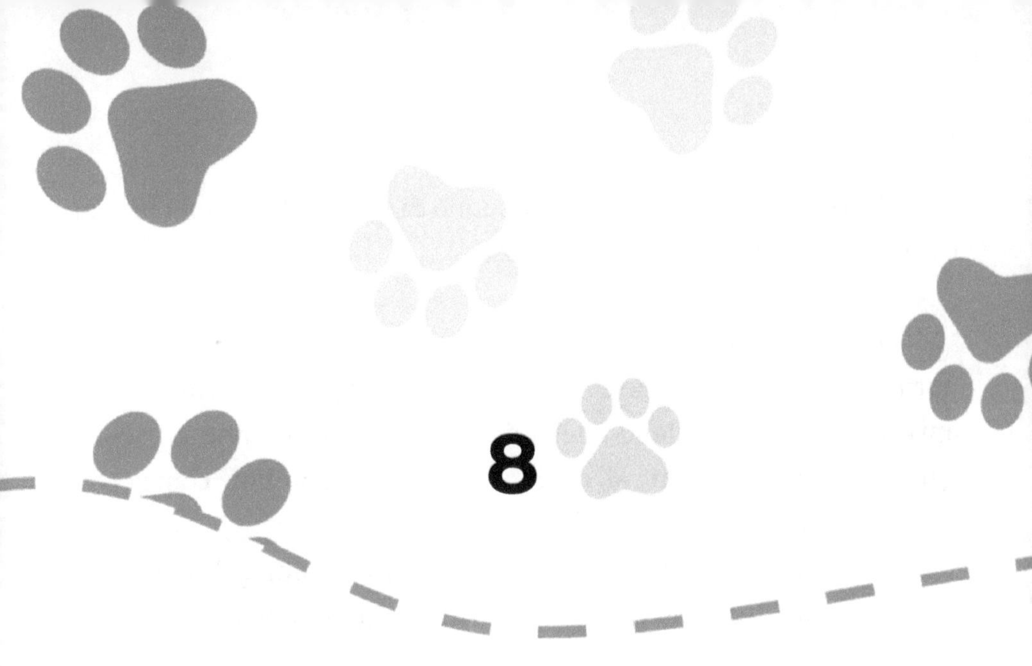

8

Quella notte venni svegliata prestissimo da un lamento spaccatimpani. La stanza era ancora immersa nell'oscurità, così cercai a tentoni il cellulare per usarlo come torcia.

«Dannazione, dritto negli occhi!» gridò Gattavius saltando giù dal letto per sfuggire alla luce.

Mi tirai faticosamente su a sedere, ancora intorpidita dal sonno: «Che succede?»

Si voltò a guardarmi, gli occhi che scintillavano mentre le pupille si restringevano per adattarsi alla luce: «È ora di colazione» mi informò.

Una rapida occhiata al cellulare mi confermò che erano appena le cinque del mattino, ovvero più di due ore prima della sveglia nei giorni di lavoro.

«Neanche per idea! Non pensarci nemmeno!» mugugnai tirandomi le coperte fin sopra la testa. «Vattene!»

Il terribile urlo della *Banshee* risuonò di nuovo, dandomi i brividi e arrivandomi dritto ai centri nervosi.

«Smettila!» sbuffai.

Gattavius soffiò ma mantenne la parlata lenta e un volume normale: «Ti ho detto che è ora di colazione» ripeté. «Se riuscissi ad aprirmi la scatoletta dello Sheba da solo lo farei, ma non ci riesco. Quindi alzati e metti all'opera i pollici opponibili come Dio comanda, madamigella!»

«È ufficiale, ti detesto!» gemetti trascinandomi giù dal letto. L'aveva avuta vinta, ma ciò non significava che non potessi prendermela comoda.

Corse verso la cucina, continuando a girare in tondo in attesa che lo raggiungessi: «La cosa è reciproca. Almeno finché non avrò fatto colazione.»

«E finché io non avrò preso il caffè» ribattei, rabbrividendo al pensiero dell'incidente con la macchina da caffè avvenuto solo il giorno prima. Forse era il momento di passare al tè.

In cucina sistemai su un piattino il pâté di salmone preferito del mio viziato amico peloso e lo posai a terra: «*Bon appetit*» borbottai trascinandomi verso la camera da letto.

Ma non ebbi nemmeno il tempo di sdraiarmi che Gattavius mi diede una zampata sul piede e ringhiò: «Non puoi tornare a letto! È mattina e ho bisogno della colazione!»

«Te l'ho preparata. Vai a mangiare e lasciami in pace.» Mi lasciai cadere sul letto e mi girai sul fianco per non vedere il suo musetto dall'espressione esigente.

«È così difficile da capire?» sospirò, le vibrisse frementi. «Non riesco a mangiare se non rimani accanto a me a guardarmi. Preferibilmente dicendomi che sono un gatto bravissimo...»

«Ma non lo sei» mugugnai. Al momento lo consideravo il gatto più terribile del mondo. In fin dei conti nessun altro gatto mi aveva mai strappata al sonno nel cuore della notte...

«Ethel mi accarezzava e mi parlava mentre mangiavo. Io non...» Non riuscì a finire la frase. Nonostante tutto, mi voltai e mi ritrovai a fissare quegli occhioni imploranti.

«E va bene» farfugliai. «Ma domani decido io l'ora della sveglia!»

Gattavius non disse nulla mentre tornava in cucina, la coda ritta e i fianchi ondeggianti.

«Oh grande e potente Gattavius, sei proprio un bravo micetto» dissi alzando gli occhi al cielo mentre assaggiava il primo boccone di quella roba puzzolente.

«Ehi, ti ho già detto di non chiamarmi micetto!» borbottò tra un boccone e l'altro. «Ma devo ammettere che quell'altro nome non mi dispiace.»

«Cosa? *Gattavius?*» lo fissai sospettosa. Ero sorpresa, considerando la cocciutaggine con cui aveva insistito perché lo chiamassi con quell'assurdo nome lunghissimo.

«Sì, quello» confermò schioccando le labbra mentre continuava a divorare il paté.

«Ti si adatta.»

«E mi fa anche sembrare un tipo alla moda.»

«Oh sì, sei un gatto molto trendy.» Era decisamente ora di insegnargli qualche termine un po' più moderno: in fin dei conti aveva sempre vissuto con una signora anziana e parlava anche lui come un ottantenne.

Quando finì di mangiare gli versai dell'Evian in una tazza e gliela misi davanti; la leccò soddisfatto, poi prese a dedicarsi alla prima delle numerose operazioni quotidiane di toeletta.

«Visto che ormai sono sveglia sarà meglio che mi prepari» lo informai, ringraziando la mia buona stella quando vidi che non mi seguiva in bagno. Avrei potuto fare la doccia senza altre sceneggiate.

L'acqua calda mi scorreva addosso, riportandomi lentamente alla realtà e quando finii ero di umore indiscutibilmente migliore.

«Lieto di constatare che finalmente ti sei svegliata» disse Gattavius con un cenno del capo. «A che ora dobbiamo essere in ufficio?»

«Dobbiamo? Non se ne parla! Non potrei giustificare in alcun modo la tua presenza.»

«Ma ieri ci sono andato» ribatté in tono infantile.

«Per la lettura del testamento.»

«Allora leggiamolo di nuovo! Se venissi potrei scovare l'assassino.»

Incrociai le braccia sul petto e lo fissai senza distogliere lo sguardo: «Tu *non* vieni!»

Corse alla porta dichiarando con voce cantilenante: «Peccato che tu non possa fermarmi.»

Che razza di moccioso! Voleva essere sempre al centro dell'attenzione; era piuttosto estroverso per essere un gatto. Se volevo farlo restare a casa dovevo trovare qualcosa di importante da fargli fare, o almeno farglielo credere.

Com'è quel detto sulla curiosità dei gatti? Contavo sul fatto che fosse proprio così.

«Vado al lavoro solo perché non ho altra scelta» lo informai. «Ma tu sì, e sarebbe molto più utile se rimanessi qui a fare qualche ricerca per il nostro caso.»

La coda frustò l'aria, ma sembrava intrigato all'idea. Uno a zero per il vecchio detto! «Davvero? Che cosa intendi?»

Se ci avessi pensato su troppo a lungo mi avrebbe scoperta, così buttai lì la prima cosa che mi venne in mente: «Ricerche su internet!»

«Non so scrivere» disse scuotendo il capo. «Né leggere, se è per questo.»

«Non sai leggere?» Non so perché ne fossi sorpresa. La maggior parte dei gatti non sapeva nemmeno parlare, ma avevo dato per scontato che lui sapesse fare qualsiasi cosa.

Si allontanò dalla porta e mi raggiunse in soggiorno: «Prima di conoscerti non avevo idea che gli esseri umani utilizzassero un sistema di comunicazione così complesso» spiegò. «Ogni suono ha un significato diverso! Ho sempre pensato che si trattasse semplicemente di un modo per esprimere le emozioni, ma in realtà i vostri suoni corrispondono a oggetti e concetti. È affascinante!»

«Lo stesso vale per voi gatti.» Ero sorpresa dal fatto che Gattavius pensasse agli esseri umani come a una specie animale qualsiasi: nella sua visione del mondo i gatti erano la specie più intelligente del pianeta, cosa che a me sembrava ridicola. Anche gli umani si illudevano allo stesso modo sulla loro presunta superiorità nel regno animale? Era una questione su cui riflettere.

C'era anche un'altra domanda che mi frullava per la testa e mi affrettai a porgliela: «Quindi tu non mi parli in inglese?»

Aggrottò i baffi, confuso: «Inglese? Di che si tratta? È così che si chiama l'umanese? Non parlo umanese, sei tu che parli gattese!»

«Non parlo gattese.» Ero piuttosto sicura di non esprimermi con miagolii, fusa e ringhi.

«Ciò nonostante ci capiamo.» Gattavius sembrava annoiato dalla disquisizione, mentre io trovavo affascinante la complessità e il mistero del nostro modo di comunicare. Che la curiosità uccida anche l'uomo, e non solo il gatto?

Restammo seduti a pensare in un silenzio complice.

Infine dissi: «Immagino sia un altro mistero di cui dovremo venire a capo, una volta risolta la questione dell'omicidio.»

«Non è affatto un mistero.» dichiarò, gli occhi lucenti e saggi. «È magia!»

«Magia?» risi. «Credi nella magia?»

«Tu no?» Ne sembrava sinceramente sorpreso.

Quante cose ignoriamo noi umani sul resto del mondo? Iniziavo a pensare che fossero moltissime. Ma avrei potuto ragionarci sopra più tardi: ora dovevo distrarlo per poter uscire e andare in ufficio senza di lui.

«Bene, ecco che cosa puoi fare» gli dissi chinandomi a prendere il telecomando dal tavolino da caffè. «Ti lascio la TV accesa così potrai imparare a leggere l'umanese.»

«Perché?»

«Così potrai aiutarmi con le ricerche, mi sembra ovvio.»

«E tu imparerai il gattese?» ribatté.

«Certamente! Potrai darmi le prime lezioni quando tornerò dal lavoro.» Avevo accettato più che altro per non dover discutere di nuovo con lui, ma dovevo ammetterlo: l'idea di imparare una lingua sconosciuta all'umanità era emozionante!

La TV prese vita quando premetti il tasto di accensione e subito i nostri occhi si fissarono sullo schermo. Dopo un po' di zapping, scelsi un canale per bambini dove una ragazzina mulatta e la sua scimmietta si rivolgevano direttamente agli spettatori. Premendo alcuni tasti attivai i sottotitoli.

Gattavius iniziò subito a rispondere allo schermo, già appassionato del programma. Rimasi a osservarlo per un po', poi riuscii finalmente a scivolare fuori dalla porta senza che mi notasse, proprio come avevo sperato.

Sarei arrivata in ufficio terribilmente presto ma forse sarebbe stato utile: lentamente un'idea stava prendendo forma nella mia mente.

Sì, sarebbe stata una giornata produttiva per risolvere l'omicidio di Ethel Fulton. Se tutto fosse andato secondo i piani, avrei scoperto il colpevole prima di sera.

9

Feci una tappa in caffetteria e ordinai cappuccini per tutti i soci e gli associati. Era troppo per le mie finanze, ma mi serviva una scusa per parlare con tutti e scoprire il più possibile sulla lettura del testamento e su cosa avesse causato la morte di Ethel Fulton.

Fortunatamente, anche se voleva che diventassi un'adulta indipendente, la nonna mi avrebbe dato una mano se non avessi avuto i soldi per pagare l'affitto. Di solito usavo i risparmi per libri, corsi o webinar online ma supponevo che Gattavius e l'omicidio mi avrebbero tenuta impegnata per un po', senza lasciarmi molto tempo per la lettura o lo studio.

Avevo letto thriller a sufficienza per sapere che identificare un killer è un'impresa impegnativa. Di certo nella vita reale molti casi venivano chiusi in un lampo, ma dubitavo che sarebbe andata così per quello di Ethel.

Innanzitutto, le prove di cui disponevo si basavano sulla parola... *di un gatto!*

Anche se gli credevo, non sarebbero state di nessuna utilità. Gattavius mi aveva fornito elementi sufficienti a legittimare i suoi sospetti, ma non abbastanza da sapere con precisione come muovermi, quindi avrei dovuto raccogliere informazioni dai colleghi mantenendomi sul vago e facendo sembrare casuali le mie domande. I cappuccini sarebbero stati un buon modo per rompere il ghiaccio ma avrei dovuto fare affidamento sulla mia presenza di spirito per carpire informazioni utili.

Oh cielo, avrei avuto un bel da fare!

Il risveglio brutale del mattino mi fece arrivare in ufficio con un'ora d'anticipo. C'erano solo due auto nel parcheggio: quella del signor Fulton e quella di Bethany, con buona pace di tutti quei cappuccini. Speravo almeno di riuscire a scaldarli nel microonde più tardi senza farmi notare.

Cercando di nascondere la delusione, feci il mio ingresso in ufficio con il vassoio gigante fra le mani e un ampio sorriso.

«Buongiorno!» trillai superando la reception dove solitamente accoglievo i visitatori.

Mi rispose solo il silenzio.

«C'è nessuno?» chiesi. Qualcuno doveva pur esserci, considerando che avevo visto le auto. Accesi le luci mentre percorrevo il corridoio verso l'ufficio del capo.

«Signor Fulton?»

La porta si aprì di scatto facendomi sobbalzare. Per miracolo riuscii a non rovesciarmi addosso i cappuccini bollenti o mi sarei ritrovata al pronto soccorso per infortunio sul lavoro per il secondo giorno di fila.

Ritrovato l'equilibrio, lanciai un'occhiata al mio capo. Il poveretto era così trasandato da essere quasi irriconoscibile: la camicia, di solito perfettamente stirata, era stropicciata e la cravatta pendeva sbilenca; teneva lo sguardo fisso a terra e gli ci volle qualche istante per capire chi fossi.

«Buongiorno, signor Fulton. Va... tutto bene?» chiesi con tatto.

Mi lanciò un'occhiata e si sforzò di sorridere: «Oh, sì. Benissimo. Quello è per me?»

Gli porsi un cappuccino; lui lo prese e si ritirò nell'ufficio sbattendo la porta senza neanche un grazie, un buongiorno o un *sono lieto che la macchinetta del caffè non ti abbia stecchita.*

Davvero molto strano.

Scrollai le spalle e mi diressi verso l'ufficio di Bethany; avrei giurato di aver visto la sua auto, ma la stanza era immersa nel buio e nel silenzio. Forse ero impazzita sul serio o forse erano tutti gli altri a essere impazziti.

In ogni caso avevo la sensazione di essere osservata. L'assassino sapeva che ero sulle sue tracce? O c'erano altri pericoli di cui non sapevo ancora nulla?

Pericolo, *bah.* Che sciocchezze! Era il solito vecchio, noioso ufficio, solo che non l'avevo mai visto la mattina così presto. Il signor Fulton era in lutto per la zia e aveva il testamento e mille altre cose da gestire, quindi era normale che fosse giù di corda.

E per quanto riguardava Bethany, lei usciva spesso a prendere una boccata d'aria fresca, il che non era affatto strano considerata la nube tossica di oli essenziali che permeava costantemente il suo ufficio. Probabilmente era in cortile, un'occasione perfetta per parlarle in privato prima che arrivassero tutti gli altri.

Dopo essermi convinta che andava tutto bene posai il vassoio sulla scrivania, presi due cappuccini, uno per me e uno per lei, e uscii. Feci il giro dell'edificio ma incontrai solo uno scoiattolo che mi fissò con sospetto.

Dove poteva essere finita Bethany?

Tornai nel parcheggio e diedi un'occhiata nella sua auto, ma non era nemmeno lì. Quando mi voltai, colsi come un lampo grigio che scomparve rapidamente dietro l'edificio.

«Bethany?» gridai correndo in quella direzione. Ma anche stavolta non vidi nessuno.

Infine mi arresi e tornai in ufficio, dove la trovai che mi aspettava alla reception. «Ma dove...?»

«Cosa c'è?» chiese lei tendendo il braccio verso un cappuccino per poi prenderlo e rigirarselo goffamente fra le mani. «Sono sempre stata qui» rispose facendo spallucce davanti al mio improvviso silenzio. Se era così, era più che probabile che fosse nell'ufficio del signor Fulton insieme a lui: non era nel suo e tutti gli altri erano ancora chiusi a chiave.

Ma quale poteva essere il motivo di tanta segretezza? Mi ero forse imbattuta in un altro affare losco?

No, il signor Fulton non avrebbe mai avuto una relazione, neanche in un'altra vita. E tantomeno con quella presuntuosa bacchettona di Bethany che era tutto il contrario di sua moglie. A causa di Gattavius ormai la mia immaginazione aveva perso ogni freno, tutto qui.

Era ora di smettere di fare congetture bizzarre sui miei colleghi e iniziare a raccogliere informazioni utili sull'omicidio. Forse Bethany, già un po' innervosita, si sarebbe lasciata sfuggire qualcosa.

Dovevo fare un tentativo.

«Quindi...» iniziai, posando uno dei bicchieroni e bevendo un sorso dall'altro. «Ieri la lettura è stata una follia, eh?»

Si voltò verso di me come se si fosse ricordata solo in quel momento della mia presenza e un sorriso scaltro le serpeggiò sul volto. «Letteralmente» concordò.

«Ti sei persa molto per avermi dovuta accompagnare?»

«No, non credo. Quando sono tornata erano arrivati solo alla parte che riguardava il gatto.» Si sistemò una ciocca di capelli biondi dietro l'orecchio e sorrise come per rassicurarmi.

«Ho sentito che la signora ha lasciato buona parte delle sue proprietà a Gatt... ehm... al gatto. Scommetto che erano tutti sul piede di guerra.»

Si lasciò prendere dalle chiacchiere e si rilassò, pronta a spettegolare: «Beh, tu come ti sentiresti se l'eredità ti venisse sottratta da un banale gatto domestico?»

«È in parte Maine Coon!» la corressi, chiedendomi perché sentissi la necessità di prendere le difese di un gatto che conoscevo da meno di ventiquattro ore e che non mi stava poi neanche così simpatico. Tuttavia Bethany aveva ragione; non sapevo a quanto ammontasse l'eredità di Gattavius ma, a giudicare dalla magione della signora Fulton, doveva trattarsi di un bel mucchio di soldi!

«Sia come sia» ribatté accigliata, «dopo questo scherzetto i parenti non avranno un gran bel ricordo di lei.»

«Prima erano in buoni rapporti?» domandai cercando di non far trapelare il mio interesse ora che finalmente ero arrivata al succo della questione.

Lei scrollò le spalle: «E chi lo sa?»

Quando si voltò per andarsene me ne uscii con la prima domanda che mi venne in mente: «Sai com'è morta?» Stavo praticamente gridando. «È possibile, tipo, che qualche parente ci abbia messo lo zampino per beccarsi l'eredità anzitempo?»

Bethany si bloccò. Dopo qualche secondo scoppiò a ridere: «Ma dici sul serio, Angie? Mi sa che hai visto troppe serie poliziesche. Ogni giorno muoiono centinaia di persone e ben poche per omicidio.»

Mi sforzai di ridacchiare: «Oh, hai ragione. Ieri sera mi sono attardata a leggere, poi stamattina il gatto mi ha svegliata presto. Forse sono un po' stanca.»

La cosa sembrò attirare il suo interesse: «Il gatto! L'hai preso tu, vero?»

«Sì, volevo rendermi utile in questo momento difficile e mi sembrava un buon modo per dare una mano.»

Tornò verso di me a passi lenti e mi sussurrò con un bisbiglio roco: «Dovresti rallegrarti che la storia dell'omicidio sia solo frutto della tua fantasia perché chi ha il gatto ha i soldi! Se restasse con te troppo a lungo potresti finire sulla lista dell'assassino.»

Un brivido mi percorse fin nelle ossa facendomi rizzare i peli sulla nuca. Stavo per chiederle cosa volesse insinuare quando scoppiò nuovamente a ridere: «Avresti dovuto vedere la tua faccia!» gracchiò girando sui tacchi e dirigendosi verso il suo ufficio. La sua risata risuonò a lungo e mi ritrovai sola con il vassoio di cappuccini quasi intatto.

Se non l'avessi conosciuta bene, avrei giurato che Bethany si stesse prendendo gioco di me o che stesse cercando di mettermi in guardia. Sapeva forse qualcosa che io non avevo ancora scoperto? Era coinvolta in qualche modo?

All'improvviso non mi sentivo più al sicuro.

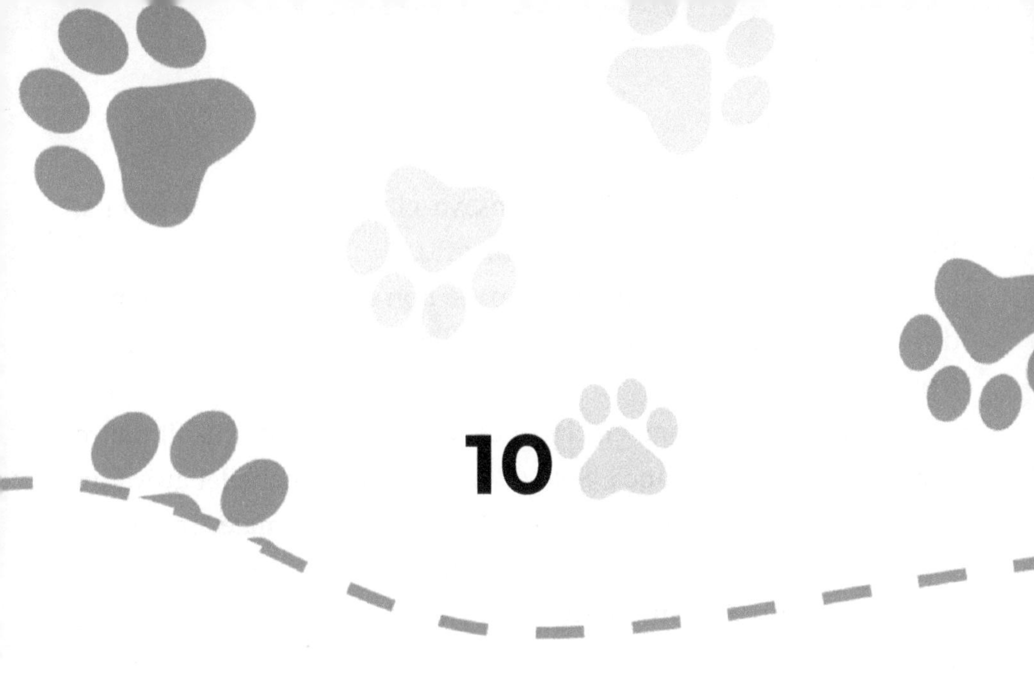

10

Circa mezz'ora dopo gli altri associati iniziarono a fare il loro ingresso in ufficio e io avevo deciso che non sarei mai più arrivata al lavoro così presto. Il signor Thompson mi aveva mandata a prendere i caffè quando era arrivato, ma almeno mi aveva dato i soldi.

Quando tornai con un nuovo vassoio di bevande bollenti in mano, trovai Diane Fulton seduta nella piccola sala d'attesa con una rivista aperta sulle gambe accavallate.

«Oh eccoti, Angie!» disse con un sorriso tirato. «Buongiorno.»

«Buongiorno a te» risposi esitante, spostando il peso da un piede all'altro. In genere apprezzavo le sue visite, ma quel giorno la sua presenza mi rendeva nervosa, considerando lo strano comportamento di suo marito quella mattina e i miei sospetti sulla possibilità che avesse una relazione.

Sfoderai un sorriso fasullo: «Posso esserti utile?»

Le mani tremanti rivelavano le violente emozioni che cercava di celare dietro la facciata: «Sono venuta per vedere mio marito, ma sembra che non sia in ufficio. Pensavo che, se ti avessi aspettata, forse tu avresti saputo dirmi dove trovarlo.»

«Mi dispiace molto ma non lo so. Se non è nel suo ufficio, non so dove possa essere andato.» Esitai prima di chiederle: «Va tutto bene?»

Diane si sistemò una ciocca di capelli stranamente ribelli dietro l'orecchio e deglutì a fatica. Solo allora notai che anche lei aveva un aspetto trasandato: anziché una delle sue mise firmate, indossava una vecchia T-shirt con una grossa macchia sul petto, pantaloni della tuta e infradito, tutti indumenti che non avrei mai immaginato di trovare nel suo guardaroba, tantomeno di vederle indossare in pubblico.

Appoggiai il vassoio su un tavolino e mi sedetti accanto alla mia amica che ora faticava visibilmente a trattenere le lacrime.

«Lo sai che puoi sfogarti con me» le dissi con dolcezza, domandandomi se fosse il caso di abbracciarla o di offrirle un fazzoletto.

«Si tratta di Richard» mi confidò con un sospiro. «Non è rientrato stanotte e non risponde alle telefonate o ai messaggi. Non so cosa fare.»

Ripensai a quella mattina: non avevo mai visto il capo così giù di corda e avrei scommesso che nemmeno Diane lo avesse mai visto perdere la sua abituale compostezza a quel modo.

«Facciamo così: ti avviso io appena lo vedo» dissi, sperando di non dovermene pentire in seguito.

Spalancò gli occhi, lucidi di lacrime ma ora meno tristi: «Davvero lo faresti? Sarebbe un vero sollievo!»

«Ma certo!» Non volevo impicciarmi nei loro problemi di coppia, ma non potevo nemmeno fare finta di niente di fronte a un'amica in difficoltà.

«Si è comportato in modo così strano nell'ultima settimana» continuò Diane dopo aver recuperato un fazzoletto dalla borsa ed essersi soffiata il naso. «Siamo sposati da quasi trent'anni ma tutt'a un tratto mi sembra un estraneo.»

Non sapevo proprio cosa rispondere, così mi limitai a qualche colpetto sulla spalla e a un sorriso rassicurante: «Su, su, sono certa che andrà tutto bene. Sta solo passando un brutto momento a causa della morte della zia, non credi?»

Diane annuì: «Ethel è sempre stata la mia preferita tra i suoi parenti. Vorrei aver trascorso più tempo con lei di recente. Non eravamo minimamente preparati a tutto questo. È stato un tale shock!»

Mi sarebbe piaciuto chiederle della cena la sera della morte di Ethel, ma non avrei potuto spiegarle in nessun modo come ne fossi venuta a conoscenza, così dissi solo: «Mi dispiace davvero molto.»

Diane tirò su col naso e infilò il fazzoletto in borsa. «Oh, ma guarda. Ti sto facendo perdere tempo quando dovresti lavorare.» Posò la rivista sul tavolino e si alzò, cercando di rassettarsi gli abiti senza riuscirci. Ridacchiò: «Sono un tale disastro! Sarà meglio fare un salto al centro benessere.»

«Mi sembra un'ottima idea.»

«Mi prometti che mi chiamerai se vedi Richard?»

«Promesso.» Almeno questo potevo farlo. Sarei riuscita anche a trovare l'assassino? Stavo iniziando a preoccuparmi seriamente di quali altri torbidi segreti avrei scoperto se avessi continuato a indagare.

Diane annuì, perlustrò l'ufficio con lo sguardo, poi mi sorprese con un forte abbraccio. «Grazie, Angie. Non puoi immaginare quanto mi sei stata d'aiuto!»

Meno di un minuto dopo se n'era andata e io ero più confusa che mai.

Il nostro associato più giovane, Derek, fece capolino dall'ufficio che condivideva con il suo collega Brad, che era figlio di un avvocato molto noto e veniva quindi trattato di conseguenza. Derek si diresse senza indugio verso il vassoio dei cappuccini. «Grazie» disse prendendone due e girando rapidamente sui tacchi per tornare in ufficio.

Lo seguii e mi sedetti sull'angolo della sua scrivania in un modo tale che nessun uomo avrebbe potuto ignorare: «Voi ragazzi siete andati alla lettura del testamento ieri, vero?»

Derek bevve un lungo sorso di caffè: «Io non sono stato invitato a presenziare, ma Brad sì.» Non sembrava molto contento della cosa, ma avevo un caso da risolvere e non avevo tempo di preoccuparmi del suo stato d'animo!

Puntai gli occhi su Brad cercando di mostrare il mio interesse per la questione senza incoraggiarlo a flirtare con me: «Ho sentito di tutto. Ma cosa è successo?»

Fece un giro con la sedia ammiccando compiaciuto: «Beh, c'era questa segretaria sexy che si è presa la scossa ed è finita in ospedale...»

Se non avessi avuto un disperato bisogno di informazioni gli avrei dato un bel ceffone, pur sapendo che avrebbe potuto costarmi il posto, o per lo meno me ne sarei andata senza degnarlo di uno sguardo. Brad mi aveva già chiesto di uscire più volte, ma avevo sempre rifiutato e avrei detto di no anche se fosse stato l'ultimo uomo sulla faccia della terra, potete metterci la mano sul fuoco!

Se ci aggiungiamo il fatto che mi definiva sistematicamente segretaria, è facile capire perché ce l'avessi tanto con lui. Ero un'assistente legale, anche se capitava spesso che venissi incaricata del caffè. Inoltre, ero piuttosto sicura che Brad fosse riuscito a iscriversi alla facoltà di legge solo grazie alle conoscenze di suo padre. Io potevo anche non aver ancora fatto molti passi avanti nella carriera, ma se non altro avevo fatto tutto con le mie forze.

Mi sforzai di sorridere: «Intendevo *dopo.*» Anche se era un tipo squallido, potevo contare sul fatto che volesse fare colpo su di me e questo, forse, mi avrebbe consentito di scucirgli qualche informazione.

Si schiarì la gola e si sistemò la cravatta, raddrizzandosi sulla sedia mentre iniziava a parlare: «La signora ha lasciato quasi tutto al gatto e una tizia è andata fuori dai gangheri quando l'ha saputo.»

Oh, finalmente!

«Quale tizia?» chiesi inarcando un sopracciglio per la curiosità.

Il volto gli si contorse in un ghigno: «Bassa, capelli grigi, piuttosto trasandata. Forse era la nipote?»

Dalla descrizione assomigliava parecchio alla donna in cui ci eravamo imbattuti io e Gattavius la sera prima a casa di Ethel. «E cosa ha fatto quando l'ha scoperto?»

«Ha iniziato a gridare e imprecare, dicendo che era stata lei a occuparsi della signora per anni mentre il gatto non aveva fatto nulla se non cacciare qualche topo e cacare nella lettiera. Ha detto che se li meritava *lei* quei soldi.»

Mi venne da ridere pensando a quando avrei riferito a Gattavius quelle parole. «E gli altri cosa hanno detto?»

«Le hanno detto di darsi una calmata; allora si è seduta e non ha più detto una parola. Poi se n'è andata via in fretta e furia appena finita la lettura.»

Ridacchiai cercando di immaginarmi la scena: «A quanto pare mi sono persa lo spettacolo.»

Brad si alzò in piedi e si sistemò il colletto in un gesto che ero certa ritenesse sexy, ma che trovavo ridicolo: «Sarei lieto di raccontarti ogni dettaglio a cena.»

Sbadigliai e scossi la testa: «Grazie, ma credo che passerò.»

Brad si scrollò rapidamente di dosso il colpo inferto al suo ego. Iniziavo a credere che avesse il potere della rigenerazione come Wolverine dei fumetti o Claire Bennet, la cheerleader di *Heroes*. Niente sembrava mai turbarlo per più di un secondo.

«A più tardi» dissi con un cenno del capo a Derek, che apprezzavo ben più di Brad. A dire la verità, in ufficio apprezzavo chiunque più di Brad, eccetto Bethany forse. I due si spartivano l'ultimo posto nella mia personale classifica di gradimento dei colleghi.

Forse, se non aveva una relazione con il signor Fulton, lei avrebbe preso in considerazione Brad come possibile candidato, il che sarebbe stato ottimo per togliermelo dai piedi; tuttavia, non ero certa di voler affrontare l'incubo di vedere quei due insieme.

Ripassando dalla mia scrivania notai che, mentre mi ero attardata a parlare della lettura del testamento con Brad e Derek, tutti i caffè erano spariti: quindi o qualcuno era stato ingordo, oppure il signor Fulton c'era e si era volutamente eclissato per non incontrare sua moglie.

Feci un respiro profondo e decisi di dare un'occhiata nel suo ufficio. Nessuno rispose quando bussai, però la porta non era chiusa a chiave, così decisi di entrare. Sapevo che spiare non era una bella cosa, ma uccidere lo era ancora meno e dovevo almeno provare a consegnare il colpevole alla giustizia.

Dopo quello strano incontro di primo mattino e la chiacchierata con Diane iniziavo a sospettare che il mio capo dai modi gentili potesse avere le mani sporche di sangue, il che rendeva ancora più rischioso intrufolarsi nel suo ufficio.

Avanzai lentamente nella stanza, pronta a fuggire al primo segnale di pericolo o al suo arrivo. A prima vista tutto sembrava a posto, ma poi qualcosa di color viola intenso sotto la scrivania attirò la mia attenzione. Spostai la sedia chinandomi per dare un'occhiata e mi trovai davanti agli occhi un elaborato reggiseno di seta. Era senza dubbio più ricercato di qualsiasi capo avessi mai indossato. Ed era troppo sexy per appartenere a Diane. Voleva dire che...?

Non volevo pensare male del mio capo ma lo sospettavo già di omicidio, quindi l'adulterio non era poi questa gran cosa in confronto.

Anche se sarebbe stato facile chiudere l'intera faccenda incolpando il principale sospettato, non riuscivo ugualmente a immaginarmi il signor Fulton uccidere una vecchia gattara di buon cuore.

I conti non tornavano. Mi era sempre sembrato un brav'uomo, tantopiù per essere un avvocato. Era stato solo uno stratagemma per indurci tutti a non sospettare di lui?

Ma perché proprio ora? E perché avrebbe dovuto uccidere sua zia? Era stato un atto freddo e calcolato o era scaturito da un'emozione improvvisa? Di certo avvelenare la cena di qualcuno era un atto ben premeditato. E se davvero aveva fatto una cosa così orribile progettandola con freddezza e portandola a compimento, perché quella mattina era così avvilito?

Non riuscivo a capire ma una cosa era certa: dovevo uscire di lì prima di essere colta con le mani nel reggiseno, per così dire, anche se non mi era chiaro cosa potesse dimostrare quella scoperta.

Ma presto la verità sarebbe venuta a galla, a costo di tirarla fuori con la forza.

11

Non vidi il signor Fulton per il resto della giornata, cosa che aumentò ulteriormente i miei sospetti. Diane mi chiamò poco prima che uscissi dall'ufficio; detestavo deluderla ma non avevo nessuna notizia.

Mentre guidavo diretta a casa tirai giù il finestrino e lasciai entrare la brezza. Era bello guidare senza artigli conficcati nelle cosce. E, a proposito di artigli, speravo che Gattavius non avesse combinato troppi disastri durante la mia assenza.

Pochi minuti dopo parcheggiai nel vialetto di casa, feci un respiro profondo ed entrai aspettandomi il peggio.

Gattavius venne alla porta per salutarmi, strusciandosi contro le mie gambe con la coda ritta: «Sei stata via *secoli*!»

Avrei voluto chinarmi ad accarezzarlo, ma non avevo intenzione di guastargli l'umore due secondi dopo aver messo piede in casa: «Non secoli, solo poco più delle normali otto ore di lavoro» gli spiegai.

«Otto ore di lavoro? Mi sembra una condanna a vita!» Aveva ragione, dovevo ammetterlo.

«Beh, non hai tutti i torti» replicai con un sospiro esausto.

«Allora perché lo fai?» Si sedette a osservarmi senza soffiare, agitare la coda o esprimere altrimenti il proprio fastidio. Qualcuno l'aveva rapito e sostituito durante la mia assenza? Quello non era il tigrato scorbutico e insopportabile a cui stavo cercando di abituarmi.

Strofinai pollice e indice: «Per i verdoni ovviamente! Che ti succede? Ti sono mancata?» Non volevo ritrasformarlo nella versione a strisce di *Grumpy Cat*, ma ero curiosa.

Lui fece spallucce: «Preferisco averti a portata di zampa. Sai, in caso volessi un po' di Evian fresca o mi servisse un aiutino con una palla di pelo difficile da rigettare...»

Scoppiai a ridere: «Per fortuna sei riuscito a cavartela!»

Sorrise come lo Stregatto poi aggiunse: «A proposito, è ora di cena!»

Mi diressi in cucina, gli misi del pâté fresco in un piattino e riempii una tazza di Evian; poi attaccai la tiritera su quanto fosse un bravo gatto, come mi aveva spiegato quella mattina.

Quando ebbe finito di mangiare saltò sul tavolo e disse: «Bene! Ora puoi accarezzarmi.»

«Mmm, ok.» Era davvero piacevole passare le dita nella pelliccia nera e marrone strofinandola dalla testa alla punta della coda. Ed era ancora più bello sentirgli fare le fusa.

«Prego» disse dopo un po'. «So che era da un po' che volevi farlo e, lo ammetto, te lo sei guadagnato. Ma ora smettila o ti do un morso!»

Allontanai la mano alla velocità della luce.

Gattavius saltò a terra e mi precedette in soggiorno, dove la TV era ancora sintonizzata sul canale per bambini che avevo scelto per lui quella mattina. «Cos'hai imparato oggi?» gli chiesi ammiccando verso lo schermo.

Sbadigliò e rispose: «Molte cose, fra un pisolino e l'altro.»

«Non mi chiedi com'è andata la mia giornata?» Non vedevo l'ora di sentire il suo parere sullo strano comportamento del signor Fulton e sul fatto che sembrava sparito.

«Non ci avevo pensato» ammise sbadigliando di nuovo. «Ma *io* ho ancora un sacco di cose da raccontarti.»

«Oh, scusa tanto. Dimmi tutto.» Mi sedetti sul divano in attesa che mi allietasse con il racconto degli eventi della sua intensa giornata; era il meno che potessi fare, considerando che si era astenuto dal fare a pezzi con le unghie tutta la casa come avevo temuto.

Saltò sul tavolino del salotto e iniziò a camminare avanti e indietro parlando velocemente: «Mi sono svegliato affamato, come mi capita spesso. Mi ci è voluto un bel po' per tirarti giù dal letto e ancora di più per farti capire come servirmi degnamente la colazione. Complessivamente ti darei la sufficienza per l'impegno. Risultato medio, non eccellente.»

«Ok, magnifico. Possiamo andare avanti?» chiesi irritata. Non avevo mai conosciuto nessuno in grado di cambiare rotta tanto repentinamente quanto lui: un attimo prima mi salutava con affetto e quello dopo riprendeva a insultarmi. L'incostanza sembrava il tratto principale del suo carattere ma, se non altro, potevo contare sul fatto che mi dicesse sempre esattamente cosa gli passava per la testa, il che poteva rivelarsi utile, soprattutto nelle indagini su un caso di omicidio.

Gattavius continuava a fare avanti e indietro, parlando allo stesso ritmo rapido con cui camminava: «Dopo che sei andata via ho guardato la ragazzina dei cartoni risolvere un mistero usando gli oggetti che aveva nello zaino. Dovremmo procurarcene uno anche noi se vogliamo risolvere il caso. Oh, e una mappa!»

Mi scappò un risolino e lui non la prese bene: «Dico sul serio!» dichiarò, gli occhi d'ambra fissi nei miei. «Inoltre, ho scoperto l'esistenza degli ananas di mare e altre bizzarrie che piacciono a voi umani. Ora capisco meglio la vostra lingua, ma come specie vi comprendo ancora meno: perché guardate programmi sulle spugne anziché concentrarvi sulla vostra specie o su quelle superiori come il *Felis catus?*»

«Mmm, non saprei. La gente ha l'abitudine di fare cose strane, come commettere omicidi o avere relazioni extraconiugali. Non indovinerai mai cosa ho scoperto oggi!»

«Oh, io credo di sì. Voi umani siete abbastanza prevedibili» mi informò appoggiando il didietro sul tavolino e agitando minacciosamente la coda. «Ma *prima* devo raccontarti tutto il resto.»

C'era *dell'altro?* Quante cose poteva aver mai fatto?

Non avevo tutta questa voglia che mi facesse il resoconto per filo e per segno di tutti i cartoni che aveva visto, soprattutto quando avevamo questioni assai più pressanti di cui discutere; ma per lui sembrava importante avere la mia totale attenzione, così mi misi più comoda e gli feci cenno di proseguire.

«Inizialmente ho provato a fare un pisolino sulla testiera del divano, ma è un po' troppo bitorzoluta per i miei gusti. Dopo un'attenta perlustrazione, ho trovato un posticino comodo sul tappeto: ci arrivava il sole che lo scaldava in modo davvero piacevole. Ho dormito per un'oretta poi il sole è andato via e la cosa ha perso il suo fascino.»

«Chiaro» commentai, vedendo che aspettava che dicessi qualcosa.

Compiaciuto, proseguì: «Allora sono andato in camera tua e ho trovato un bel posticino nella trapunta. Era arrotolata e mi ci sono scavato una tana. Purtroppo mi sono svegliato con una palla di pelo che mi ostruiva la gola e non ho fatto in tempo a saltare giù dal letto. Sarà meglio mettere tutto a lavare prima di coricarti.»

Aveva vomitato sulla mia trapunta?! *Che schifo!!* Se non altro mi aveva avvertita anziché lasciare che lo scoprissi da sola. Bisogna essere grati per le piccole cose.

«Quando sei tornata mi hai servito la cena e stavolta te la sei cavata molto meglio. Ti darei un dieci meno. E ora siamo qui. Vedremo come si concluderà la giornata.»

«Hai avuto una giornatona!» commentai sarcastica.

Non colse l'umorismo e mi fece l'occhiolino: «Sì. Una giornata produttiva tutto sommato.»

Avrei voluto chiedergli cosa intendesse, ma era meglio non impelagarsi in una lunga discussione sul grado di soddisfazione della quotidianità felina dal momento che non ero *ancora* riuscita a raccontargli cos'era successo in ufficio. «Ora posso raccontarti la mia giornata?»

«Difficilmente batterà la mia, ma avanti, provaci.»

Quell'affermazione mi fece pensare che in fondo Gattavius stava bene con me, un pensiero che mi riempì d'orgoglio. Forse, come Brad, anche io cercavo disperatamente attenzione e affetto da chi non lo concedeva con facilità. La gentilezza di Gattavius mi sembrava un premio che mi ero guadagnata con impegno e avevo intenzione di godermela fino in fondo.

Senza scendere troppo nei dettagli, perché sapevo quanto facilmente perdeva interesse, gli esposi gli eventi della giornata concludendo con la questione del vistoso reggiseno viola che avevo trovato nell'ufficio del signor Fulton.

Gattavius scosse il capo: «E poi gli umani ritengono che siamo noi quelli da sterilizzare! Almeno noi ci limitiamo a fare cuccioli senza tanti drammi!»

Dovevo ammettere che non aveva tutti i torti. «Ti sorprende che il signor Fulton possa avere una relazione?»

«In effetti no, ma non lo conosco bene e in ogni caso non capisco la questione del matrimonio. Quei collarini che mettete al dito... è un po' come avere il microchip, no? Puoi provare a scappare ma alla fine ti trovano e ti riportano a casa. È così frustrante!»

«Qualcosa del genere» replicai cercando di nascondere un sorriso. «Credi che possa essere stato il signor Fulton ad avvelenare Ethel?»

Gattavius ci rifletté a lungo: «È quello grasso con i capelli grigi, vero?»

Il signor Fulton era magro e in forma, con i capelli castani appena spruzzati di grigio. Qualcosa non quadrava!

«Ti riferisci alla donna che abbiamo incontrato ieri a casa tua?»

«Sì! È quello il signor Fulton, no?»

«Ma no! Quella è la nipote di Ethel. Non distingui gli uomini dalle donne?»

«Te l'ho detto, a me gli umani sembrano tutti uguali. Tu capisci a prima vista se un gatto è maschio o femmina?»

Ok, non aveva torto neanche stavolta, così decisi di lasciar perdere.

Frustò l'aria con la coda mentre rifletteva, poi disse: «Presumo che tu non mi sappia descrivere l'odore del signor Fulton. Sarebbe molto più semplice.»

«No, spiacente.» Scossi il capo per scacciare l'immagine di me stessa intenta ad annusare furtivamente il mio capo.

Lui sogghignò e iniziò a leccarsi.

Mi lasciai cadere contro lo schienale del divano con un sospiro, cosa che di recente facevo spesso. «Allora temo che niente di ciò che posso dirti sarà utile perché non sai nemmeno di chi sto parlando.

Come facciamo a risolvere il caso se non riusciamo a scambiarci queste informazioni?»

Sembrava un crudele scherzo del destino: riuscivo a parlare con gli animali ma non potevo usare questa capacità per qualcosa di utile. Qualcuno lassù si stava facendo beffe di noi.

«Puoi sempre portarmi in ufficio con te» propose Gattavius con un sorriso sornione.

«Non se ne parla! Ti ho già spiegato perché non si può.» Non sapevo perché volesse così tanto tornare in ufficio, ma era una questione su cui non avevo intenzione di dargliela vinta.

Con aria annoiata aggiunse: «Ok, allora che ne dici di portarmi alla commemorazione domani?»

Scattai in piedi a quella notizia: «Commemorazione? Intendi la cerimonia prima del funerale?»

«Così mi è sembrato di capire. Gli umani ne parlavano ieri mentre non c'eri.» Intendeva quando ero stata all'ospedale. Sembrava che nessuno fosse granché preoccupato del fatto che avessi visto la morte in faccia, nemmeno Gattavius. Cercai di non sentirmi ferita ma accidenti, uno si immagina che gli altri restino almeno un po' turbati da una scena simile!

«Non so ancora come» gli dissi sforzandomi di concentrarmi nuovamente sulla conversazione, «ma troverò un modo per portarti con me. Poiché l'assassino è qualcuno che Ethel conosceva sufficientemente bene da invitarlo a cena, è molto probabile che si faccia vedere. Dobbiamo andarci anche noi.»

«Era quello che volevo sentire!» disse ammiccando. «Ora, se vuoi scusarmi, è tempo di una visitina alla lettiera.»

12

Il giorno dopo sgattaiolai via dall'ufficio prima del solito in modo che io e Gattavius potessimo prepararci per la commemorazione, che si sarebbe svolta a inizio serata. Il signor Fulton non si era fatto vedere in ufficio per tutto il giorno e quindi non ero riuscita a ottenere nessuna nuova informazione su di lui, ma più si prolungava la sua assenza, più i miei sospetti aumentavano.

Dovevo riuscire a saperne di più, in un modo o nell'altro. Avrei potuto andare a trovare Diane o forse alla commemorazione avrei trovato tutti gli indizi che mi servivano. Riponevo maggiori speranze in questa seconda opzione.

Ultimamente, la sera faticavo a prendere sonno all'idea che ci fosse un assassino a piede libero e che molto probabilmente fosse qualcuno che conoscevo; considerando poi l'ora assurda a cui mi svegliava Gattavius la mattina, ero praticamente ridotta a uno zombie. *Accidenti!*

Finché non avessimo avuto prove sufficienti per rivolgerci alla polizia mi sarebbe servito un bel po' di caffè, il che era una vera ironia della sorte se pensiamo al modo in cui avevo ottenuto la capacità di parlare con gli animali. Cercai di non rimuginare troppo sul fatto di aver visto la morte in faccia considerando che io l'avevo scampata ed Ethel Fulton invece no.

Mentre tornavo a casa feci tappa in un negozio dell'usato per cercare un abito adatto e ne approfittai per acquistare una grossa borsa a tracolla che mi sarebbe risultata utilissima in quell'occasione: anche se il motivo in vimini marrone e nero la faceva sembrare un po' troppo una borsa da spiaggia, era delle dimensioni giuste per nasconderci Gattavius consentendomi di farlo entrare e uscire dalla commemorazione senza che nessuno lo notasse.

«*Puzza!!*» protestò lui frustando l'aria con la coda quando gliela mostrai.

Sapevo che, viziato com'era, non avrebbe apprezzato una borsa di seconda mano, ma mi accigliai ugualmente: «Non abbiamo molta scelta, a meno che tu non abbia un'idea migliore.»

«Sono stato invitato alla lettura del testamento. Perché questa volta non è così?» Il labbro superiore gli tremava ed emise un debole miagolio. Mi dispiaceva molto per lui, anche se una ridimensionata al suo smisurato ego non avrebbe certo guastato.

«Senti, non l'ho deciso io» provai a spiegargli. «È una cerimonia pubblica, quindi chiunque può andarci, ma temo ugualmente che ci caccino se mi presento con un gatto al seguito. Mi dispiace, ma la maggior parte della gente ritiene inappropriato portare animali alle funzioni. Senza contare quanto sei terrorizzato quando scendi dall'auto. Questo non farebbe che peggiorare le cose.»

Quest'ultima precisazione lo fece arrabbiare.

«Avevi detto che stavo facendo progressi!» mi ricordò con un ringhio.

Lo ammetto, gliel'avevo detto quando eravamo tornati dalla visita a casa di Ethel, una bugia innocente per farlo sentire meglio. Meglio furioso che triste, comunque.

«Sì, sì» conclusi. Non era il momento di illustrargli nel dettaglio il galateo umano: il tempo passava in fretta.

Era ancora imbronciato, ma corsi a cambiarmi. Nonostante le sue frecciatine sarcastiche, Bethany aveva ragione sul fatto che i negozi dell'usato fossero una buona opzione per trovare indumenti a prova del mio scarso budget: l'abito nero mi arrivava appena sotto il ginocchio e in futuro avrei potuto indossarlo senza problemi anche a un cocktail.

«Andiamo» dissi tornando in soggiorno e indicando a Gattavius la borsa di vimini. Lui spalancò gli occhi per l'orrore: «Di certo non è necessario che ci entri *proprio ora*! Non possiamo aspettare di arrivare alla cerimonia?»

«No, non voglio correre rischi.» Mi appoggiai una mano sul fianco e con l'altra aprii la borsa: «Dai, entra!»

Soffiò e ringhiò, ma obbedì.

«Bravo, micetto!»

Un potente soffio si levò dalla borsa: «Ti ho già detto di non chiamarmi così!»

«Lo so» borbottai mentre chiudevo a chiave la porta di casa. «Ma hai vomitato sul mio letto, quindi ti chiamo come voglio.»

«Non credo proprio!» disse sporgendo la testa fuori dalla borsa per scoccarmi un'occhiataccia.

Continuando a ridere, sistemai il trasportino improvvisato sul sedile del passeggero e avviai il motore. Gattavius cercò di sgattaiolare fuori un paio di volte per venire a rifugiarmisi in grembo, ma riuscii a convincerlo a desistere e tornare nella borsa.

«Ti detesto!» ringhiò quando infine arrivammo.

«*Shh!* Nessuno deve sapere che sei qui.»

L'intreccio della borsa gli consentiva di vedere all'esterno senza essere notato. Oltre a voler catturare l'assassino, ritenevo che Gattavius avesse il diritto di porgere l'estremo saluto a Ethel: aveva trascorso tutta la vita con lei e sapevo quanto gli mancasse.

«Tieni a mente il piano» bisbigliai senza muovere le labbra. Un momento: forse il mio talento era il ventriloquio! Avrei dovuto approfondire la questione.

«Se vedi, voglio dire *fiuti,* qualcuno che era presente alla cena, dammi un colpetto con le unghie sul braccio. E tieni presente che sarà l'unica volta in cui sarai autorizzato ad artigliarmi!»

«Chiaro. Ma vediamo di sbrigarci, questa cosa tanfa in modo orribile!» Anche io avrei preferito tornare di corsa a casa, ma per il momento avrei dovuto tener duro per entrambi.

Strinsi a me la borsa agganciando bene la tracolla sulla spalla e mi avviai, ostentando disinvoltura come se non nascondessi un gatto parlante. Eravamo appena entrati quando riconobbi un volto familiare: una donna mi fissava e mi diede i brividi, soprattutto dopo aver saputo da Brad della scenata che aveva fatto alla lettura del testamento.

«Mi ricordo di lei» dissi avvicinandomi. «Mi ripete il suo nome?»

Si guardò intorno e mormorò: «Sono Anne Fulton.»

Gattavius scelse proprio quel momento per affondare gli artigli nella pelle morbida del mio braccio.

«*Oh!*» Mi sfuggì un gridolino. Mi sforzai di ricompormi, ridacchiai nervosamente e chiesi: «Ethel era sua parente?»

«Era mia zia» rispose Anne. Ma questo lo sapevo già.

«Condoglianze» dissi con un cenno del capo. Mi allontanai in tutta fretta: l'ultima cosa di cui avevo bisogno era restare bloccata tutta la sera con quella donna strana e irascibile, che non ci aveva pensato due volte a intrufolarsi senza permesso in casa della zia.

Anche se, a dire la verità, lo avevo fatto anch'io. Forse avevo più cose in comune con lei di quanto volessi ammettere...

Il peso della borsa che mi indolenziva la spalla mi fece pensare che a Gattavius non avrebbe fatto male mettersi a dieta e a me allenarmi nel sollevamento pesi.

Mi feci strada fra gli ospiti per raggiungere la bara dove Ethel Fulton giaceva su un tessuto di seta rosa chiaro, i capelli corti a formare un'aureola intorno al capo, il trucco marcato ma elegante. Non l'avevo conosciuta da viva, ma a vederla in quel modo un velo di tristezza mi scese sul cuore.

Gattavius mi artigliò una seconda volta, dolorosamente. «Sì» mormorai. «Ethel era alla cena, lo so, l'aveva organizzata lei.»

Ringhiò e borbottò: «Dietro di te! Si sta avvicinando!»

Mi voltai resistendo all'impulso di controllare se il braccio stesse sanguinando e mi trovai faccia a faccia con Diane che indossava un semplice abito nero abbinato a un cappellino a tamburello.

«Oh, Angie!» Scoppiò in lacrime e si gettò fra le mie braccia con tanta veemenza da farmi quasi cadere la borsa. «È bello vedere un volto amico!»

Mi tenne stretta a lungo singhiozzando e raccontandomi aneddoti sui bei momenti che aveva trascorso con Ethel. «Quando ho sposato Richard, Ethel mi ha preso sotto la sua ala e mi ha insegnato a gestire la casa e come essere una buona moglie.» Scoppiò nuovamente a piangere: «Ah, ma tu non hai tempo per le mie lagne!»

«Coraggio» le dissi dandole dei colpetti sulla schiena e sperando che mi lasciasse andare.

La sentii irrigidirsi, poi si allontanò di scatto da me come se si fosse ustionata... o avesse preso la scossa.

Mi voltai per vedere cosa avesse attirato la sua attenzione: il signor Fulton era sull'ingresso con Bethany al suo fianco.

«Devo andare» singhiozzò Diane fuggendo via prima che avessi la possibilità di fermarla.

L'immagine del reggiseno trovato nell'ufficio del signor Fulton si fece strada nella mia mente; ora che ci pensavo, era più o meno della taglia di Bethany. Osservai disgustata il mio capo appoggiare delicatamente una mano sulla schiena di lei e avanzare verso la bara, ostentando l'intimità che c'era fra loro davanti a tutti.

Oh, povera Diane! Era venuta a dire addio a una parente a cui aveva voluto bene e suo marito l'aveva umiliata consapevolmente davanti a familiari, amici e conoscenti.

Rimasi ad attenderli di fianco alla bara, chiedendomi se avrebbero almeno cercato di giustificarsi. Gattavius affondò nuovamente le unghie acuminate nel mio braccio, avvisandomi del fatto che anche il signor Fulton era presente la sera dell'omicidio.

A quel punto avevamo identificato tre dei cinque ospiti presenti alla cena. Gattavius aveva già escluso Anne dai possibili sospettati e io non mi sarei mai sognata di accusare la povera Diane, quindi i possibili colpevoli erano tre: il signor Fulton o uno degli altri ospiti di cui ancora non conoscevo l'identità. Ed ero sempre più convinta che fosse lui il nostro uomo.

«Angie» mi salutò il mio capo con un sorriso, scostando la mano dalla schiena di Bethany mentre si avvicinava. «Grazie per essere venuta.»

Bethany annuì ma non disse nulla.

«Era il minimo che potessi fare» dissi senza sapere nemmeno io cosa intendessi. Ma nessuno fece commenti.

«Era una persona meravigliosa» sospirò Fulton. «Per me è stata come una seconda madre. Fatico molto ad accettare che non ci sia più.»

Gli si spezzò la voce e Bethany gli diede qualche colpetto sul braccio per incoraggiarlo, cosa che mi fece infuriare ancora di più.

Entrambi rivolsero l'attenzione alla bara e io mi congedai prima di lasciarmi sfuggire qualche commento di cui mi sarei potuta pentire. Gattavius mi artigliò di nuovo il braccio mentre mi facevo largo tra gli ospiti fino alla porta, ma non feci nemmeno caso a chi stesse cercando di indicarmi.

A quel punto ero certa che il signor Fulton fosse doppiamente colpevole!

13

Prima che riuscissi a raggiungere l'auto qualcuno mi appoggiò una mano sulla spalla. Mi voltai e mi trovai davanti... Bethany, proprio una delle persone che avevo meno voglia di vedere!

«Che cosa vuoi?» grugnii senza preoccuparmi di nascondere il disgusto che provavo.

Con i capelli biondi e sottili scompigliati dal vento e le labbra tirate non mi era mai parsa così vulnerabile e femminile. «Volevo accertarmi che stessi bene. Avevi una faccia, là dentro! Non avevi mai visto un cadavere?»

«Certo che sì» sbottai. «Quello che non avevo mai visto è il mio capo che ostenta la sua amante davanti a tutti nel peggior momento possibile!»

Bethany sussultò e fece un passo indietro. «Amante? Non penserai mica che...»

«Che altro dovrei pensare?» incalzai, augurandomi che avesse una buona spiegazione per ciò che avevo visto. Mi piaceva abbastanza lavorare per lo studio, ma non avrei mai più potuto guardarli come se nulla fosse, non senza immaginare il terribile reggiseno viola, la mano di lui sulla schiena di lei e la morte di un'anziana signora gentile che non meritava affatto quella fine.

Bethany si accigliò e scosse il capo: «Pensavo che mi conoscessi meglio, Angie.» Sembrava sul punto di scoppiare in lacrime. Chi era questa donna fragile? E perché tutt'a un tratto era così diversa dallo squalo che in ufficio avrebbe fatto a pezzi chiunque pur di fare carriera?

«Ti conosco a malapena e a quanto pare non conosco bene neanche il signor Fulton.» Risi con amarezza. «Siete stati davvero abili a tenere tutto nascosto. Non ne avevo idea fino a stamattina, quando sono arrivata prima e vi ho beccati soli in ufficio. E poi lì c'era quel terribile reggiseno...»

«Reggiseno?» domandò Bethany. Poi mormorò qualcosa che non riuscii a capire. Forse ora che sapeva di essere stata colta sul fatto si sarebbe decisa a dirmi la verità.

Incrociai le braccia senza smettere di fissarla: «Sì, il *tuo* reggiseno!»

«Accidenti!» Rimase a fissarmi senza sbattere le palpebre. «Sono senza parole.»

«Davvero credevate che nessuno l'avrebbe mai scoperto? Solo perché sono un'assistente legale non significa che sia meno intelligente di voi avvocati so-tutto-io!» Tutto il mio livore venne fuori in un colpo solo, tutto ciò che non avevo detto in quei mesi nel tentativo di creare buoni rapporti sul lavoro. Il modo in cui Bethany mi fissava con sguardo ferito era inquietante: in quel momento avrei quasi preferito affrontare Brad e le sue odiose avances.

Diede un calcio a terra per la frustrazione e quando tornò a guardarmi i suoi occhi erano freddi e inflessibili: «Il fatto di essere donna, in questo momento, non ti rende meno disgustosamente sessista. Me lo sarei aspettato dagli altri ma non da te, Angie. Da te mi aspettavo di più!»

«Oh, risparmiami il discorsetto sul 'sono delusa, non arrabbiata'. L'ho sentito da mia nonna un milione di volte. E non dare la colpa a me quando sei tu quella che corre dietro a un uomo sposato che, si dà il caso, è anche il tuo capo!»

Mi si piazzò davanti come per parare il colpo, poi scandì lentamente ogni parola: «Non. Ho. Una. Relazione. Con. Il. Signor. Fulton!»

«Non saprei» dissi con un ghigno. «Eravate così intimi prima...»

«Non è... è diverso.»

«Sì, come no.» Le lanciai un sorrisetto sarcastico. Solitamente non ero così polemica ma mi aveva fatto proprio saltare i nervi e già alla commemorazione le emozioni erano state anche troppe.

«È la verità» insistette a denti stretti. «Non puoi capire.»

«Invece capisco perfettamente!» gridai. Non c'era niente che detestavo di più dell'essere trattata con condiscendenza. Beh, a parte l'omicidio e il tradimento, s'intende.

«Invece no!» gridò a sua volta. Poi abbassò drasticamente la voce: «E stai facendo una scenata per niente!»

Ma lei non poteva sapere che per me fare una scenata non era affatto un problema: ero stata cresciuta da un'attrice di teatro che mi aveva insegnato a tirar fuori la voce. Per noi fare una sceneggiata era cosa buona e giusta, se non ci cacciava nei guai.

Bethany sembrava pronta a chiudere la conversazione, così azzardai la domanda da un milione di dollari: «Io me ne stavo andando, sei venuta tu a cercare me, quindi dimmi: se non avete una relazione, che diavolo state combinando?»

Si strinse il torso con le braccia e abbassò gli occhi a terra mormorando: «Non posso dirtelo. Almeno, non ancora.»

«Oh, molto comodo!» borbottai scuotendo il capo.

Lei non disse altro. Raggiunsi la mia auto a grandi passi e gettai la borsa sul sedile del passeggero senza pensare che dentro c'era ancora Gattavius. *Ops!*

«Ti spiacerebbe fare piano?» strillò lui dopo aver emesso lo stesso terrificante grido con cui mi svegliava la mattina. «Preferirei non consumare le mie sette vite se non è strettamente necessario!»

Nonostante l'irritazione sembrava stare bene. Ma io? Ero così furiosa che le mani mi tremavano e si erano arrossate. Mi serviva un momento per ritrovare la calma, ma a Gattavius non piaceva essere ignorato: «Ehi, dico a te!» gridò colpendomi nuovamente il braccio con gli artigli, cosa che mi fece arrabbiare ancora di più.

«Non puoi startene zitto un attimo?» strillai.

«Ehi, chi era la guastafeste?»

«Guastafeste non è l'espressione giusta» risposi, ancora inquieta dopo lo scontro con Bethany. Volevo solo tornarmene a casa ma non mi fidavo ancora abbastanza di me stessa da mettermi alla guida.

Il tigrato mi appoggiò le zampe superiori sulla gamba e iniziò a impastare dicendo: «Ma è adatta all'occasione. Sei tu che mi hai trascinato qui, quindi sei pregata di spiegarmi. Che cosa è successo?»

«*Io* avrei trascinato *te?* Non direi proprio.»

«Questione di prospettiva.» Scosse una zampa, sprezzante, e si risedette sul sedile del passeggero. «Non ha nessuna importanza chi ha trascinato chi. Voglio sapere perché te la sei presa tanto con un umano che non era nemmeno presente quella sera. Non ti importa più di trovare l'assassino di Ethel?»

La rabbia mi abbandonò all'improvviso, come se Gattavius avesse chiuso un rubinetto: non aveva importanza quanto potessi essere scandalizzata da ciò che avevo visto, sicuramente lui si sentiva molto peggio. Aveva perso la sua umana e io avevo fatto una scenata alla sua commemorazione.

«Mi dispiace» mormorai sentendomi davvero una pessima amica.

«Va tutto bene. Voi umani a volte vi lasciate prendere dall'emotività.» Si leccò pigramente una zampa e aggiunse: «Beh, quasi sempre. Ma possiamo venirne a capo insieme.»

Era proprio ciò che avevo bisogno di sentirmi dire e mi sentii subito meglio.

«Ok» dissi espirando lentamente. «Ok.»

Gattavius annuì. «Dobbiamo tornare dentro» disse. «Non abbiamo ancora identificato tutti i presenti alla cena.»

«Credo di sapere già chi ha ucciso Ethel» confessai. «Tutti gli indizi portano al signor Fulton.»

«...»

«L'uomo. Il mio capo» aggiunsi notando che sembrava confuso.

La risposta del mio amico tigrato mi lasciò a bocca aperta per la saggezza e la profondità che dimostrava: «Potrebbe essere stato lui, ma non ne saremo certi finché non avremo escluso tutti gli altri. È un po' come quando pensi che il pâté di pollo sia il tuo preferito, ma il giorno dopo assaggi quello di salmone e gamberetti e scopri che ha un sapore ancora migliore. Se ci rifletti bene, ti accorgi che forse eri solo molto affamato e così hai sovrastimato il gusto del pollo oppure pensavi che fosse il migliore perché non avevi ancora provato tutti gli altri deliziosi sapori. Capisci cosa voglio dire?»

Stranamente lo capivo benissimo. «Quindi il signor Fulton potrebbe essere il paté di salmone e gamberetti o semplice paté di pollo, ma non lo sapremo fino a fine pasto?»

«Esattamente.» Sembrava risplendere d'orgoglio, ma forse era solo lo scintillio dei suoi occhi nella luce del tramonto. «E il pasto è appena iniziato, quindi non abbuffarti e lascia spazio per le portate successive.»

«Grazie Gattavius, mi sei stato di grande aiuto!»

«Quando avremo finito dovrai andare a comprarmi del pâté di pollo. Lo so, lo so, di solito non lo mangio ma a parlarne mi è venuta una voglia tremenda.»

Gli feci qualche grattino tra le orecchie: «Sei proprio un bravo gatto.»

«E tu sei una bravissima umana. Davvero!» disse con una vocina infantile che ci fece ridere entrambi. «Ora rientriamo e scoviamo gli altri!»

14

Anche se Gattavius mi aveva convinta a rientrare, ormai era troppo tardi per scoprire qualcosa di utile: amici e parenti si erano recati a una messa privata ed erano rimasti solo alcuni conoscenti e qualche curioso. Anche Bethany se n'era andata, cosa che confermava ulteriormente i miei sospetti.

Io e Gattavius eravamo tra gli ultimi rimasti e ciò gli consentì di sporgersi furtivamente dalla borsa per dare l'addio a Ethel.

«Oh, Ethel» disse addolorato, senza alcuna traccia del suo solito tono teatrale. «Eri tutto per me e non lo sapevi nemmeno. So che abbiamo avuto qualche piccolo diverbio, ma tu sei stata il meglio che potessi chiedere alla vita. Il mondo non sarà lo stesso senza di te. Ti penserò ogni volta che berrò l'Evian o mi sdraierò al sole. Ti vorrò sempre bene e sono felice che tu sia stata la mia umana.»

Mi vennero le lacrime agli occhi nel sentire quelle parole piene di commozione: «Hai fatto un bel discorso» gli dissi cercando invano un fazzolettino.

«Sì» ammise sospirando e agitando le vibrisse.

«Ma su una cosa ti sbagli» affermai convinta, mentre lo aiutavo con delicatezza a rientrare nella borsa. «Lei sapeva quando era importante per te!»

La sua voce mi arrivò smorzata: «Come fai a saperlo?»

«Lo so e basta.»

Tornando verso casa mi fermai al supermercato dove acquistai gamberetti freschi per entrambi. Gattavius aveva mantenuto il controllo della situazione quando io l'avevo perso, quindi se l'era senz'altro guadagnato e io, d'altra parte, non sarei riuscita a preparare qualcosa di tanto squisito senza poi mangiarlo a mia volta.

Ciò nonostante, a cena mangiò meno del solito, facendomi preoccupare: «Non è buono?» chiesi osservando sospettosa il boccone sulla mia forchetta. Percepiva forse qualcosa che a me sfuggiva? La mia mente venne attraversata dal ricordo dei piatti nella cucina di Ethel e del mio vano tentativo di identificare quello avvelenato.

Il tigrato sospirò: «È solo che mi manca Ethel.»

«È normale. Mi dispiace molto per quello che ti è successo.»

«È solo che...» Tirò su con il naso passeggiando nervosamente sul tavolo. «Pensavo che saremmo vissuti insieme per sempre e poi da un momento all'altro lei non c'era più.»

«Purtroppo fa parte della vita anche questo» ammisi. Non avevo mai sperimentato in prima persona una perdita di quella portata ma speravo di riuscire ugualmente a consolarlo un po'.

«Se ti va...» esitai, invasa da un sentimento del tutto inaspettato.

«Cosa?» chiese mestamente, vedendo che non riuscivo a continuare.

«Forse quando tutto questo sarà finito...»

Dillo e basta!

«Potrei essere la tua umana.»

Spalancò gli occhi per la sorpresa, poi fusa roboanti riempirono il silenzio. «Mi piacerebbe molto!» disse. «Voglio dire, sarebbe certamente meglio non dover addestrare un altro umano da zero.» Tornò al piattino e addentò il gamberetto più grosso e succulento; impegnato com'era non vide i miei occhi velarsi di lacrime.

Che dire? Quel burbero felino mi piaceva ogni giorno di più. Forse ero tipo da gatti dopotutto.

* * *

La mattina dopo mi svegliai prima che Gattavius iniziasse a ululare. Mi sentivo incredibilmente riposata e pronta ad affrontare la giornata, perfino emozionata per ciò che mi aspettava. Era un cambiamento così drastico rispetto a quando ero andata a letto da non poter essere altro che un dono del cielo.

Anziché pormi domande, decisi di fare a mia volta qualcosa di buono.

«Ho un regalo per te» annunciai a Gattavius dopo colazione.

«Non un'altra borsa maleodorante, spero» si lamentò; ma capii che era emozionato. La coda sollevata e inclinata verso il dorso e la vivacità con cui mi seguì in camera da letto mi fecero capire che era anche lui di buon umore. Forse c'entravano la cena a base di gamberetti e la nostra recente intesa.

«Salta su» gli dissi sedendomi sul letto e iniziando a frugare nel comodino. Si avvicinò e mi salì in grembo annusando il cassetto.

Quando tirai fuori l'oggetto che stavo cercando fece un balzo indietro, spaventato: «Cos'è quell'affare?» chiese con un respiro inquieto.

«È un iPad» gli spiegai premendo il pulsante di accensione e appoggiando il dispositivo fra noi. «È per te.»

«Luccica» commentò annusandolo con cautela.

Annuii: «Sì e credo che ti piacerà molto quando scoprirai cos'è in grado di fare.»

«*Oh?*» Avevo catturato il suo interesse.

«Immagino che Ethel non ne avesse uno.»

Lui scosse il capo.

«Possiamo installare delle app con cui puoi giocare quando ti annoi, come un acquario virtuale, la tastiera, magari anche la radio… Ma il motivo principale per cui voglio che tu ce l'abbia è FaceTime.»

«FaceTime?» Rise dopo averlo ripetuto ad alta voce. «Che strano nome. Sono parole che non c'entrano l'una con l'altra.»

«È vero, ma la parola iPhone esisteva già quindi hanno dovuto inventarsi qualcosa. Guarda.» Estrassi il cellulare dalla tasca e chiamai il tablet con FaceTime.

Gattavius agitava lentamente la coda mentre mi osservava; io risposi alla chiamata.

«Ohhhh» mormorò estasiato quando il mio volto apparve sullo schermo, seguito dal suo musetto quando rivolsi la fotocamera del cellulare verso di lui.

«Forte, vero?» esclamai entusiasta. Mi piaceva insegnare cose nuove agli altri tanto quanto mi piaceva impararle.

«Che altro fa?» chiese girando in cerchio emozionato per poi sedersi davanti all'iPad.

«So che ti senti solo quando sono al lavoro, così ho pensato che potremmo usarlo per parlare» spiegai con un sorriso conciliante, giusto in caso avesse da ridire. Rimasi piacevolmente sorpresa nel constatare che non lo fece.

L'iPad era un regalo della nonna ma di solito usavo il cellulare aziendale, quindi avevo due numeri di telefono diversi. Quella che all'inizio era stata una seccatura si rivelava oltremodo utile ora che avevo un gatto parlante.

Trascorsi circa mezz'ora a spiegargli come sbloccare il dispositivo, cliccare sull'app di FaceTime e toccare la mia foto per chiamarmi. Lo feci esercitare anche a rispondere alle mie chiamate premendo lo schermo con la zampa.

Ci riuscì perfettamente. Chi ha detto che non è possibile addestrare i gatti?

Quando uscii per andare al lavoro Gattavius era felicemente impegnato con un'app di allevamento di carpe che aveva scelto e installato da solo. Non sapeva giocarci nel modo corretto ma si divertiva a dare zampate ai pesci sullo schermo.

Lo lasciai a quel nuovo intrattenimento e mi diressi in ufficio, curiosa di scoprire cosa sarebbe accaduto quel giorno.

L'inizio però fu deludente: Thompson aveva portato Derek con sé in tribunale, Bethany si rifiutava di rivolgermi la parola e preferivo evitare Brad per partito preso; così la scelta si riduceva al signor Fulton e a qualche altro associato poco disposto a fare conversazione.

Il capo oggi sembrava molto più calmo rispetto al giorno prima. Mi chiedevo se avesse fatto pace con Diane e se Bethany gli avesse riferito della nostra lite nel parcheggio; ma, quand'anche l'avesse fatto, lui non mostrò in alcun modo di essere a conoscenza dei miei sospetti sul suo conto.

Si avvicinò alla mia scrivania e si schiarì la gola: «Angie» disse, la bocca tesa in una linea dura. «Ho bisogno che si occupi di un progetto speciale per me oggi.»

Alzai gli occhi dalla tastiera e annuii: «Certamente. Di che si tratta?»

Strinse le dita sul bordo della scrivania ed entrambi restammo a fissare le sue mani mentre parlava: «Ho bisogno che faccia una ricerca sui precedenti in cui gli eredi hanno impugnato il testamento a causa di infermità mentale del testatore al momento della firma.

Quali argomentazioni sono state utilizzate? A chi sono stati assegnati i beni dopo l'annullamento del testamento originario? Quanto tempo ci è voluto per arrivare a una sentenza?»

Fece una pausa, si infilò le mani in tasca e lanciò un'occhiata dietro di sé prima di continuare:

«Ma prima potrebbe revisionare una petizione e inviarla tramite corriere espresso? Vorrei che la questione venisse sistemata oggi stesso.»

«Certo!» risposi senza esitare.

Mi rivolse un ampio sorriso: «Ottimo. Mi sarà di grande aiuto. Gliela mando via email tra poco.» Si voltò e tornò in ufficio a passo più leggero rispetto a quando era arrivato.

Meno di un minuto dopo ricevetti l'email e mi affrettai a scaricare l'allegato, curiosa.

Era una richiesta di divorzio.

Quello tra lui e Diane.

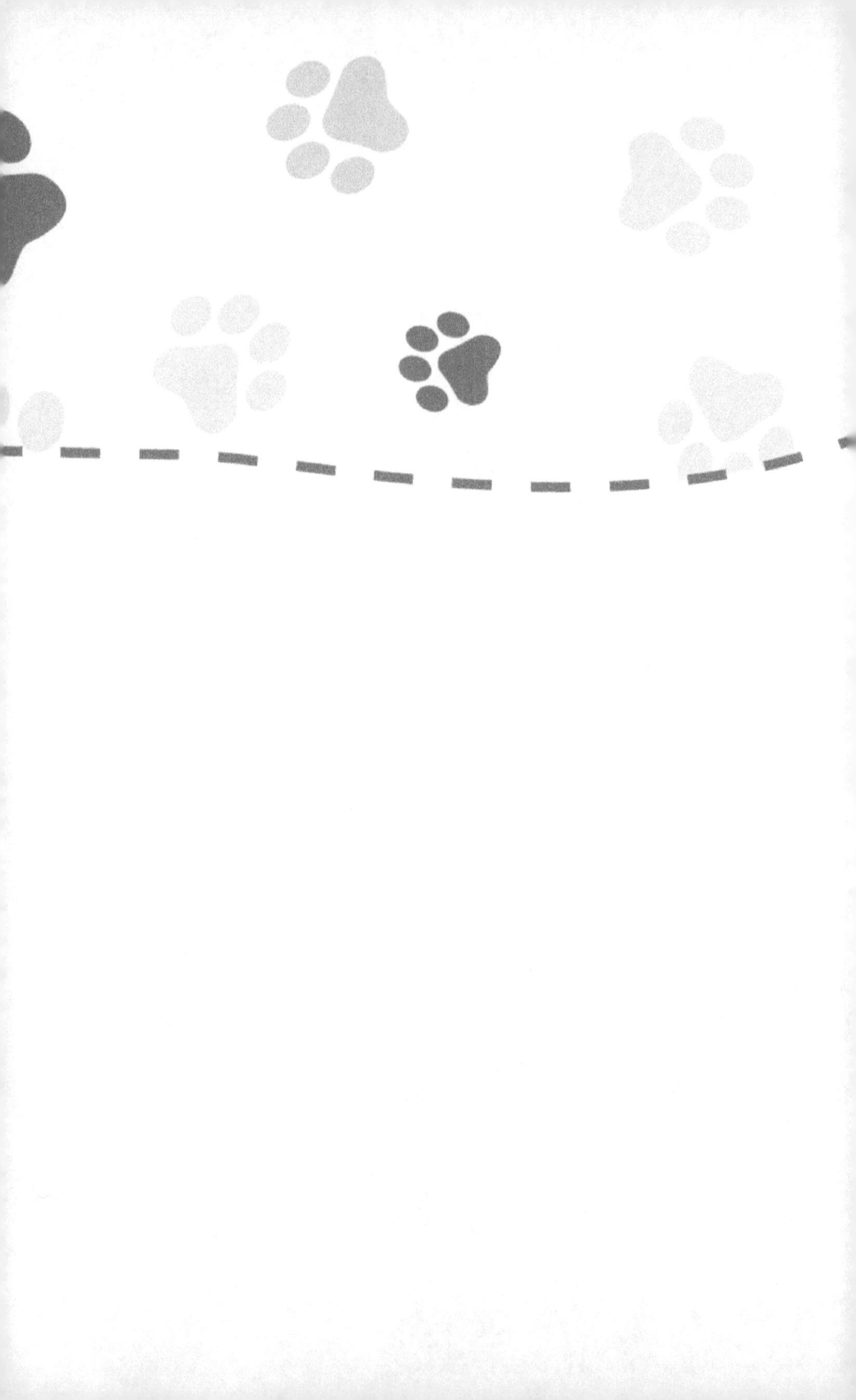

15

Dopo aver letto rapidamente il documento sgattaiolai in bagno per chiamare Gattavius. Ci vollero due tentativi prima che rispondesse e quando lo fece la schermata era nera.

«Pronto, mi senti?» chiesi, incerta sulla stabilità della connessione.

«Sì» rispose, la voce alta e piena d'orgoglio. «Ce l'ho fatta!»

Fissai lo schermo: non riuscivo ancora a vederlo. «Perché non ti vedo?»

«Non saprei» rispose confuso. «Insomma, sono seduto *proprio sopra* quest'affare!»

Questo spiegava tutto. Quella sera avrei dovuto ricordargli come funzionava la telecamera, ma ora ero troppo emozionata per le nuove informazioni e preferivo non guastargli l'umore con una lezione a distanza sul modo corretto di utilizzare un iPad.

Abbassai il tono a un bisbiglio in modo che nessuno a parte lui potesse udirmi: «Il signor Fulton vuole chiedere il divorzio e mi ha anche chiesto di fare ricerche su vecchi casi di testamenti annullati. Forse abbiamo trovato il paté di salmone e gamberetti!»

«Cosa vuoi dire?» chiese Gattavius senza la minima traccia di ironia. Poteva davvero aver dimenticato quella metafora?

«Ieri tu… *Non importa.*» Non era il momento di mettersi a discutere, avevamo questioni ben più importanti di cui parlare e sentivo già i primi sintomi di un tremendo mal di testa.

«Dimmi solo una cosa.» Ero determinata a concludere qualcosa con quella chiamata. «Cosa pensi che significhi tutto questo?»

Gattavius sbadigliò rumorosamente: «Hai ragione a dire che lo fa sembrare colpevole. Il signor Fulton… *mmm*… Mi ricordi qual è?»

Sospirai appoggiando la fronte sul palmo della mano. L'emicrania era imminente. «Te l'ho indicato alla commemorazione» gemetti.

«Certo.» Sbadigliò di nuovo. «Qual era?»

Stavo iniziando a preoccuparmi seriamente: sembrava che avesse perso la memoria durante la notte. «Ehi, sicuro di stare bene?»

«Mi sono appena svegliato e sono un tantino fuori fase» ammise con un altro sonoro sbadiglio. «E più parliamo, più questo affare diventa bello calduccio. Mi concilia il sonno.»

Ecco cosa capita a sedersi su un iPad, pensai. «Ok, allora ti lascio. Dormi bene.»

«Oh, lo farò!» disse prima di chiudere la chiamata.

Non avevo concluso nulla, se non constatare che FaceTime era un buon modo per comunicare, a patto di far esercitare Gattavius ancora un po'.

Mi lavai le mani e uscii dal bagno diretta alla scrivania. Il signor Fulton era già lì in attesa: «Ha finito di correggere la petizione?» chiese ansioso.

«Me ne occupo subito» promisi.

«Bene.» Annuì ma rimase accigliato. «E mi serve quella ricerca il prima possibile!»

«Sarà fatto.» Sembrava che volesse aggiungere qualcosa; rimasi a guardarlo impacciata aspettando che proseguisse.

Si accigliò ancora di più guardandomi e cercai di non prenderla sul personale: anche se stavo cercando prove a suo carico per omicidio, svolgevo pur sempre ottimamente il mio lavoro di assistente legale.

«Uscirò tra poco e starò via qualche giorno per questioni personali» mi informò con un cenno sprezzante del capo.

Questioni personali. Sobbalzai ma mantenni la compostezza: «Va bene, inizierò subito a occuparmene con la massima priorità.»

Finalmente mi rivolse un'espressione meno afflitta; non propriamente un sorriso, ma me lo sarei fatto bastare. «Bene. Grazie, Angie. Ci vediamo la prossima settimana.»

Lo guardai tornare in ufficio e chiudere la porta a chiave. Cosa nascondeva lì dentro? E dove sarebbe andato in quei giorni?

Pensai di richiamare Gattavius ma il poveretto aveva bisogno di riposare. In ogni caso dovevo parlare con qualcuno, così decisi di fare una pazzia e mi avviai verso l'ufficio di Bethany sperando che accettasse di rivolgermi la parola.

Bussai piano; avrei voluto avere qualcosa da offrirle come gesto di pace ma per ora si sarebbe dovuta accontentare delle mie scuse.

«Vattene!» gridò senza nemmeno aprire la porta.

«Mi dispiace molto per ieri! Speravo potessimo parlarne.»

La porta si aprì: era ancora visibilmente furiosa. «E cosa potrà mai esserci da dire?» domandò, mano sul fianco e cipiglio in volto.

«Sono preoccupata per te e volevo sapere se avevi bisogno di parlare con qualcuno.» In fondo era vero: se frequentava un assassino era necessario che lo sapesse. Anche se spesso mi dava sui nervi, preferivo averla come amica che come nemica.

«No, grazie» rispose cercando di chiudere la porta.

Riuscii a bloccarla con il piede giusto in tempo: «Per favore, ti chiedo solo due minuti. Ti prego.»

«Ok.» Si sedette alla scrivania scoccandomi occhiate di fuoco.

Chiusi la porta e mi avvicinai lentamente.

«Hai poco tempo» mi ricordò battendosi un dito sul polso, anche se non l'avevo mai vista indossare l'orologio.

«Senti, non so cosa ci sia tra te e il signor Fulton ma sono preoccupata per te» iniziai.

Sbuffò talmente forte da scompigliare alcuni fogli davanti a sé: «Non ricominciare.»

«Bethany, ascoltami! Ho ragione di credere che sia pericoloso!»

Scosse il capo: «È semplicemente ridicolo. Il signor Fulton è una delle persone più oneste che conosco.»

«Non verrà in ufficio per un po'!» sbraitai. Era un fatto oltremodo insolito: in genere lavorava anche durante i weekend. Cosa c'era di diverso quella settimana. «Sai perché?»

«Magari perché è in lutto? Perché non puoi lasciare in pace quel poveretto? E lasciare in pace me, soprattutto! Tempo scaduto!»

«Cosa? Ma abbiamo appena iniziato...» protestai.

«Questo è il mio ufficio» dichiarò alzandosi e dirigendosi decisa alla porta. «Decido io chi è benvenuto qui dentro e chi no. E al momento tu decisamente non lo sei.»

La seguii, sconfitta su tutti i fronti. «Va bene, ma stai all'erta» dissi imboccando il corridoio.

«Sì, sì. Va bene» rispose fredda. Ma la sua mano esitò un attimo in più del dovuto sulla maniglia: non mi aveva ancora chiusa fuori.

Si morse un labbro e mi fissò per qualche istante, poi disse: «Credo che dovresti parlare con Brad di quel famoso reggiseno. L'ho sentito vantarsi con Derek di... un'impresa al di fuori dell'orario di lavoro. Sono certa che sarà ben contento di raccontarti tutti i dettagli.»

Mi chiuse la porta in faccia, un po' più delicatamente questa volta. Stavamo facendo progressi.

Decisi di seguire il suo consiglio e mi diressi verso l'ufficio di Brad. Non mi piaceva affatto che Derek non fosse presente: era l'unico in grado di tenerlo sotto controllo, almeno in parte, ma mi servivano risposte e non potevo aspettare.

«Ehi, bambolina!» disse alzando gli occhi quando richiusi la porta alle mie spalle.

«Bambolina? Ma sul serio?» sussultai. Oltre a essere del tutto inappropriato sul lavoro, quel termine si usava un secolo fa.

«Che c'è? Preferisci bel faccino?» Così dicendo, mi fissò apertamente il posteriore con apprezzamento. *Che cafone!*

«Devi chiamarmi solo ed esclusivamente con il mio nome» ruggii, trattenendomi dal mollargli un bel ceffone in piena faccia, almeno non prima di aver ottenuto delle risposte. «Ed è Angie, giusto per ricordartelo.»

«Ok, Angie» sottolineò con un sorrisetto. «Cosa posso fare per te?»

Decisi di tagliare corto in modo da dover passare meno tempo possibile da sola con quel maiale in tenuta da avvocato: «Ne sai qualcosa del reggiseno di seta viola che ho trovato ieri nell'ufficio del signor Fulton?»

Il suo sorriso si allargò in modo disgustoso: «Ne hai sentito parlare, eh?»

«L'ho *visto*» puntualizzai.

Gli sfuggì una risatina: «Oh, non essere gelosa, dolcezza. C'è Brad a sufficienza per tutte!»

«Quindi era tuo!» lo rimbeccai.

«Non *mio*, ma...» Mi rivolse un sorriso ambiguo mentre valutava come girare la questione. «Di un'amica» decise infine.

«Se era amica tua che ci faceva quell'affare nell'ufficio del signor Fulton?»

Fece spallucce: «Diciamo... lei potrebbe aver pensato che sono il socio junior.»

«E perché dovrebbe averlo pensato?»

Sospirò e scosse il capo: «Eddai Angie, devo farti un disegnino?»

Bleah. «Il signor Fulton lo sa?»

Si schiarì la gola. «Certo che no! Credi che voglia beccarmi una sospensione?»

«No, ma te lo meriteresti. Dovrebbero sbatterti fuori!» sibilai lanciandogli un'ultima occhiata gelida prima di fiondarmi fuori dal suo ufficio.

Finalmente c'erano elementi sufficienti per farlo licenziare. Non me ne fregava niente di quanto fosse influente e rispettato suo padre: Brad era senza dubbio il verme più disgustoso che avessi mai conosciuto. Avrebbero dovuto licenziarlo mesi prima per molestie sessuali, ma era possibile che Thompson e Fulton non ne sapessero niente, poiché io e Bethany tendevamo a ignorare il suo modo di comportarsi disgustoso senza dire niente.

Ma ora ne avevo abbastanza!

Mi precipitai direttamente nell'ufficio del signor Fulton dimenticandomi perfino di bussare.

Era al telefono, la voce ridotta a un roco bisbiglio: «Non mi importa, fallo a qualunque costo» ringhiò. «Occulta tutto. Almeno finché il divorzio non sarà definitivo.»

I nostri sguardi si incontrarono e il volto gli si contorse per un attimo in un'espressione di rabbia, prima di tornare al suo consueto piglio impassibile. Avrei dovuto girare sui tacchi e fuggire, ma ero troppo spaventata per muovere anche solo un muscolo. Stupido effetto '*cervo davanti ai fari*'!

«Ti richiamo dopo» bisbigliò al telefono. Poi mi rivolse tutta la sua attenzione sfoderando il sorriso più falso che avessi mai visto in vita mia: «Angie, è pronta quella petizione?»

«Sì, vado a prenderla subito» mentii. Mi precipitai fuori dall'ufficio il più in fretta possibile.

Il licenziamento di Brad avrebbe dovuto aspettare: ora dovevo accertarmi di non diventare la prossima vittima. Avrei rinunciato volentieri al lavoro per salvare la pelle!

16

Fortunatamente il signor Fulton se ne andò poco dopo l'arrivo del corriere, il che significava che per il momento ero in salvo; in ogni caso avrei continuato a guardarmi le spalle finché non fosse stato dietro le sbarre.

Quando raccontai a Gattavius ciò che avevo sentito, anche lui dovette ammettere che il signor Fulton era sicuramente il responsabile dell'omicidio di Ethel.

«E se ha già ucciso una volta, è possibile che decida di farlo ancora» aggiunse.

Rabbrividii: «Hai ragione. E sono piuttosto sicura che sappia che *io* so.»

«Da quello che mi hai detto sembra probabile.» Gattavius mi strofinò affettuosamente la testa contro il braccio ma non fu sufficiente a tranquillizzarmi: all'improvviso ogni ombra, ogni rumore inaspettato sembravano segni dell'imminente arrivo del mio capo pronto a uccidermi per essermi dimostrata fin troppo brava nel mio lavoro. Anche se, in effetti, avrei dovuto fare ricerche su precedenti legali e non su indizi di omicidio.

«Dobbiamo andarcene da qui!» dissi sentendo il panico crescere.

Gattavius mi fissò sgranando gli occhi ambrati e annuì: «Dove? Nella mia vecchia casa?»

«Certo che no!» gridai. «Andremo da mia nonna.»

Sentendomi vulnerabile perfino fra le mura di casa, preparai in tutta fretta una borsa con lo Sheba gourmet, l'Evian e la lettiera di Gattavius.

«Non dimenticare il mio iPad!» mi ricordò lui profilandosi sulla soglia della camera da letto. Sembrava molto meno spaventato di me, forse perché aveva sette vite a disposizione; ma lui non aveva visto l'espressione di rabbia del signor Fulton quando mi aveva beccata a origliare la sua telefonata. Se lo sguardo potesse uccidere, non avrei avuto scampo...

Ma ora basta: non dovevo lasciarmi prendere dal panico o non sarei riuscita a fare il necessario per mettermi al sicuro. Dovevo concentrarmi sull'uscire di casa al più presto. In seguito avremmo potuto pensare a come esporre il caso alle forze dell'ordine. Forse alla nonna sarebbe venuta un'idea su come presentare gli indizi in modo da nascondere il fatto che il testimone principale era un gatto parlante.

Meno di un quarto d'ora dopo io e Gattavius piombammo a casa della nonna con tanto di valigia. Siano benedette le piccole città e i tragitti brevi!

«Angie?» la nonna fissò sorpresa prima me poi il tigrato al mio fianco. «Che bella sorpresa!» esclamò venendoci incontro e stringendomi in un forte abbraccio. Non fece domande sul gatto, anche se sapeva bene che non ne avevo mai avuto uno, facendomi sentire ancora più in colpa perché non andavo a trovarla abbastanza spesso.

Ci condusse in salotto; subito Gattavius le saltò in grembo e iniziò a fare le fusa.

«Mi piace» disse. «Mi ricorda Ethel.»

«Gli piaci» dissi alla nonna.

«E lui piace a me! È tuo?» Quel giorno la nonna indossava una camicetta verde smeraldo con gemme cucite a mano sul colletto che le calzava a pennello. Diedi una rapida occhiata ai jeans e alla T-shirt che indossavo, pentendomi subito di non essermi cambiata; ad ogni modo sapevo bene di non poter reggere il confronto con l'eleganza della mia talentuosa nonnina.

Scossi il capo accigliata: «*No.* Beh, forse. È una lunga storia.»

«E io ho tutto il tempo di ascoltarla. Racconta!» Non smise un istante di coccolare Gattavius mentre ascoltava il resoconto degli ultimi, sconvolgenti eventi.

Una volta iniziato a parlare non riuscivo più a smettere: una volta tanto era bello potersi confidare con qualcuno che mi prestasse davvero attenzione. Le raccontai delle prove contro il signor Fulton e delle accuse, quasi certamente false, che avevo rivolto a Bethany. Ora che avevo modo di rifletterci su, le dovevo davvero delle scuse, le più sincere.

«Sembra un copione preso direttamente da Broadway!» commentò la nonna riassumendo la situazione in modo piuttosto accurato. «C'è solo una cosa che non ho capito: come ti sono venuti i primi sospetti?»

Cercai con lo sguardo Gattavius perché mi desse un consiglio: «Diglielo!» disse lui saltandomi in grembo. «Puoi accarezzarmi se ti è d'aiuto.»

«Grazie» mormorai.

«Grazie per cosa, cara?» chiese la nonna con un sorriso.

Perché esitavo? Se non potevo fidarmi della nonna, la donna che mi aveva cresciuto, di chi altri al mondo avrei potuto fidarmi? E poi sarebbe stato bello rivelare il mio segreto a qualcuno!

Feci un respiro profondo e affondai le dita nella pelliccia di Gattavius, preparandomi alla grande rivelazione: «Ti ricordi quando sei venuta a prendermi all'ospedale, qualche giorno fa?» Davvero erano passati solo pochi giorni con tutto quel che era successo? Il mio mondo era cambiato in un batter d'occhio (ambrato e di gatto).

La nonna annuì: «Hai detto che si trattava solo di una lieve scossa elettrica. Era qualcosa di più serio?» chiese preoccupata prendendo gli occhiali per potermi studiare meglio.

«Si è trattato di una scossa elettrica, questo sì. Quello che non ti ho detto è che...» Mi morsi il labbro. Cosa avrei fatto se non mi avesse creduta?

«Vai avanti!» mi incoraggiò Gattavius. «Capirà.»

«Vai avanti!» disse la nonna; la sua fronte rugosa si contrasse per la preoccupazione nell'attesa. Anche se dirglielo mi faceva sentire in ansia, non era giusto farla aspettare ancora.

«Riesco a parlare con i gatti!» buttai fuori tutto d'un fiato, dicendolo finalmente ad alta voce.

La nonna spostò lo sguardo da me a Gattavius, poi di nuovo a me: «Lui sa parlare?» mi chiese riflettendoci su.

«Sì.» Annuii entusiasta. Voleva dire che mi credeva? «È stato lui a dirmi dell'omicidio di Ethel: era la sua proprietaria e lui era presente» spiegai.

«Mi dispiace molto per ciò che è accaduto alla tua proprietaria» disse la nonna a Gattavius, dandosi dei colpetti in grembo per invitarlo a tornare in braccio a lei. «Posso fare qualcosa per te?»

Ecco una delle molte ragioni per cui volevo così bene alla nonna: non metteva in discussione le mie bizzarre affermazioni. Se le dicevo qualcosa, mi credeva e basta. Tutti abbiamo bisogno di una persona così nella nostra vita.

Fui pervasa dal sollievo nel constatare che avevo fatto la scelta giusta a fidarmi di lei.

«Hai capito che cosa ha detto?» chiesi a Gattavius.

«Sì.» Guardò la nonna negli occhi e disse: «Grazie per le condoglianze.»

«Oh!» strillò la nonna deliziata. «Sta dicendo a me! Cosa significa quel piccolo, adorabile miagolio?»

Gattavius era raggiante di gioia; sembrava piacergli essere vezzeggiato dalla nonna, anche se a me non permetteva di farlo.

«Ti ringrazia per le condoglianze» tradussi.

«Che micetto beneducato sei!» gli disse lei passandogli la mano lungo il dorso. Gattavius sembrava al settimo cielo e io non avevo intenzione di rovinare quel bel momento con un commento su quanto potesse essere sgarbato quando ci si metteva.

«Non so cosa fare, nonna» confessai. «Sono quasi certa che il signor Fulton abbia avvelenato sua zia, ma la polizia non crederà alla questione del gatto parlante tanto facilmente come hai fatto tu.»

«Questo è vero» disse lei accigliata.

«Quindi cosa posso fare? Non posso passare il resto della mia vita a temere che venga a cercarmi, ma non posso neanche andare alla polizia. Anche se mi licenziassi e tornassi a stare qui da te, non saremmo comunque al sicuro. E nessuno farebbe giustizia a Ethel. E cosa succederebbe se decidesse di uccidere ancora?»

Io e la nonna restammo in silenzio a riflettere mentre Gattavius faceva le fusa, felice di essere coccolato. Quell'ultima domanda non mi dava pace: se il signor Fulton avesse deciso di uccidere ancora, sarei stata davvero io la prossima vittima? Era la cosa più probabile...

«Oh accidenti! Diane!» gridai, colta da quell'improvvisa rivelazione. «Lei non ne sa niente!»

Era ovvio! Considerando che l'avevo sentito dire al telefono che il segreto andava mantenuto finché il divorzio non fosse stato definitivo e che lo stava richiedendo in tutta fretta, era chiaro che Diane sarebbe stata in serio pericolo se lui avesse deciso di colpire ancora.

Il fatto stesso che volesse divorziare dimostrava che non amava più la moglie. Cosa sarebbe successo se lei gli avesse fatto pressioni durante le procedure per il divorzio? Poteva davvero essere lei la prossima? Non aveva la minima idea di essere in pericolo...

Balzai in piedi: dovevo correre dalla mia amica e accertarmi che stesse bene.

«Aspetta un attimo, signorina!» disse la nonna alzandosi a sua volta e appoggiandomi una mano sulla spalla. «Sei venuta qui perché temevi per la tua sicurezza, non ti lascerò correre dritta a cacciarti nei guai! A prescindere dal fatto che te l'abbia detto il gatto, puoi presentare prove abbastanza solide contro il tuo capo e sembra che anche lui lo sappia. Presentarti a casa sua con delle accuse è l'ultima cosa che devi fare ora!»

Ci guardammo negli occhi: il suo sguardo mi pregava di non farlo, ma io continuai a fissarla senza esitare. Era mia nonna, la persona al mondo che più mi amava, e voleva solo il mio bene; ma non potevo restare a guardare se ciò significava firmare la condanna a morte di un'amica.

Mi scostai bruscamente.

«Mi dispiace, nonna, ma non ho altra scelta!» gridai, già sulla porta di casa.

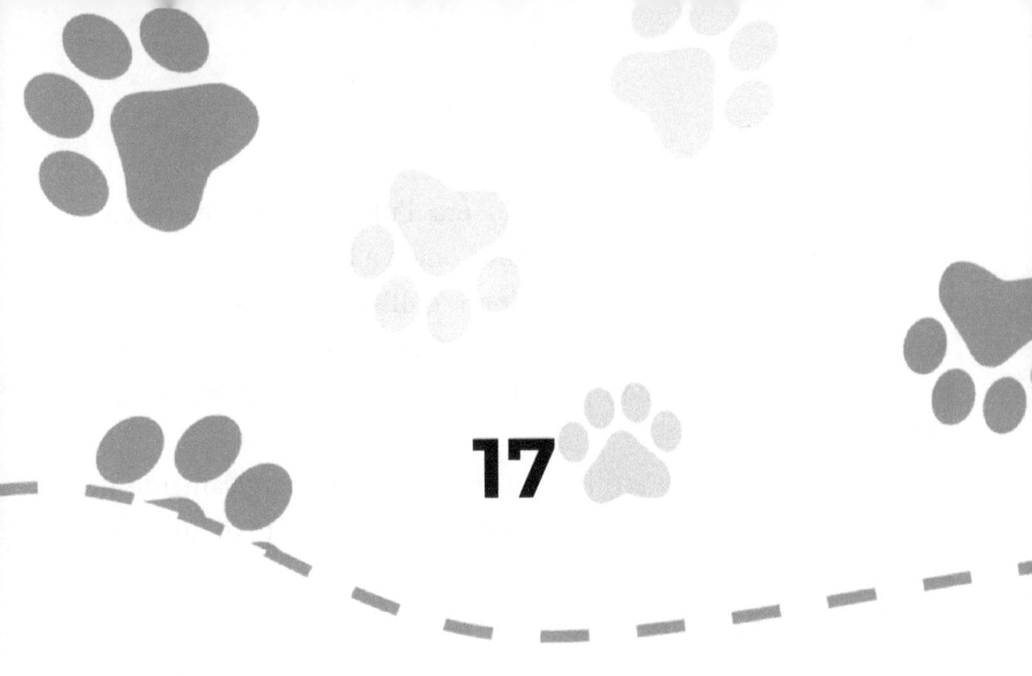

17

La nonna non cercò di fermarmi e ne rimasi sorpresa. Molto meno sorprendente fu constatare che Gattavius voleva venire con me: un lampo marrone mi sfrecciò davanti mentre correvo verso l'auto.

«Andiamo!» disse il tigrato con uno sguardo pieno di determinazione che avrei trovato comico se non fosse stato per la gravità della situazione.

«Tu non vieni!» gridai. Non avevo tempo per discutere con lui: poteva essere già troppo tardi per Diane. «Ora levati di torno!»

Lui mantenne ostinatamente lo sguardo sulla portiera dell'auto in attesa che l'aprissi: «Ah, capisco. Posso venire con te solo quando *tu* pensi che ti possa essere utile.»

«È così» brontolai «E ora non ho bisogno di te. Vai dalla nonna e aspettami lì.»

Sbattendo vigorosamente la coda a destra e a sinistra, mi rivolse uno sguardo addolorato: «Sei davvero meschina a volte, lo sai?»

«E tu sei davvero fastidioso, sempre!» gli gridai augurandomi che si arrendesse. Metterlo in pericolo era l'ultima cosa che volevo. Nonostante tutto, mi ero davvero affezionata a lui.

«Come vuoi» ringhiò fissandomi dall'alto in basso. Quando infine aprii la portiera, saltò dentro a dispetto delle mie obiezioni e io reagii nel peggior modo possibile: lo presi per la collottola e lo riportai in casa.

«Lasciami andare!» strillò lui contorcendosi energicamente nel vano tentativo di sfuggire alla mia presa. «Questo è un colpo basso!!!»

Senza aggiungere altro lo mollai in casa e chiusi violentemente la porta prima che potesse reagire. Era la decisione migliore, anche se avrei sentito molto la sua mancanza. Oltretutto, se l'avessi portato con me, Diane avrebbe potuto chiedermi di lasciarlo da lei e non avrei potuto rifiutare. E non sopportavo l'idea di perderlo.

Non sapevo ancora come avrei fatto a convincerla a lasciarmelo, ma ci avrei pensato in seguito: ora dovevo salvarla dal triste destino che era toccata a Ethel.

Anche se probabilmente non ci saremmo più viste per via del divorzio e dell'eventualità che il suo ex finisse dietro le sbarre, tenevo a lei e non volevo che le accadesse nulla di male. Di fatto non auguravo a nessuno di morire, neanche a quell'idiota di Brad, figuriamoci alla povera Diane che ne aveva già passate tante.

Le dovevo almeno questo per la nostra seppur breve amicizia.

Ero stata dai Fulton una sola volta per un brunch aziendale durante le vacanze, ma ricordavo perfettamente dove si trovava la loro villa di lusso: dopotutto, l'area di Blueberry Bay non era così vasta e la cittadina di Glendale lo era ancora meno.

Mi fermai accanto alla facciata bianca, dinanzi alla quale si estendeva un vasto prato, e spensi il motore. Forse avrei dovuto telefonare per avvisare del mio arrivo, ma non volevo rischiare che il signor Fulton scoprisse che ero lì prima di aver avuto la possibilità di avvisare Diane del pericolo che si nascondeva proprio in casa sua.

Mi diressi alla porta ostentando più coraggio di quanto ne avessi in realtà. Provai a girare la maniglia evitando di suonare il campanello per non farmi notare e, poiché ci trovavamo in un piccolo centro del Maine, ovviamente la porta non era chiusa a chiave. Così entrai, sperando che non fosse troppo tardi.

Dentro era buio, il sole stava già tramontando.

«Diane? C'è qualcuno?» chiamai cercando a tentoni un interruttore della luce. Non lo trovai. Mi diressi in soggiorno ma mi voltai di colpo sentendo un asse del pavimento scricchiolare proprio alle mie spalle. Illuminata appena dalla luce pallida di un'ampia vetrata, un'alta figura si ergeva con le braccia sollevate sopra la testa.

«Diane?» chiesi strizzando gli occhi e pregando che fosse lei. Ma non ebbi molto tempo per pensarci perché...

SBAAM!

Sentii un dolore terribile alla fronte e, prima di riuscire a capire cosa stesse accadendo, crollai a terra svenuta. Di nuovo.

* * *

Quando ripresi conoscenza ogni fibra del mio corpo pulsava dolorosamente. Alla mia sinistra un grande fuoco ardeva con forza nel caminetto a pochi passi da me e la pelle mi si era già arrossata per il calore. Lottando per allontanarmi, mi resi conto di avere mani e piedi legati.

«Pensi davvero di poter fare irruzione in casa d'altri a quel modo?» gracchiò il mio aggressore avvicinandosi abbastanza da risultare esposto alla luce del fuoco. Ero certa che mi sarei trovata davanti il signor Fulton, ma non si trattava affatto di lui!

Era... Diane, la mia amica. *Cosa...? Era stata lei ad aggredirmi?*

«Diane» ansimai. «Sono io, Angie. Dobbiamo andarcene da qui!»

«So bene chi sei. Quello che non so è perché continui a metterti in mezzo.» Il disprezzo nei suoi occhi era così palese che riuscii a stento a riconoscere la donna che ritenevo amica.

La testa mi pulsava per il dolore, rendendomi difficile pensare con lucidità. Perché si comportava in quel modo? Forse il signor Fulton le aveva raccontato qualche menzogna, incolpandomi dell'accaduto? Non aveva senso.

«Ethel è stata assassinata!» gridai. Mi faceva male la gola ma non mi importava. «Dobbiamo dirlo a qualcuno!»

Diane grugnì e percorse la stanza a grandi passi alla ricerca di qualcosa. «Stai zitta!» disse. Forse era tutta una messa in scena: magari era spaventata o voleva convincere il marito di essere dalla sua parte in modo che non le facesse del male.

«Lasciami andare» supplicai. «Non è troppo tardi. Possiamo andare alla polizia e...»

Tornò accanto a me e si inginocchiò per guardarmi negli occhi: «Nessuno andrà alla polizia.» bisbigliò con tono inquietante. Poi mi assestò un forte schiaffo in pieno volto.

Questa volta il dolore mi schiarì la mente, costringendomi ad affrontare finalmente la verità: il signor Fulton non aveva nessuna colpa, né per l'omicidio né per ciò che stava accadendo.

«Sei stata tu!»

Mi rivolse un ghigno crudele e alzò gli occhi al cielo: «*Ovviamente.* Non fare la finta tonta. Quando hai ripreso i sensi alla lettura del testamento dicendo che si era trattato di omicidio non riuscivo a credere alle mie orecchie! A volte si sente parlare di medium, ma non credevo esistessero davvero.»

«Credi che sia una medium?» esclamai. Avevo male ovunque, ma la ferita emotiva restava la peggiore: come avevo potuto essere così ingenua da fidarmi ciecamente di Diane solo perché ci piacevano gli stessi programmi televisivi? E ora questo errore poteva costarmi la vita!

«E in che altro modo potresti mai essere venuta a sapere dell'omicidio? All'inizio pensavo che fosse una specie di scherzo e che avessi detto una cosa a caso, tanto per dire, ma poi continuavi a sbucare fuori ovunque.»

Scossi il capo, lottando senza successo nel tentativo di slegarmi. In un certo senso Diane aveva ragione a pensare che avessi dei poteri paranormali, solo che non erano quelli che credeva lei.

«Alla commemorazione, a casa di Ethel...» continuò Diane spingendomi a terra quando vide che tentavo di slegarmi i piedi.

«Oh, non fare quella faccia sconvolta. Naturalmente Anne mi ha raccontato tutto. Quello che non riuscivo a capire era perché non fossi andata alla polizia, ma adesso è chiaro: volevi fare tutto da sola. Beh, hai fatto proprio un bel lavoretto!» La sua risata malvagia era totalmente in contrasto con l'idea della tranquilla casalinga che indossava completi coordinati e collane di perle che mi ero fatta di lei.

«Ma *perché?* Perché hai ucciso Ethel?» Oltre a voler finalmente capire il movente dell'omicidio, dovevo continuare a farla parlare mentre escogitavo un modo per tirarmi fuori da quella situazione. Supponevo che intendesse uccidermi a breve: era chiaramente una squilibrata capace di qualsiasi cosa.

Diane ringhiò come un animale feroce, scoprendo i denti e dandomi i brividi: «Non l'hai capito proprio oggi, quando hai aiutato quel donnaiolo idiota che ho sposato a darmi il benservito?»

Sussultai e ciò sembrò darle soddisfazione.

«Quindi va davvero a letto con Bethany!» commentai allo scopo di prolungare la conversazione il più possibile. Mi ero sbagliata sull'assassino, ma non sul tradimento. E Bethany era colpevole, anche se il famigerato reggiseno non apparteneva a lei.

«A letto?» Diane arricciò il naso disgustata e si rimise in piedi.

Sentii il cellulare vibrare in tasca e mi venne un'idea: se fossi riuscita a chiamare Gattavius su FaceTime lui avrebbe potuto avvertire la nonna, che avrebbe chiamato la polizia. Dovevo distrarre Diane in modo da prendere il cellulare dalla tasca senza farmi vedere. Non sarebbe stato facile con le mani legate, ma dovevo provarci.

«Non è così?» chiesi in tono curioso.

«Spero proprio di no, considerando che è sua figlia. In ogni caso, in questo momento la figlia illegittima di Richard è l'ultimo dei miei problemi.» Iniziò a camminare rapidamente borbottando fra sé senza più rivolgermi la parola.

Come aveva potuto fingere così bene? Perché non ero riuscita a intravedere nulla dietro la facciata dell'amabile padrona di casa? E il signor Fulton sapeva? Era per questo che voleva il divorzio? Volevo sapere tutto i dettagli della storia, ma prima dovevo allontanare quella pazza assassina che continuava a camminare avanti e indietro davanti a me.

«Volevi il malloppo tutto per te!» affermai sperando che bastasse a farle intavolare un altro monologo.

«E chi non lo vorrebbe? E in ogni caso alla vecchia non restava molto da vivere. Se proprio vuoi saperlo, le ho fatto fare una fine ben migliore di quella che meritava.»

Mentre lei parlava, ero riuscita ad avvicinare le mani alla tasca; fortunatamente il telefono si trovava sul lato non esposto al caminetto, cosa che mi aiutò a celare i movimenti fra le ombre.

«Mai sei già ricca» mormorai, lieta che avesse distolto lo sguardo da me.

Diane aveva ricominciato a cercare freneticamente qualcosa

nella stanza. Speravo che non si trattasse di una pistola: sono veloce, ma non sarei mai riuscita a schivare un proiettile, tantomeno dopo la botta in testa che mi ero appena presa.

Lei rise amaramente: «Sono ricca finché sono la signora Fulton, ma cosa accadrà dopo il divorzio?» per fortuna era una domanda retorica e continuò a parlare senza aspettare che rispondessi: «Pensavo di avere più tempo. Richard doveva essere l'unico erede e la metà del patrimonio sarebbe stata mia, se fossi riuscita a mandare avanti il matrimonio fino alla spartizione dell'eredità. Ma ero stufa di aspettare che la vecchia tirasse le cuoia, così ho deciso di darle un aiutino. Ma poi ho scoperto che aveva cambiato il testamento per lasciare quasi tutto a quello stupido gatto. Non riuscivo a crederci!»

Tenni gli occhi incollati a lei mentre infilavo la punta delle dita in tasca, facendo scivolare lentamente fuori il telefono. Andò avanti un bel pezzo a insistere su quanto tutto fosse stato ingiusto, ma non ascoltai quasi nulla: la mia attenzione era completamente rivolta al cellulare.

Premetti il tasto di sblocco (grazie al cielo avevo disabilitato il PIN), toccai l'icona di FaceTime e chiamai Gattavius, pregando che non fosse troppo offeso per accorrere in mio aiuto.

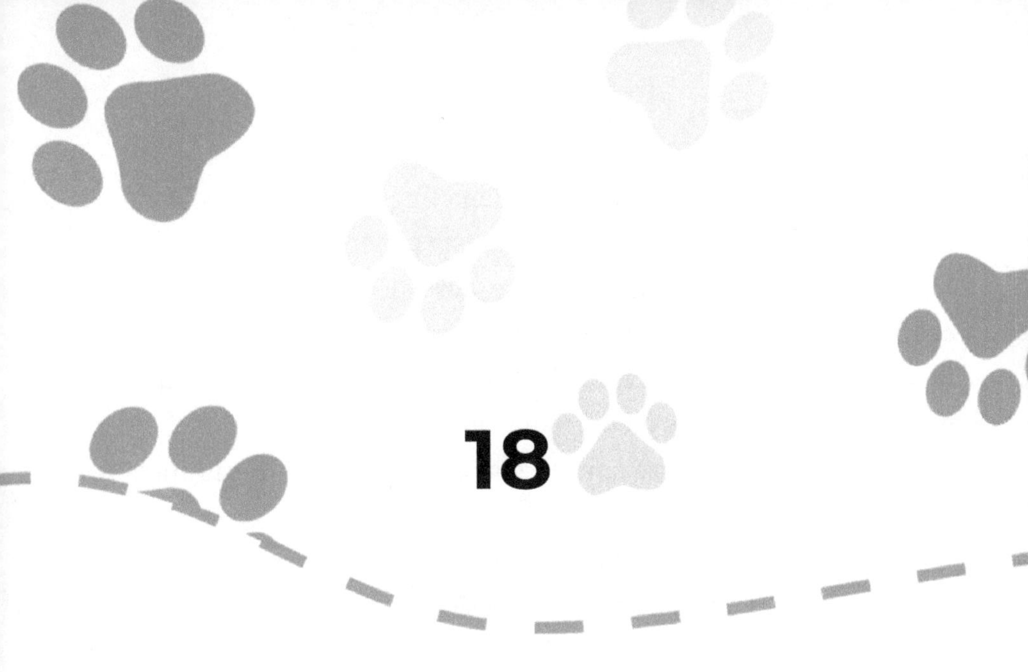

18

La chiamata venne inoltrata e Gattavius rispose al secondo squillo. Giuro che non ero mai stata tanto felice di sentire la voce di qualcuno in vita mia!

«Fammi indovinare» disse annoiato. «Sei in pericolo e devo correre a salvarti.»

Avrei voluto gridare di sì, ma Diane non doveva accorgersi per nessun motivo di ciò che stavo facendo o sarebbe finita male. Dovevo continuare a farla parlare finché Gattavius non avesse trovato un modo per tirarmi fuori dai guai. Ironia della sorte, tra tutte le situazioni assurde, doveva proprio capitare che la mia vita fosse nelle zampe di un gatto dall'offesa facile che poco prima avevo fatto arrabbiare di brutto.

Dovevo riprendere la conversazione, ma Diane aveva smesso di prestarmi attenzione: era intenta a frugare in cassetti e armadi, sempre alla ricerca di qualcosa. Un paio di minuti più tardi trovò ciò che stava cercando e si avvicinò a grandi passi per mostrarmelo. Pregai che Gattavius fosse ancora in linea.

Nascosi il cellulare dietro la schiena fingendo di divincolarmi per slegarmi e riuscii a farlo sparire alla vista appena in tempo.

«La smetterei, se fossi in te» mi avvertì Diane mostrandomi ciò che aveva trovato. Teneva in mano un vecchio revolver; la luce del fuoco si riverberava sul metallo liscio e, anche se ero terrorizzata, non riuscivo a staccare gli occhi dall'arma.

«L'avrai capito» disse con un sorrisetto crudele. «È giunta la tua ora.»

Mi girava la testa e il pensiero tornò a Gattavius: non riuscivo più a sentire la sua voce. Forse la connessione era caduta o si era stufato di aspettare; ma dovevo procedere con il mio piano nella speranza che lui e la nonna fossero in ascolto.

«Non lo dirò a nessuno!» la supplicai. «Non dirò a nessuno che hai ucciso Ethel. Tu prenderai i soldi e sparirai. O me ne andrò io. Ma ti prego, lasciami andare!»

«Oh, Angie!» esclamò fingendo compassione. «Dimentichi che ti conosco: non sai tenere segreto neanche il risultato di uno stupido programma televisivo! Cosa ti fa pensare che mi fiderei di te per una questione del genere?»

«Mi sparerai?» chiesi, la voce tremante di paura. Mi piacerebbe dire che era tutta scena, ma mentirei. Non sapevo se il mio piano stesse funzionando, né se sarei sopravvissuta a quella terrificante esperienza ma, se ci fossi riuscita, c'erano molte cose che non avrei più dato per scontate; tipo l'innocenza o la colpevolezza, tanto per dirne una.

Diane mi diede un calcio alle gambe e mi puntò la pistola al petto: «Quello è il piano B» disse freddamente.

«E quale sarebbe il piano A?» bisbigliai con il cuore che mi galoppava nel petto.

«Ti piace nuotare, vero Angie?» chiese assestandomi un altro calcio. «Potremmo fare un giretto al Pontile del morto, che ne dici?»

«Il Pontile del morto?» ripetei ad alta voce. «Ma lì la corrente è... Non riuscirei a... Io...» gridai.

«Oh, lo so.» Sul volto le balenò un lampo di piacere folle mentre mi slegava le caviglie. «Ora alzati.»

«Non voglio andare al Pontile del morto!» gemetti. *Ti prego Gattavius, ascoltami!* Avrebbe capito cosa stavo cercando di dirgli?

«Ma è quello che voglio *io*.» Mi diede un altro calcio. «In piedi!»

Dovevo riuscire ad alzarmi senza che Diane notasse il cellulare sul pavimento alle mie spalle. Facendo una gran scena, mi rimisi faticosamente in piedi, per poi incespicare in avanti, gettandola a terra.

«Te ne pentirai!» ringhiò. Poi con una risata crudele e spaventosa aggiunse: «Per fortuna non ci vorrà molto.»

Si alzò e mi tirò su, poi mi condusse fuori con il revolver puntato tra le costole.

A quanto pareva eravamo dirette al Pontile del morto. La mia speranza era che non fossimo le uniche.

* * *

Nonostante il SUV di lusso di Diane, il viaggio in auto fu scomodo e doloroso. Di certo, se fossi sopravvissuta, non mi sarebbe venuto in mente per un bel po' di viaggiare legata e sdraiata sul sedile posteriore.

Dopo avermi fatta salire in macchina con la forza Diane mi aveva legato nuovamente i piedi. Mi tenne d'occhio dallo specchietto retrovisore per tutto il viaggio: provare a fuggire sarebbe stato impossibile e in ogni caso non ne avevo le forze.

Nel tempo che impiegammo a raggiungere il Pontile del morto avevo già perso la sensibilità alle gambe; sentivo solo un terribile formicolio e dubitavo che sarei riuscita a reggermi in piedi senza cadere.

Diane parcheggiò accanto a uno degli edifici anneriti che costeggiavano il pontile e ispezionò rapidamente il luogo prima di costringermi a scendere dall'auto.

Il vento sferzava con violenza le onde; lei mi afferrò per il polso conficcandomi le unghie nella pelle e mi trascinò al pontile più vicino. Avevo le caviglie legate troppo strette per riuscire a camminare e fui costretta a saltellare, cosa non facile con in piedi intorpiditi e il panico a mille.

«Mi stavi simpatica prima di tutto questo» borbottò Diane quando raggiungemmo la metà del pontile. «Ucciderti sarà molto più difficile di quanto lo sia stato con Ethel.»

Accidenti, grazie tante! Voleva farmi fuori, ma se non altro le dispiaceva un po'.

«Non... devi... farlo» dissi a fatica, perdendo l'equilibrio dopo l'ultimo salto e cadendo di faccia sulle vecchie assi segnate dalle intemperie.

«Smettila di fare la melodrammatica» mi sibilò all'orecchio afferrandomi per le braccia e rimettendomi in piedi, sbuffando e insultandomi. «Ti consiglierei di metterti a dieta, ma...» Alzò una mano in un gesto frivolo e scoppiò a ridere.

«Mi stai dicendo che sono grassa? Sul serio?» Mi bruciavano le gambe e mi ero ferita il volto nel punto in cui la guancia aveva colpito le assi poco prima. «Ora non ti sentirai più così in colpa a farmi fuori!»

Diane non rispose ma affrettò il passo, trascinandomi verso l'estremità del pontile.

Lanciai un'occhiata alle mie spalle per vedere se Gattavius e la nonna stavano arrivando con i rinforzi. Forse un pescatore solitario sarebbe arrivato a controllare le sue reti. Forse un'auto sarebbe casualmente passata di lì...

O forse non sarebbe arrivato nessuno e stavo davvero per morire.

Ormai ci trovavamo a meno di tre metri dalla fine del pontile; c'era l'alta marea e le onde si abbattevano con tale violenza da lambirne i bordi, increspandosi sulle assi di legno. Essendo cresciuta in una cittadina affacciata sull'oceano ero una buona nuotatrice, ma non abbastanza da sfuggire a onde come quelle, con mani e piedi legati per di più.

Era la mia ultima occasione di uscirne viva ed era il momento di tentare: feci un respiro profondo e saltai, atterrando sui piedi di Diane. Finimmo entrambe riverse sul pontile.

«Pagherai per questo!» gridò con il poco fiato che le restava, massaggiandosi la mandibola nel punto in cui aveva sbattuto a terra. Contavo sul fatto che avrebbe urlato e imprecato a squarciagola, ma non lo fece. E non ero nemmeno riuscita a farla cadere in acqua.

Mi guardai freneticamente intorno alla ricerca di qualcuno che potesse salvarmi. *Gattavius, ti prego, aiutami!*

A quel punto capii che sarei morta comunque, così presi a urlare con tutto il fiato che avevo in corpo nella speranza che qualcuno mi sentisse e arrivasse in tempo: «Aiuto! Vuole uccidermi!»

Ma l'unico risultato che ottenni fu di far infuriare ancora di più Diane, che decise di concludere la faccenda in fretta. Scattò in piedi, gli occhi accesi di una rabbia animalesca, e ringhiò minacciosa: «Grazie Angie, hai reso tutto più facile!»

Non eravamo ancora giunte alla fine del pontile, ma Diane giudicò che fosse abbastanza: assestandomi una serie di calci nelle costole, mi spinse sempre più verso l'acqua.

«Ti prego, smettila!» gridai più forte che potei nell'oscurità.

Con mia grande sorpresa si fermò un istante. Mi guardò dall'alto, senza un briciolo di pietà: «Potevi evitarlo, ma hai continuato a immischiarti in cose che non ti riguardavano. È tutta colpa tua, non mia!»

Detto questo, si avventò su di me e mi spinse con entrambe le mani facendomi rotolare giù dal molo. Presi un profondo respiro prima di finire nelle acque implacabili dell'oceano, poi la forza delle onde mi spinse sotto, nell'oscurità.

Il caso era chiuso. Ora lo sapevo...

Stavo per morire.

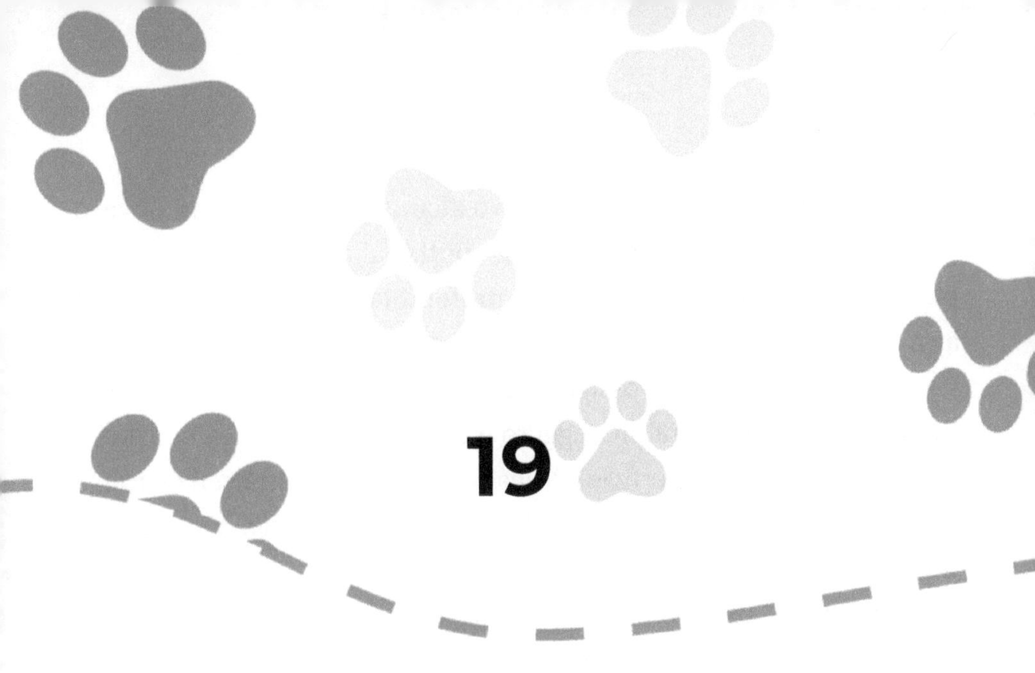

19

Vedere due volte la morte in faccia nel giro di una settimana doveva essere un record.

Il tempo scorreva inesorabile e non sapevo quanto a lungo sarei riuscita a resistere. No, probabilmente non sarei sopravvissuta alle correnti del Pontile del morto. C'era un motivo se si chiamava così! Se anche avessero trovato il mio corpo, non sarebbe stato certo il primo ripescato in questo pericoloso tratto di mare. E a quel punto, comunque, Diane sarebbe già sparita nel nulla.

Agitai braccia e gambe nel tentativo di risalire, con l'unico effetto di andare ancora più a fondo; l'acqua salata mi faceva bruciare le ferite e il dolore mi colpì di nuovo, accecandomi. Iniziavo a non riuscire più a trattenere il respiro e fui assalita dal panico: sapevo che a breve non ce l'avrei più fatta e inalare l'acqua salata mi avrebbe uccisa. Ma un'altra cosa era certa: non volevo morire!

Anche se all'apparenza non avevo alcuna possibilità, non dovevo mollare se volevo sopravvivere; così continuai a dimenarmi, aggrappandomi alla speranza, mentre le profondità oscure dell'oceano mi avvolgevano sempre più nel loro freddo abbraccio.

Con la mancanza di ossigeno al cervello il dolore iniziò ad attenuarsi; il mio corpo era più leggero e caldo e mi sembrava quasi che stesse tornando in superficie. Probabilmente ero morta senza accorgermene e quella era l'ascesa della mia anima in Cielo. Vidi perfino una luce davanti agli occhi.

E poi di nuovo dolore. Quindi... ero forse in salvo?

Infine lasciai andare il respiro, incapace di trattenerlo anche un solo istante di più. Il dolore aumentò di nuovo in un'ondata travolgente. La capacità del corpo umano di soffrire è stupefacente e il mio corpo trovava modi nuovi di farmi male anche negli ultimi istanti prima della fine.

Tossii e sputacchiai, espellendo acqua a grandi spruzzi; un brivido di freddo mi percorse dalla testa ai piedi, mentre solo pochi istanti prima mi ero sentita al caldo. Con estrema fatica sollevai le palpebre a sufficienza da capire che non mi trovavo più sott'acqua.

Qualcuno mi aveva ripescata e riportata sul pontile e qualcun altro stava risalendo a sua volta. Chi era stato a salvarmi? Non ebbi tempo di scoprirlo perché tutto si fece buio e persi i sensi.

Sì, *di nuovo.*

Per la terza volta in una settimana.

Di gran lunga la peggiore delle tre.

* * *

La gola mi bruciava come fuoco mentre vomitavo quella che sembrava essere lava rovente.

La voce della nonna fu il primo suono che riuscii a distinguere: «Bene così, tesoro. Butta fuori tutto!»

Continuai a tossire e sputare finché non fece troppo male per continuare. Quando riaprii gli occhi per vedere chi mi avesse salvata, mi trovai davanti un paio d'occhi ambrati che scintillavano nell'oscurità e mi fissavano colmi di pietà.

No, un momento: non era pietà, era *paura*.

Gattavius tremava dalle vibrisse alla punta della coda; pensai che fosse per via del pelo bagnato o del freddo della notte. «Temevo di aver perso anche te» disse ansimando.

«Ora sto bene» gli risposi allungando una mano per accarezzarlo. Sentii che era bagnato e mi chiesi se si fosse tuffato nonostante il ribrezzo che gli provocava l'acqua se non proveniva da una bottiglia di Evian.

Continuai ad accarezzarlo finché il suo respiro affannoso si calmò e infine venne coperto da forti fusa di soddisfazione.

«Diane Fulton» balbettai sputacchiando. «È fuggita?»

Un paio di braccia forti mi sollevarono in posizione seduta e mi avvolsero in una coperta termica. «L'abbiamo presa» disse il poliziotto con un sorriso rassicurante. Era fradicio quanto me, quindi doveva essere stato lui a gettarsi in acqua per salvarmi prima che il Pontile del morto mi reclamasse una volta per tutte.

La nonna si sedette al mio fianco, accavallando le gambe come se fossimo a un pigiama party e non su un pontile dopo un salvataggio di emergenza: «Bella pensata, la chiamata sull'iPad» mi disse, attenta a non fare riferimenti a Gattavius davanti all'uomo. «Siamo riusciti a registrare la conversazione e le minacce di morte e siamo corsi alla polizia» mi rivelò strofinandomi la spalla da sopra la coperta termica. «È stato terribile restare in ascolto, soprattutto quando è calato il silenzio.»

Mi si strinse il cuore immaginando la nonna in ascolto mentre Diane mi minacciava; per fortuna la mia nonnina era una tipa tosta e sembrava stare bene.

«Naturalmente dovrai comprarmi un nuovo iPad» aggiunse Gattavius facendosi strada sotto la coperta accanto a me. «Magari due, visto lo spavento che mi hai fatto prendere!»

«Ha fatto la cosa giusta» disse l'agente alla nonna. «Ha salvato la vita a sua figlia con la sua prontezza di spirito.»

«Mmm... a dire la verità, è mia nipote.» La nonna ridacchiò civettuola e si arrotolò un ricciolo sul dito, osservando l'agente dalla testa ai piedi. Un poliziotto che, per la cronaca, era davvero troppo giovane perché lei ci flirtasse a quel modo. «Cortesemente, mi ripete il suo nome?»

Certe cose non cambiano mai, grazie al cielo!

«Agente Damon Bouchard, madame.» Le sorrise con gentilezza, ma io la sentii irrigidirsi alla parola *madame*. La liaison era finita ancor prima di cominciare, il che era un bene considerando quante ne avevamo già passate per quel giorno.

«È pronta a salire in ambulanza?» mi chiese l'altro agente, una donna, raggiungendoci.

«Il mio gatto può venire con me?»

L'agente Bouchard sorrise e scambiò uno sguardo con la sua partner: «Può venire in auto con noi, ma non sarà possibile farlo entrare in ospedale.»

«Ma...» esitai. Dopo tutto quello che avevamo passato non volevo separarmi di nuovo da lui così presto!

«Va tutto bene, cara» disse la nonna riportando l'attenzione su di me. «Mi prenderò cura di lui finché non ti rimetterai e tornerai a casa.»

«Potete lasciarmi un attimo da sola con lui?» chiesi, pur sapendo quanto quella richiesta potesse sembrare strana.

«Oh, certamente» rispose l'agente Bouchard.

«Ci trovate laggiù» aggiunse la sua collega indicando qualcosa a destra. Ma io non le stavo già più prestando attenzione.

«Tu puoi restare, nonna» dissi, vedendo che faceva per alzarsi. Lei si risedette e mi circondò con entrambe le braccia, poi attendemmo che gli agenti si allontanassero.

«Grazie! Mi hai salvato la vita!» bisbigliai a Gattavius, rannicchiato contro il mio petto. «Mi dispiace di averti preso per la collottola e per tutte le volte in cui sono stata scortese o poco comprensiva. In questo poco tempo sei diventato il mio migliore amico... insieme alla nonna ovviamente e... sono felice di averti con me. Mi perdoni?»

Gattavius rimase in silenzio per qualche istante, poi uscì dal tepore della coperta e si sedette di fronte a me: «Anche tu sei la mia migliore amica» disse strofinando la testolina contro la mia mano e facendo fusa fortissime. «Ma se mi prendi di nuovo per la collottola ti ucciderò e mi mangerò le prove!»

Scoppiai a ridere e rise anche la nonna, pur senza sapere bene perché.

«Grazie per aver fatto giustizia a Ethel» disse lui quando l'eco delle nostre risate si spense. «Le saresti piaciuta, sai.»

Mi vennero gli occhi lucidi a quelle parole. Accidenti, non ne avevo avuto abbastanza di acqua salata per quella sera? In ogni caso, considerando quanto era meraviglioso il suo gatto, ero certa che anche lei mi sarebbe piaciuta.

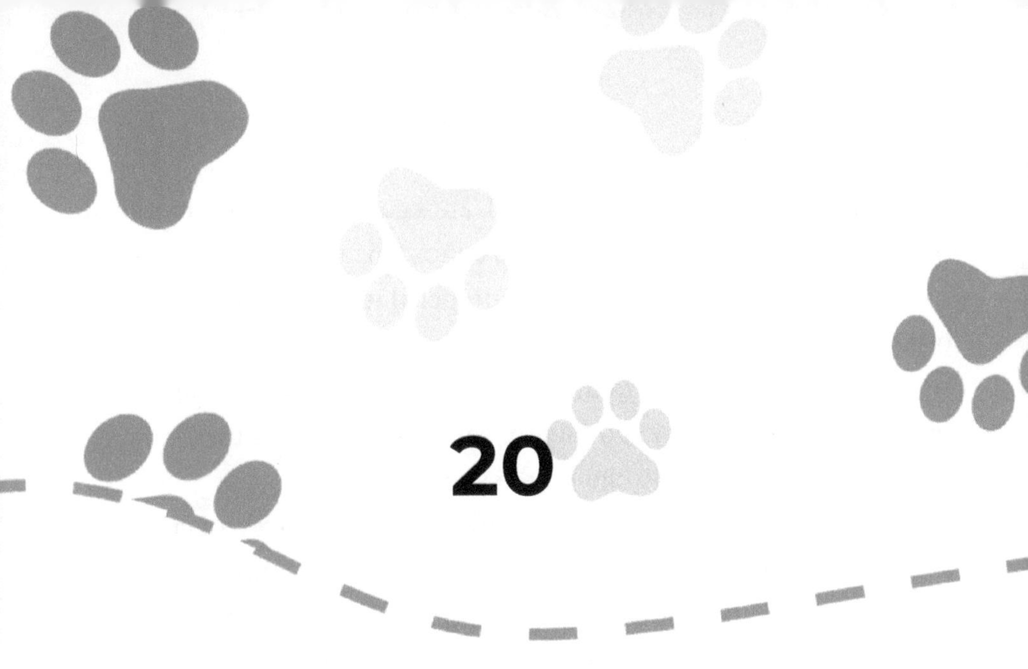

20

Tutto sommato mi sentivo bene, ma in ospedale insistettero per tenermi in osservazione ventiquattr'ore per valutare la situazione, a detta loro ancora a rischio a causa del quasi annegamento.

Mi sfuggì un gemito ben udibile quando un volto familiare fece il suo ingresso nella stanza:

«E così...» disse con un sorriso odioso il dottor Artie Lewis, quello che mi aveva visitata in pronto soccorso pochi giorni prima, «ha deciso di alzare l'asticella questa volta, eh? Guardi che la sua vita non è un film d'azione! Non può continuare a metterla a repentaglio e pensare di cavarsela sempre.»

Sì, era lo stesso tizio che mi aveva fatta sentire un'idiota dopo che avevo perso i sensi prendendo la scossa dalla macchinetta per il caffè. Era sconfortante constatare che il suo modo di rivolgersi ai pazienti non era migliorato neanche di una virgola.

Scosse il capo, ignorando il fatto che non avevo risposto al suo saluto né a ciò che aveva detto. «L'annegamento è certamente un modo più rimarchevole per perdere conoscenza. Complimenti.»

Davvero si stava complimentando per il modo in cui ero finita in ospedale? Già, perché lo avevo deciso io, no? Mi chiesi se fosse uno sempre in cerca di guai quando non era impegnato a svolgere (ben poco brillantemente) il suo lavoro: sembrava che si entusiasmasse a discutere i dettagli di ciò che mi era successo.

«Mi lasci in pace!» gli intimai infine. Non ne avevo già passate abbastanza per quel giorno? Ero quasi morta, che diamine!

Mi lanciò uno sguardo gelido, ridacchiò fra sé e disse: «Spiacente ma no. Stavolta le serve qualcosa di più di un analgesico. E comunque, sorridere di tanto in tanto non le farebbe male, sa?»

Se ne avessi avuto le forze mi sarei fiondata fuori dal letto per dargli un pugno in faccia, ma ne avevo abbastanza anche della violenza per il momento, anche se quell'uomo sembrava fatto della stessa brutta pasta dell'orribile Brad.

Forse era il caso di provare con la medicina alternativa... o di smettere di perdere conoscenza un giorno sì e uno no. Delle due l'una.

«Tornerò da lei più tardi» annunciò il dottor Lewis dopo una breve occhiata ai miei parametri vitali. «Qualcuno è venuto a trovarla. Li faccio accomodare?»

«Sì, grazie.» Annuii emozionata, chiedendomi se la nonna avesse trovato un modo per far entrare Gattavius di nascosto. Ovviamente sarei stata ben felice di vedere anche lei.

Ma non si trattava della nonna.

Pochi minuti dopo il signor Fulton e Bethany fecero il loro ingresso; lui aveva con sé un gigantesco orsacchiotto rosa con su scritto *Angie* che mi fece ridere.

Scoprii però che ridere mi faceva un gran male al petto.

«Come stai?» mi chiese Bethany facendo scorrere le dita sul

bordo del letto. Non l'avevo mai vista indossare niente di diverso dagli eleganti completi che sfoggiava al lavoro e fui sorpresa di constatare che quel giorno esibiva uno stile piuttosto spensierato: indossava una camicetta bianca e pantaloni a pois rossi che sarebbero potuti uscire benissimo dal mio guardaroba o da quello della nonna.

«Non male, tutto sommato.» Sorrisi per mostrarle che stavo bene e che non c'erano risentimenti fra noi.

«Sono terribilmente dispiaciuto per quello che ti ha fatto mia moglie» si intromise il signor Fulton cogliendomi di sorpresa. Ero in ospedale da poche ore, come facevano lui e Bethany a essere già al corrente dell'accaduto?

«Come avete fatto a saperlo?» domandai. Quanto sapeva dell'accaduto? Era a conoscenza del fatto che era stata Diane a uccidere la sua amata zia?

Lui si affrettò a spiegare: «Sono rientrato prima del previsto dai miei impegni e ho visto la tua auto davanti a casa mia e la porta di casa spalancata. Poco dopo è arrivata la polizia per interrogarmi, così sono venuto a conoscenza delle malefatte commesse da Diane.»

«E tu?» chiesi a Bethany. Di colpo ricordai che, fra le sue deliranti farneticazioni, Diane aveva detto che Bethany era figlia del signor Fulton. Volevo saperne di più ma speravo di ottenere spiegazioni senza dover porre domande dirette. In fin dei conti, tecnicamente non erano affari miei.

Bethany lanciò un'occhiata ansiosa al signor Fulton: «Mi ha telefonato lui mentre veniva in ospedale.»

«Ok» sbottai, incapace di trattenermi. «Diane mi ha detto di voi due. Ammesso che sia vero...»

Mi rivolsi al signor Fulton: «Bethany è davvero sua figlia?»

«Sì» risposero in coro, fissandomi con la stessa espressione.

«Perché non me l'hai detto?» le chiesi ripensando alla scenata che le avevo fatto alla commemorazione. Mi sentivo malissimo a ripensarci.

«Non volevo che la cosa venisse fuori» spiegò il signor Fulton. «Diane era già furiosa.»

«L'hai sempre saputo?» chiesi nuovamente a Bethany.

«No. Quando ho iniziato a lavorare per lo studio sospettavo che potesse essere lui il padre che non avevo mai conosciuto, ma abbiamo ricevuto da poco i risultati del test del DNA. In effetti, però, è per questo che mi sono fatta assumere.»

Il signor Fulton sembrava sul punto di sentirsi male: «Ho tradito Diane quando eravamo fidanzati. È accaduto solo una volta, ma...»

«Mia madre rimase incinta» proseguì lei. «Ho avuto... dei problemi di salute seri negli ultimi anni, così ho iniziato a fare ricerche sulla mia famiglia per valutare il da farsi. Alla fine mia madre ha ceduto e mi ha raccontato di mio padre.»

«Oh.» Non riuscii a dire altro. Il tradimento doveva essere stato un duro colpo per Diane; anche se all'epoca non erano ancora sposati, erano comunque fidanzati. Partiamo sempre dal presupposto che la persona con cui stiamo non ci tradirà, ma immaginiamo anche che non cercherà di assassinare i nostri cari.

«Abbiamo pensato che, dato che Diane ti ha coinvolta, meritavi di conoscere tutta la storia» disse Bethany con un sospiro.

«Mi dispiace terribilmente, Bethany! Ti ho trattata in modo ignobile.» I pensieri si accavallavano: era cresciuta senza un padre, aveva avuto dei problemi di salute seri di cui ancora non riusciva a parlare e aveva appena perso una zia senza avere avuto nemmeno l'opportunità di conoscerla.

«È vero» assentì accigliata, ma subito il suo volto si distese in un sorriso «Ma anch'io non ho perso occasione di comportarmi in modo orribile con te. Smettiamo di farci la guerra e iniziamo a darci una mano a vicenda, ok?»

«Fra donne dobbiamo aiutarci» concordai. «E mi piace molto il tuo look di oggi.»

Sorrise e fece una giravolta scherzosa.

«Ribadisco, mi dispiace terribilmente per ciò che ti ha fatto Diane» disse di nuovo il signor Fulton con espressione addolorata. «Ciò che non capisco è perché l'abbia fatto. Tu lo sai?» Mi osservavano, ansiosi di sapere.

Feci un respiro profondo per farmi coraggio prima di rivelare: «Era convinta che fossi una medium e che avessi scoperto tutto. Così ha confessato di aver ucciso Ethel come parte di un piano per ottenere più soldi con il divorzio.»

Il signor Fulton sospirò e scosse il capo.

«E lo sei?» mi chiese Bethany trattenendo il respiro in attesa della risposta.

Aggrottai la fronte, confusa: «Sono... cosa?»

«Una medium» puntualizzò lei.

«Che cosa?!» Ridacchiai nervosamente. Non avrei mai rivelato a nessuno la verità su me e Gattavius, ad eccezione della nonna. «Certo che no, che sciocchezze!»

Anche lei rise: «Volevo solo accertarmi che avessi ancora tutte le rotelle a posto dopo tutte le botte in testa che hai preso.»

Il signor Fulton appoggiò una mano sulla spalla della figlia: «Bethany, ci concedi un istante?»

«Certo, ti aspetto fuori» rispose. Mi rivolse un ultimo sorriso prima di uscire dalla stanza e si richiuse la porta alle spalle.

Il signor Fulton prese una sedia e la piazzò di fianco al letto: «È superfluo dire che lascerò lo studio legale.»

Annuii senza capire dove volesse arrivare.

«Coglierò l'occasione per andare in pensione, provare a creare un rapporto con mia figlia e godermi la vita senza pensare al lavoro, una volta tanto.»

«Fantastico» dissi. Ero contenta per lui, ma mi era difficile mostrare entusiasmo. La mia mente era oberata da tutte quelle nuove informazioni e avevo bisogno di riposo.

«Fino ad oggi non avevo la minima idea delle macchinazioni di Diane, ma mi dispiace moltissimo che tu abbia rischiato la vita.» Infilò la mano nella tasca della giacca ed estrasse il libretto degli assegni: «So che non è sufficiente, ma vorrei sdebitarmi in qualche modo. Pensi che centomila siano abbastanza per...? Beh ecco, per farmi perdonare?»

Cercai di alzare una mano senza riuscirci: «Non mi deve nulla e non ha nulla di cui scusarsi.»

«Per favore, permettimi di aiutarti. Avrei dovuto dare ben di più a Diane con il divorzio, ma probabilmente lei passerà il resto della vita in prigione e io ho molti più soldi di quanti ne potrò mai spendere.» Sembrava davvero triste e desiderava disperatamente compensarmi in qualche modo. Ma non aveva fatto nulla di male. Beh, non negli ultimi trenta e qualcosa anni.

«Non mi serve nulla, davvero» risposi, rendendomi conto un attimo dopo che non era del tutto vero.

Il signor Fulton colse la mia incertezza e insistette: «Invece sì. Che ne dici di centocinquanta? Duecento? Dimmi tu la cifra!»

Per un istante immaginai come sarebbe stata la vita con tutti quei soldi: avrei potuto smettere di lavorare, comprarmi una casa tutta mia o prendermi un paio d'anni per girare il mondo. Avrei potuto fare tutto ciò che desideravo.

Ma onestamente la mia vita mi piaceva così com'era, anche se da fuori poteva apparire scialba. Certo, mi sarebbe piaciuto avere un sacco di soldi - *a chi non sarebbe piaciuto?* - ma volevo farcela con le mie forze e trovare la mia strada.

Ciò nonostante, c'era una cosa che desideravo con tutto il cuore e che solo lui avrebbe potuto darmi: «Avrei una richiesta, se non le dispiace» dissi passandomi la lingua sulle labbra secche e screpolate.

Si rianimò e avvicinò la penna al libretto degli assegni: «Qualsiasi cosa. Dimmi la cifra.»

«Le dispiacerebbe se mi tenessi il gatto?» chiesi trattenendo il fiato.

Chiuse il libretto degli assegni e mi rivolse uno sguardo vacuo: «Gatto?»

«Sì, Octavius Maxwell...» scoppiai a ridere. «Il gatto di Ethel. Me ne sono occupata in questi giorni.»

«*Il gatto!*» Infine realizzò e lo sguardo gli si accese. «Me n'ero completamente dimenticato, con tutto quello che è successo in questi giorni.»

Sorrisi in attesa di una risposta. Sembrava stranamente soddisfatto.

«Ma certo che puoi tenere il gatto! Ti farò avere le sue cose quando tornerai a casa.»

Il mio cuore era pieno di gioia! Anche se all'inizio mi era sembrata un vero tormento, non mi sarei separata da quella palla di pelo per nulla al mondo, neanche per duecentomila dollari!

«Grazie di cuore!» gridai al signor Fulton, che stava già uscendo dalla stanza.

Ero fuori di me dalla gioia e non vedevo l'ora di tornare a casa e dare la buona notizia a Gattavius.

Mi diedero due settimane di mutua per riprendermi dalla brutta avventura e ne trascorsi la maggior parte accoccolata sul divano con Gattavius accanto, a guardare i nostri programmi televisivi preferiti. Ce n'era perfino uno con un tizio che si definiva addestratore di gatti ed entrambi lo trovavamo comico: ogni volta che il cosiddetto esperto si lanciava a spiegare cosa stesse provando il micio, Gattavius trovava da ridire e scoppiavamo a ridere.

Dopo qualche giorno di vacanza forzata ricevetti un plico tramite corriere.

«Di che si tratta?» gli chiesi dopo aver firmato. Ma l'uomo fece spallucce e se ne andò, lasciandomi sola con quella busta misteriosa. A giudicare dallo spessore la lettera all'interno doveva avere una buona ventina di pagine.

«Cos'abbiamo qui?» chiese Gattavius sedendosi accanto a me sul tavolo, mentre anche io mi interrogavo su cosa potesse essere.

«Non ne ho la minima idea» risposi armeggiando per aprire la busta senza strapparla.

«Allora avanti, aprila! Sono curiosissimo!» In effetti lo ero anch'io.

Tirai fuori il plico e lessi rapidamente la prima pagina, poi sfogliai le altre soffermandomi sui titoli di ciascuna sezione di quello che era, a tutti gli effetti, un documento legale.

«Per favore, Gattavius» mormorai, incapace di staccare gli occhi dal foglio. «Ripetimi il tuo nome completo.»

«Octavius Maxwell Ricardo Edmund Frederick Fulton Russo» proclamò Gattavius scandendo bene ogni sillaba.

«Oh, hai aggiunto il mio cognome!»

«Certamente! Ora sei la mia umana» rispose con un tenero sussulto delle vibrisse.

«Tuttavia, dovrai rinunciarci a scopi legali.»

«Perché?»

Gli misi davanti i fogli anche se non era ancora molto bravo a leggere.

«Cosa c'è scritto?» La coda scattava da un lato all'altro, concitata.

«Si tratta della documentazione del fondo fiduciario che ti ha lasciato Ethel. Ora che vivi con me sono ufficialmente il tuo tutore legale, nonché garante del tuo patrimonio.»

Sbadigliò. «Vale a dire?»

«Due cose» gli spiegai con un ampio sorriso dipinto sul volto. «Primo, ora sei il mio gatto anche per la legge. Secondo, riceveremo cinquemila dollari al mese per le tue esigenze e per mantenere lo stile di vita a cui sei abituato!»

Gattavius spalancò gli occhi color dell'ambra: «Finalmente!» strillò commosso. «Sapevo che Ethel avrebbe pensato a tutto! È giunto il momento di fare una bella chiacchierata su dove trasferirci!»

VOLUME DUE

TESTIMONE A QUATTRO ZAMPE

Finalmente ho accettato il fatto di riuscire a parlare con gli animali, anche se l'unico che mi risponde è il burbero tigrato che ho soprannominato Gattavius. Quello che non ho ancora ben capito è come mantenere il segreto sulla questione...

Ora, uno degli associati dello studio legale per cui lavoro ha scoperto il mio superpotere e insiste perché lo utilizzi per aiutarlo a difendere un cliente da un'accusa di doppio omicidio. E come se non bastasse, Gattavius non ha nessuna intenzione di aiutarci.

La nostra unica speranza è uno Yorkshire psicologicamente instabile di nome Yo-Yo, che non ha ancora realizzato che i suoi proprietari sono morti. Riusciremo a trovare il modo di far sì che Yo-Yo ci aiuti a risolvere il caso senza spezzargli il cuore?

1

Ciao a tutti, sono Angie Russo e ho un gatto parlante. Beh, in effetti parla solo con me, ma tant'è. È passato qualche mese da quando è venuto a stare da me dopo l'omicidio della sua ex proprietaria, un'anziana signora buona come il pane, avvelenata da una parente che voleva mettere le mani sull'eredità.

Da allora io e Gattavius ci siamo adattati alla nostra nuova vita insieme e in genere lui si comporta abbastanza bene, a patto che gli serva la colazione in orario e che non mi permetta mai e poi mai di chiamarlo "micetto". Ha perfino imparato a usare l'iPad per chiamarmi su FaceTime quando sono al lavoro.

Sì, il *suo* iPad personale.

Vi ho già detto quanto è viziato?

Non soltanto ha un tablet tutto suo (e anche un fondo fiduciario, se è per questo), ma pretende di bere esclusivamente Evian fresca e di mangiare solo alcuni gusti di Sheeba, rigorosamente serviti in specifici piattini in base a un programma scrupolosissimo e, a mio avviso, del tutto superfluo.

Devo ammettere che mi sono affezionata molto a lui e sinceramente non pensavo che sarebbe accaduto. Ho anche imparato ad apprezzare, almeno in parte, il mio lavoro di assistente legale presso lo studio Fulton, Thompson and Associates. La situazione sul lavoro si è fatta interessante dopo che il signor Fulton ha lasciato di punto in bianco la città, e lo studio si è ritrovato senza il più importante dei soci senior.

Ne è scaturita una competizione senza esclusione di colpi per prendere il suo posto ma, finché il signor Thompson non deciderà a chi assegnare la promozione, saremo semplicemente Thompson and Associates. Numerosi candidati, sia interni che esterni, hanno svolto colloqui con lui nella speranza di accaparrarsi una posizione di tale prestigio nel miglior studio legale di Blueberry Bay, ma il signor Thompson fatica a prendere una decisione.

Non lo biasimo affatto, di certo non vorrei essere nei suoi panni in questo momento.

La reputazione dello studio legale ha subito un duro colpo quando si è diffusa la notizia dell'omicidio commesso dalla moglie di uno dei soci senior. Eravamo assediati da giornalisti e curiosi in cerca di scoop, ma il signor Thompson è stato molto chiaro sulla questione: non avremmo parlato dell'accaduto con nessuno.

Nel frattempo ha assunto un nuovo associato per gestire i numerosi casi rimasti scoperti. E così ha fatto il suo ingresso da noi Charles Longfellow III, un giovane avvocato dall'ottimo curriculum, che oltre a essere molto qualificato è anche decisamente attraente.

Era da un po' che non mi prendevo una cotta e caspita, per lui sono presa davvero bene! Ha splendidi capelli scuri, folti e ondulati, che gli ricadono in modo sexy sulla fronte. È alto, del tipo *probabilmente giocava a basket al liceo ma non al college,* ed è terribilmente facile perdersi in quegli intensi occhi verdi. Lo so bene, perché mi è già successo.

Anche se in genere preferisco i libri ai ragazzi, quando lui è nei paraggi sento le farfalle nello stomaco. E probabilmente è stata questa la causa del mio terribile errore…

E così ora vengo ricattata per il mio segreto più grande, il fatto che riesco a parlare con gli animali.

E sapete qual è la cosa peggiore? Che un po' mi piace.

Ma forse dovrei raccontarvi tutto dall'inizio, vero?

Ecco a voi la storia di come ho combinato la stupidata del secolo…

* * *

Gattavius mi aveva chiamata su FaceTime poco prima di mezzogiorno. Ovviamente ero in ufficio, ma poiché lui sapeva bene di non dovermi chiamare se non in caso di emergenza, avevo deciso di rispondere. Inoltre, quasi tutti erano usciti presto per un importante pranzo di lavoro, quindi sapevo di essere praticamente l'unica persona rimasta nell'edificio.

«Che succede?» gli chiesi dopo aver dato una rapida occhiata in giro, giusto per accertarmi che non ci fosse nessuno. Solitamente mi nascondevo in bagno per parlare con lui, ma uno degli associati junior ci si era chiuso per una buona mezz'ora prima di uscire per la riunione e non avevo nessuna intenzione di scoprire quale genere di scenario post-apocalittico si fosse lasciato alle spalle.

«C'è una mosca nell'Evian!» si lamentò il mio gatto con un miagolio funereo. Quando si avvicinò alla telecamera vidi che aveva un'espressione sconvolta.

«Oh, un dramma di proporzioni catastrofiche» esclamai voltando il viso e alzando gli occhi al cielo. Gattavius era decisamente *troppo* viziato, ma in fin dei conti prendevo un assegno di cinquemila dollari al mese per occuparmi di lui, quindi non potevo lamentarmi troppo.

«Mi hai tolto le parole di bocca» rispose. Sospirò e fece una smorfia. «Devi venire *immediatamente* a casa per porre fine a questa tragedia!»

«Non posso. Sono al lavoro, ricordi?» gli risposi sospirando a mia volta mentre cliccavo pigramente sulla casella della posta elettronica, come sempre strapiena di email in arrivo.

«Non si era detto che saresti passata al part-time?» sibilò Gattavius quando si accorse di non avere la mia completa attenzione.

Perché dovevo sempre rendere conto delle mie scelte di vita a un gatto? In ogni caso, raramente ricordava ciò che gli dicevo. Avevamo già fatto lo stesso identico discorso almeno tre volte e dover tirare di nuovo fuori l'argomento mi sembrava una totale perdita di tempo.

Ciò nonostante, ci avrei messo meno tempo e fatica a rispiegarglielo che a dover gestire uno dei suoi malumori felini.

«Sì, tecnicamente ora lavoro part-time,» gli spiegai pazientemente. «Ma dovrò fare un po' di straordinari finché il signor Thompson non assumerà un nuovo socio. Abbiamo un sacco di lavoro e purtroppo ora non posso proprio venire a casa a cambiarti l'acqua. Mi dispiace.»

Gli occhi gli si ridussero a fessure. Era già sul piede di guerra. «Ma non ricevi un lauto assegno mensile per occuparti di me e offrirmi lo stile di vita a cui sono abituato? Perché decisamente *non* sono abituato al fatto che un'orribile mosca nuoti nella mia Evian con le sue disgustose zampette!»

Nuovamente, capitolare era più semplice che andare avanti a discutere per giorni. «*E va bene*. Chiederò alla nonna di passare a cambiarti l'acqua. Sei contento?»

Sbadigliò, con l'unico risultato di infastidirmi ancora di più: «Non direi. Mi ci vorranno *giorni* per riprendermi da un evento tanto raccapricciante. Puoi dire a tua nonna di non dimenticare di buttare via la tazza contaminata?»

«Sei un gatto!» sibilai a denti stretti. «Dovresti essere un temibile cacciatore, non un bimbetto viziato. Pensa che gli altri gatti—»

«*Angie*?» una voce profonda e sognante interruppe la conversazione.

Oh, no, no, no! Pensavo che se ne fossero andati tutti!

Voltai la sedia girevole e mi trovai di fronte niente meno che Charles Longfellow III. Si era piazzato proprio dietro di me e, da sopra la mia spalla, fissava inebetito l'immagine di Gattavius sullo schermo del mio cellulare.

«Ehm... ciao, Charles.» Ridacchiai nervosamente e premetti in fretta e furia il tasto di chiusura della chiamata. Ma era troppo tardi: aveva già sentito e visto più che abbastanza da scoprire il mio segreto. Nella migliore delle ipotesi, avrebbe pensato che fossi pazza, o di essere impazzito lui.

Mi stava fissando come se mi fosse spuntata una seconda testa; cosa che forse, tutto sommato, gli sarebbe sembrata meno strana della scena a cui aveva appena assistito.

«Va tutto bene?» mi chiese sollevando un folto sopracciglio. Improvvisamente l'aria sembrò essersi rarefatta come se ci fossimo teletrasportati in cima a una montagna.

Annuii, desiderando solo che se ne andasse e la smettesse di fare domande. «Va tutto perfettamente bene! Grazie!» mentii, sperando di aver ereditato le leggendarie capacità di recitazione della nonna. Ma da ciò che potevo vedere, non pareva affatto che si stesse facendo ingannare dal mio fiacco tentativo di sdrammatizzare la situazione.

E infatti la sua voce grondava sarcasmo quando replicò: «Ma *davvero*? Perché sembrava proprio che al tuo gatto servisse aiuto per...» Un ampio sorriso gli si dipinse sul volto, letteralmente da un orecchio all'altro. «L'acqua? Ho capito bene?»

Rimasi a bocca aperta per lo shock, ma non riuscii a spiccicare parola per cercare di dare una spiegazione sensata alla folle scena a cui il ragazzo che mi piaceva aveva appena assistito.

«Allora?» insistette lui fissandomi negli occhi. «Stavi o non stavi chiacchierando con il tuo gatto?»

Spostai una ciocca di capelli dietro l'orecchio e deglutii prima di riuscire a balbettare una risposta: «Ah beh, ecco... a volte lo chiamo quando sono fuori casa. Soffre di ansia da separazione, perciò...» Gli rivolsi il sorriso più seducente di cui ero capace, ma parve non funzionare. Non c'era modo di venirne fuori.

«Ma sembrava che lui ti rispondesse!» insistette Charles. «Come se si trattasse di una vera e propria conversazione.»

Strabuzzai gli occhi e balbettai: «Cosa? No, non dire sciocchezze. Ovviamente non sono in grado di parlare con gli animali. Voglio dire, chi mai potrebbe riuscirci?»

«Tu, a quanto pare» dichiarò Charles stringendo gli occhi e continuando a fissarmi. Era evidente che non si sarebbe arreso finché non gli avessi svelato quella verità che volevo nascondere a ogni costo.

Deglutii di nuovo nel tentativo di alleviare il groppo che mi si era formato in gola e scoppiai in una risata isterica: «*Ci sei cascato!* Non riesco a credere di averti fregato con questa burla!»

Charles si infilò le mani nelle tasche e prese a dondolarsi sui talloni, ma rimase in silenzio.

Accidenti, perché non diceva niente?

Il cuore mi galoppava come uno stallone selvaggio. Infine la mia risata si spense.

Charles studiò a lungo la mia espressione e io stupidamente non riuscii a staccare gli occhi dai suoi. «Ora vieni con me» disse infine.

«Cosa!?» Incrociai le braccia sul petto con aria di sfida. «No. Devo restare qui, ho un sacco di lavoro!»

Lui appoggiò le mani sulla mia scrivania e si chinò in avanti, il viso a pochi centimetri dal mio. In qualsiasi altra circostanza sarei stata ben felice che il suo splendido volto fosse così vicino al mio.

Ma ora ero terrorizzata.

«Ho detto che vieni con me» ripeté con un sorriso diabolico. «Altrimenti racconterò a tutti ciò che ho visto.»

Sussultai. «A tutti?»

«*Nessuno escluso*» confermò. Poi si rialzò e si strinse la cravatta.

Ero sbigottita e non vedevo alternative, così mi alzai e lo seguii.

«Ottimo» disse avvicinandosi alla porta e facendomi cenno di uscire.

Mi voltai a guardarlo: «Dove stiamo andando?»

«A casa mia» rispose serafico mentre percorrevamo il parcheggio fino alla sua auto. Charles non mi aveva mai chiesto di uscire con lui prima, tantomeno mi aveva mai invitata a casa sua. Purtroppo qualcosa mi diceva che ciò che mi attendeva non mi sarebbe piaciuto affatto.

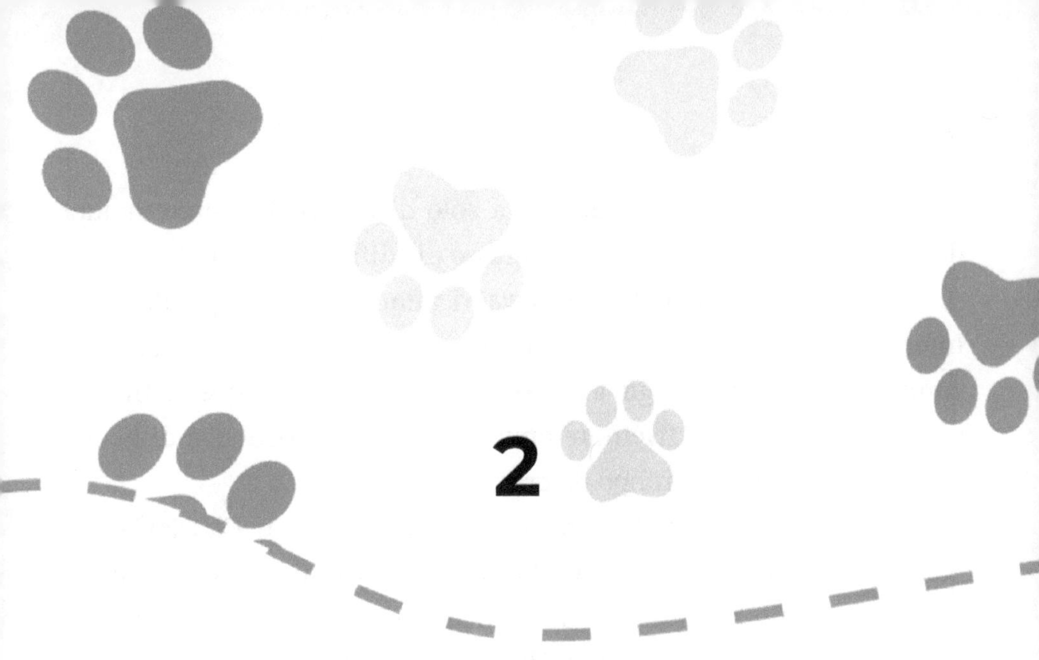

2

Cinque minuti dopo io e Charles giungemmo al complesso residenziale di Cliffside. Mi sorprese scoprire che viveva in un condominio dove si affittavano appartamenti a basso prezzo, anziché in una delle belle villette sull'altro lato della città. In genere Cliffside era una zona per neolaureati o per chi era solo di passaggio.

In qualità di avvocato, Charles avrebbe facilmente potuto permettersi qualcosa di meglio, nonché un quartiere più sicuro. Glendale era una zona a basso tasso di criminalità, ma nove volte su dieci i problemi si verificavano proprio a Cliffside. Forse, lavorando come difensore penale, voleva vivere nelle vicinanze dei clienti. Tuttavia, la maggior parte dei casi di cui si occupava il nostro studio rientrava nella categoria dei reati finanziari e Cliffside, con la vernice scrostata e i pavimenti ricoperti di moquette macchiata, era tutto fuorché un quartiere di colletti bianchi.

Il fatto che abitasse lì significava forse che non pensava di trattenersi a lungo a Blueberry Bay? Era solo di passaggio, come molta della gente che viveva in quell'ammasso di edifici malandati?

Anche se al momento mi stava ricattando, avevo sperato che intendesse restare. Nonostante tutto, preferivo comunque la sua compagnia a quella degli altri associati. Di recente io e Bethany stavamo cercando di diventare amiche, ma spesso risultava difficile rapportarci. Eravamo troppo diverse, tutto qui.

Invece, nonostante il nome pomposo, forse io e Charles non eravamo poi così dissimili. Anche se non provenivo certo da una famiglia povera, la nonna mi aveva insegnato a essere umile, anche quando gli altri mi elogiavano. Il suo motto è sempre stato che sul palco si può recitare, ma nella vita reale bisogna essere onesti e sinceri. Forse Charles era stato cresciuto secondo principi analoghi, anche se personalmente trovavo Cliffside un po' eccessivo come esempio di vita reale.

Charles non disse una sola parola durante il viaggio in macchina e rimase in silenzio anche mentre salivamo le scale fino al terzo piano.

«Io abito qui» disse infine, infilando la chiave nella toppa.

Appena aprì la porta venimmo accolti calorosamente da un cagnolino iperattivo che abbaiava furiosamente, così emozionato di vederci che fece la pipì sul pavimento proprio accanto ai nostri piedi.

«Mi dispiace!» sospirò Charles prendendo un rotolo di carta assorbente dal tavolo. «A volte si esalta un po' troppo.»

«Me ne sono accorta.» Accarezzai delicatamente il cagnolino sulla testa, ma resistetti all'impulso di prenderlo in braccio: non ero dell'umore giusto per farmi fare la pipì addosso.

In ogni caso, c'era qualcosa di strano. Charles era arrivato già da qualche mese, ma con una rapida occhiata al suo appartamento notai che gli scatoloni chiusi erano ben più numerosi che non i mobili e gli oggetti per la casa. E allora perché si era già preso un cane? E cosa faceva quella bestiola tutto il giorno mentre lui lavorava per l'incredibile numero di ore che Thompson richiedeva agli associati?

Charles finì di ripulire, si lavò le mani e mi fece cenno di accomodarmi sulla solitaria brandina posizionata contro il muro del soggiorno.

«Dov'è tutta la tua roba?» chiesi nel tentativo di fare due chiacchiere, sentendomi ben più che un filino nervosa quando lui si sedette accanto a me sulla brandina troppo corta.

Ci saltò su anche il cagnolino quando Charles diede un paio di colpetti accanto a sé.

Mi rispose facendo spallucce; non sembrava minimamente imbarazzato dalla mia domanda. «Ho venduto tutto prima di trasferirmi e non ho avuto molto tempo per fare acquisti da quando sono arrivato.»

Aveva senso. Era arrivato nel Maine dalla California e, per quel che ne sapevo, non aveva parenti nelle vicinanze. Non capirò mai perché qualcuno che vive in un posto dove c'è sempre il sole se ne vada per rifugiarsi in una piccola città del Maine, ma ero comunque felice che si fosse trasferito a Blueberry Bay.

Il cagnolino, uno Yorkshire Terrier, correva gioiosamente in tondo passando dal grembo di Charles al mio senza mai fermarsi. Era chiaro che quel poveretto non riceveva le attenzioni di cui aveva bisogno.

«Se sei così impegnato, perché ti sei preso un cane? Non è molto giusto nei suoi confronti.» Non volevo suonare accusatoria, ma dovendo occuparmi di Gattavius sapevo bene che gli animali detestano restare da soli a casa tutto il giorno. Non c'era da stupirsi che il piccoletto facesse la pipì sul pavimento non appena Charles rientrava.

«No, sta da me solo momentaneamente» rispose accigliato. «E

prima che tu dica altro, so di non avere abbastanza tempo per occuparmi di un cane ma… beh, è una lunga storia ed è per questo che ti ho chiesto di venire.»

Aveva decisamente catturato la mia attenzione, ma prima di soddisfare la curiosità dovevo mettere in chiaro la questione: «Non mi hai chiesto di venire qui!» dissi lanciandogli un'occhiataccia. «Mi hai costretta.»

Il suo bel volto assunse un'espressione corrucciata: «Mi dispiace. Sul serio. È solo che… non sapevo che altro fare per convincerti e… la situazione è disperata.» Almeno aveva la decenza di mostrarsi dispiaciuto.

Annuii anche se non capivo di cosa stesse parlando. Ovviamente, *non gli passava neanche per l'anticamera del cervello* che sarei stata ben felice di andare con lui ovunque, se solo me l'avesse chiesto gentilmente.

Accarezzando il setoso pelo grigio e fulvo del cagnolino, Charles iniziò a raccontare: «Lui è Yo-Yo. Non è mio, l'ho trovato.»

Mi misi subito in modalità risolvo-tutto-io: «Da quanto tempo? Hai contattato il rifugio per animali? Sono certa che qualcuno sente la sua mancanza e spera che faccia ritorno a casa.»

Charles scosse il capo e si schiarì la gola, spostando lo sguardo da me a Yo-Yo. Infine disse: «No. I suoi proprietari sono morti.»

Mi scostai un po' da lui: «Cosa? E come fai a saperlo se l'hai trovato per caso?»

«Qui c'è l'indirizzo.» Indicò la medaglietta sul collare dello Yorkshire. «E so che i suoi padroni sono morti perché mi occupo della difesa dell'uomo accusato di averli uccisi.»

Avevo sentito più che abbastanza. Balzai in piedi e strillai: «Ehi, ehi, aspetta un attimo! Forse non sono nella posizione di poter parlare di etica, ma questa situazione è sbagliata sotto ogni punto di vista. Cosa speri di ottenere tenendo prigioniera quella povera bestiolina?»

Charles si alzò a sua volta tenendo Yo-Yo stretto a sé con un braccio e allungando l'altro verso di me. Mi scostai bruscamente prima che riuscisse a sfiorarmi: l'ultima cosa di cui avevo bisogno in quel momento era di soccombere al richiamo degli ormoni.

«Il mio cliente non ha ucciso i proprietari di Yo-Yo» disse. I suoi occhi imploranti mi scongiuravano di capire. «È innocente.»

«Ok, tutti si dichiarano non colpevoli, ma sai una cosa? Solitamente invece lo sono.» Per un istante pensai di afferrare Yo-Yo e darmela a gambe. Povero cagnolino! Prima i suoi padroni erano stati uccisi, poi, chissà come, era finito nelle mani dell'uomo che difendeva il loro assassino.

«No, non è così!» insistette Charles. «*So* che non è stato lui, ma le prove sono schiaccianti. Come ti ho detto, la situazione è disperata. Così, quando ti ho sentita parlare con il gatto, ho pensato che... beh, ecco... che forse sei la risposta alle mie preghiere. Potresti salvare un innocente da una vita in cella e contribuire a fare giustizia per i proprietari di Yo-Yo.»

Valutai la possibilità di negare ancora, di insistere sul fatto che ciò che mi chiedeva di fare era assolutamente impossibile, ma Charles sembrava avere davvero bisogno di aiuto e Yo-Yo scelse proprio quel momento per iniziare a mugolare e fissarmi con occhioni sgranati e dolcissimi.

«E va bene!» strillai risedendomi sulla brandina. «Vedrò cosa posso fare.»

Il sollievo sul volto di Charles era evidente. Si chinò al mio fianco e mormorò: «Grazie! Sei la mia salvatrice!»

«Sì, beh, non ho ancora fatto niente» borbottai. Quella situazione non mi piaceva affatto.

«Il solo fatto che tu voglia provarci significa molto per me» disse Charles e per un istante percepii qualcosa fra noi.

Amore?

Desiderio?

Lo strano legame tra rapitore e vittima?

Non ne avevo la minima idea.

Lui si rialzò e appoggiò Yo-Yo accanto a me sulla brandina. Il cagnolino mi saltò in grembo e iniziò subito a leccarmi il viso scodinzolando forte.

«Ehi, Yo-Yo» dissi, sentendomi estremamente insicura. L'unico animale con cui avevo mai parlato era Gattavius ed era stato lui a rivolgermi la parola per primo. Provarci ora con Yo-Yo mi sembrava innaturale, una completa follia, ma dovevo fare comunque un tentativo, per il bene di Charles e del suo cliente. E anche per Yo-Yo.

«So che hai perso i tuoi padroni» dissi lentamente, in tono calmo. «Sai dirmi cos'è successo?»

Lo Yorkshire continuò a leccarmi il viso senza dar segno di rallentare, così lo sollevai e lo appoggiai sul pavimento per vedere se questo lo avrebbe aiutato a concentrarsi.

«Cos'è successo ai tuoi padroni?» chiesi di nuovo. «Qualcuno li ha uccisi?»

Yo-Yo uggiolò allegramente, risaltò sulla brandina accanto a me e pensò bene di inzupparmi la mano con un litro di bava.

«Cosa dice?» chiese Charles impaziente. Il suo entusiasmo rendeva tutto ancora più frustrante. Avevo sempre odiato deludere gli altri. Anche un potenziale ricattatore.

«Abbaia» mi limitai a dire.

«Ok, ma che significa?»

«Non lo so» ammisi.

Il suo volto rispecchiava la delusione che provava: «Ma credevo che sapessi parlare con gli animali...»

«Parlo con il mio gatto, tutto qui.»

«Perché non riesci a parlare con Yo-Yo?» Era una domanda da un milione di dollari. Avevo smesso di interrogarmi sulla mia sanità mentale per il fatto di riuscire a parlare con Gattavius, ma non avevo idea del motivo per cui ci riuscissi o della portata di quel potere.

Sollevai i palmi e mi strinsi nelle spalle: «Non lo so, ma ci sto provando.»

«Impegnati di più!» mi spronò. «È fondamentale che tu ci riesca»

«Ho detto che ci sto provando» mormorai a denti stretti. Poi tornai a rivolgermi a Yo-Yo con tutta la gentilezza di cui ero capace. «Ehi piccolino, sarebbe di grande aiuto se ti confidassi con me. Perché non mi dici cosa ne pensi davvero del tipo con cui vivi ora?»

Indicai Charles e feci una faccia buffa, ma come unico risultato Yo-Yo addentò il mio maglione e gli diede uno strattone.

«Ehi, smettila!» gridai, ma questo lo convinse solo a tirare più forte. Quando infine riuscii a staccarlo dall'indumento, i fili erano stati tirati in modo irreparabile. Balzai in piedi prima che potesse distruggere ulteriormente i miei abiti o altre parti di me.

«Che cosa ha detto?» chiese Charles, gli occhi verdi colmi di speranza.

«Che gli hai portato la ragazza sbagliata. E che gli piace il mio maglione, ma gli farà comunque fare una fine orribile.»

«Proprio come è accaduto ai suoi padroni» commentò Charles in tono inespressivo.

Ok, ora mi sentivo in colpa, ma questo non cambiava il fatto che non riuscivo a parlare con Yo-Yo. Ci avevo provato e non aveva funzionato. Era il momento di passare oltre.

«Non so cosa dice. In realtà non so neanche se dice effettivamente qualcosa» spiegai nella speranza che Charles mi credesse e lasciasse perdere. «Suppongo di non saper parlare con i cani.»

«Ma parli con i gatti, giusto?»

Mi strinsi nelle spalle, ma lui sembrò prenderlo per un sì.

«Ottimo!» dichiarò mentre passava in rassegna un cassetto pieno di cianfrusaglie da cui estrasse un lungo guinzaglio nero. «Andiamo Yo-Yo! Faremo una bella passeggiata» esclamò con una vocetta acuta. «Hai voglia di fare un giretto?»

«Io torno al lavoro» dissi trascinandomi stancamente verso la porta. «Vi auguro buona passeggiata, ovunque siate diretti.»

«Spiacente, non puoi» rispose Charles mentre lo Yorkshire correva furiosamente in cerchio abbaiando come un pazzo in una dimostrazione di massimo entusiasmo. «Devi venire con noi.»

Incrociai le braccia e li fissai con diffidenza: «E perché?»

«Perché andiamo a casa tua a parlare con il tuo gatto» mi spiegò Charles prendendo in braccio Yo-Yo e agganciandogli il guinzaglio al collare.

A casa mia?

Accidenti. A Gattavius la cosa non sarebbe piaciuta affatto!

3

L'appartamento di Charles distava meno di tre chilometri da casa mia, così arrivammo in un batter d'occhi.

Quando aprii la porta Gattavius mi stava aspettando con un'espressione estatica sul muso.

«Finalmente!» piagnucolò. «Stavo morendo di sete.»

Ma la sua espressione mutò rapidamente in profondo sdegno quando Yo-Yo entrò in casa e gli stampò un grosso bacio bavoso dritto sul naso.

Charles lo allontanò strattonando il guinzaglio e lo prese in braccio.

Gattavius tremava di rabbia; una goccia di bava canina gli colò lungo il muso e cadde sul tappeto. «Perché mi fai questo? Non ne ho già passate abbastanza per oggi? Prima la mosca e ora un... un... un *cane?*» Sputò fuori quell'ultima parola come se fosse l'insulto più disgustoso che potesse immaginare.

«Che cosa dice?» chiese Charles, affascinato.

«È arrabbiato con me» ammisi. «E non è contento della presenza di Yo-Yo.»

Gattavius inarcò la schiena e soffiò: «Puoi dirlo forte!» borbottò. Poi si diresse in cucina e saltò sul tavolo.

«Dacci un minuto, per favore» bisbigliai a Charles prima di raggiungere il tigrato furioso nell'altra stanza.

Gattavius spiccò un lungo balzo dal tavolo al bancone della cucina, dove si sedette sbattendo nervosamente la coda. «Da non credere» ringhiò senza neanche degnarmi di uno sguardo.

Sapevo di essere in torto, ma Charles non mi aveva dato scelta: se qualcun altro fosse venuto a sapere che ero in grado di parlare con i gatti avrei perso il lavoro, sarei diventata un fenomeno da baraccone e forse avrei dovuto lasciare l'unico luogo in cui mi sentissi a casa e dove vivevo da sempre, per iniziare una nuova vita altrove, dove nessuno fosse a conoscenza del mio segreto.

Speravo che, dopo avergli spiegato la situazione, Gattavius avrebbe capito che non avevo avuto altra scelta, ma prima dovevo trovare il modo di dare a Charles le risposte che cercava. Così avrei eliminato la spada di Damocle che mi pendeva sulla testa e Gattavius si sarebbe limitato ad arrabbiarsi con me per le normali questioni quotidiane.

Presi una bottiglia di Evian e una tazza da tè di porcellana dalla credenza; faceva parte di un servizio appartenuto alla sua proprietaria precedente, Ethel, che utilizzavo esclusivamente per lui. Dopo avergli messo davanti la tazza di acqua pulita, mi sbarazzai in tutta fretta della mosca morta.

Gattavius diede una rapida leccata all'acqua e si ritirò in camera da letto senza nemmeno un cenno di ringraziamento.

«Prego!» gli gridai dietro accigliata. Accidenti, sembrava che quel giorno non piacessi a nessuno.

«Come procediamo?» chiese Charles chinandosi per sganciare il guinzaglio a Yo-Yo.

«No, aspetta!» gridai. Ma era troppo tardi.

Il cagnolino sfrecciò immediatamente in camera da letto abbaiando come un forsennato. Un verso di terrore a metà tra un ringhio, un soffio e un miagolio riecheggiò nell'appartamento e un istante dopo apparve Gattavius, il pelo della coda talmente ritto da farlo sembrare un procione.

«Ti odio!» gridò, schizzando per tutta la casa con il cane sempre alle calcagna.

«Prendilo!» strillai a Charles, che tentò di acchiappare il cane esagitato senza riuscirci.

«Ehi, Yo-Yo!» lo chiamai fiondandomi in cucina. «Vuoi un premietto?»

Lo Yorkshire si voltò all'istante e mi seguì trotterellando, con una gioiosa serie di acuti latrati. Aprii il frigo e gli offrii una fettina di prosciutto, che divorò mentre Charles gli riagganciava finalmente il guinzaglio al collare.

«Che scena!» commentò con una risatina di sfinimento.

«Io non riderei, se fossi in te» lo ammonii. «Ci vorrà un'eternità perché il mio gatto mi perdoni.»

Charles mi fissò confuso.

«E fino ad allora non sarà disposto ad aiutarci. Non ne sai proprio nulla di gatti?» borbottai a dispetto del fatto che nemmeno io sapevo nulla di gatti fino a pochi mesi prima.

Chinò il capo ed emise un lungo sospiro, l'espressione giustamente contrita: «Mi dispiace. Cosa dovremmo fare?»

«Ora non *faremo* proprio niente. *Tu* porti Yo-Yo a fare un giretto. Io invece dovrò andare da Gattavius, supplicarlo in ginocchio ed eventualmente offrirgli il mio primogenito come schiavo sperando che questo basti a convincerlo a rivolgermi di nuovo la parola.»

Sul volto di Charles balenò un sorriso, ma si ricompose all'istante alla vista della mia espressione gelida.

«Oh, ok. Andiamo, Yo-Yo» disse strattonando il cagnetto verso la porta.

«E non tornare finché non ti dico che è tutto a posto» gli gridai dietro.

«Non sarà mai tutto a posto!» soffiò Gattavius riemergendo da chissà quale nascondiglio. «Perché mi fai una cosa del genere?»

«Mi dispiace, non era mia intenzione» mi affrettai a spiegare. «Mi ha costretta lui.»

Gattavius frustava l'aria con la coda, quasi tornata alle dimensioni normali: «E quindi mi hai svenduto per il primo ragazzo che passa!» gridò disperato. «Pensavo che fossimo amici! Pensavo che fossimo una famiglia!»

Mi si strinse il cuore. Di solito non mi lasciavo influenzare troppo dalle sue scenate istrioniche, ma quelle parole mi ferirono. Ecco cosa succede quando confidi al tuo gatto di esserti presa una cotta. Stava facendo progressi nel distinguere gli esseri umani e ora riusciva a riconoscere correttamente maschi e femmine quattro volte su cinque. Ovviamente quando si era trattato di identificare l'assassino della sua ex proprietaria non c'era stato verso, ma ora che si trattava di scoprire per chi avevo una cotta era andato a colpo sicuro. Non fa una piega, no?

«Non lo farei mai!» ripetei. «Ci ha beccati mentre parlavamo su FaceTime e mi ha costretta ad aiutarlo.»

Gattavius rise amaramente: «Ti ha beccata per puro caso, eh? *Menzogne!* Siamo seri, Angela, a chi la racconti?»

Raramente mi chiamava per nome, e ancor più di rado con il mio nome di battesimo. Ero proprio nei guai! Qualcuno si sarebbe sicuramente trovato del vomito nelle scarpe al risveglio e sfortunatamente quel qualcuno ero io.

«Ascolta» dissi cercando di farlo ragionare. «Sono certa che tu avresti gestito la situazione in un altro modo, ma le cose stanno così. Charles vuole che parliamo con quel cane per scoprire come sono morti i suoi proprietari, in modo da poter difendere il suo cliente accusato ingiustamente dell'omicidio.»

Gattavius annuì ma mantenne l'espressione fredda, gli occhi ridotti a fessure. Di recente aveva visto numerose repliche di *Law & Order* nello sforzo di comprendere meglio il mio lavoro ed ero lieta di constatare che aveva imparato abbastanza da comprendere il gergo legale necessario per farsi un'idea chiara della situazione.

«Ok, ho capito» disse dopo una pausa di riflessione. «Ma perché non ci parli tu? Perché mi hai trascinato in questa pagliacciata?»

«Perché,» gemetti augurandomi che una volta tanto mi credesse sulla parola, «non capisco cosa dice Yo-Yo e credo che neanche lui riesca a capirmi.»

«E allora? Non potevi fingere? Per l'amor del cielo, Angie, inventati qualcosa così potremo tornare alla normalità!»

Era davvero confortante scoprire che il mio gatto non aveva problemi a mentire per tirarsi fuori dai guai. Io mi facevo qualche scrupolo in più a mettere in discussione i miei principi morali. E comunque avevo già provato a mentire a Charles e non aveva funzionato.

A quel punto iniziavo a preoccuparmi seriamente per le conseguenze della lunga pausa pranzo. Quanto tempo era passato? Il signor Thompson e gli altri erano già tornati e si erano accorti della mia assenza?

«Non intendo mentirgli» dichiarai decidendo di optare per la strada in salita. «Soprattutto non su un caso penale. E se il suo cliente fosse davvero innocente? E se fosse costretto a passare il resto della vita in prigione perché una mia bugia ha mandato a monte la difesa? Non ci penso proprio.»

Gattavius emise un gemito e sollevò gli occhi al cielo, un gesto tipicamente umano che aveva imparato da me: «E quindi? Vuoi che ti faccia da traduttore perché non parli canese?»

«Sì, per favore!» Congiunsi perfino le mani. Mi sarei abbassata a scongiurarlo se necessario e a lui piaceva vedermi strisciare ai suoi piedi.

Assunse un atteggiamento borioso, lanciandomi un'occhiata dall'alto in basso. Nel farlo gli si incrociarono gli occhi e dovetti impegnarmi parecchio per non scoppiare a ridere. «Giusto perché tu lo sappia, la lingua dei cani è molto più basilare di quella dei gatti. Va di pari passo con il fatto che hanno il cervello più piccolo. Se riesci a capire me, di certo sei in grado di comunicare con quel sempliciotto.»

«Quindi mi aiuterai?» chiesi, augurandomi che capisse quanto disperatamente ne avessi bisogno.

«E va bene» ringhiò. «Ma mi devi un favore. *Uno bello grosso!*»

Mi fiondai alla porta per far entrare Charles e Yo-Yo prima che cambiasse idea. «Tienilo al guinzaglio questa volta!» ammonii Charles quando rientrò in casa. «O meglio ancora, prendilo in braccio.»

Charles si sedette sul divano del soggiorno con il cagnolino in grembo. «E ora?» chiese mentre mi accomodavo in poltrona.

«Innanzi tutto, promettimi che non parlerai mai a nessuno di tutto questo.»

Annuì rapidamente, entusiasta: «Lo prometto!»

Annuii a mia volta: «Bene. Non so se funzionerà, ma dammi qualche minuto e lo scopriremo.»

Charles rimase in silenzio, gli occhi fissi su di me. Sembrava quasi provare un certo timore nei confronti di Gattavius e a me andava bene così.

Mi rivolsi al mio amico tigrato e dissi: «Potresti chiedere a Yo-Yo cos'è successo ai suoi proprietari?»

Gattavius saltò sul tavolino da caffè e si posizionò di fronte al cane prima di rivolgergli la domanda.

Yo-Yo rispose con un piccolo abbaio gioioso, poi iniziò ad ansimare. Gattavius tradusse: «Dice che i suoi padroni sono le persone più meravigliose del mondo e che anche il tipo con cui vive adesso non è male, però gli manca la sua famiglia e vorrebbe tornare a casa.»

«Ha detto tutto questo?» Per tradurre, Gattavius ci aveva messo dieci volte il tempo che Yo-Yo aveva impiegato per rispondere.

«Te l'ho detto» disse Gattavius prendendosi una breve pausa per leccarsi una zampa. «Il canese è estremamente basilare. Letteralmente ha detto qualcosa tipo 'migliori di tutti, mancano' ma quando si ha a che fare con i cani bisogna aggiungere un livello di entusiasmo ridicolo per arrivare a capire il senso di ciò che dicono. È estenuante, te lo garantisco.»

«Cosa hanno detto?» chiese Charles.

«*Shhh*» soffiammo all'unisono io e Gattavius.

Charles risprofondò nel divano e rimase a guardarci, affascinato e intimorito.

Tornai a rivolgermi al mio gatto: «Gli puoi chiedere se era presente quando i suoi padroni sono stati assassinati?»

Quando Gattavius gli rivolse la domanda, Yo-Yo si lanciò in una lunga serie di grida acute e artigliò le gambe di Charles nel tentativo di fuggire in preda al panico.

«Accidenti, che succede?» strillai. Anche Charles proruppe in un: «Che diavolo sta succedendo?»

Guardai Gattavius in attesa di spiegazioni. I suoi occhi si fecero enormi mentre rispondeva: «Dice che i suoi padroni non sono morti e dargli a intendere che lo siano è uno scherzo orribile e crudele.»

Insomma, non ci sarebbe stato verso di usare ciò che sapeva Yo-Yo per la difesa del cliente di Charles: il povero cagnolino reagiva come se lo stessero uccidendo solo a menzionare la loro dipartita. Come avrebbe potuto darci informazioni utili se non si rendeva neanche conto che erano morti?

Una cosa era certa: non sarei stata io a spezzare il suo piccolo cuore canino!

4

Fissavo impotente Charles che si passava le mani fra i capelli, afflitto.

«Non so più cosa fare» ammise con un profondo gemito gutturale. «Quando ho scoperto di cosa sei capace, ero certo che fosse stato il destino a metterti sulla mia strada e che tu fossi la chiave per vincere questo caso.»

Ancora seduta, mi chinai in avanti e gli appoggiai una mano sul ginocchio; bastò quel minuscolo contatto a farmi percepire un fremito dalla punta delle dita fin nel profondo del petto. «Forse potrei trovare un altro modo per aiutarti. Ma c'è ancora una cosa che proprio non riesco a capire.»

Sollevò la testa e mi fissò, in attesa che proseguissi; piccole rughe gli solcavano la fronte.

Mi schiarii la gola e chiesi: «Se sei così sicuro che il tuo cliente sia innocente, com'è possibile che tu non abbia trovato nessun modo per difenderlo se non parlare con il cane delle vittime?»

Charles si riappoggiò allo schienale della sedia passandosi di nuovo una mano fra i capelli e spargendo intorno a sé profumo di shampoo e pino. «Perché tutti hanno già deciso che è colpevole.»

«Tranne te» commentai.

Charles sospirò: «A quanto pare.»

«Ok, raccontami tutta la storia. Che cos'è successo? Perché tutti sono così sicuri che il tuo cliente sia colpevole? E mi piacerebbe anche sapere come ha fatto Yo-Yo a finire a casa tua.»

Gattavius si accomodò sulla sedia accanto a me: «Questo vorrei saperlo anch'io.»

Restammo entrambi in attesa mentre Charles si ricomponeva a sufficienza da raccontarci l'intera storia.

«Se comincia con 'Era una notte buia e tempestosa' giuro che vomito» commentò Gattavius con un gigantesco sbadiglio.

«Taci!» rimbeccai il tigrato impaziente, lanciando uno sguardo contrito a Charles. «Ti chiedo scusa. Avanti, racconta.»

Lui inclinò il capo e ci fissò per qualche istante: «Che cosa ha detto?»

«Meglio che non te lo dica» borbottai strofinando Gattavius in modo più energico di quanto gradisse per fargli capire che doveva comportarsi bene.

Charles si soffermò a osservare il gatto mentre iniziava a descrivere il delitto: «Li hanno trovati una mattina. Le vittime, Bill e Ruth Hayes, avevano appena messo in vendita la casa. Pare che avessero fatto un'offerta per una casa nuova e che fosse già stata accettata, quindi avevano bisogno di concludere la vendita in fretta; così era stata organizzata un'open house proprio per quel giorno. In quella zona è raro che ci siano proprietà in vendita, quindi il fatto aveva suscitato grande interesse. C'erano almeno una dozzina di coppie a vedere la casa e una di esse ha trovato i corpi delle vittime nella cabina armadio della camera da letto al primo piano.»

«Ok, molte persone presenti significa molti possibili sospettati. Perché la colpa è ricaduta proprio sul tuo cliente?»

«Quelli della scientifica hanno detto che erano morti circa dieci ore prima del ritrovamento. E il martello del mio cliente è l'arma del delitto. Insieme a sua sorella, lui era l'unica persona a poter accedere alla casa e a conoscere il codice per disinnescare il sistema di sicurezza.» La sua espressione era tetra mentre mi svelava quei dettagli; ma più andava avanti, più mi sembrava di aver già sentito quella storia. Non avevo svolto ricerche per quel caso sul lavoro, ma ero già a conoscenza dei fatti.

«Aspetta, si tratta del caso Brock Calhoun? Ne ho sentito parlare al telegiornale.» Non ero certa che Charles sapesse che mia madre era la conduttrice del notiziario locale e che fosse in parte a causa sua che tutti ritenevano colpevole il suo cliente. Decisi di tralasciare la questione per il momento: in caso contrario non mi avrebbe permesso di aiutarlo ed era evidente che gli servisse tutto l'aiuto possibile.

Charles annuì: «Lui e sua sorella Breanne si occupavano della vendita della casa. E qualcuno ha usato il martello di Brock per colpirli a morte.»

«Accidenti! Non si mette bene per il tuo cliente.» Lanciai un'occhiata a Yo-Yo, che ora sonnecchiava ai piedi di Charles. Fortunatamente non sarebbe comunque riuscito a capire di cosa stavamo parlando. Nessuno vorrebbe mai immaginarsi le persone che ama andare incontro a una fine così cruenta e quel cagnetto, in particolar modo, non sembrava in grado di sopportare un'idea tanto straziante.

Anche Charles gli rivolse uno sguardo prima di tornare a fissarmi negli occhi: «Come ti ho detto, l'opinione pubblica ha già deciso che sia colpevole e ora l'intera comunità sta facendo pressioni richiedendo una condanna rapida e una pena esemplare.»

Cercando di mantenere un'espressione neutra domandai: «Cosa ti fa credere che sia innocente?»

«In parte, il fatto che le prove sono ampiamente circostanziali. Un altro motivo è che la gente sembra aver deciso che è colpevole solo perché era un tipo turbolento ai tempi delle superiori. E poi...» Sembrava combattuto se proseguire o meno.

«Puoi dirmelo» lo incoraggiai con quello che speravo fosse un sorriso rassicurante.

Si strinse nelle spalle: «Beh, è una sensazione che provo quando parlo con lui. So che dice la verità quando afferma di non essere stato lui a farlo.»

Gli diedi un altro colpetto sul ginocchio cercando di sdrammatizzare: «Seguite anche corsi di intuito alla facoltà di legge?»

Ma la battuta non sortì nessun effetto su di lui.

Gattavius invece sospirò e disse: «Doveva essere divertente? Urge che ti procuri un libro sull'umorismo, una guida di autoaiuto, qualcosa!»

Charles scosse il capo, accigliato: «So che sono nuovo del posto, ma mi sembra ridicolo che delle questioni adolescenziali di dieci anni fa gli facciano rischiare la prigione a vita. Sono d'accordo che non è una bella cosa fare il bullo con i compagni di classe, ma non significa essere degli assassini.»

Annuii. Mi ricordavo di Brock a scuola. Aveva un anno più di me e sì, era un idiota ma, proprio come aveva detto Charles, non me lo vedevo nei panni dell'assassino.

«Hai detto che gli Hayes sono stati uccisi a martellate, giusto? Sembra decisamente un delitto passionale. Che motivi avrebbe potuto avere Brock per ucciderli, soprattutto in modo così brutale e a distanza ravvicinata?»

Charles si sollevò di scatto: «Questo è il punto cruciale della mia difesa: l'assenza assoluta di movente, pur avendo i mezzi e l'opportunità.»

«E la polizia non è d'aiuto?» Ripensai all'incontro con l'ufficiale Bouchard e la sua collega qualche mese prima. Mi avevano salvato la vita senza un attimo di esitazione. Era davvero possibile che ora le forze dell'ordine voltassero le spalle a Brock nel momento del bisogno?

Charles rise amaramente: «Magari lo fosse! Dopo aver effettuato l'arresto, si sono fatti da parte. E questo è l'aspetto peggiore della storia. Come fa il sistema giudiziario a fare bene il proprio lavoro se la polizia non fa il suo?»

«Sì, sì, sì sì» si lamentò Gattavius enfatizzando le parole con gli scatti della coda. «Continua a non dirci la cosa più importante. Come ha fatto quel pericolo pubblico a finire da lui?»

«E Yo-Yo?» chiesi a Charles piazzando una mano sul tigrato seduto accanto a me per tenerlo buono.

«Questa è la cosa più strana. La mattina dell'open house era sparito. Tutti hanno dato per scontato che fosse scappato ma la scorsa settimana, quando mi sono recato a casa degli Hayes alla ricerca disperata di inizi o piste da seguire, l'ho trovato sul portico che abbaiava per farsi aprire.»

Ok, era strano, ma non spiegava perché Charles lo avesse tenuto con sé per tutto quel tempo. «E hai pensato che rubarlo fosse l'idea migliore?»

Si affrettò a difendersi: «No, no, certo che no.» Ma non me la dava a bere.

«E allora perché ce l'hai ancora tu?»

«Beh, era già piuttosto tardi, così ho pensato di portarlo al rifugio per animali la mattina dopo. Ma Thompson mi ha convocato in ufficio all'alba per discutere del caso e avevo proprio bisogno del suo aiuto, così ho deciso che me ne sarei occupato subito dopo il lavoro.»

Su questo non potevo ribattere: conoscevo Thompson e sapevo quanto fosse esigente. «E fammi indovinare: poi era di nuovo troppo tardi?»

Charles annuì con enfasi: «Esatto, e più il piccoletto restava con me, più mi ci affezionavo. E più diventava difficile mollarlo al rifugio o confessare di averlo tenuto con me per tutto quel tempo.»

«Però non è stato sempre con te» puntualizzai. Charles aveva preso Yo-Yo da meno di una settimana: dov'era stato il cagnolino fino ad allora? Era passato un pezzo prima del ritrovamento.

«Un motivo pessimo per tenere un cane» disse Gattavius con un sogghigno. «Devi toglierti immediatamente questo tizio dalla testa. Non puoi certo metterti con uno a cui piacciono i cani, Angela! Non deve succedere, chiaro?»

Sentii le guance arrossarsi per l'imbarazzo, poi mi ricordai che Charles non capiva cosa diceva Gattavius e ringraziai il cielo per questo!

«Va tutto bene?» chiese Charles fissando di nuovo prima me e poi il gatto.

Yo-Yo scelse proprio quel momento per svegliarsi dal pisolino; avvistò il felino seduto a poca distanza e riprese ad abbaiare incessantemente, come se non avesse mai smesso.

«Non è piacevole?» ringhiò Gattavius saltando sullo schienale della mia sedia e usandomi come scudo umano. «Quel cane non mi piace, e nemmeno il tuo ragazzo.»

«Non è il mio ragazzo» lo corressi senza riflettere.

Questa volta fu Charles ad arrossire. *Accidenti!*

«Potresti smetterla di mettermi in imbarazzo davanti a lui?» bisbigliai severamente al tigrato.

Gattavius rise; non aveva intenzione di cedere o di scusarsi.

«In ogni caso,» disse Charles prendendo in braccio il rumoroso cagnolino, «credi di potermi aiutare con...?» Continuò a parlare ma non riuscii a sentire altro perché Gattavius aveva scelto proprio quel momento per lanciarsi in uno dei suoi monologhi: «Charles è un nome troppo di classe per questo babbeo» dichiarò, pensieroso. «È più un nome da appassionato di gatti, ma un amante dei gatti di certo non mi tormenterebbe portandomi in casa Yo-Yo l'id*yo-yo*ta!»

«Tieni per te i tuoi commenti» lo scongiurai cercando di riportare l'attenzione su Charles.

«Gli troverò un soprannome, qualcosa di più adatto a lui.»

«Sì, magnifico, ne parliamo più tardi» mugugnai. «Scusami, Charles. Puoi ripetere?»

«Certo. Speravo che mi potessi dare una mano con...»

«Quale potrebbe essere il nomignolo giusto? Charles di solito si abbrevia in Charlie o Chuck... *Mmm.* Ma per un somaro del genere direi... Chuck il Ciuco! Lui e il suo cane mi danno il voltastomaco.»

Ero quasi riuscita a escludere la voce di Gattavius dalla mia mente, quando lui iniziò a gridare a pieni polmoni: «Sì, Chuck il Ciuco! È il soprannome perfetto per lui. Chuck il Ciuco, Chuck il Ciuco, Chuck il Ciuco!» iniziò a cantare a squarciagola, estasiato, al massimo volume che i polmoni gli permettevano.

E non si limitò a dirlo tre o quattro volte. Era già alla cinquantesima quando Charles mi chiese: «Cosa significano tutti questi miagolii? Non avevo mai visto un gatto così loquace!»

«*Ehm...* vuole sapere se hai un soprannome» abbozzai. *Cosa*? Beh, in parte era vero. Anche se non me la cavavo molto bene a mentire, detestavo ferire così gratuitamente i sentimenti altrui.

Questa volta Charles sorrise: «Certo» rispose, gli occhi che indugiavano nei miei. «Essendo Charles III, in famiglia mio nonno è Charles, mio padre è Charlie e io sono Chuck. Puoi chiamarmi così anche tu quando non siamo in ufficio. Voglio dire, se preferisci.»

Era *ovvio* che il suo soprannome fosse proprio Chuck. Non avrebbe potuto essere altrimenti.

Gattavius rischiò di morire dal ridere.

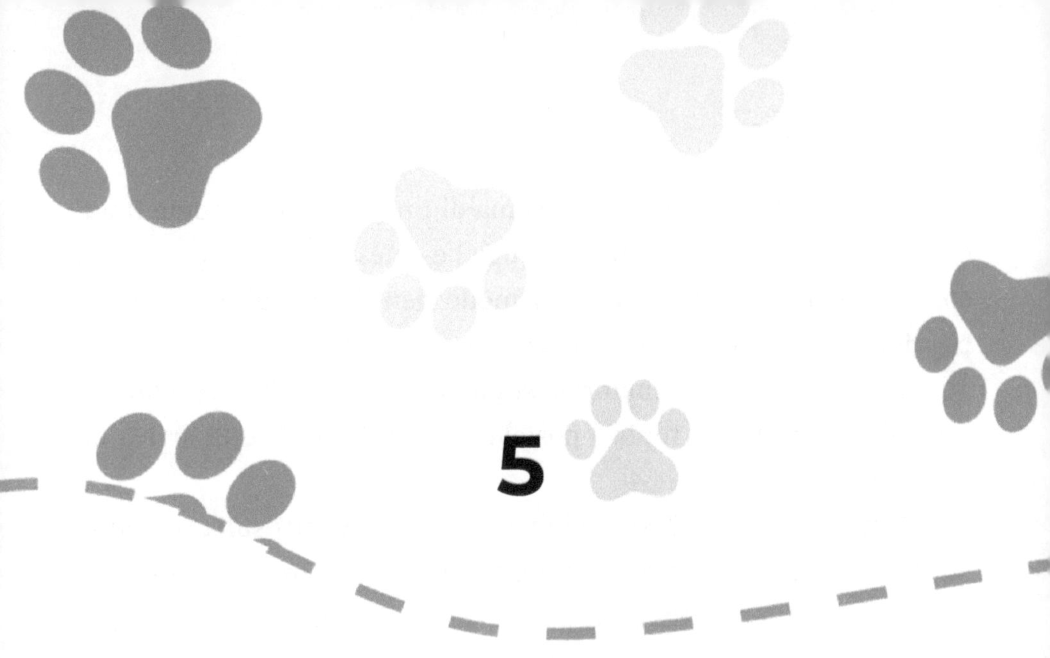

5

Nonostante tutto, io e Charles, che con tutto l'impegno proprio non riuscivo a chiamare Chuck, arrivammo allo studio legale prima che gli altri facessero ritorno da quel lunghissimo pranzo di lavoro.

Lui si chiuse nel suo ufficio per il resto della giornata, mentre io feci qualche ricerca su vecchi casi che potessero risultare utili per la difesa di Brock Calhoun dall'accusa di doppio omicidio. Probabilmente Charles li aveva già visionati tutti, considerando che era così disperato da pensare di utilizzare la mia capacità di parlare con gli animali per trovare possibili piste. Ciò nonostante, fare qualcosa di concreto per dargli una mano mi faceva sentire meglio.

A fine giornata arrivò il postino che mi consegnò una spessa pila di corrispondenza, fatture e volantini. Dopo aver gettato i materiali pubblicitari nel cesto della carta da riciclare, feci il giro dell'ufficio per consegnare la posta ai destinatari.

A Charles sfuggì un gemito quando gli consegnai la sua parte di corrispondenza nell'ufficio che condivideva con Derek. Prima del suo arrivo quella era stata la scrivania di un associato di nome Brad, che però era stato licenziato qualche mese prima per cattiva condotta sul posto di lavoro, un modo gentile per dire che era il peggior coglione sessista che si possa immaginare.

«Un'altra lettera minatoria, suppongo» disse Charles con un sospiro osservando il timbro postale. «Grandioso. Questa arriva da Misty Harbor.»

«Lettere minatorie? Stai scherzando?» Mi sedetti sulla scrivania vuota di Derek, che doveva essere uscito in anticipo. In ogni caso, ero grata di poter passare un po' di tempo da sola con Charles. Lo avevo già perdonato per avermi ricattata quella mattina. Forse dovevo rivalutare le mie scelte di vita o, forse, era semplicemente impossibile restare arrabbiata con una persona tanto abbattuta.

«Magari fosse così» disse mentre apriva la busta e tirava fuori il foglio piegato al suo interno. Lo lesse rapidamente e me lo porse. «In questo periodo capita spesso.»

Il breve messaggio era stato stampato in caratteri tipografici con grazie; il mittente non aveva firmato. Il concetto generale era *"dovresti vergognarti di te stesso"*, ma c'erano anche minacce di picchettaggio al processo e di fare richiesta all'Ordine degli avvocati affinché gli venisse revocata la licenza per esercitare.

«Ma sul serio?» chiesi scuotendo il capo e restituendogli la lettera. «La gente dice cose assurde!»

«E se io ne ricevo così tante, posso solo immaginare quante ne spediscano a Brock.» Charles appallottolò il foglio e lo gettò nel cestino dei rifiuti.

Non c'era da stupirsi che fosse così sconsolato. Non vedevo i miei concittadini così infuriati da quando un noto calciatore era stato sospeso per spaccio di droga alle matricole. Gli erano state revocate le offerte per il college, le borse di studio per meriti sportivi e perfino il titolo di re del ballo scolastico.

E si trattava di droga, non di omicidio.

La situazione per Brock sembrava tutt'altro che rosea. Nelle piccole città la gente non dimentica e ciò significava che, anche se fosse stato giudicato innocente, la sua reputazione sarebbe stata macchiata per sempre e probabilmente avrebbe dovuto andarsene e rifarsi una vita altrove.

Poveretto.

«La situazione continua a peggiorare» disse Charles, la bocca tesa in una linea rigida. «Ho appena scoperto che il canale delle notizie locale dedicherà l'intera serata a uno speciale intitolato *Brock Calhoun: un assassino fra noi.*»

Accidenti, mia madre aveva deciso di fare le cose in grande.

«Potrei fare qualcosa a questo proposito» dissi con una smorfia e un sorriso dispiaciuto.

Si voltò verso di me con gli occhi che gli brillavano per l'emozione: «Ma certo! Perché non ci ho pensato prima? Il commentatore sportivo, Roman Russo… siete parenti, vero?»

«Sì» ammisi a denti stretti. «È mio padre. E Laura Lee è mia madre.»

Il suo entusiasmo si spense all'istante. Solitamente tutti apprezzavano mia madre sia a Glendale che in generale a Blueberry Bay, almeno finché non si trovavano a dover fare personalmente i conti con la sua passione per il giornalismo investigativo.

Inoltre, la maggior parte della gente non ricollegava a me la nota conduttrice del notiziario locale, poiché mia madre aveva deciso di mantenere il proprio cognome da nubile, nella speranza che le conoscenze della nonna nel mondo dello showbusiness potessero contribuire a dare una spinta alla sua carriera.

Si era rivelata una buona strategia, e mamma aveva ottenuto un successo notevole già quando io portavo ancora il pannolino. Di recente però sembrava essersi stufata degli elogi sperticati e delle storielle che costituivano la gran parte delle notizie a Glendale. Non la sentivo da un paio di settimane, ma ero praticamente certa che considerasse il caso di Brock Calhoun un'occasione per attirate l'attenzione a livello nazionale, cosa che avrebbe potuto comportare un avanzamento di carriera sia per lei che per mio padre.

«Lascia che ci parli io» dissi con un sospiro. «Forse riuscirò a convincerla ad andarci piano.»

«Un bel po' più piano» gemette Charles.

Annuii. «Va bene. Non so se riuscirò a contattarla prima dello speciale di stasera, ma prometto che farò il possibile.»

«Grazie.» Con espressione corrucciata Charles iniziò a raccattare documenti dalla scrivania; lo interpretai come un gesto di congedo.

Ero ormai alla porta quando parlò di nuovo: «Angie?»

«Sì?» Mi girai di scatto, e il sorriso che scorsi sul suo volto fu una piacevole sorpresa.

«Grazie di cuore» disse. «So che ti ho trascinata in questo caso contro la tua volontà, ma per me significa molto che tu voglia aiutarmi.»

«Non c'è problema» risposi con un ampio sorriso. Lo avevo perdonato del tutto per la questione del ricatto.

Charles tornò a esaminare i documenti che aveva raccolto e io tornai alla mia postazione di fianco all'ingresso. Immediatamente presi il cellulare e inviai un messaggio a mia madre:

SOS. Dobbiamo parlare ASAP. XOXO.

Di solito preferivo evitare le abbreviazioni e utilizzare la punteggiatura come si deve, ma sapevo bene che, più ero stringata, più era probabile che lei rispondesse in fretta. E infatti ricevetti un suo messaggio quasi subito dopo aver cliccato *Invia*.

Cosa c'è che non va? Seguivano una faccina con la testa che esplode e una da alieno, di cui non afferrai molto il senso in quel contesto. E devo ammettere che mi bruciava il fatto che mia madre, una donna di mezza età, fosse molto più aggiornata sul gergo in voga di quanto io non sarei mai stata.

Feci un respiro profondo prima di iniziare a scrivere il messaggio successivo. Avevo catturato la sua attenzione, ma farle cambiare idea non sarebbe stato facile. *Ho bisogno che cancelli lo speciale su Brock Calhoun previsto per oggi.*

Meno di un minuto dopo il telefono iniziò a squillare.

Mia madre sembrava nel panico, cosa che mi mise sulla difensiva.

«Perché dovrei cancellare lo speciale? È uno dei pezzi migliori che abbia mai realizzato!»

Presi a massaggiare con le dita l'attaccatura del naso nella speranza di prevenire l'emicrania che iniziava ad assalirmi. «Non ne dubito mamma, ma il processo non è nemmeno iniziato. Non è giusto aizzare l'opinione pubblica contro di lui ancora prima che abbia avuto la possibilità di difendersi.»

Ti prego, ti prego, ti prego, fa che capisca!

Era difficile immaginare come avrebbe reagito. Non avevamo quello stretto legame emotivo che caratterizza la maggior parte dei rapporti madre-figlia. Lei aveva sempre lavorato duramente e non mi aveva fatto mancare nulla, ma era stata la nonna a crescermi: era con lei che mi confidavo, raccontandole i miei segreti, sogni e paure. Mamma mi aveva sempre sostenuta in tutto ciò che avevo fatto, ma era così impegnata con la sua vita da donna in carriera che spesso, a confronto, il ruolo di madre sembrava una piccolezza.

Penso che il fatto di non essermi ancora sistemata dipendesse in gran parte da questo; e non intendo solo metter su famiglia, ma anche non riuscire a impegnarmi fino in fondo nelle scelte lavorative. Mi piaceva tenermi aperte tutte le strade e dover essere responsabile solo di me stessa (e del mio gatto). Chissà quanto doveva sentirsi sotto pressione mia madre a dover coniugare le esigenze della vita domestica e di quella lavorativa, in particolare quando, come in questo caso, andavano l'una contro l'altra.

«Sappiamo tutti che è stato lui» rispose con un sussurro. «Inoltre, ho sentito che lo speciale potrebbe essere rimandato in onda in tutto lo stato, forse perfino sulla costa est.»

Ispirai bruscamente e sganciai la bomba: «Mamma, lo studio si occupa della difesa e sto lavorando anch'io al caso.»

Passò qualche istante prima che rispondesse e quando lo fece non sembrava affatto convinta di ciò che stava dicendo: «Forse potresti tirarti indietro. Sappiamo bene che fare l'assistente legale non è la tua grande passione, ma il giornalismo è la mia. Per favore, Angie. Non voglio danneggiarti in nessun modo, ma questa è la mia grande occasione, lo capisci?»

«Lo so e non te lo chiederei se non fosse davvero importante.»

«Il programma è già stato annunciato e pubblicizzato» disse lei, la voce più flebile a ogni sillaba.

«Ho visto.» Mi spremetti le meningi in cerca di una soluzione soddisfacente per entrambe e finalmente mi venne un'idea: «Senti, pensi di poter rimandare fino a venerdì? In questo modo avremmo un po' di tempo per lavorare al caso prima che si sollevi il polverone.»

Quando parlò di nuovo sembrava un po' meno incerta: «Ok, ma cosa accadrebbe venerdì?»

Proposi la prima possibilità con molto più entusiasmo di quello che provavo in realtà, ma sarebbe stata la cosa migliore per entrambe e forse dirlo ad alta voce avrebbe reso più probabile riuscirci davvero: «O dimostriamo senza ombra di dubbio che Brock Calhoun non è colpevole e ti diamo l'esclusiva assoluta...»

«Oppure?» Udii un fruscio all'altro capo della linea e mi immaginai la mamma rigirarsi nervosamente sulla poltrona in attesa di sentire cosa avessi da dire.

«Mandi in onda lo speciale così com'è e non farò nulla per fermarti.»

La linea rimase in silenzio per un tempo spaventosamente lungo.

Infine mia madre riprese a parlare con voce più dolce e tranquilla: «Tesoro, ne sei sicura? Sembri davvero preoccupata per questa faccenda.»

Cercai di placare l'ansia. Il conto alla rovescia era iniziato e l'orologio stava già ticchettando: «Sì, ne sono sicura. Grazie mamma. Se qualcuno ti fa storie per questa cosa, mandalo da me.»

Scoppiò a ridere e sentii la tensione sciogliersi e disperdersi come bolle che fluttuano verso il cielo. «Potrebbe succedere» disse con un sospiro. «Ti voglio bene, Angie. Buona fortuna per il caso» aggiunse prima di chiudere la chiamata.

Già, fortuna. Io e Charles ne avevamo davvero bisogno. Ed era anche necessario che due animali parlanti di mia conoscenza mettessero da parte i loro problemi emotivi per aiutarci a trovare nuove piste. In caso contrario, avremmo potuto firmare subito la condanna di Brock, perché non avevamo in mano niente di concreto per difenderlo.

Decisi di fare un salto in gastronomia per comprare dei gamberetti freschi: li avrei usati per tentare di convincere Gattavius a trascorrere un po' di tempo con Yo-Yo. C'era da sperare che il mio amico a quattro zampe amasse i gamberetti più di quanto detestasse i cani.

6

La mattina dopo mi svegliai con un crescente senso di angoscia nel petto. Il fatto che il destino di Brock sembrasse gravare interamente sulle mie spalle mi rendeva difficile respirare.

Non potevo abbandonare né lui né Charles. E in più volevo trovare il vero colpevole e assicurarlo alla giustizia per il povero Yo-Yo, che ancora non sapeva nemmeno che i suoi padroni erano morti.

Rimangiandomi la promessa di non mettere mai più piede in ufficio prima delle nove, mi diressi allo studio prima ancora di riuscire a formulare un pensiero coerente.

Come c'era da aspettarsi, solo Bethany era già arrivata. Non avrei mai capito perché si desse la pena di arrivare così presto ogni santo giorno, ma se non altro sembrò felice di vedermi quando bussai alla porta del suo ufficio per un salutino.

L'aroma stucchevole e ammorbante di agrumi si mescolava al profumo del caffè appena fatto, creando un odore nauseante che mi colpì le narici appena entrata nel suo ufficio. Bethany poteva anche essere diventata più gentile e accomodante, ma una cosa non sarebbe mai cambiata: la sua ossessione per gli oli essenziali. Ma tutti noi abbiamo qualche fissazione e non ero certo nella posizione di giudicare.

Inoltre, per un certo verso, Bethany era diventata la mia eroina.

Dopo che avevo preso la scossa dalla vecchia macchina da caffè, aveva acquistato una Keurig nuova di zecca che teneva nel suo ufficio anziché nell'area relax. Ero ancora terrorizzata da quegli orribili apparecchi in ogni loro forma e versione ma, con mio grande sollievo e sorpresa, Bethany aveva preso l'abitudine di prepararmi una tazza di caffè ogni mattina. Non c'era mai bisogno che glielo chiedessi, o peggio, che dovessi trovare il coraggio di premere io stessa lo spaventoso pulsante.

Ciò l'aveva fatta salire parecchio nel mio personale indice di gradimento dei colleghi.

«Buongiorno» disse con un sorriso pimpante. Supposi che ne avesse già buttato giù almeno due o tre tazze. «Sei arrivata presto oggi.»

«Già» dissi facendo un cenno di saluto con la mano. «Sto cercando di aiutare Charles con il caso Calhoun.»

Bethany si alzò e si diresse alla macchina da caffè. Ero così felice che avrei potuto abbracciarla; ma, anche se stavamo lentamente cercando di fare amicizia, un gesto del genere sarebbe stato quasi certamente più di danno che d'aiuto al nostro rapporto: infatti, avevo notato che evitava abbracci, strette di mano e cose del genere ogni volta che poteva. Forse la questione aveva a che fare con il fatto di essere l'unico associato donna dello studio, o forse lei era fatta così. In ogni caso, lungi da me giudicare la benefattrice che mi riforniva di caffeina cinque giorni a settimana.

«Sai,» disse mentre metteva il caffè nel filtro, «sono rimasta molto sorpresa che Thompson abbia assegnato un caso di tale rilievo all'ultimo arrivato. Sinceramente, penso che avrebbe dovuto occuparsene di persona.»

Mi strinsi nelle spalle: «Forse erano già tutti troppo occupati. Siamo tutti oberati da quando... beh, lo sai.»

Mi si avvicinò di qualche passo e abbassò la voce: «Lo so, però... che resti tra noi, mi raccomando... io avrei avuto tempo e sono abbastanza certa che anche Derek e altri avrebbero potuto farlo.»

«Dove vuoi arrivare?»

Bethany abbassò ancora di più la voce: «Sto dicendo che, secondo me, Thompson ha assegnato il caso a Charles di proposito, sapendo che probabilmente perderà.»

«E quindi?» Ero giusto abbastanza sveglia da trascinarmi in ufficio, ma non tanto da mettere in moto il cervello: per quello era necessario scolarmi almeno il primo caffè della giornata!

«Beh, pensaci: Charles è arrivato da poco. Nel momento in cui perderà un caso praticamente impossibile, per Thompson sarà una passeggiata licenziarlo e rimuovere l'onta dalla reputazione dello studio.»

«Tipo un agnello sacrificale?» Anche se volevo conferma, sapevo che aveva ragione: il socio senior non era estraneo a questi subdoli giochetti.

I suoi occhi brillavano di una strana luce quando annuì: «Esattamente. In questo modo Thompson continuerà a cavalcare l'onda del ritrovato successo senza doversi preoccupare che un processo che sta tanto a cuore all'opinione pubblica lo trascini a fondo.»

Aveva perfettamente senso, ma come faceva Thompson a essere così sicuro che Charles avrebbe perso? Si stava impegnando con tutto se stesso su quel caso, avrebbe anche potuto vincere. Sollevai un sopracciglio e chiesi: «E se invece vincesse?»

«Meglio ancora» rispose Bethany prendendo una tazza di caffè dalla macchinetta e piazzandomela direttamente fra le mani protese.

«In tal caso potrebbe vantarsi che lo studio ha vinto un processo impossibile e che è stato proprio lui ad aver fiutato il talento di Charles, fresco fresco di abilitazione. La fama e la reputazione dello studio aumenterebbero notevolmente e Thompson potrebbe dare una bella rimpolpata al suo fondo pensione.»

«Molto astuto» mormorai prima di sorseggiare avidamente un po' di caffè.

«Vero?» Bethany annuì e tornò alla scrivania. «Sei gentile ad aiutare Charles. Gli servirà davvero tutto l'aiuto possibile.»

Chiacchierammo ancora per qualche minuto, ma non riuscivo a smettere di pensare a ciò che ero appena venuta a sapere su Charles. Lui era al corrente della questione? Sapeva che il suo impiego era a rischio? Era per questo che voleva così tanto vincere il processo, o era perché credeva nell'innocenza di Brock?

In ogni caso, non era giusto che Thompson gli avesse fatto attraversare l'intero paese solo per utilizzarlo come capro espiatorio alla prima occasione. Dovevo assolutamente aiutarlo a vincere il caso, e non soltanto perché l'ufficio mi sarebbe sembrato vuoto e triste senza di lui, ma anche perché era la cosa giusta da fare.

* * *

Per le nove tutti erano presenti. Sgattaiolai nell'ufficio del signor Thompson pochi minuti dopo il suo arrivo.

«Buongiorno, capo» dissi incrociando le mani in grembo e rivolgendogli il mio miglior sorriso. «Avrei una richiesta, se non è troppo occupato.»

Il socio senior alzò lo sguardo dal monitor del computer e mi lanciò una breve occhiata prima di tornare a rivolgere la propria attenzione allo schermo di fronte a sé. «Sentiamo» disse con un tono che faceva pensare che avrebbe preferito che sparissi. Ma mi serviva il suo benestare prima di procedere con il mio piano, a prescindere dal fatto che quel giorno fosse o meno di buon umore.

«Vorrei dedicare la settimana ad aiutare il signor Longfellow con il caso Calhoun» affermai coraggiosamente. Mentre il signor Fulton, il socio senior che aveva lasciato lo studio, ci chiamava sempre per nome, il signor Thompson chiamava tutti per cognome. Il suo approccio freddo e impersonale era una delle ragioni per cui era così temuto.

Allontanò le mani dalla tastiera e sollevò lo sguardo, concedendomi infine la sua attenzione: «Perché?»

Per fortuna avevo trascorso l'ultima mezz'ora o quasi a prepararmi la risposta: «Il signor Longfellow sta facendo un ottimo lavoro, ma i media gli stanno rendendo la vita difficile. Nello specifico, è in gran parte colpa di mia madre. Se mi occupassi del caso potrei convincerla ad andarci piano per un po' mentre lavoriamo alla difesa. Potrebbe fare la differenza tra una vittoria e una sconfitta per lo studio!»

Il mio capo mi fissò per qualche istante prima di annuire: «Bella pensata, Russo.»

«La ringrazio» dissi, pronta a defilarmi e correre dritta da Charles a dargli la buona notizia.

«Ma dalla prossima settimana tornerà a occuparsi dei suoi soliti incarichi» mi gridò dietro Thompson. E a me andava più che bene, tanto avevamo tempo solo fino a venerdì per risolvere il caso.

Andai quasi a sbattere contro Charles che stava uscendo dall'ufficio che condivideva con Derek.

«Stai già uscendo?» gli chiesi senza riuscire a nascondere l'entusiasmo per essere stata assegnata ufficialmente al caso.

«Sì. Ho appuntamento con un cliente alle dieci» mi informò mentre ci avviavamo insieme alla porta.

«Se si tratta di Brock Calhoun, allora vengo anch'io.»

Si fermò a osservarmi, le stesse rughette di preoccupazione del giorno prima sulla fronte.

«Thompson mi ha assegnata al caso per questa settimana» gli spiegai con un gesto frivolo. «Dai, andiamo!»

Charles fece spallucce ma non si oppose; lo seguii fino all'auto e mi accomodai sul sedile del passeggero.

«Poiché ora lavori ufficialmente al caso,» mi disse mentre guidava verso la prigione dove Brock veniva tenuto in custodia, «ti svelerò cosa ho scoperto quando siamo tornati in ufficio.» Si morse il labbro, esitante. Sembrava che non si rasasse da un paio di giorni; mi augurai di non essere arrivata troppo tardi a offrirgli il mio aiuto per evitare che gli venisse un esaurimento nervoso.

«Allora?» lo esortai, impaziente di sapere cosa lo avesse turbato tanto.

Charles si arrischiò a lanciarmi una rapida occhiata prima di riportare lo sguardo sulla strada: «Le foto della scena del crimine... sono parecchio cruente. Te la senti di dare loro un'occhiata?»

«Andrà tutto bene» dissi, anche se non ne ero affatto sicura. Non avevo mai avuto grossi problemi alla vista del sangue; avevo perfino ottenuto una certificazione come flobotomista tra le mie prime esperienze al college. Tuttavia, essere stata presa in ostaggio, legata e quasi uccisa da una psicopatica mesi prima mi aveva resa più impressionabile.

Ma dovevo farmi forza, per Charles, per Brock e per Yo-Yo: loro contavano su di me.

«Un punto di vista nuovo sarebbe utile» proposi, immaginandomi il peggio.

Ok, era meglio cambiare discorso prima che mi venisse un attacco di panico.

«Come mai andiamo da Brock?» chiesi, fingendomi calma.

«Un colloquio di routine» rispose Charles. «Ne approfitterò per presentarvi e informarlo del fatto che mi hai dato una mano a tenere a bada i media, ma in realtà non ho niente di nuovo da dirgli, ora come ora.»

«E allora perché ci vai? Perché non limitarsi a una telefonata?»

Charles sospirò e rafforzò la presa sul volante: «Spero che gli sia venuto in mente qualcosa di nuovo, qualche elemento utile.»

Sospirai a mia volta. Pur essendo lieta di avere la possibilità di incontrare Brock e poter valutare se credere o meno alla sua innocenza, dubitavo che all'improvviso gli fosse venuto in mente qualche dettaglio importante dopo settimane di prigione. Ma non c'era nessun bisogno che lo dicessi a Charles: ero certa che anche lui ci sperasse ben poco.

E poi, sembrava che fossi io l'ottimista fra i due; se avessi iniziato a considerarci sconfitti, non avremmo più avuto nessuna possibilità di ottenere una sentenza favorevole.

Quando arrivammo alla prigione di stato mi sorpresi di quanto sembrasse piccola e anonima: se, come me, vi immaginavate una gigantesca struttura con torrette di guardia presidiate da cecchini e altissime recinzioni di filo spinato, sareste rimasti delusi. L'edificio dalla facciata di cemento sembrava più un dimesso centro commerciale che un centro di detenzione per quasi un migliaio di detenuti accusati di ogni genere di reato, dal possesso di droga all'omicidio.

«Sicura che sia tutto a posto?» mi chiese Charles mentre parcheggiava.

«È tutto ok.» Sganciai la cintura di sicurezza con mani tremanti mantenendo lo sguardo ben dritto di fronte a me. «Mettiamoci all'opera.»

L'interno della prigione era più simile a ciò che mi aspettavo: guardie, metal detector e celle per i detenuti. A essere sincera mi dava i brividi. Seguii Charles in silenzio mentre ci conducevano in una delle stanzette riservate ai colloqui fra avvocati e clienti. Una volta arrivati, dovemmo attendere vari minuti prima che Brock venisse portato da noi.

Il nostro cliente se ne stava lì, mani e piedi ammanettati e un'uniforme beige che non si adattava affatto alla sua carnagione chiara e lo faceva sembrare ancora più pallido. I capelli scuri erano sporchi e troppo lunghi, gli occhi grigi infossati e segnati da profonde occhiaie.

Quando ci vide sorrise e chinò educatamente il capo. Anche se era alto più di un metro e novanta e aveva un fisico muscoloso, sembrava così piccolo, lì in piedi davanti a noi. E la percepii chiaramente, la stessa sensazione istintiva per cui avevo preso in giro Charles solo il giorno prima. Fu come se un lampo di comprensione mi avesse colpita nel profondo.

Boom!

E di colpo seppi per certo che Brock Calhoun non poteva aver assassinato gli Hayes e non aveva nulla a che fare con quel luogo orribile.

Brock mi lanciò uno sguardo di sbieco, forse in attesa che venissimo presentati; poi mi rivolse un sorriso esitante, educato, da uno che tutto sembrava fuorché un killer.

«Salve, Brock» dissi dopo essermi schiarita la gola. «Mi chiamo Angie e la aiuterò a uscire di qui.»

7

Proprio come temevo, Brock non aveva niente di nuovo da dirci, quindi sarebbe toccato a me, a Charles e agli animali trovare nuovi elementi per difenderlo, e ciò significava trovare il vero assassino.

Avevo paura? Potete giurarci!

L'ultima volta che mi ero trovata faccia a faccia con un killer ci avevo quasi lasciato le penne. Per ora avrei fatto del mio meglio per non pensarci, ma, una volta finito di lavorare al caso, mi sarei sicuramente rivolta a uno psicoterapeuta.

Al ritorno in ufficio Charles mi porse una cartella strapiena di documenti: conteneva le scoperte dell'accusa, con tutti i fatti e la documentazione che, secondo loro, dimostravano la colpevolezza di Brock per l'omicidio degli Hayes.

«Accipicchia» commentai con un fischio, dando un'occhiata alle numerosissime pagine che conteneva. «Si sono dati da fare!»

Charles si lasciò cadere con un gemito sulla sedia accanto alla mia: «Decisamente.»

Diedi solo una rapida occhiata alle foto della scena del crimine, poi le spinsi da parte. L'unica cosa che notai in quelle immagini raccapriccianti fu che Bill e Ruth Hayes erano andati incontro a una fine estremamente violenta. Le ampie pozze di sangue cremisi che circondavano le loro teste mi diedero il voltastomaco.

Chi mai avrebbe potuto fare una cosa tanto orribile? Ma soprattutto, *perché?*

Charles andò alla scrivania e quando fece ritorno posò sul tavolo di fronte a me una cartellina assai più sottile: «Ciò che abbiamo scoperto noi» disse.

«Oh.» C'erano alcuni precedenti e le dichiarazioni di qualche testimone, ma ben poco altro. La situazione non era certo delle migliori. «Chi ha rilasciato le dichiarazioni?» chiesi con l'elenco delle testimonianze in mano.

Charles prese i documenti e me li illustrò uno per uno posandoli di fronte a me: «Sua sorella, un paio di ex clienti della sua attività di tuttofare, un'ex fidanzata.»

«Hai parlato con qualcuno che conosceva le vittime?»

Scosse il capo: «Solo con Brock e sua sorella.»

«E per quanto riguarda i testimoni dell'accusa?» domandai tornando allo spesso contenitore e tirando fuori varie pagine di testimonianze.

Charles non le guardò nemmeno. Si strinse nelle spalle e disse: «Preferiscono non parlare con noi prima del processo.»

«Beh, molto comodo» mugugnai, sbuffando così forte da arruffarmi la frangia.

Sembrava che, a parte Charles, nessuno stesse agendo con correttezza e ciò ci poneva in notevole svantaggio.

Lui poteva procedere sulla retta via quanto voleva, ma io sapevo benissimo che a volte una scorciatoia è l'unico modo per arrivare a destinazione, e non avevo niente in contrario a fare un tentativo:

«Ok, senti... E se *non sapessero* che stanno parlando con noi?» suggerii con un sorriso astuto.

Incrociò le braccia e scosse il capo: «Tutti sanno che sono l'avvocato di Brock. Anche se volessi giocare d'astuzia, non potrei. E comunque non voglio farlo. Voglio vincere la causa e riabilitare il nome di Brock senza giochetti.»

«Certo, capisco» acconsentii in tutta fretta. «Dimentica ciò che ho detto.»

Trascorremmo le ore successive a rivedere tutta la documentazione, progettando il contro-interrogatorio dei testimoni. Non c'era nessun bisogno che sapesse che avevo stilato mentalmente un elenco di persone a cui far visita al di fuori dell'orario lavorativo. Nessuno mi avrebbe riconosciuta o associata al processo.

Dopotutto, quasi nessuno presta davvero attenzione agli assistenti legali.

Avrei potuto sfruttare questo fatto a mio vantaggio per saperne di più sulle vittime e scoprire chi avrebbe potuto volerli morti. Niente che dovesse saltar fuori in tribunale, a meno di imbattermi in una pistola fumante o, per la precisione, in un martello insanguinato.

* * *

«Sei pronta, nonna?» chiesi entrando. Ero andata a prenderla a casa per la nostra piccola indagine post-lavorativa. Essendo arrivata presto, quel giorno ero riuscita a uscire un po' prima: in questo modo avremmo avuto tempo a sufficienza per fare un salto all'azienda in cui aveva lavorato Bill Hayes e vedere se riuscivamo a dare un'occhiata in giro e scoprire qualcosa su di lui o su possibili sospettati.

«Certamente» rispose la nonna con parlata strascicata e un vago accento del sud. «Andiamo.»

Vi ho già detto che la nonna era una grande star di Broadway? Ora si limitava a qualche apparizione a teatro, ma coglieva sempre l'occasione di rispolverare il suo talento nella recitazione. Proprio per questo le avevo chiesto di venire con me.

Prima di andare incontro a una morte violenta, il signor Hayes lavorava alla Bayside Printing Company. Per lo più, l'azienda si occupava si stampare materiali promozionali per numerose aziende di Blueberry Bay, ma, dando una rapida occhiata al loro sito web, avevo scoperto che aiutavano anche autori indipendenti e piccoli editori a pubblicare i loro libri e questa era la scusa perfetta per presentarci da loro senza destare sospetti.

Infatti, da anni la nonna proclamava a chiunque stesse a sentirla di avere intenzione di scrivere un libro, più precisamente un'autobiografia. Aveva già scelto anche il titolo, anche se non aveva ancora scritto nemmeno una riga.

«Si intitola *Da Broadway a Blueberry Bay: la vita e l'epoca di Dorothy Loretta Lee* e le garantisco che è l'opera più incredibile che lei sia mai capitata davanti» disse al direttore, sottolineando le sue parole con ampi gesti eccitati.

Osservavo il modesto uomo di mezza età seduto di fronte a noi. Il signor Weber, così si chiamava, con un principio di stempiatura e la camicia ben stirata ordinatamente infilata nei pantaloni, di certo non aveva l'aspetto di un assassino. Sorrise alla nonna con sincero interesse mentre lei gli raccontava uno dopo l'altro aneddoti inventati sulla sua ipotetica gioventù di ragazza del sud.

«Sembra davvero affascinante» disse lui imitando il suo accento.

Dovetti sforzarmi parecchio per non scoppiare a ridere vedendoli chiacchierare amichevolmente con lo stesso accento fasullo.

«Mi lasci fare un po' di calcoli, così potremo accordarci sulla cifra» disse estraendo con grande enfasi la tastiera dal cassettino della scrivania.

«Magnifico» disse la nonna appoggiandosi elegantemente le mani in grembo.

Il signor Weber continuò a sorridere mentre cliccava su varie finestre sulla schermata del computer, fermandosi di tanto in tanto per porre delle domande alla nonna: da quante pagine era composto il libro? Aveva preferenze sulle dimensioni del volume? Preferiva carta bianca o crema? Copertina rigida o in brossura?

Lei non esitò mai nemmeno un istante e rispose sempre con grande precisione, con grande soddisfazione del signor Weber. Stavo iniziando a chiedermi se non avesse davvero intenzione di pubblicare un'autobiografia, anche se non aveva ancora iniziato a scriverla.

Ma avrei dovuto pensare più tardi a come fare per aiutarla a realizzare il suo sogno: ora l'indagine richiedeva la mia completa attenzione.

«*E così...*» dissi, prolungando quell'ultima sillaba finché non fui certa di avere l'attenzione del signor Weber. «Non è qui che il povero Bill Hayes lavorava prima di essere assassinato?»

Solo a sentire il nome della vittima, il volto del signor Weber si fece rosso e il sudore iniziò a colargli lungo la fronte: «Sì» disse con rabbia malcelata. «Nessuno merita una fine simile, tantomeno Bill!»

«Una vera tragedia» disse la nonna dandogli dei colpetti sulla mano e rivolgendogli un cenno di comprensione.

Il suo tocco riportò alla calma il signor Weber: «Bill era il dipendente migliore che abbia mai avuto. Era perfino pronto a subentrare al mio posto l'anno prossimo. Sa, io andrò in pensione» spiegò, accigliato. «E purtroppo lui non ci sarà.»

«È davvero terribile» disse la nonna. Ringraziai mentalmente la mia buona stella per aver deciso di portala con me. «Lei sembra proprio un gran lavoratore. Merita del tempo per se stesso dopo tutti gli anni che ha dedicato all'azienda!»

Lui scosse tristemente il capo: «Anche Bill era un gran lavoratore. Qui tutti gli volevano bene. E piaceva anche ai clienti; sa, capita spesso che un cliente voglia tutto pronto in tempi strettissimi e lui non ci pensava mai due volte a fare gli straordinari per accertarsi di rispettare le scadenze.»

«Era davvero un dipendente modello» commentai con un cenno rassicurante del capo. Non volevo farmi surclassare completamente dalla nonna.

Ma il signor Weber non staccava gli occhi da lei. Sospirò e aggiunse: «Non riesco proprio a farmene una ragione. Perché mai quell'uomo ce l'aveva tanto con Bill? E perché uccidere anche sua moglie? Spero che lo chiudano in cella e buttino via la chiave!»

Mi mossi sulla sedia a disagio. Lui si sforzò di sorridere e girò il monitor del computer verso di noi.

«In ogni caso,» disse dopo essersi schiarito la voce. «Come può vedere, il costo varierà da 2.500 a 6.700 dollari, in base al numero di copie che vorrà far stampare per la prima edizione.»

La nonna annuì: «Lei cosa mi consi-?» Ma all'improvviso si interruppe, scossa da un tremendo attacco di tosse; non riuscì a proseguire con il discorso e si portò le mani al petto in un gesto drammatico.

«Mi scusi» gracchiò infine, quando la tosse si placò. «Sarebbe così gentile da portarmi un bicchiere d'acqua?»

Lui scattò in piedi molto più rapidamente di quanto mi sarei aspettata da un uomo della sua stazza: «Certamente! Solo un istante, arrivo subito.»

Si precipitò fuori dalla stanza e, non appena fu uscito, la nonna iniziò a rovistare tra i documenti sulla scrivania scattando foto con il cellulare.

«Che stai facendo?» bisbigliai.

Rispose senza interrompersi o scomporsi: «Voglio vedere se c'è qualcosa che non ci ha detto. Quando torna, chiedi di andare in bagno e vedi se riesci a trovare qualcosa nell'ufficio principale.»

Wow, era un'ottima investigatrice privata! Forse avrei dovuto chiederle aiuto più spesso: era solo il secondo caso su cui indagavo e lei si era dimostrata indispensabile entrambe le volte. D'altro canto, ogni tipo di aiuto era benaccetto, a patto che non mettesse in alcun modo in pericolo la mia adorata nonnina.

Udimmo i passi pesanti del signor Weber farsi strada lungo il corridoio. La nonna fece scivolare il telefono nella borsetta giusto in tempo e gli rivolse un sorriso radioso: «Lei è il mio eroe!» mormorò ammirata quando lui le porse il bicchiere.

«Mi scusi» dissi alzandomi in piedi. «Avrei una certa urgenza di andare alla toilette.»

«Giri a sinistra, poi la seconda porta a destra» rispose lui senza nemmeno degnarmi di uno sguardo. Come molti prima di lui, era vittima del fascino della nonna e non potevo fargliene una colpa, soprattutto considerando che ciò mi rendeva molto più facile indagare.

«Grazie» mormorai richiudendomi la porta alle spalle. Anche se la nonna era chiaramente un'esperta in materia, per me andare in giro a ficcare il naso in quel modo era una novità e non sapevo da dove cominciare. In ogni caso, dubitavo fortemente di trovare documenti finanziari o video della sicurezza in bella vista. Pensandoci bene, molto probabilmente alla Bayside Printing Company non avevano nemmeno telecamere di sicurezza, che forse mi avrebbero facilitato le cose.

Avrei voluto che ci fosse Gattavius: contrariamente a me, lui era un esperto a ficcare il nasino negli affari altrui. Caspita, a ben pensarci, *ficcanaso* era il suo secondo nome! Ne aveva talmente tanti, di nomi, che poteva benissimo essermi sfuggito. Il talento spionistico del mio gatto e la totale assenza di rimorso con cui lo esercitava avrebbero messo in ombra persino la nonna. Forse avrei potuto prendere ispirazione...

Dove inizierei a cercare se fossi Gattavius?

Ma non ebbi la possibilità di scoprirlo, perché un istante dopo mi resi conto di non essere sola nell'ufficio principale: una donna alta e magra sedeva in silenzio nell'area d'attesa e si alzò di scatto quando mi vide.

«Posso esserle utile?» chiesi esitante. Mi sembrava scortese ignorarla, anche se non avevo la minima idea di cosa avrei potuto mai fare per lei.

«Il signor Weber è in ufficio?» domandò sistemandosi una ciocca di morbidi capelli rossi dietro l'orecchio e rivolgendomi un sorriso amichevole. «Speravo di poter ritirare il materiale che ho ordinato prima della chiusura.»

«Ehm, certo. Vado a dirgli che lo sta aspettando» risposi tornando sconfitta sui miei passi.

Mi auguravo che la nonna avesse avuto più fortuna con il signor Weber di quanta ne avessi avuta io o che fosse riuscita a fotografare qualcosa di utile quando eravamo rimaste sole in ufficio.

In caso contrario, la nostra visita alla Bayside Printing Company si sarebbe rivelata un gigantesco vicolo cieco, nonché un enorme spreco di tempo prezioso.

Mercoledì si avvicinava e non avevamo fatto un solo passo avanti nello scoprire il vero assassino degli Hayes. Forse l'indomani si sarebbe rivelato il nostro giorno fortunato?

Speravo proprio di sì.

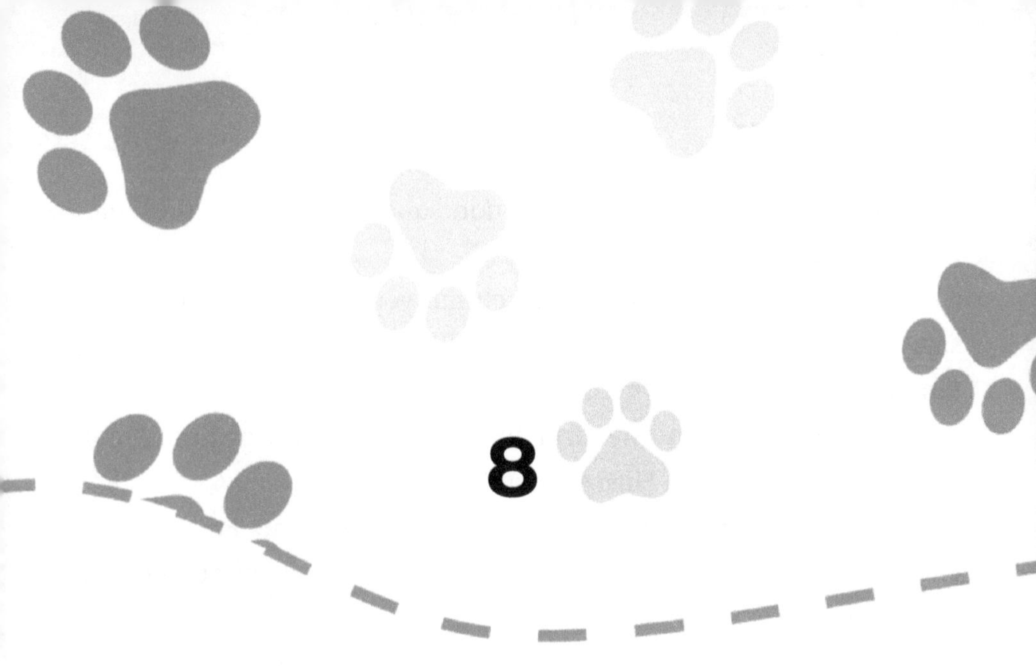

8

La mattina dopo raccontai a Charles del nostro giro di ricognizione alla Bayside Printing Company.

«Sapevo che stavi architettando qualcosa» disse spalancando gli occhi. «Hai trovato qualche elemento utile?»

Lo ragguagliai sulle poche informazioni raccolte, come il fatto che Bill era molto apprezzato sul lavoro e avrebbe ottenuto una promozione l'anno successivo. Di fatto non avevamo scoperto niente di più: la maggior parte delle foto scattate dalla nonna era sfocata e le poche in cui si vedeva effettivamente qualcosa non mostravano nulla di utile.

Picchiettai la penna sulla scrivania e mi morsi il labbro inferiore: «Sei proprio sicuro che nessuno dei testimoni dell'accusa sia disposto a parlare con noi prima del processo?»

«Purtroppo sì» rispose Charles con un sospiro. «Si sono rifiutati tutti. Beh, tranne una, ma non sono mai riuscito a contattarla, anche se ci ho provato più volte.» Si strinse nelle spalle e bevve un sorso di caffè, poi aggiunse: «In ogni caso, non sono sicuro che si presenterebbe al banco dei testimoni.»

«Davvero? E chi sarebbe?» Mi chinai verso di lui, desiderosa di saperne di più. Si era tenuto per sé quell'informazione per tutto quel tempo? Avrei voluto che me lo dicesse prima.

Lui non sembrava ritenerlo importante, perché aggiunse con noncuranza: «Michelle Hayes, la figlia delle vittime.»

Il mio cuore accelerò il battuto a quella rivelazione. Era possibile che quella ragazza fosse il pezzo mancante del puzzle per una difesa inattaccabile?

«Non ti esaltare» mi avvertì Charles. «Te l'ho detto, è impossibile contattarla.»

«Il caso stesso è impossibile, a sentire te» ribattei con un sorriso caustico. All'improvviso mi colpì un pensiero cupo: «Non penserai che non risponda alle tue chiamate perché è stata *lei*, vero?»

«Assolutamente no. Voleva bene ai suoi genitori. Loro sborsavano *una barca di soldi* per consentirle di frequentare un college privato e lei tornava a casa praticamente ogni weekend per stare con loro, nonostante un tragitto di circa tre ore in auto.»

«Pensavo che non fossi riuscito a parlare con lei» ribattei sospettosa. Perché prendeva le difese della ragazza a quel modo? Era possibile che non mi avesse rivelato tutto ciò che sapeva? E soprattutto, perché?

Charles non sembrò affatto turbato dalle mie parole. Tenendo saldamente fra le mani la tazza di caffè, disse: «Queste sono le dichiarazioni che ha rilasciato alla polizia.»

«Mi dai il suo numero?» chiesi attraversando l'ufficio per raggiungere il telefono. Derek era stato così gentile da fare cambio di postazione con me per qualche giorno in modo che io e Charles non dovessimo spostarci di continuo mentre lavoravamo al caso. Ciò rendeva tutto molto più semplice.

Ma Charles mi tolse il telefono di mano senza tanti complimenti: «Guarda che ore sono! È troppo presto per telefonare a una diciannovenne che frequenta il college. Credi che avrà voglia di parlare con noi se la tiriamo giù dal letto morta di sonno?»

Quell'infelice scelta lessicale mi strappò una smorfia, ma in fondo aveva ragione lui: «Allora più tardi.»

«Pensi che potremo fare un altro tentativo con gli animali oggi?» mi chiese con la stessa espressione da cucciolo con gli occhi sgranati, che mi aveva rivolto Yo-Yo la prima volta che lo avevo visto.

«Certo. Perché no?» risposi. Dovevamo pur fare qualcosa! Forse sarei riuscita a chiamare Michelle mentre era distratto.

«Ok» disse Charles con un profondo sospiro di sollievo. «Andiamo!»

«Non così in fretta» gli gridai dietro.

Aveva già preso la sua roba e raggiuto la porta. Alla faccia dell'impazienza. Si voltò verso di me con aria giustamente contrita: «Qual è il problema?»

«Ci serve un piano.» Tornai a sedermi e cercai una pagina bianca sul mio block-notes giallo.

Anche Charles tornò a sedersi, ma iniziò a dondolare nervosamente le gambe.

Quando fui certa che mi ascoltasse con attenzione, proseguii: «Dobbiamo trattare gli animali come faremmo con qualsiasi altro testimone. E dobbiamo considerare Yo-Yo un testimone vulnerabile. Hai visto come ha reagito alla sola idea che qualcuno avesse fatto del male ai suoi proprietari. È chiaramente traumatizzato. Non possiamo sconvolgerlo di nuovo a quel modo o rischieremo che si chiuda completamente in se stesso. E poi, temo che fargli troppe pressioni possa avere un impatto negativo a lungo termine sul suo benessere psicologico.»

Charles ci rifletté su per qualche istante. Quando iniziò a parlare, aveva ormai smesso di muovere nervosamente le gambe: «Credi che Yo-Yo abbia assistito all'omicidio?»

Annuii: «È del tutto plausibile.»

Un lampo di comprensione fece brillare i suoi occhi verdi: «Ha visto tutto e ha represso il ricordo per proteggersi.»

«La mia idea è questa.» Mi portai la penna alla bocca ma mi bloccai poco prima di iniziare a masticarne il tappo. Era un piccolo tic nervoso, ma decisamente troppo disgustoso per farlo davanti a Charles.

Per fortuna lui sembrava non averlo notato: «E allora come facciamo a far riemergere i ricordi in tempo per aiutare Brock?»

«Non lo faremo» dissi rimettendo il tappo alla penna e posandola sulla scrivania. «Credo che Yo-Yo possa esserci d'aiuto, anche se non ricorda né cos'è successo, né che i suoi proprietari sono stati uccisi. Voglio dire, chi conosceva gli Hayes meglio di lui? Ha vissuto con loro per anni, conosceva perfettamente la loro routine. Di certo saprà se qualcosa era cambiato poco prima che venissero uccisi.»

«Sei davvero astuta!» osservò Charles con un cenno d'approvazione. Sentii il cuore gonfiarmisi nel petto a quel complimento. «Vuoi occuparti tu di interrogarlo?»

«Sì, volentieri.» C'era un motivo se riuscivo a parlare con gli animali. All'inizio pensavo che aver aiutato Gattavius a risolvere l'omicidio di Ethel fosse stata una semplice coincidenza, ma avevo sempre più la sensazione che fosse proprio quella la mia vocazione: risolvere misteri e fare giustizia, con un amico a quattro zampe dopo l'altro.

* * *

Un paio d'ore dopo avevamo preparato un elenco completo di domande e suggerimenti e avevamo perfino fatto le prove per vedere come sarebbe potuta andare la conversazione con Yo-Yo. C'era una sola variabile che risultava ancora imprevedibile: Gattavius.

Cambiava umore così di frequente che ci sarebbe voluto troppo tempo per ipotizzare i vari scenari davanti a cui ci saremmo potuti trovare nel tentativo di ottenere il suo aiuto. Inoltre, ero troppo imbarazzata per ammettere davanti a Charles quanto mi lasciassi mettere i piedi in testa dal mio gatto. Beh, le zampe. Quindi l'idea era di presentarci a casa mia e dire a Gattavius cosa volevamo che facesse, punto e basta.

Avrebbe sicuramente trovato un modo per farmela pagare, ma potevo sopportare un po' di vomito nelle ciabatte o qualche graffio se ciò ci avesse consentito di salvare un uomo innocente da una vita in prigione e proteggere un povero cagnolino con il cuore spezzato.

Facemmo un salto da Charles a prendere Yo-Yo, poi una breve sosta in un negozio per animali dove acquistammo una pettorina e un guinzaglio per Gattavius. Purtroppo l'unico set della sua taglia era verde neon decorato con ossa fluorescenti.

Così sarebbe stato ancora più difficile convincerlo a indossarlo, ma non avevamo tempo di andare in giro per negozi per trovare qualcosa che potesse andargli a genio.

Come c'era da aspettarsi, Gattavius si oppose quando gli mostrammo i suoi nuovi gadget da passeggio: «Quindi, fammi capire: non solo vuoi che perda ancora tempo a parlare con l'id*yo*-*yo*ta mentre tu fai gli occhi dolci a Chuck il Ciuco, ma pretendi anche che indossi questa mostruosità? Ti ricordo che *sono un gatto,* non un dannato cane bavoso!»

Incrociai le gambe e mi sedetti per terra di fronte a lui, cercando di rivolgergli l'equivalente umano dello sguardo implorante del gatto con gli stivali: *«Per favore.* Solo per pochissimo tempo. Non te lo chiederei se non fosse davvero importante.»

Frustò l'aria con la coda più volte prima di rispondere: «Quindi me lo stai chiedendo? Questo significa che posso scegliere. E la mia risposta è *no.*»

Diedi a Charles il segnale su cui ci eravamo accordati, ben sapendo che molto probabilmente si sarebbe rivelato necessario. Lo guardai infilare lentamente le mani in un paio di guanti da forno e avvicinarsi in punta di piedi alle spalle di Gattavius.

«Voglio che tu sappia...» dissi al mio amico peloso che presto sarebbe stato furioso «che speravo di non dover arrivare a tanto.»

I suoi occhi si spalancarono quando si rese conto del mio tradimento nell'istante in cui gridai: *«Ora!»*

Un urlo furibondo riverberò per tutta la casa quando Charles sollevò Gattavius fra le braccia tenendolo saldamente contro la sua volontà.

«Toglimi le mani di dosso, Ciuco!» strillò brandendo gli artigli in ogni direzione. «Non tollero una simile mancanza di rispetto!»

«Sta' buono» gli dissi nell'inutile tentativo di convincerlo a collaborare mentre gli infilavo le zampe nella pettorina. «Fallo per me, aiutaci a trovare l'assassino dei padroni di Yo-Yo e ti sarò debitrice. Farò qualsiasi cosa tu voglia, lo giuro. Ma per favore, aiutaci! Abbiamo bisogno di te. E, se ben ricordi, non è passato poi tanto tempo da quando ho rischiato la vita per aiutarti a fare giustizia per Ethel.»

A quelle parole la furia abbandonò completamente il suo corpicino peloso. Gattavius sospirò rumorosamente: «E va bene» mugugnò mentre gli allacciavo l'imbragatura sulla pancia.

Charles lo posò a terra e Gattavius mosse alcuni passi, incerto sulle zampe. Il pelo, spettinato dopo la lotta, sporgeva in ogni direzione e lui si contorse spasmodicamente, pancia a terra in posizione difensiva.

«Mi devi un favore *enorme*» gridò nella mia direzione. «Il più grande favore che dovrai mai a qualcuno in tutte le tue sette vite!»

Annuii, desiderosa di porre fine a quella discussione. Mi ero preparata a scene ancora peggiori e la situazione rischiava ancora di precipitare se facevo un passo falso. «D'accordo» promisi. «Qualsiasi cosa tu voglia.»

Gattavius scoppiò in un'inquietante risatina sommessa che mi fece venire la pelle d'oca.

«Di che si tratta?» chiesi, la voce di colpo tremante e incerta.

«Oh, vedrai. Vedrai!» Un rapido movimento della zampa verso Charles non fece altro che aumentare ulteriormente le mie preoccupazioni, ma mi sarei occupata più tardi delle sue richieste folli. Pensandoci bene, sarebbe stato meglio impostare i parental control sulla TV in modo da scoraggiare quei comportamenti da tiranno. Ma ora era il momento di passare alla seconda fase del piano, prima che cambiasse idea e si tirasse indietro.

«Usciamo di qui finché possiamo» dissi a Charles chinandomi per agganciare il guinzaglio alla pettorina di Gattavius.

«Una precauzione del tutto inutile» mugugnò il tigrato. «Cosa ti fa pensare che scapperei? Ricorda che sono stato io a sceglierti nonostante i tuoi *numerosissimi* difetti.»

«Serve per tenerti al sicuro» gli spiegai.

Anche se intendeva restare con noi, Gattavius tendeva a trasformarsi in un gatto ben diverso non appena metteva una zampa fuori casa. Se all'interno delle mura domestiche era un intellettuale attento, che mi forniva senza sosta commenti non richiesti sulla mia vita, appena si trovava all'aria aperta diventava volubile, imprevedibile e facilmente sovreccitabile. Per quel che ne sapevo, se avvistava una farfalla poteva benissimo correre per chilometri prima di rendersi conto che non ero a caccia con lui.

E anche se a volte era fastidioso, gli volevo bene e volevo che rimanesse al mio fianco negli anni a venire per tutto il tempo possibile.

Purtroppo per lui, ciò significava dover indossare la pettorina.

Mi auguravo solo che il famoso favore che gli dovevo fosse qualcosa che potevo umanamente fare senza infrangere la legge. Con lui non si poteva mai sapere, ma era anche questo a rendere emozionante la nostra vita insieme... la maggior parte delle volte.

Poi c'erano le giornate come oggi...

Sapevo che il momento di massima agitazione doveva ancora arrivare.

Afferrai una giacca pesante a maniche lunghe dall'armadio, feci un respiro profondo e ci avviammo verso l'auto di Charles.

Era giunto il momento della fase due.

9

Raggiungemmo il quartiere in cui avevano abitato gli Hayes in meno di dieci minuti e Yo-Yo si rallegrò all'istante alla vista di luoghi e odori familiari: abbaiò, ululò, uggiolò ed emise lunghi gemiti ancor prima che riuscissimo a parcheggiare.

«Cosa dice?» chiesi a Gattavius, comodamente seduto in braccio a me sul sedile del passeggero. Poiché non guidavo, avevo avuto la brillante idea di portarmi dietro un cuscino in modo che non riuscisse a piantarmi gli artigli nelle gambe. Era stato il viaggio in auto più piacevole che avessi fatto da quando possedevo un gatto che detestava andare in macchina.

Ovviamente lui non era comunque contento di trovarsi su un veicolo in movimento e ci mise qualche istante prima di rispondere: «Chiama i suoi genitori umani, vuole fargli sapere che sta tornando a casa» mi spiegò ansimando nervosamente.

«Oh, che cosa triste» risposi riferendo le sue parole a Charles. Nonostante la gravità della situazione, fare da intermediari in quel modo mi ricordava il vecchio gioco del telegrafo ai tempi della scuola: quanto di ciò che diceva Yo-Yo arrivava effettivamente a Charles dopo che Gattavius lo spiegava a me e io a lui? Quanto veniva stravolto il messaggio?

«È davvero un testimone vulnerabile» concordò Charles accostando al marciapiede e facendo manovra per parcheggiare. «Poveretto.»

«Non mi hai ancora illustrato il piano» mi disse Gattavius mentre lo aiutavo a sganciare gli artigli dal cuscino e lo appoggiavo delicatamente a terra.

Charles prese il guinzaglio di Yo-Yo e fece il giro dell'auto per raggiungerci. Lo Yorkshire, sovreccitato, tirava talmente tanto che iniziò ad ansimare.

«Accipicchia. Id*yo-yo*ta è proprio il nomignolo più adatto a lui» dichiarò Gattavius con un ghigno soddisfatto, nuovamente a suo agio ora che aveva le zampe saldamente poggiate a terra. «E Chuck il Ciuco è perfetto per quell'umano.»

«Sì, sì, sei un campione a trovare soprannomi» dissi per placarlo, resistendo all'impulso di alzare gli occhi al cielo ora che lui conosceva il significato di quel gesto. Decisi invece di rispondere alla sua domanda di poco prima: «Il piano è fare un giro del vicinato e vedere se Yo-Yo ci racconta qualcosa dei tempi in cui viveva qui. Potrebbe darci un indizio su chi può aver commesso l'omicidio, a parte Brock.»

«Non sarebbe più semplice dirgli la verità sull'accaduto e chiedergli di darci una mano?» Anche se apparentemente voleva rendersi utile, sospettavo che il vero scopo di Gattavius fosse tirarsi fuori il più in fretta possibile da quella situazione lesiva del suo orgoglio felino.

«No!» gridai proprio mentre Yo-Yo emetteva un acuto stridio torcendo l'estremità del guinzaglio. Chiunque ci avesse visti avrebbe pensato che stessimo torturando quella povera creaturina, ma per fortuna al momento la strada era deserta.

«L'id*yo-yo*ta dice che vuole sapere la verità» spiegò Gattavius sbadigliando con espressione annoiata.

«Uffa, smettila di complicare le cose» lo rimproverai. «E smettila di fare lo snob! Si chiama Yo-Yo, lo sai benissimo.»

«E sarei *io* quello che complica la situazione?» commentò sarcastico fissando con riprovazione il guinzaglio fluorescente che ci teneva legati. Sbuffò, offeso ed esasperato, e distolse lo sguardo.

Ne avevo più che abbastanza delle sue lamentele, soprattutto tenendo conto che Yo-Yo si stava ancora agitando come un pazzo, oltretutto facendo un baccano del diavolo. Mi abbassai per fissare dritto negli occhi il tigrato ostinato e dissi: «Se vuoi che ti faccia quel favore, fai quello che ti chiedo e fallo come si deve. Hai capito?»

Fece una smorfia: «Basta dirlo. Non c'è bisogno di gridare, tantomeno di sputacchiarmi addosso.»

Ok, era deciso: avrei posto un limite all'utilizzo della TV. Già non ero soddisfatta quando guardava cartoni animati a qualsiasi ora del giorno e della notte, ma ora si era trasformato in un adolescente insolente ed era davvero troppo, considerando che già di per sé era un gatto dal temperamento irriverente. Inoltre, era giunto il momento che si rendesse conto che il suo comportamento aveva delle conseguenze.

Accidenti. Non avevo ancora trent'anni ma sembravo una madre single alle prese con un ragazzino capriccioso. Avrei dovuto scusarmi con la nonna e con i miei genitori per tutti gli atteggiamenti irritanti da saputella che avevo sfoggiato da teenager.

«Siamo d'accordo?» chiesi mentre mi rialzavo. Nel frattempo Charles si era chinato per prendere in braccio Yo-Yo in modo da evitare che si facesse male.

«E va bene» rispose Gattavius risentito. «Cosa vuoi che gli dica?»

Gli rivolsi un ampio sorriso per mostrargli che ero lieta di quell'atteggiamento collaborativo. E mi guardai bene dal definirlo un bravo gatto davanti a tutti, anche se gli piaceva sentirselo dire quando eravamo a casa da soli. «Digli che i suoi genitori umani sono andati a fare una gita, ma che faremo una passeggiata vicino a casa sua tutti insieme perché ci piacerebbe che ci raccontasse tutte le cose belle che hanno vissuto insieme.»

«Ti rendi conto di che razza di tortura sarà per me?»

«Sopravvivrai.»

Gattavius riferì le mie parole a Yo-Yo, che smise per qualche istante di ansimare e ritirò la lingua in bocca. Pochi secondi dopo, tuttavia, era di nuovo in preda all'entusiasmo e lottava per liberarsi dalla presa di Charles.

«Siamo pronti?» mi domandò quest'ultimo.

Annuii; lui posò lo Yorkshire a terra e ci incamminammo tutti e quattro, con Yo-Yo che ci faceva strada orgoglioso.

«Devo tradurre tutto ciò che dice?» piagnucolò Gattavius dopo nemmeno un minuto.

«Sì, tutto» risposi.

Charles rimase stranamente in silenzio mentre parlavo con gli animali. Disse qualcosa solo nelle rare occasioni in cui ci imbattevamo in qualche passante, in modo che io non sembrassi completamente pazza: tenevo pur sempre al guinzaglio un gatto dall'aspetto furioso.

«Fate attenzione: morde!» disse Charles a una coppia di signore dai capelli blu in tuta da ginnastica che sembravano intenzionate ad accarezzare Gattavius, che, a conferma dell'ammonimento, soffiò e inarcò la schiena, per poi scoppiare a ridere quando quelle si allontanarono quasi dandosela a gambe mentre ci passavano accanto. «È stato divertente» disse dandosi una scrollata.

«Sono davvero lieta che tu ti stia svagando. Ora però puoi riferirmi cosa sta dicendo Yo-Yo?» gli chiesi. Mi faceva piacere che Gattavius avesse trovato un modo per rendere accettabile quell'esperienza, ma doveva restare concentrato sull'obiettivo dell'uscita.

Il tigrato sospirò, le vibrisse frementi, e mosse le orecchie avanti e indietro: «Aspetta che attivo i recettori per l'idiotese... *Fatto!*»

«Ah ah, sei davvero divertente. Ma ora basta cabaret e inizia a tradurre!»

«Va beeeeeeeene» trascinò quella sillaba all'infinito, prima di iniziare finalmente a fare ciò che gli era stato detto. Sospirò e cominciò a parlare: «Ok, quella pietra che abbiamo appena superato è uno dei suoi punti preferiti per fare pipì. Una volta ha visto uno scoiattolo attraversare la strada proprio qui, ma correva così in fretta che non è riuscito a prenderlo. Agli uccelli piace stare appollaiati su quell'albero laggiù. Gli piace molto fare la pipì anche là. Ci fanno sempre il nido in primavera. In estate i bambini che vivono in quella casa laggiù corrono su e giù fra gli irrigatori automatici e a volte lo invitano a giocare con loro...»

Iniziavo a capire la sua esitazione sul fatto di tradurre *proprio tutto* ciò che diceva Yo-Yo. Parlava così in fretta che non avevo assolutamente il tempo di riferire tutto a Charles. Gli lanciai uno sguardo di scuse prima di chiedere a Gattavius: «Potresti fargli qualche domanda da parte mia?»

Lui si limitò a continuare a camminare, senza neanche degnarmi di un'occhiata.

Chi tace acconsente. «Chiedigli se gli piace la gente che vive qui in zona.»

«Ha detto 'sì, moltissimo,' poi mi ha raccontato di quella volta in cui ha visto due macchine rosse una dietro l'altra proprio a questo isolato.»

Dovevo fare in modo che continuassero a parlare, ma anche che restassero in tema: «Bill e Ruth erano particolarmente amici di qualcuno dei vicini?»

«A quanto dice erano benvoluti da tutti e volevano bene a tutti» riferì Gattavius. Iniziavo a pensare che il nostro amico Yorkshire non fosse il più affidabile dei testimoni. Sembrava che vedesse il lato migliore di chiunque e in ogni situazione.

«Ancora niente?» chiese Charles.

Scossi il capo dando un calcio a un sassolino. «No. A meno che ti interessi sapere tutti i posti migliori per marcare il territorio lungo questo isolato.»

Charles rise, ma intuii che era un po' deluso; anzi, *parecchio* deluso. Stavo per suggerire di tornare alla macchina quando Yo-Yo iniziò ad abbaiare rabbiosamente. Si fermò di colpo e si irrigidì, il naso puntato verso il cortile dell'abitazione successiva.

«Che succede?» chiesi al mio gatto, l'adrenalina che mi scorreva nelle vene.

«Dice che quella è la signora cattiva e vuole che se ne vada.»

Seguii lo sguardo di Yo-Yo: era puntato sul cartello «In vendita» in fondo all'isolato. Un'insegna bianca e blu annunciava la vendita della proprietà da parte della Calhoun Realty e una foto ritraeva Brock insieme alla sua gemella Breanne, un ampio sorriso che gli addolciva il volto.

«La donna, giusto?» chiesi per conferma. «Non l'uomo?»

«Certo, la donna» convenne Gattavius. «Dice che lei lo chiudeva sempre in un armadio quando veniva gente in visita e che questo lo faceva sentire triste e spaventato.»

«*Mmm*, mi chiedo se si tratti della cabina armadio in cui sono stati trovati i corpi di Bill e Ruth.»

Gattavius fece un respiro profondo e si girò verso Yo-Yo.

«*Non dirglielo!*» gridai.

«Cosa dicono?» Charles mi diede un colpetto sul braccio, un'espressione di assoluta gioia: «Abbiamo una pista?»

Spostai lo sguardo dal cartello a Yo-Yo e infine a Charles: «Beh, a questo cane piacciono tutto e tutti, ma sembra detestare Breanne Calhoun. Dovremmo proprio farle una visitina.»

* * *

Mentre tornavamo alla macchina Charles telefonò a Breanne, o per lo menò ci provò.

«Risponde la segreteria telefonica» disse con un gemito di frustrazione.

«Mandale un messaggio» suggerii.

Lo fece e lei rispose quasi subito. Charles mi passò il telefono in modo che potessi leggere anch'io:

Sto lavorando. Tutto ok?

Restituii il telefono a Charles, che scrisse rapidamente la risposta ripetendo a voce alta ogni parola, così che anche io potessi seguire la discussione: «Possiamo vederci per discutere del caso?»

Seguì una rapida serie di bip e Charles riepilogò: «Stasera non può, ma dice che possiamo fare un salto domani dopo pranzo.»

«Grandioso» mugugnai. Il giorno dopo era già giovedì e lo speciale di mamma doveva andare in onda venerdì. Non ci restava molto tempo, soprattutto se Breanne si fosse rivelata un'altra falsa pista.

«E adesso cosa facciamo?» chiesi.

«Io ho una fame da lupi!» rispose Charles. «Conosci un posto in cui preparano i panini all'astice? Ne ho una voglia matta da quando mi sono trasferito qui.»

Mi bloccai di colpo: «Dici sul serio Charles Longfellow Terzo?»

«Che succede? Cosa ho fatto?»

«Vivi nel Maine da tutto questo tempo e non hai ancora provato i nostri famosi panini all'astice?»

Lui rise: «Ti ho detto che sono un po' un maniaco del lavoro?»

«È inaccettabile, Chuck» dissi sentendomi finalmente a mio agio a utilizzare quel nomignolo. «Dato che hai atteso così tanto, non basterà un panino qualsiasi. Dovrai assaggiare il migliore!»

«Sono perfettamente d'accordo. Quindi dove andiamo?»

«A Misty Harbor, in un piccolo locale chiamato Little Dog Diner. Sono certa che ti piacerà.»

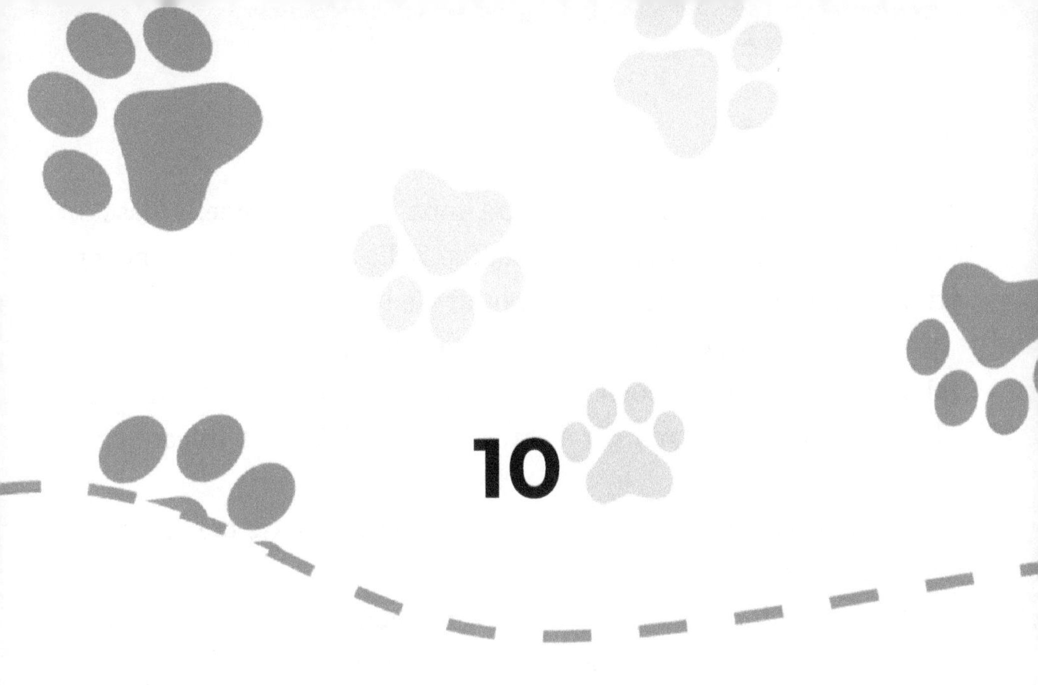

10

La pausa per cena nella vicina cittadina di Misty Harbor si rivelò proprio ciò di cui io e Charles avevamo bisogno per calmare i nervi. Naturalmente, prima facemmo tappa a casa mia per non costringere Gattavius a passare altro tempo in auto, cosa di cui si mostrò estremamente grato; ma portammo con noi Yo-Yo e cenammo a uno dei tavolo all'aperto affacciati sulla baia. Gli servimmo anche una cenetta a base di pesce apposta per lui, che il cagnolino divorò con grande compostezza. Mi premurai anche di mettere da parte un po' di pesce in una scatolina da asporto per Gattavius per ringraziarlo di averci aiutati, e anche nella speranza che ci andasse piano con il famoso favore che gli dovevo.

Io e Charles restammo seduti a chiacchierare, mangiando panini all'astice finché il cielo iniziò a scurirsi e arrivarono altri clienti in attesa di un tavolo libero. Mi sembrò di riconoscere la donna dai morbidi capelli rossi che si avvicinò a noi con un sorriso chiedendoci se poteva occupare il nostro posto, ma non riuscii a ricordare dove l'avessi già vista. In ogni caso, sembrava molto impegnata perché, non appena recuperammo la nostra roba per andarcene, si lasciò cadere sulla sedia ed estrasse un laptop dalla borsa, il tutto ancora prima che il cameriere riuscisse a portar via i nostri piatti.

Mi dispiaceva per lei a vederla cenare da sola in una serata così bella, anche se, se non fosse stato per quell'uscita improvvisata con Charles, a quell'ora sarei già stata a casa in pigiama a litigare con Gattavius.

«Ehi» disse lui dandomi un colpetto sulla spalla «se non altro, so tenere separati lavoro e panini.»

Accidenti, il lavoro! Già, la nostra momentanea pausa dal caso doveva giungere al termine. Non ci rimaneva molto tempo.

«Ora possiamo provare a chiamare Michelle?» suggerii mentre ci dirigevamo al parcheggio.

«Certo. Usa il mio telefono» rispose lui. «Ho salvato il numero in memoria, caso mai potesse servire.»

Tentai la fortuna ma una voce robotica mi informò che la casella della segreteria telefonica era piena e non era possibile lasciare un nuovo messaggio. «Fine della discussione» conclusi con un sospiro abbattuto.

«Ehi, domani è un altro giorno» mi disse Charles lanciandomi uno sguardo assorto.

Già, un nuovo giorno. L'ultima giornata intera che avevamo per dimostrare l'innocenza di Brock e impedire a mia madre di mandare in onda lo speciale. Anche con l'aiuto degli animali le cose non stavano andando bene come avevo sperato.

C'era davvero qualche possibilità che un nuovo giorno facesse la differenza?

* * *

GIOVEDÌ

Io e Charles trascorremmo l'intera mattinata in ufficio prima di dirigerci alla Calhoun Realty verso mezzogiorno. Lui aveva insistito molto perché portassimo gli animali con noi, ma per fortuna ero riuscita a convincerlo che avremmo dovuto incontrare Breanne da soli prima di coinvolgere Gattavius e Yo-Yo, soprattutto perché non avevamo idea di come avrebbe reagito il cagnolino vedendo Breanne di persona. Se era lei l'assassino e i ricordi di Yo-Yo fossero riaffiorati si sarebbe potuto scatenare l'inferno. E, a giudicare dalla sua reazione alla foto il giorno precedente, si trattava di una possibilità tutt'altro che remota.

Dovemmo aspettare più di mezz'ora prima che Breanne ci raggiungesse nel suo ufficio e, anche se ero certa che fosse una persona molto impegnata, quel ritardo me la rese subito invisa. Una delle cose che proprio non sopporto è chi non rispetta il tempo e gli impegni degli altri. Non si rendeva conto che la posta in gioco era la libertà di suo fratello?

«Sono spiacente» dichiarò quando, infine, ci condusse nel suo ufficio privato; ma non sembrava affatto dispiaciuta, nonostante avesse appena affermato il contrario.

Io e Charles prendemmo posto sulle due sedie abbinate di fronte alla scrivania e aspettammo che Breanne si accomodasse. Sembrava contrariata dal nostro arrivo, nonostante avessimo concordato di vederci.

«Come vanno le cose?» chiese Charles con la stessa espressione tesa che aveva mostrato durante il colloquio con Brock in prigione.

«Non molto bene» ammise lei avvolgendo i capelli ramati in uno chignon disordinato sulla nuca. Ora che aveva i capelli legati, notai la forte somiglianza con il fratello. Era logico considerando che erano gemelli, ma lo trovai comunque notevole e un po' sconvolgente. Le uniche differenze erano il colore dei capelli e l'incurvatura più femminile del volto di lei.

Il viso le si contrasse per lo sgomento prima di gettarsi in una lunga spiegazione: «Al momento, metà della gente che mi contatta per lavoro non vuole affatto una casa: vogliono solo pettegolezzi su mio fratello. O peggio, a volte mi insultano per ciò che pensano che abbia fatto. Ciò nonostante, faccio tutti gli straordinari che posso, perché la parcella del vostro studio è cara e salata. Ma se Brock verrà condannato, potrò dire addio all'agenzia immobiliare.» Si lasciò andare a una risatina sarcastica e a un lungo sospiro: «Quindi sì, le cose non mi vanno molto bene.»

«Sono spiacente di rubarle tempo e capisco che è molto impegnata» disse Charles. Ma nemmeno lui sembrava dispiaciuto. «Ma dobbiamo approfondire ogni pista che ci si presenta e suo fratello mi ha chiesto di informarla di tutti i nuovi sviluppi del caso.»

Mi mossi a disagio sulla sedia, facendo del mio meglio per non fissarla con aperta ostilità. Se avevo imparato qualcosa nei mesi precedenti, era che potevo fidarmi degli animali molto più che degli umani. Per quel che ne sapevamo, era possibile che Breanne recitasse la parte della sorella addolorata, ma che avesse incastrato il fratello per un crimine commesso da lei.

Ovviamente la prova più convincente a supporto della mia teoria era il fatto che un tipo sempre allegro e spensierato come Yo-Yo, che voleva bene a chiunque, si sentisse insicuro e si mettesse sulla difensiva solo a vedere una sua foto.

Che altra spiegazione poteva esserci?

Avrei voluto che Charles avesse accettato di portare con noi anche la nonna: avrebbe potuto svolgere un'indagine coi fiocchi mentre noi parlavamo con Breanne. Anche se l'avevo appena conosciuta, avevo già capito che non bisognava fidarsi di una singola parola che usciva da quelle labbra accuratamente truccate di rosso.

«Ci sono nuovi sviluppi?» chiese Breanne accavallando le gambe e fissando Charles. «Avanti allora, me li illustri.»

Charles mi lanciò un'occhiata a fece un profondo respiro. Oh accidenti, speravo proprio che non avesse intenzione di dirle che parlavo con gli animali o che sospettavamo di lei perché ce lo aveva detto il cane.

«Le presento Angie Russo» disse indicandomi.

Sorrisi e accennai un goffo saluto con la mano.

«È la miglior assistente legale di Blueberry Bay ed è stata assegnata al caso per aiutarmi a difendere suo fratello.»

«E sia» disse Breanne scuotendo il capo con disappunto. «Ma io ho assunto un avvocato, non un'assistente legale. Con la cifra che sborsiamo, il signor Thompson dovrebbe occuparsi personalmente della difesa di mio fratello. Non mi dica che ha indetto questa riunione solo per comunicarmi che ha una nuova assistente! Non è questo che voglio sentirmi dire per 275 dollari l'ora!»

«Non si preoccupi, questa chiacchierata non verrà fatturata» disse Charles con un sorriso ossequioso. Stranamente la tattica sembrò funzionare.

«Ah, davvero?» la bella agente immobiliare rizzò il busto sollevandosi sulla sedia. «Allora come posso aiutarvi?»

«Revisionando insieme ad Angie tutte le informazioni in nostro possesso, sono sorti alcuni quesiti riguardanti la scena del crimine. Sarebbe possibile andare a dare un'altra occhiata nel pomeriggio?»

«Volete vedere di nuovo la casa» commentò Breanne in tono piatto. «Suppongo che si possa fare.»

«Ottimo, la ringrazio.» Charles si alzò in piedi e tese la mano verso di lei. «Se ci può dare le chiavi non la disturberemo oltre.»

«Non così in fretta» rispose lei alzandosi a sua volta. «Il comitato che concede le licenze agli agenti immobiliari mi sta già tenendo d'occhio. Anche se Brock verrà scagionato, resta sempre il fatto che l'assassino potrebbe essere entrato in casa degli Hayes sfruttando la mia cassetta di sicurezza per impossessarsi delle chiavi. Alcuni insinuano perfino che abbia chiuso male e che sia per questo che i miei clienti sono stati assassinati. Non è incredibile?»

«Che rottura» mormorai. Ma a quanto pare, non era la cosa giusta da dire.

Breanne mi fissò, gli occhi ridotti a fessure e le labbra strette, poi si rivolse nuovamente a Charles: «Come ha detto che si chiama?»

«Angie Russo» risposi al posto suo, evitando volutamente di porgerle la mano per stringergliela. «Ora potremmo andare a vedere la casa?»

Mi fissò di nuovo negli occhi, questa volta sogghignando. Restammo a fissarci per qualche istante prima che lei finalmente si arrendesse e ci facesse strada fuori dal suo ufficio.

«Ci vediamo lì fra un quarto d'ora» disse Charles. «Prima dobbiamo fare una piccola sosta.»

«Va bene, ma non tardate. Ho un sacco di scartoffie di cui occuparmi e preferirei non passarci la nottata.»

Non aprii bocca finché non fummo al sicuro nell'auto di Charles, con tanto di cinture di sicurezza allacciate: «Non è adorabile?» commentai sarcastica.

Charles sembrava pensieroso mentre guardava Breanne mettere in moto un grosso SUV rosso ciliegia. «È molto sotto pressione in questo periodo; forse perfino più di suo fratello» spiegò. Aveva un'espressione quasi intenerita che mi diede il voltastomaco.

«Ma questo non significa che debba essere così scortese» ribattei. «E comunque, perché le hai chiesto di vedere di nuovo la casa? Pensavo che lo scopo della visita fosse scoprire se ha incastrato suo fratello.»

«Ma non possiamo andare da un cliente e chiedergli di punto in bianco se è colpevole, soprattutto se non è nemmeno la persona che siamo incaricati di difendere. Pensavo di andare a prendere gli animali per scoprirlo e intanto dare un'occhiata alla scena del crimine. In fondo tu non l'hai ancora vista. Potresti notare qualcosa che mi è sfuggito. E Yo-Yo potrebbe ricordare qualcosa, ritrovandosi in casa sua.»

«Ieri Yo-Yo sembrava piuttosto certo che il colpevole fosse Breanne. L'ha definita 'la signora cattiva'» gli ricordai.

Charles tenne lo sguardo fisso davanti a sé come per raccogliere i pensieri, riflessioni private che non era pronto a condividere con me. «Sì, però io conosco Breanne meglio di te e non credo che sia stata lei.»

«Io invece sì» replicai incrociando le braccia sul petto come una bambina arrabbiata. Anche se prima non mi fossi sentita minacciata da Breanne, ora di certo era così, dato che Charles continuava a prendere le sue difese nonostante le prove che avevamo contro di lei. Sembrava che il ragazzo per cui avevo una cotta si fosse preso una cotta a sua volta.

Forse Gattavius aveva ragione: forse avrei dovuto cercarmi qualcuno che preferiva i gatti e relegare lo struggimento per Chuck al passato.

Ma poi lui mi rivolse un ampio sorriso, mi prese la mano e la strinse delicatamente: «C'è solo un modo per scoprirlo. Andiamo!»

Per un attimo mi mancò il fiato. Sì, ero pronta a seguirlo ovunque e non soltanto perché era affascinante, ma anche perché era intelligente, gentile e si impegnava per fare giustizia.

Ed era un bene perché ci stavamo recando proprio nella casa in cui, di recente, due persone erano state assassinate…

11

Io e Charles arrivammo alla casa degli Hayes venti minuti dopo; Breanne ci aspettava nel SUV parcheggiato nel vialetto. Quando ci vide scendere, ciascuno con il proprio animale al guinzaglio, scese precipitosamente dall'auto sbattendo la portiera con più forza di quanta pensavo potesse avere.

Yo-Yo ringhiò e scoprì le minuscole zanne, ma non cercò di fuggire dalle braccia di Charles, nonostante l'ansia legata alla presenza di una persona che detestava e la gioia smodata per essere finalmente di nuovo a casa.

«Cosa ci fanno qui questi animali?» chiese Breanne marciando dritto fino a noi e bloccandoci la strada.

Io e Gattavius attraversammo il prato ed entrammo, lasciando Charles a tentare di rabbonire l'agente immobiliare infuriata: nessuno dei due sarebbe stato d'aiuto in questo senso.

Appena entrati l'odore penetrante dei prodotti chimici mi colpì le narici come un pugno.

Gattavius fiutò l'aria e iniziò immediatamente a strofinarsi una zampa sul muso: «*Puah!*» ripeteva a ogni passo mentre ci inoltravamo nella casa. «Voi umani avete un vero talento per contaminare i vostri ambienti. Non so per quanto riuscirò a resistere.»

«Nemmeno io» risposi sollevando il colletto della camicetta a coprirmi il viso come un filtro improvvisato. «Immagino che abbiano dovuto pulire a fondo dopo…»

Gattavius proseguì da dove mi ero fermata: «Quei brutali omicidi? Già.» Le sue parole mi arrivarono attutite per via della zampa che gli copriva naso e bocca.

Lo guardai chiedendomi dove saremmo dovuti andare, ma lui mi ignorò. Invece, sollevò il capo e fiutò coraggiosamente l'aria, poi partì di corsa dirigendosi su per le scale senza un attimo di esitazione.

«Aspetta» gli gridai senza riuscire a stargli dietro. «Dove stai andando?»

Non rispose, ma una volta arrivata in cima alle scale lo trovai seduto in una camera da letto in fondo al corridoio. La grande stanza era completamente vuota, contrariamente a tutte le altre nelle quali avevo avuto modo di sbirciare. Inoltre, l'odore di prodotti chimici lì era ancora più forte; ma a parte questo le pareti e il parquet avevano un aspetto immacolato.

Mi sentivo un po' in colpa a entrare lì dentro, ma quella sensazione svanì quando riuscii ad aprire le finestre e far entrare un po' d'aria fresca, non impregnata di quel puzzo.

Gattavius saltò sul davanzale con aria soddisfatta: «Finalmente riesco di nuovo a respirare!» disse con un sospiro appagato. «Temevo che sarei morto anch'io qui dentro.»

Gli posai una mano sul fianco e lo fissai: «È troppo presto, Tavius. Troppo presto.»

Frustò l'aria con la coda, agitato: «Cos'è, una punizione? Devo forse rinunciare a un'altra parte del mio nome? Che fine ha fatto *Gat?* Eh?»

«Non lo so» risposi con sincerità, un sorriso che mi attraversava il volto. «Ultimamente hai trovato soprannomi per tutti, perciò forse dovrei provarci anch'io. Ma contrariamente a te, sto solo cercando di sdrammatizzare un po' la situazione, considerando che sono piuttosto sicura che questa sia la stanza in cui Bill e Ruth sono morti.»

«La stanza in cui sono stati *assassinati,* vorrai dire» mi corresse lui sottolineando volutamente la brutalità del fatto. «E vedi di non dimenticarti *Gat* la prossima volta: è la parte più importante del mio nome.»

«Va bene, ma ora cerchiamo di concentrarci, ok? Qui sono state uccise due persone» sussurrai, nel caso in cui Breanne riuscisse a sentirci dall'esterno. Non sentivo la sua voce e non avevo idea di dove si trovassero lei, Charles e Yo-Yo, quindi forse eravamo al sicuro per ora. In ogni caso, era sempre meglio prendere qualche precauzione in più per evitare che qualcun altro venisse a conoscenza delle mie particolari capacità. «Vediamo cosa riusciamo a scoprire mentre siamo qui e abbiamo la possibilità di dare un'occhiata in giro.»

«Sissignora» rispose sarcastico il tigrato con un altro energico colpo di coda.

Un uccellino che cinguettava sull'albero di fronte alla finestra attirò all'istante la sua attenzione. Gattavius si alzò lentamente su due zampe con la testa immobile, fece ondeggiare il posteriore ed emise un verso, una buffa imitazione del richiamo del volatile.

Anziché prenderlo in giro, alzai gli occhi al cielo e percorsi il perimetro della stanza. Almeno uno di noi doveva mettersi al lavoro prima che quell'ottima opportunità sfumasse e, a quanto pareva, dovevo essere io a farlo.

Trovai quasi subito una porta nascosta in un angolo che conduceva a un'imponente cabina armadio. Era lì che Bill e Ruth erano stati ritrovati anche se nulla, ad eccezione dell'odore di prodotti chimici, faceva supporre che vi fosse accaduto un fatto tanto raccapricciante: era un semplice spazio vuoto, privo di qualsiasi traccia.

«È qui che li hanno trovati» disse Charles alle mie spalle facendomi sobbalzare.

«Non puoi arrivare così di soppiatto nel bel mezzo di una scena del crimine» sussurrai voltandomi verso di lui in modo che potesse vedere l'espressione scontenta sul mio volto.

Aggrottò la fronte e strinse le labbra, contrito. Se non altro sembrava sinceramente dispiaciuto: «Scusami. Non era mia intenzione spaventarti, ma non abbiamo molto tempo. Breanne non è per niente contenta e ha minacciato di chiamare Thompson e sporgere reclamo.»

Scossi il capo e feci un passo indietro quando mi resi conto che io e Charles eravamo vicinissimi. Ero attratta da lui, certo, ma non era né il momento né il luogo. «Solo perché abbiamo portato degli animali? Almeno ha riconosciuto Yo-Yo?»

Sentendo pronunciare il suo nome lo Yorkshire entrò come un fulmine nella stanza e iniziò a correre in ampi cerchi, così veloce da sembrare una macchia di colore sfocata.

«Qualcuno ha la mattana» dichiarò Gattavius saltando giù dal davanzale e raggiungendoci nella cabina. «Ha fatto volare via la mia preda. Stavo per acchiapparla!»

Decisi di non fare parola del fatto che anche lui, di tanto in tanto, aveva la mattana e correva come un pazzo per casa; o che non c'era la minima possibilità che acchiappasse quell'uccellino, e non solo perché la sua imitazione del richiamo non era affatto convincente, ma anche perché c'era il vetro della finestra di mezzo. Se ci aggiungiamo il fatto che i gatti non volano, ecco la definizione perfetta di «situazione impossibile».

Restammo a guardare Yo-Yo correre gioioso in ampi cerchi fino a crollare a terra stremato e ansante al centro della stanza.

«Cos'è accaduto con Breanne?» chiesi a Charles mentre Gattavius si avvicinava diligentemente al cagnolino e iniziava a chiacchierare con lui.

«Ha detto che abbiamo superato il limite e che pensa che siamo pazzi.» La sua espressione era indecifrabile, ma immaginavo come doveva sentirsi in quel momento.

Il cuore iniziò a martellarmi nel petto. Già non mi piaceva che Charles sapesse il mio segreto, ma se l'avesse raccontato a qualcun altro? «Le hai detto...»

«No» mi interruppe. «Ma dovevo darle una qualche spiegazione, così le ho detto che si tratta di animali di supporto emotivo.»

Non c'era da meravigliarsi che pensasse che eravamo fuori di testa: lui glielo aveva praticamente confermato.

«Quanto tempo abbiamo?» chiesi, incapace di resistere all'impulso di mordicchiarmi una delle tante pellicine. Urgeva una manicure non appena tutto questo fosse finito.

«Mezz'ora al massimo» rispose nuovamente accigliato.

«Allora è meglio darsi da fare.» Mi avvicinai lentamente agli animali e mi sedetti accanto a loro a gambe incrociate. Speravo che l'odore di sostanze chimiche proveniente dal tappeto non mi impregnasse gli abiti, ma sarebbe stato comunque un piccolo prezzo da pagare se avessimo trovato il modo di scagionare Brock.

«Che cosa dice?» chiesi a Gattavius accennando verso il piccolo testimone oculare a quattro zampe.

«Molte cose. Troppe» disse Gattavius sdraiandosi sulla schiena, l'addome rivolto al soffitto. Sembrava esausto anche se stava parlando con Yo-Yo da non più di due minuti.

«Potresti dirmene qualcuna?» chiesi resistendo all'impulso di accarezzargli il pancino. Qualcosa mi diceva che non gli serviva un'altra scusa per darmi un morso: avrebbe potuto farlo già solo per scaricare lo stress e non era il momento di creare altre tensioni.

Il tigrato sbadigliò e l'odore di tonno del suo alito, mescolato al puzzo chimico del tappeto, mi diede il voltastomaco. «Dice qualcosa sui padroni e l'assenza da casa. Lui era nell'armadio, loro erano nell'armadio, bla bla bla bla.»

«Cosa? Nessun *bla bla bla!* Che cosa ha detto? Voglio sapere le parole esatte!» Gli diedi una spintarella; lui rotolò su un fianco e io insistetti finché non alzò gli occhi e si concentrò sulle mie parole.

Gattavius ringhiò, si alzò e si allontanò di qualche passo in modo da trovarsi fuori dalla mia portata: «Ti ho detto tutto ciò che ricordo. Parla molto in fretta. E incessantemente, aggiungerei. Dopo un po' è solo un fastidioso rumore di fondo.»

Mmm, proprio come te, Gattavius.

Mi sfuggì un gemito e Yo-Yo mi si precipitò in grembo leccandomi freneticamente il viso. «Non posso crederci!» rimproverai il felino disobbediente. «Siamo venuti qui apposta per indagare sull'omicidio e tu non ti disturbi nemmeno a prestare attenzione per due minuti?»

«Non starò a sentire altre lamentele!» disse Gattavius tirandosi su in tutta fretta e correndo fuori dalla stanza.

Yo-Yo si rianimò e saltò giù per dargli la caccia.

«Beh, suppongo che ora abbiamo ancora meno tempo» dissi a Charles rialzandomi a mia volta. «Dov'è Breanne ora?»

Charles era in piedi nella cabina armadio e osservava con attenzione le pareti, come se fossero la cosa più interessante al mondo. «Nella sua auto» borbottò senza staccare gli occhi dal muro. «Ha detto che doveva fare delle telefonate.»

Sentivo un nodo in gola. Sapevamo entrambi che una di quelle chiamate poteva essere per il nostro capo. Anche se dovevamo sfruttare al meglio il poco tempo a nostra disposizione, dovevo anche andarci piano se c'era di mezzo il capo: il signor Fulton era sempre stato gentile e soddisfatto del mio lavoro, ma il signor Thompson, al momento l'unico socio senior dello studio, non perdeva mai occasione di mostrarsi scontento nei miei confronti.

Se Bethany aveva ragione sul fatto che era intenzionato a sbarazzarsi di Charles dopo la sconfitta in un processo impossibile, di sicuro avrebbe colto la palla al balzo per liberarsi anche di me.

Sigh. Perché doveva sempre essere tutto così difficile?

«Dovremmo seguirli?» chiesi facendo un cenno verso la porta da cui gli animali erano usciti rumorosamente.

Charles spostò lo sguardo da me alla porta, poi di nuovo a me e scosse il capo: «Magari tra un po'. Prima ascoltami: c'è un aspetto della scena del crimine che mi è sempre sembrato un po' strano. Forse tu puoi aiutarmi a venirne a capo.» Rovistò nella borsa ed estrasse la cartella gigante con la documentazione dell'accusa.

Proprio come temevo, andò dritto alle foto dei corpi insanguinati e senza vita di Bill e Ruth. Non avevo voluto guardarle la prima volta e di certo non avrei voluto farlo ora.

Ma non volevo nemmeno vedere un innocente trascorrere il resto della vita in prigione; così presi dalla borsa una pastiglia contro l'acidità di stomaco, me la ficcai in bocca e mi costrinsi a esaminare le fotografie.

Questa volta le osservai con grande attenzione, proprio come mi aveva chiesto Charles.

E sapete una cosa? Finalmente trovammo qualcosa di utile!

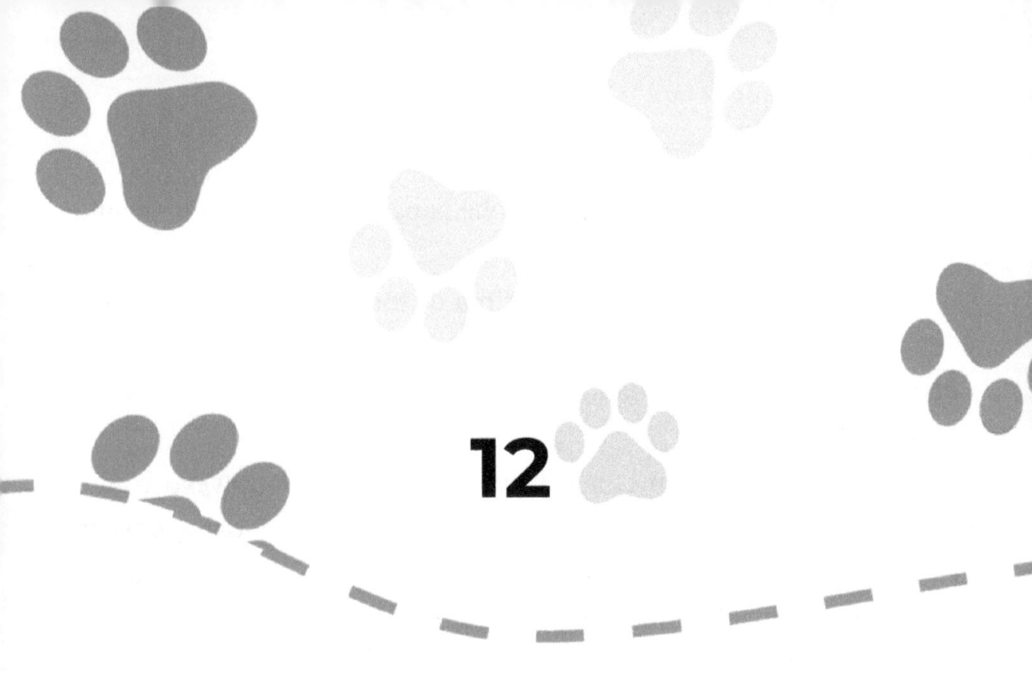

12

Anche se avevo poca esperienza con omicidi e scene del crimine, qualcosa in quelle foto mi saltò subito all'occhio.

«Possiamo sistemarle nella cabina armadio?» chiesi restituendole a Charles.

Lui annuì, si inginocchiò e iniziò a posizionare le fotografie nei punti corrispondenti del luogo del ritrovamento. Impiegammo qualche minuto per accertarci che le angolazioni fossero rappresentate con la massima accuratezza.

«Ok, ora fammi capire» dissi sfregandomi il mento con l'indice. «Cosa ci dicono esattamente queste immagini?»

Charles ne indicò una sulla sinistra: «Dall'angolazione dello schizzo di sangue sappiamo che l'assassino si è avvicinato alle vittime da destra.»

Entrambi osservammo la parete, fino a non molto tempo prima tinta di sangue. Ora era di un bianco immacolato.

«Ok, che altro? «chiesi mordicchiandomi una pellicina, ora che la pastiglia per l'acidità si era sciolta del tutto. Mi serviva qualcosa per ancorarmi al presente in modo che la paura non avesse la meglio su di me.

Charles osservò tutte le foto prima di tornare a rivolgersi a me: «Pensiamo che Bill sia stato ucciso per primo e che Ruth sia morta pochi minuti dopo, quando è arrivata per vedere cosa stava succedendo.»

Non ne sapevo niente, ma d'altra parte finora non avevo voluto chiedere dettagli sulla scena del crimine. Una cosa era certa: dovevo assolutamente trovare il modo di diventare meno impressionabile, soprattutto considerando che di recente le indagini su casi di omicidio stavano diventando un'abitudine.

Annuii: «Ok. Da cosa lo capisci?»

«Il sangue di Bill aveva impregnato di più il tappeto e si era sparso maggiormente rispetto a quello di Ruth; tuttavia, è questione di pochi minuti, quindi è difficile stabilirlo con certezza» mi spiegò Charles con voce ferma. Mi chiedevo se il pensiero di tanta brutalità lo sconvolgesse quanto capitava a me. Se era così, riusciva a nascondere bene le sue emozioni.

«Mmm» dissi riflettendo sulle informazioni che mi aveva fornito. Dopo un momento di silenzio ricco di tensione, presi una matita dalla borsa e tracciai nel modo più preciso possibile lo schizzo di sangue sulla parete. L'arte non era di certo il mio talento segreto, tutt'altro, ma tutto sommato il risultato era soddisfacente.

In preda al panico Charles cercò di strapparmi la matita di mano: «Che stai facendo?» chiese, un'espressione di orrore sul bel volto. Tuttavia dovevo ammettere che quel giorno lo trovavo meno affascinante rispetto all'inizio della settimana: forse a farmi passare i bollenti spiriti era il fatto di associarlo, almeno a livello inconscio, all'omicidio degli Hayes.

«Sto cercando di far corrispondere i fatti alle conclusioni che se ne traggono» dichiarai sentendomi proprio come Sherlock Holmes.

Beh, se Holmes avesse avuto una cotta altalenante per Watson. Ok, non avevo ancora fatto nessuna scoperta rivoluzionaria, ma qualcosa mi diceva che se avessi proseguito su quella linea avremmo trovato proprio quel che ci serviva per scagionare Brock.

Purtroppo il mio Watson non era molto ben disposto verso il mio modo di procedere: «Ma Breanne...» tentò di ribattere.

«Tanto è già arrabbiata» dissi a denti stretti. «Questo non può peggiorare molto la situazione.»

Charles sospirò ma si spostò di lato per farmi terminare la mia opera.

Ignorando le goccioline più piccole, riprodussi attentamente il contorno dello schizzo di sangue principale. Poco dopo feci un passo indietro, soddisfatta del risultato.

«Ora,» dissi strofinando le mani sui pantaloni anche se non erano affatto sporche, «dobbiamo completare la preparazione della scena del crimine. Tu farai Bill e io l'assassino. Hai qualcosa che possa fungere da martello?»

«Uhm...» spostò il peso da un piede all'altro, a disagio. Sembrava non avere la minima idea di cosa intendessi fare, e io non volevo perdere tempo a spiegarglielo, soprattutto considerando che Breanne poteva fare irruzione e cacciarci via da un momento all'altro.

«Non importa, possiamo usare questo.» Presi il guinzaglio verde neon di Gattavius e lo piegai più volte fino a fargli raggiungere all'incirca la lunghezza di un martello, quindi lo legai alle estremità con degli elastici per capelli per mantenerlo in posizione. «Hai dei post-it?»

Charles rovistò nella borsa e ne estrasse un blocchetto di foglietti dai colori vivaci che mi porse prontamente: «Possono sempre tornare utili» disse con una scrollata di spalle. «In effetti non so a cosa serviranno, ma sono curioso di scoprirlo.»

«Bene» dissi fissandolo attentamente per un momento. Sorrideva e questa era già una vittoria. «Ora stenditi nella posizione in cui è stato ritrovato Bill. Nello stesso punto, mi raccomando!»

Lo fece, mettendosi disteso sulla pancia, con le braccia sopra la testa piegate ad angolazioni strane. Era inquietante vederlo disteso a quel modo come la vittima delle foto, soprattutto perché la mia mente inserì automaticamente i dettagli mancanti, come il sangue e i grossi lividi.

Scossi il capo per scacciare quell'immagine cruenta, poi presi la foto del cadavere di Bill e posizionai dei post-it sulla testa e sulla schiena di Charles nei punti colpiti dal martello. Erano tre: uno sulla nuca, uno su un lato del viso e l'ultimo vicino alla spalla.

«Ok. Ora alzati in piedi» gli dissi facendo un passo indietro per lasciargli spazio.

Charles obbedì senza dire nulla; intuivo che era incuriosito e voleva vedere dove saremmo andati a parare.

«Quanto era alto Bill?» chiesi facendogli cenno di voltarsi in modo da poter osservare la posizione dei post-it sulla schiena.

«Circa un metro e settantotto» rispose dopo una breve riflessione.

«E tu quanto sei alto?»

«Un metro e ottantadue.»

«E quanto è alto Brock?»

«Uno e novantatré.»

A quei numeri aggiunsi mentalmente la mia altezza, un metro e settanta, poi presi ad appoggiare la mia arma improvvisata su ciascun post-it. Con il cellulare scattai una foto per ciascuno.

«Ok, girati.» Aprii l'app store e scaricai un'app per le misurazioni mentre spiegavo a Charles il passaggio successivo. «Brock è alto quindici centimetri più di Bill. Quindi ora dobbiamo fare finta che io sia quindici centimetri più alta di te. Puoi accovacciarti in modo da riuscirci?»

Sollevai il cellulare da terra fino alla spalla e lo tenni fermo mentre Charles si metteva in posizione, un po' tremante. Presi di nuovo le misure con il finto martello e scattai foto di ciascuna.

«Ora esaminiamo queste» dissi aiutandolo a rialzarsi in piedi. Osservammo attentamente le sei foto sul telefono. «Queste tre sono state scattate con la nostra differenza di altezza, mentre queste tre ricreano la differenza d'altezza tra Bill e Brock. Noti qualcosa?»

Charles afferrò il telefono eccitato e scorse più volte tutte le foto; poi posammo il cellulare sul pavimento accanto alle foto della scena del crimine. Spostò lo sguardo dalla parete dove avevo riprodotto lo schizzo di sangue alle foto.

«Considerando l'angolazione dello schizzo di sangue e la posizione delle ferite, il primo set di foto sembra molto più accurato.»

Annuii: «Se Brock avesse sferrato quei colpi a Bill, avrebbe dovuto piegare il polso in modo strano, così, e sferrare un colpo ampio, tipo uno swing da golf. Sarebbe stato molto più naturale ed efficace colpirlo dall'alto.»

«Quindi pensi che l'assassino sia decisamente più basso di lui?»

«Sì, ma ricreiamo la stessa scena con Ruth prima di trarre delle conclusioni definitive.»

Ripetemmo la procedura con me nel ruolo della vittima. Ruth era stata uccisa con una sola martellata proprio in cima alla testa.

«Vedi?» dissi a Charles mentre esaminavamo i due set di foto risultanti. «Perché avrebbe dovuto assestare il colpo letale a Ruth in cima alla testa, ma non a Bill?»

«Perché non ci arrivava!» rispose Charles entusiasta.

Annuii, lieta di constatare che concordava con la mia teoria. «In effetti sono abbastanza sicura che l'assassino sia una donna. O un uomo piuttosto basso. In ogni caso, non Brock.»

«Quindi dobbiamo cercare qualcuno che sia alto più o meno...» I suoi occhi trovarono i miei e vi si trattennero.

«Come me» confermai.

Charles prese la cartella dell'accusa e la sfogliò rapidamente, mormorando i nomi di tutti i testimoni e delle altre persone coinvolte mentre le passava in rassegna: «Non può essere stato Brock. E neanche il capo di Bill: sono entrambi alti.»

Sapevo bene a chi portava questa nuova scoperta, ma Charles doveva arrivarci da solo.

«Quasi tutti sono troppo alti o troppo bassi» mormorò riponendo il plico nella borsa.

«Ma sappiamo che c'è almeno una persona che ha a che fare con questo caso ed è alta all'incirca quanto me» puntualizzai.

«Breanne» ammise Charles con un sospiro. «Era ciò che temevo.»

Il rumore improvviso di passi sulle scale dipinse un'espressione inorridita sul volto di entrambi. Sapevamo esattamente di chi si trattava.

«Ok, tempo scaduto!» strillò Breanne facendo irruzione nella stanza. Il suo volto si fece ancora più livido di rabbia alla vista di me e Charles seduti sul pavimento della cabina armadio, circondati dalle foto della scena del crimine e con la stessa espressione colpevole in volto.

«Che diavolo state facendo?» chiese mettendosi le mani sui fianchi. «E dove sono i vostri dannati animali?»

Uh-oh. Le cose si mettevano male. Anzi, malissimo.

13

Schizzai fuori dalla stanza così in fretta che Breanne non sarebbe riuscita a fermarmi neanche se ci avesse provato. Forse ero un po' melodrammatica, ma stare nella stessa stanza con un potenziale assassino mi faceva sentire in trappola. Inoltre, il suo arrivo mi ricordò che era da un po' che non vedevo gli animali: per quel che ne sapevo potevano anche essere riusciti a fuggire dalla casa.

Per fortuna trovai Gattavius quasi subito: era in cima al frigo, il pelo ritto e l'espressione furiosa. Yo-Yo guaiva, ritto sulle zampe posteriori, grattando la porta del frigorifero con le unghie nel vano tentativo di raggiungere il gatto.

«Perché mi hai abbandonato?» chiese con rabbia Gattavius.

Alzai le mani in segno di resa: «Ehi, se tu che te ne sei andato a indagine in corso. Potevi tornare in qualsiasi momento.»

«Non con l'id*yo-yo*ta che mi dà la caccia» ringhiò.

Era seccato, ma lo ero anch'io: avrebbe dovuto fare da tramite per consentirci di comunicare con il cagnolino, ma ci aveva a mala pena provato.

«Quindi non hai concluso niente di utile in tutto questo tempo?» chiesi con un sospiro frustrato.

Mi fissò dritta negli occhi, arrabbiato, senza sbattere le palpebre: «Ho lottato per difendere la mia vita e la mia dignità! Non c'è niente di più importante.»

Scossi il capo e mi chinai a prendere in braccio Yo-Yo. «Dobbiamo andare» sussurrai a Gattavius. «E quando gli altri due torneranno giù non potrò parlare con te.»

«Cosa sta succedendo qui?» tuonò Breanne comparendo all'improvviso ai piedi delle scale. Sul serio, perché la gente continuava ad arrivarmi alle spalle all'improvviso? Mi dava i brividi fino al midollo.

«Stavo solo dicendo loro che è ora di andare» risposi in tutta onestà.

Charles ci raggiunse un attimo dopo. «Ho recuperato la nostra roba» disse porgendomi il guinzaglio di Gattavius ancora piegato e legato. «E dicevo a Breanne che riverniceró io stesso il muro.»

Già, per coprire l'enorme danno che avevo fatto con qualche tratto di matita.

«Vi ho assunti per facilitarmi la vita, non per complicarmela» disse Breanne lanciandoci un'occhiataccia.

«Le chiediamo umilmente scusa» dissi a nome di entrambi. «Potrebbe essere stata colpa mia.»

Lei mi rivolse uno sguardo gelido: «Oh, lo so bene. Per questo esigo che venga rimossa dal caso di mio fratello.»

Sentii un nodo allo stomaco. Non sarebbe dovuta andare così. Io e Charles avremmo dovuto presentare la nostra teoria sull'altezza dell'assassino e utilizzarla per scagionare Brock appena in tempo, ma sarebbe stato tutto molto più difficile se Breanne si fosse messa in mezzo.

Come potevo spiegarglielo senza farla infuriare ancora di più? Non ne avevo idea, ma dovevo fare un tentativo: «Ma...»

«Niente ma! Non ha fatto altro che danneggiare la proprietà che sto cercando di vendere e distrarre il mio avvocato dal lavoro che dovrebbe svolgere.»

«L'avvocato di Brock» la corressi senza riflettere.

Fuori di sé dalla rabbia, Breanne batté un piede sulle piastrelle della cucina dando ancora più enfasi alle sue parole: «Non voglio vedere mai più né lei né i suoi dannati animali da pet therapy. E farò una bella chiacchierata con il signor Thompson per fargli sapere quanto sia delusa dai miseri risultati raggiunti dal suo staff finora.»

Deglutii e mi sforzai di restare in silenzio, resistendo all'impulso di difendermi e di accusarla. Yo-Yo si rizzò fra le mie braccia e iniziò a ringhiarle contro.

«Che diavolo di problema hanno quei cani minuscoli? Perché ce l'hanno sempre con me?» mugugnò Breanne mentre ci spingeva senza tanti complimenti alla porta. «I proprietari di questa casa ne avevano uno proprio come quello. Una bestiaccia insopportabile. È per questo che preferisco di gran lunga i gatti.»

«Ha detto che le piacciono i gatti?» chiese Gattavius affrettando il passo per andare a strofinarsi contro le caviglie dell'agente immobiliare. Non avevo idea di cosa pensasse di guadagnare il tigrato da un gesto così esageratamente civettuolo. «Mi piace questa tipa» disse facendo le fusa.

Breanne si chinò ad accarezzargli la testolina striata, rilassandosi un po' mentre strofinava il pelo setoso del micio.

«Oh, sì! Mi piace moltissimo!» esclamò Gattavius sdraiandosi su un fianco e mostrando la pancia. Che razza di traditore!

Lei sospirò: «Suppongo che non ci sia tutta questa fretta di telefonare al signor Thompson, vero tesorino? Ma non voglio comunque che lei continui a lavorare al caso.»

«Chiaro» risposi freddamente.

«Cos'era quella sceneggiata?» chiesi al mio gatto quando fummo finalmente tutti al sicuro nell'auto di Charles.

«A cosa ti riferisci?» Gattavius fece spallucce, mantenendo la massima compostezza finché l'auto non si mise in moto. «A volte un giovanotto ha bisogno delle attenzioni di una bella donna. Inoltre, ti ho salvato il culo, quindi non mi lamenterei se fossi in te.»

Scossi il capo, lasciandomi sfuggire un gemito. Dovevo andarci piano o mi sarei ritrovata con un'emicrania da record.

«Che cosa dice?» chiese Charles facendo un cenno del capo verso Gattavius.

«Lascia perdere» borbottai.

Charles non insistette, ma chiese: «Dove andiamo adesso? Dovremmo fare un'altra chiacchierata con gli animali, ma non credo che sarebbero i benvenuti in ufficio.»

«No» concordai pensierosa. «Ma so dove potremmo andare. Gira a sinistra appena usciamo da qui.»

* * *

La nonna venne ad aprire la porta con indosso un kimono così lungo da arrivarle ai piedi, decorato con una stampa a rose. I capelli bianchissimi, tagliati in un caschetto alla moda, le incorniciavano il viso e una spessa frangia le ricadeva elegantemente sulla fronte.

«Stai benissimo» dissi spingendola in casa. Quella era stata anche casa mia fino a sei mesi prima, quando lei mi aveva costretta ad andare a vivere per conto mio, dicendo che ormai ero grande abbastanza e dovevo diventare indipendente. Ciò nonostante, andavo a trovarla un paio di volte a settimana: era la donna che mi aveva cresciuta, nonché la mia migliore amica e la persona di cui mi fidavo di più al mondo.

Per questo avevo deciso di andare da lei.

Gli animali mi seguirono dentro casa e io puntai un dito in direzione di Charles: «Lui è Charles. È l'avvocato incaricato del caso per cui mi hai dato una mano l'altro giorno.»

Wow, davvero erano passati solo due giorni dalla nostra fallimentare visita all'agenzia di stampa? *Non sembrava possibile.*

«È molto carino» disse la nonna sbattendo le ciglia.

Charles si schiarì la gola e abbassò lo sguardo, imbarazzato; a vederlo così mi venne da ridere. La nonna flirtava sempre con sfrontatezza, ma lo faceva solo in modo scherzoso. Erano passati più di dieci anni da quando il nonno era morto e lei non aveva mai frequentato nessuno da allora e dubitavo fortemente che avrebbe fatto eccezione per Charles, a prescindere da quanto entrambe lo trovassimo attraente. Inoltre, presto l'avrebbe associato anche lei al doppio omicidio, proprio come capitava a me.

Tornando a voltarsi verso di me la nonna chiese: «Siete qui per lavorare al caso?»

«Sì. Sei dei nostri?» chiesi conducendo il gruppetto in soggiorno, la zona migliore in cui accomodarci tutti.

«Oh cara, mi conosci» rispose facendo nuovamente gli occhi dolci a Charles. «Sono sempre pronta a tutto.»

Lui arrossì, non sapendo bene come reagire alle allusioni di un'anziana signora. «In realtà non sono certo che...»

«Puoi fidarti della nonna» insistetti.

«Firmerò un accordo di riservatezza» aggiunse lei.

Charles sembrava un animale in trappola, ma alla fine accettò con un'alzata di spalle: «E va bene» disse. «Ha una stampante? Così provvedo subito all'accordo!»

La nonna gli fece strada fino al piccolo ufficio al piano di sopra, poi tornò da noi in soggiorno. «Lui sa che tu...?» Rivolse uno sguardo eloquente a Gattavius. «Beh, sai a cosa mi riferisco.»

«Purtroppo sì» gemetti. E quella era un'altra probabile motivazione per cui io e Charles non saremmo mai diventati una coppia.

La nonna inspirò bruscamente e scosse il capo, sconfortata: «Non dovresti andare a raccontarlo a tutti, tesoro. Non è una cosa saggia.»

«Credimi, non l'ho fatto.» E in breve la ragguagliai sull'intera faccenda del ricatto.

Quando Charles tornò con il modulo stampato la nonna lo colpì al petto.

«Ahia!» si lamentò lui. «Perché lo ha fatto?»

«Sei fortunato che mia nipote sia una persona tanto indulgente. Se dovessi ricattarla di nuovo, dovrai vedertela con qualcuno molto meno propenso al perdono. Dovrai vedertela con me!» Si alzò sulla punta dei piedi e lo fissò minacciosamente, nonostante la bassa statura.

«Sì, signora!» rispose lui stringendosi l'accordo al petto. Ora sembrava quasi intimorito a porgerglielo.

Alzai gli occhi al cielo: «Basta sceneggiate! Abbiamo un sacco di lavoro da fare e il tempo stringe.»

Charles aprì la borsa e iniziò a sparpagliare documenti sul tavolo. La nonna si ritirò dicendo che andava a preparare il caffè. Colsi l'occasione per andare di sopra a stampare le foto scattate a casa degli Hayes.

Al mio ritorno trovai Gattavius seduto al centro del tavolo, intento a spargere fogli ovunque con gli scatti della coda.

«Non ha intenzione di spostarsi» mi disse Charles accigliato.

«Un luogo rialzato e al centro dell'attenzione è il modo migliore per accertarmi che tu mi protegga dall'id*yo-yo*ta» mi spiegò Gattavius. «Non voglio che tu ti immerga nel lavoro al punto da dimenticarti dello splendido gatto che ha reso possibile tutto questo.»

Accidenti, era così vanitoso! E ancora più ostinato.

«Cosa ti ho detto di quel soprannome?» domandai irritata.

Gattavius sbadigliò, neanche un minimo dispiaciuto: «La penso così, quindi lo chiamo come merita.»

«Va bene, se tu non collabori con noi, noi non collaboreremo con te. Ehi Yo-Yo!» gridai sollevando il gatto e posandolo sul pavimento in modo che il cane potesse leccarlo riempiendolo di bava.

Gattavius sfoderò gli artigli, rizzò il pelo e fuggì in cucina con una lunga sequela di parolacce in gattese.

Un paio di minuti dopo arrivò la nonna. Teneva il tigrato tra le braccia e lo coccolava con dolcezza. «Cos'hai fatto a questo povero micino?» chiese.

«Non credere a una sola parola di ciò che dice!» strillai. «Gli piace troppo fare la vittima.»

«Zitta tu! È solo un piccolo gattino innocente» si inalberò la nonna riempiendo di baci il felino compiaciuto. Anche se non era in grado di parlare con gli animali come facevo io, a volte si comportava proprio come se ne fosse capace. Come in quel momento.

Charles non poté fare a meno di sogghignare: «Come ci si sente quando i ruoli si invertono?»

Gattavius rise, ma non sembrava divertito. «Tua nonna mi vuole più bene di quanto me ne vuoi tu» mi derise. Trovò perfino il coraggio di farmi la lingua.

La nonna lo appoggiò sul tavolo, poi tornò in cucina a preparare il caffè.

«Vedi?» disse Gattavius. «Se non sai apprezzarmi come merito, posso sempre trovare qualcun altro che lo faccia.»

Lo sollevai, pronta a chiamare nuovamente Yo-Yo, ma la nonna tornò e mi fulminò con un'occhiataccia: «Lascia in pace quella bellezza. Lui è un bravissimo gattino, vero??»

Gattavius rise e sfrecciò sul tavolo, raggiungendola e iniziando a strusciarsi contro il suo petto facendo le fusa a un volume assurdo.

«Comunque, ecco qui il modulo» disse lei spingendo l'accordo di riservatezza in direzione di Charles. «Ora raccontatemi tutto!»

Feci un respiro profondo e la aggiornai su tutto ciò che sapevamo.

«*Mmm*» disse la nonna sedendosi pensierosa. «Sembra una bella gatta da pelare, ma credo di avere un'idea.»

Non vedevo l'ora di sentire cosa aveva da dire.

14

Puntammo tutti gli occhi sulla nonna, perfino Yo-Yo, nonostante non sapesse che stavamo indagando sul caso e non capisse il linguaggio degli umani, cosa di cui ero abbastanza sicura.

«Bene, ecco cosa ne penso...» disse la mia eccentrica nonnina mettendosi lo Yorkshire in grembo, con grande fastidio di Gattavius.

Questi schizzò attraverso il tavolo tornando accanto a me: «Bleah! Germi di cane» disse con una smorfia esagerata.

«Credo» continuò la nonna rivolgendosi a Yo-Yo con una vocina buffa «che nessuno abbia provato ad adulare un po' questo cagnolino. Continuate a metterlo in situazioni stressanti aspettandovi che riesca a ricordare. Perché non dedicare un po' di tempo a provare a conoscerlo, farlo sentire a suo agio e poi provare ad affrontare la...?»

Esitò, valutando bene la parola da usare per concludere la frase. «Ehm, la conversazione» concluse con un sorriso impacciato.

Io e Charles ci scambiammo un'occhiata e alzammo le spalle.

«Suppongo che valga la pena fare un tentativo» dissi con un

breve cenno del capo. Speravo che la mia cara nonnina ci avrebbe aiutati a studiare meglio la documentazione e le foto della scena del crimine, però, purtroppo, quando si metteva qualcosa in testa era difficile persuaderla a concentrarsi su altro. In effetti somigliava molto a Yo-Yo sotto questo aspetto.

«Ottimo.» La nonna si alzò in piedi, lo Yorkshire ancora stretto al petto. «Voi due continuate pure a lavorare su quelle foto raccapriccianti, mentre io mi occupo del testimone.»

«Tecnicamente non sappiamo se ha visto qualcosa. È possibile che...» la corresse Charles, ma si interruppe quando gli appoggiai una mano sul polso e scossi il capo.

«Lasciale fare come dice lei. Noi facciamo la nostra parte» dissi. «Ora aiutami a identificare le testimonianze di tutte le donne coinvolte nel caso: poliziotte, testimoni, amiche, vicine, colleghe, nessuna esclusa.»

Sfogliammo il contenuto della cartellina, avendo ormai quasi memorizzato l'ordine delle dichiarazioni e delle prove. Ci vollero meno di cinque minuti per trovare tutto ciò che ci serviva.

«Ora,» dissi valutando la situazione, «sono coinvolti uomini alti più o meno come me?»

Charles ci rifletté su per qualche istante prima di porgermi un altro paio di documenti: «Questo è un collega di Bill alla Bayside Printing Company, e questo è uno dei potenziali acquirenti presente all'open house.»

Li sparsi tutti davanti a noi cercando di raggruppare quelli che potevano avere qualcosa in comune: avevamo il gruppo dei colleghi, quello dei partecipanti all'open house, amici e parenti e, infine, un gruppetto di persone legate al caso, come poliziotti o addetti alla pulizia della scena del crimine. La maggior parte dei documenti non erano testimonianze ufficiali, bensì schede biografiche compilate da Charles prima che mi unissi all'indagine.

«Vediamole una per una» suggerì lui prendendo la pila dei colleghi. Trascorremmo le ore successive a discutere di ciascuna persona, annotando chi avrebbe potuto avere mezzi, moventi o opportunità. Contrassegnammo con un asterisco la documentazione di chi aveva più di una di queste tre cose e creammo una nuova pila.

Quando finimmo restammo a fissare le schede delle due sospettate più probabili: Michelle Hayes e Breanne Calhoun, ovvero la figlia e l'agente immobiliare.

Sospirai e mi lasciai andare contro lo schienale della sedia: «Speravo che andasse diversamente, ma sembra proprio che il colpevole sia una di queste due.»

Charles incrociò le braccia e scosse il capo, fissandomi dritta negli occhi e prendendo nuovamente le difese della mia principale sospettata: «Non è possibile! So che Breanne può essere un po' brusca, ma non è stata lei.»

«Può darsi» dissi, anche se non ero minimamente propensa a scagionare quella maleducata dell'agente immobiliare. Mi piaceva pensare di aver imparato la lezione dall'indagine sulla morte di Ethel Fulton: ero così sicura dell'identità dell'assassino da non aver preso in considerazione nessun altro e avevo finito con il mettere in pericolo la mia stessa vita per questo.

E in ogni caso, da ciò che avevo visto e sentito finora, poteva benissimo essere stata Breanne. Forse, se gli avessi concesso un po' di tempo per accettare la cosa, Charles avrebbe finalmente messo da parte i propri dubbi e iniziato a vedere la situazione dalla mia prospettiva.

«Ok, allora parliamo della figlia. Come spieghi il fatto che Michelle è praticamente sparita nel nulla?»

«Non è sparita» mi contraddisse lui anche questa volta. Se avessimo continuato a essere in disaccordo su tutto, tanto valeva firmare subito la condanna di Brock.

«Non risponde alle nostre chiamate, ecco tutto» disse picchiettando la penna sul tavolo in modo snervante.

«E allora dov'è?» chiesi afferrando la penna e spostandola fuori dalla sua portata.

Charles sospirò e ripiegò le mani davanti a sé: «Al campus del college che frequenta.»

«Bene, visto che non abbiamo altre piste da seguire, è lì che andremo ora.»

«Sarà una perdita di tempo» insistette lui con un altro profondo sospiro.

«Charles» gli dissi dolcemente. «Per favore. Non abbiamo nient'altro a questo punto. Dobbiamo almeno fare un tentativo. Per Brock.»

«Ok. Per Brock» rispose abbattuto.

«Bene» dissi, anche se la sua totale mancanza di entusiasmo aveva tolto il sapore dolce a quella piccola vittoria. «Vado a vedere cosa combinano la nonna e Yo-Yo. Vieni, Gattavius.» Svegliai il tigrato da un pisolino e gli feci cenno di seguirmi.

«Ne abbiamo finalmente cavato qualcosa?» chiese dopo un sonoro sbadiglio.

«Lo faremo presto, o almeno spero» fu la mia diplomatica risposta.

Mentre uscivamo dalla stanza, Charles emise un gemito e appoggiò la fronte sul tavolo.

«Oh, eccovi cari!» strillò la nonna vedendo me e Gattavius entrare in salotto. «Io e Yo-Yo ci stiamo divertendo un sacco a fare amicizia, vero piccolino?»

Lo Yorkshire abbaiò e la nonna si profuse in elogi.

«E con questo ha perso almeno dieci punti ai miei occhi» dichiarò Gattavius. «È sempre uno spettacolo triste vedere un umano come si deve passare dalla parte dei cani. Devo dire che non mi sarei mai aspettato un simile tradimento da parte di tua nonna. Da te forse, ma di certo non da lei.»

«Non ti ha affatto tradito» dissi mentre lui saltava sulla testiera del divano e si metteva comodo. «Sta solo cercando di rendersi utile.»

«Se lo dici tu» si lamentò scuotendo il capo disgustato.

«Va tutto bene?» chiese la nonna lanciando un'occhiata al micio chiaramente turbato.

«Starà bene. Ehi, Gattavius!»

«Cosa c'è?» piagnucolò tirando su una zampa per leccarla.

«Potrai occuparti della toeletta più tardi» lo rimproverai. «Ti ricordo che siamo venuti qui per scoprire se Yo-Yo ha qualcosa di nuovo da dirci. Potresti chiedergli se si è ricordato qualcosa?»

«No, non così» intervenne la nonna continuando ad accarezzare il cagnolino con entusiasmo. «Digli che la sua nuova amica, la nonnina, vuole sapere se qualcuno ha fatto del male alla sua famiglia e se può raccontarcelo.»

«Nauseante» commentò Gattavius prima di iniziare a sbraitare: «Ehi, id*yo-yo*ta!»

Il cagnolino girò immediatamente la testa verso di lui. Il fatto che rispondesse a quel nomignolo ben poco lusinghiero non contribuiva a convincere il tigrato a smettere di chiamarlo a quel modo.

Gattavius gli pose la domanda ripetendo esattamente le parole della nonna; solo a sentirle Yo-Yo iniziò a piagnucolare nascondendole il muso in grembo. Il fatto che non uggiolasse in preda al terrore era già qualcosa.

Gattavius annuiva mentre lo ascoltava con aria annoiata; mentre parlava, lo Yorkshire aveva sollevato la testa e ora lo fissava dritto negli occhi, emettendo tristi pigolii.

Quando infine smise di parlare, Gattavius commentò: «Wow. Sono davvero sorpreso che abbia funzionato.»

Mi raddrizzai sulla sedia, emozionata: «Che cosa ha detto?»

«Ha detto che era tutto buio quella notte e non riusciva a vedere bene, ma che la persona che ha fatto male ai suoi genitori umani aveva i capelli rossi. Inoltre, vuole sapere quando potrà tornare dalla sua famiglia.»

Il poveretto non sapeva ancora che non li avrebbe più rivisti, ma finalmente ci aveva detto abbastanza da riuscire a mettere insieme i pezzi. I capelli rossi potevano significare solo una cosa…

«Quindi è stata Breanne!» gridai trionfante. «Lo sapevo!»

«Qui bel micetto» chiamai Gattavius mentre marciavo in soggiorno per tornare da Charles.

«Non chiamarmi micetto!» ringhiò Gattavius. Ma la nota gioiosa nella sua voce mi fece capire che mi aveva corretta solo per coerenza con i suoi precedenti tentativi di dissuadermi da comportamenti che non apprezzava.

«Hai sentito?» chiesi appoggiando i palmi delle mani sui lati del tavolo e chinandomi verso Charles, che aveva ancora quell'aria completamente abbattuta.

«Pensi che sia stata Breanne» disse. Quando sollevò il capo, uno dei documenti gli era rimasto appiccicato alla guancia. «Perché?»

«Yo-Yo non ricorda che i suoi padroni sono morti, ma ha ricordato che qualcuno ha fatto loro del male. Dice che era notte, il che corrisponde a quanto affermato dal medico legale.»

Finalmente Charles si riprese: ora sembrava esaltato quanto me. «E?»

«Ha detto che era buio, quindi non è riuscito a vedere bene, ma la persona che ha fatto loro del male aveva i capelli rossi. Quindi non può essere altri che Breanne!»

«Ne sei proprio sicura?» disse Charles prendendo il telefono e aprendo la posta elettronica. Quando me lo porse, vidi una giovane donna dai riccioli rossi e dall'aspetto vagamente familiare, anche se non ero certa di averla mai incontrata.

«E questa chi è?» chiesi.

«Michelle Hayes.»

Uh oh.

Restammo a fissarci per qualche istante prima che mi venisse in mente qualcosa da dire: «Ma Yo-Yo non l'avrebbe riconosciuta subito?»

Charles si accigliò: «Non necessariamente. Soprattutto se era troppo buio per vedere bene.»

«E quindi cosa facciamo adesso?» chiesi rosicchiandomi una delle poche unghie ancora intatte in preda all'agitazione.

«Una bella gita!» gridò la nonna dall'altra stanza.

Charles annuì: «È la nostra ultima possibilità per risolvere il caso in tempo ed evitare che lo speciale di tua madre vada in onda.»

Aveva ragione, quella era la nostra ultima chance. E anche se fino a pochi minuti prima ero stata io a insistere per andare da Michelle, ora che sapevo che poteva essere lei l'assassina mi sentivo decisamente più in ansia all'idea.

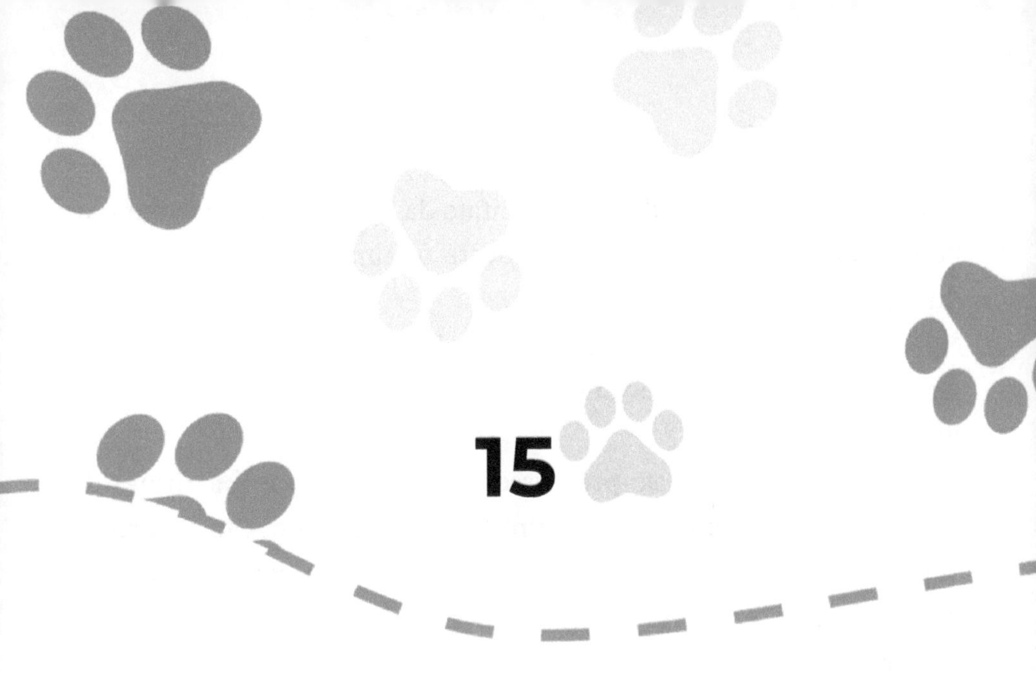

15

La mattina dopo mi svegliai prima di Gattavius, un fatto quasi unico da quando viveva con me. La sveglia impostata sul cellulare squillò alle cinque e mezza e dovetti scuoterlo delicatamente per svegliarlo, in modo che potessimo prepararci per la lunga giornata che ci attendeva.

Con il senno di poi avrei voluto essere andata a dormire molto più presto la sera prima, ma quando mamma ci aveva raggiunte dalla nonna tutti avevamo voluto sentire la sua opinione sui progressi fatti finora.

«Devo ammetterlo» disse lei scuotendo il capo. «Sembra davvero che abbiate ragione a dire che non è stato Brock.»

Mamma si era offerta di rimandare ancora lo speciale, ma io avevo insistito affinché non lo facesse: avremmo risolto la questione prima del notiziario delle sei e le avremmo dato l'esclusiva sulla vera storia.

Charles non condivideva il mio ottimismo, ma accettò di svegliarsi prima dell'alba in modo da aver tempo di affrontare il lungo viaggio fino al college frequentato da Michelle, dove avremmo potuto interrogarla di persona e trovare finalmente risposta a tutti i dubbi irrisolti.

Come era prevedibile, Yo-Yo era molto eccitato all'idea del viaggio, anche se non gli avevamo detto che avrebbe rivisto la sua sorellina umana.

Chiesi a Gattavius se preferisse rimanere a casa, ma rifiutò di essere lasciato fuori da un incontro tanto importante. Ciò mi preoccupava perché non aveva fatto nessun progresso con la fobia dei viaggi in auto e quello si prospettava molto lungo. Sapendo che sarebbe stato impossibile fargli cambiare idea, decisi di dargli una mano: con la sua autorizzazione, mescolai una pillola ridotta in piccoli pezzi al suo pasto mattutino. Era solo un lieve calmante che il veterinario gli aveva prescritto in caso di emergenza, ma lo fece dormire per la maggior parte del tragitto, un fatto di cui fummo tutti grati.

Sembrava proprio un angioletto quando non era intento a insultarmi, graffiarmi o mettere in discussione tutto ciò che facevo. E sospettavo che indagare iniziasse a piacergli, nonostante la sgradita presenza di un cane.

Anche la nonna aveva deciso di venire con noi. Ora che era al corrente dell'intera storia, aveva insistito per accompagnarci: «Nel caso in cui Yo-Yo abbia bisogno di una persona amica» dichiarò, spingendomi a chiedermi perché la sorte avesse concesso a me la capacità di parlare con gli animali quando era evidente che lei li capiva molto meglio di me.

Nonostante gli sforzi per restare sveglia, dormii per la maggior parte del viaggio insieme a Gattavius. Dopotutto, non c'era Bethany a farmi il caffè e io avevo buttato via già da un pezzo la macchinetta che avevo a casa per paura di rischiare un'altra volta la pelle, o peggio, ottenere nuovi, strani superpoteri. Per fortuna la nonna era ben felice di fare compagnia a Charles mentre io e il tigrato ci facevamo una bella dormita.

«Svegliati, il sole è sorto!» gridò la nonna dal sedile posteriore, costringendomi ad aprire gli occhi. E in effetti ora il sole splendeva alto nel cielo.

«Siamo arrivati» annunciò Charles mentre faceva manovra nel parcheggio per gli ospiti del college della nostra sospettata.

«Allora, qual è il piano?» chiese la nonna impaziente sporgendosi in avanti con le mani appoggiate sui bordi dei nostri sedili.

«Non avete pensato a un piano durante il viaggio?» chiesi irritata. Se avessi saputo che non avrebbero fatto altro che chiacchierare di cose futili mi sarei sforzata di stare sveglia, visto che c'era ancora del lavoro da fare.

«La Route One è magnifica in questo periodo dell'anno» rispose allegramente la nonna. «Eravamo troppo impegnati ad ammirare il panorama per preoccuparci di cosa avremmo fatto una volta arrivati. D'altra parte, sei tu quella apprensiva del gruppo, quindi perché non ci pensi tu ora?»

Mi colpii la fronte con il palmo della mano: «Suppongo che sia ciò che merito per aver dormito sul lavoro.»

Gattavius si svegliò e mi sbadigliò in faccia; il tanfo di tonno mi arrivò dritto alle narici. Lasciatemelo dire: funzionò meglio di un doppio espresso per svegliarmi del tutto.

«È un piccolo college, basterà chiedere in giro» dissi sospirando. Detestavo che quello fosse il nostro unico piano. Poi, però, mi resi conto che avevamo un notevole vantaggio a cui non avevamo pensato: «Forse è il momento di dire a Yo-Yo chi siamo venuti a trovare. Potrebbe fiutare le sue tracce e aiutarci a trovarla.»

Ancor prima che Charles avesse la possibilità di dichiararsi d'accordo o meno, Gattavius riferì il messaggio allo Yorkshire, che reagì immediatamente con grande entusiasmo.

«È pronto» disse Gattavius stiracchiandosi le zampe e la schiena per svegliarsi del tutto. Incredibilmente mi aveva soffiato solo una volta mentre gli mettevo la pettorina.

La nonna, invece, stava faticando parecchio a sistemare Yo-Yo, che continuava a slanciarsi verso la portiera dell'auto, desideroso di rivedere Michelle.

Quando entrambi gli animali furono al guinzaglio, scendemmo e ci avviammo. Mentre facevamo il giro del campus mi colpì il pensiero che dovevamo essere una delle combriccole più strane che si fossero mai viste da quelle parti. Erano solo le nove del mattino e il campus era pressoché vuoto, ma tutti coloro che incontravamo ci fissavano perplessi.

Sorridevo a tutti, ma alla quarta persona che ci oltrepassò sogghignando senza degnarsi di salutare come si deve ne ebbi abbastanza: «Qualche problema se porto il mio gatto al guinzaglio?» chiesi sollevando il mento. Tanto non avrebbero potuto giudicarmi peggio di quanto facessi io stessa. «Gli piace uscire a prendere una boccata di aria fresca. Solo i cani hanno diritto a divertirsi un po'?»

«Sì!» esultò Gattavius saltellandomi accanto. «Hai capito. Finalmente hai capito!»

Yo-Yo si fermò bruscamente e si irrigidì nella stessa postura che aveva assunto quando avevamo visto per la prima volta il cartello della Calhoun Realty. Questa volta il suo sguardo era fisso su un edificio di pietra a tre piani che si ergeva accanto a un prato ben curato.

Abbaiò due volte poi si fermò.

«Dice che sua sorella è lì dentro» tradusse Gattavius.

«È un dormitorio?» chiesi.

Charles corse a leggere il cartello. «Sì» disse quando tornò, senza nemmeno un briciolo di fiatone.

«Vuole vedere sua sorella» disse Gattavius quando il cane iniziò a uggiolare e battere impaziente le zampette a terra.

«Ci vado io» disse la nonna avviandosi senza esitare.

«Aspetti. Perché proprio lei?» chiese Charles.

«Nessuno di noi è un parente ma scommetto che, qualsiasi siano i controlli di sicurezza di questo posto, sarà molto meno probabile che facciano il terzo grado a una dolce vecchina.» La nonna fece una pausa. Vedendo che nessuno osava contraddirla, raddrizzò la schiena e chiese: «L'obiettivo si chiama Michelle Hayes, giusto?»

Cosa? *L'obiettivo!?* La nonna aveva ricominciato a guardare i film d'avventura con i truffatori? Si stava davvero calando bene nella parte.

Ora che ero abbastanza sveglia da notare meglio i dettagli, mi resi conto che aveva indossato un vero e proprio costume da nonna vecchio stampo, con tanto di scialle fatto a maglia e gonna a vita alta. Il tutto era così fuori dal suo stile da poter solo essere intenzionale. Aveva pianificato tutto, ma non me lo aveva detto perché sapeva che mi sarei opposta all'idea di lasciarla andare da sola.

E aveva ragione!

«Vengo con te» dissi porgendo il guinzaglio di Gattavius a Charles e correndole dietro.

Ma Charles mi posò una mano sulla spalla costringendomi a fermarmi: «Tua nonna ha ragione. La aspetteremo qui finché non tornerà o ci manderà un messaggio.»

La nonna annuì.

Charles annuì.

Le feci cenno di andare mugugnando. «Faranno entrare Yo-Yo nel dormitorio?» le gridai dietro.

«C'è solo un modo per scoprirlo» rispose Charles mentre guardavamo la nonna svoltare l'angolo dell'edificio.

«Questa storia non mi piace» dissi imbronciata. «E non credo che Michelle sia colpevole.»

«Sì, abbiamo già chiarito come la pensi» rispose lui con un gemito.

«Non è solo perché penso che Breanne ci nasconda qualcosa» spiegai. «Perché mai Michelle avrebbe dovuto uccidere i suoi genitori? E Yo-Yo non l'avrebbe sicuramente riconosciuta?»

«Non lo so» rispose freddo Charles. «Ma sei stata tu a insistere per venire fin qui, ricordi?»

«Solo per poter scagionare Michelle una volta per tutte e vedere se ha delle prove che puntano a Breanne» gli ricordai. È vero, avevo giurato di non saltare alle conclusioni dopo che le mie congetture mi avevano quasi fatta uccidere nell'indagine precedente, ma qui la situazione era diversa. Yo-Yo aveva già fatto intendere di aver riconosciuto Breanne, che era l'unica persona al mondo che sembrava non andargli a genio. Era più che una semplice coincidenza.

Charles non sembrava affatto convinto: «Immagino che lo scopriremo» disse stringendosi nelle spalle.

«Già.»

Nessuno dei due disse altro mentre aspettavamo la nonna, ma io rivolsi una preghiera affinché tornasse con qualcosa che ci aiutasse a portare a termine le indagini una volta per tutte.

Il tempo scorreva implacabile.

16

La nonna fece ritorno circa un quarto d'ora dopo con al suo fianco una ragazza dai capelli rossi e il viso lentigginoso, che indossava pantaloni del pigiama decorati con tacos sorridenti.

«Eccoci qui» trillò orgogliosa. «Vi presento Mitch Hayes.»

«Sì. Nessuno mi chiama più Michelle dai tempi delle elementari» spiegò la ragazza depositando un bacio sulla testolina pelosa di Yo-Yo. Il cagnolino sembrava al settimo cielo mentre Mitch lo abbracciava con sguardo adorante.

«Grazie per aver accettato di parlare con noi» disse Charles. Si alzò e le porse la mano; lei si sforzò di sistemarsi il cane in braccio per poter ricambiare la stretta. Ne venne fuori un saluto piuttosto goffo.

«Perché non rispondi alle telefonate?» chiesi. Forse ero stata un po' rude, ma non avevamo tempo da perdere se volevamo scagionare Brock prima dello speciale.

La ragazza si strinse nelle spalle: «Mi è caduto il telefono nel gabinetto un paio di settimane fa e non avevo tutta questa esigenza di comprarne un altro, dato che sono sempre al computer o al tablet.»

«Ma per quale motivo non rispondi alle mille chiamate della gente che cerca di contattarti?» chiese Charles aggrottando le sopracciglia.

«Ero stufa della gente che voleva farmi le condoglianze solo per pulirsi la coscienza, mentre io mi sentivo ancora peggio perché mi ricordavano di continuo che i miei genitori sono morti.» Affondò il viso nel pelo dello Yorkshire e borbottò: «Forse non ho tutta sta voglia di parlare del fatto che i miei sono stati ammazzati a quel modo.»

La nonna le circondò le spalle con un braccio e la attirò a sé: «Piantatela di farle il terzo grado! Mitch non era tenuta ad aiutarci, ma ha accettato comunque di farlo.»

«Grazie, Mitch» dissi con un sorriso nella speranza di stabilire un contatto con lei. «Lo apprezziamo molto.»

La ragazza diede un calcio a terra senza alzare lo sguardo: «Quindi pensate davvero che quel Brock sia innocente?»

Le appoggiai con dolcezza una mano sulla spalla in attesa che sollevasse lo sguardo: «Ne siamo certi.»

La sentii rabbrividire e il suo volto si fece ancora più pallido: «Questo significa che chi ha ucciso i miei genitori è ancora in libertà.»

La lasciai andare e mi afferrai la spalla: «È così.»

«Ditemi cosa posso fare per aiutarvi.» Serrò le labbra in una linea decisa, le sopracciglia aggrottate per la rabbia.

«Sediamoci un attimo.» Charles si schiarì la gola e ci fece cenno di sederci su un muretto lì vicino. «Abbiamo bisogno che tu ci dica tutto ciò che potrebbe aiutarci a identificare il vero assassino.»

La poveretta sembrava confusa: «Ma avete le mie dichiarazioni, no? Ho già detto alla polizia tutto quello che mi è venuto in mente.»

«Sì, le abbiamo lette ma ti dispiacerebbe rispondere a qualche altra domanda, alla luce delle nostre ultime scoperte?» chiese Charles prendendo la borsa. Speravo davvero che non avesse intenzione di tirare fuori le foto della scena del crimine: Mitch non doveva assolutamente vederle!

Ancora prima che lui trovasse ciò che cercava, grosse lacrime iniziarono a sgorgare dagli occhi azzurri della ragazza.

«Oh per l'amor del cielo! Datevi una calmata voi due. Non capite quanto sia difficile per lei?» ci rimproverò la nonna, appoggiandosi la testa di Mitch su una spalla. «Prenditi il tempo che ti serve cara e piangi finché vuoi. Va bene così. Ci sono io qui con te.»

Yo-Yo piagnucolava e leccava il viso della sua padroncina, scodinzolando esitante.

Mentre restavo a guardarli cercando un modo per iniziare a interrogare Mitch, Gattavius mi diede un colpetto di zampa sulla spalla: «Chiedo scusa» disse, lasciandomi sconvolta per quell'improvvisa gentilezza. «L'id*yo-yo*... voglio dire, *il cane* dice che ora ricorda chi ha fatto del male ai suoi padroni. Dice anche che teme che siano morti.»

«Se n'è ricordato?» chiesi, incurante del fatto che Mitch aveva sollevato la testa e ci osservava incuriosita. «Credevo che avesse detto che era troppo buio per riuscire a vedere.»

«Sì, ma il suo fiuto funzionava perfettamente e ora pensa di ricordare chi è stato» spiegò lentamente Gattavius.

Yo-Yo mi fissò negli occhi abbaiando con insistenza.

«Quindi...» Gattavius abbassò la voce e si avvicinò per sussurrarmi: «Ora posso dirglielo?»

«Dirgli cosa? Oh...» Che i suoi proprietari erano morti. Yo-Yo non ne aveva ancora la certezza. Annuii: «Sì, credo che sia arrivato il momento.»

Gattavius si rivolse a Yo-Yo parlandogli con lentezza e molto più gentilmente di quanto avesse mai fatto. Mi aspettavo che Yo-Yo iniziasse a uggiolare come un pazzo e tentare la fuga, ma lui si limitò a un guaito di dolore e si rannicchiò ancora più stretto a Mitch.

«Perché non sta dando di matto?» chiesi al mio gatto.

Sul muso di Gattavius lessi qualcosa di simile al rispetto. Non potevo esserne sicura al cento per cento perché non gli avevo mai visto un'espressione simile e probabilmente non sarebbe capitato di nuovo.

«Vuole essere forte per la sua umana» mi disse.

Mi portai una mano al petto esclamando: «Oh, che dolce!»

Gattavius si strinse nelle spalle: «Già, i cani non saranno i più intelligenti tra gli animali, ma sono leali. È questo che li riscatta, suppongo.»

Yo-Yo diede qualche altra leccata a Mitch, poi si districò dal suo abbraccio e venne a sedersi proprio di fronte a me. Abbaiò quattro o cinque volte, continuando a fissarmi mentre parlava.

«Non ha visto molto, ma ora ricorda l'odore di quella donna» disse Gattavius. Sollevò una zampa portandosela alla bocca, ma poi pensò bene di non iniziare una sessione di toelettatura in un momento così cruciale e riappoggiò la zampa a terra.

«Una donna, dice.» Finora tutto combaciava con ciò che già sapevamo, o almeno che avevamo ipotizzato, e le cose non si mettevano bene per la nostra carissima agente immobiliare. «Di chi si trattava?»

Gattavius confermò i miei sospetti con la frase successiva: «Dice che si tratta della donna incaricata di vendere la casa.»

«Breanne, lo sapevo!» gridai voltandomi verso Charles. «Cercami la foto del volantino di Breanne, per favore.»

Lui mi fissò in silenzio per qualche istante, poi prese la borsa e ne estrasse la fotografia.

«È lei?» chiesi mostrandola a Yo-Yo.

Lui abbaiò e iniziò a ringhiare.

«Ha visto?!» dissi restituendo il foglio a Charles. «Hai lasciato che la tua infatuazione per lei ti impedisse di vedere la verità, ma è stata lei!»

Gattavius richiamò di nuovo la mia attenzione con un colpetto della zampa, questa volta con gli artigli sfoderati.

«Ahia!» strillai. «E ora che c'è?»

«Non è questo che ha detto» mi disse con un sorrisetto compiaciuto.

Non si trattava di Breanne? E allora chi mai poteva essere? A quel punto sapevamo che non poteva essere stata Mitch. Glendale non era molto grande: quante assassine alte un metro e settanta con i capelli rossi potevano mai esserci in giro?

Lo fissai a occhi spalancati, in attesa.

«Dice che non è stata la donna della foto» spiegò Gattavius perdendo visibilmente la pazienza a ogni parola. «Ma l'altra!»

«Cosa?» chiesi con un nodo allo stomaco. «Abbiamo fatto tutta questa fatica solo per sentirci dire che alla fine è stato davvero Brock?»

Gattavius si rivolse nuovamente allo Yorkshire e continuarono a parlare per un paio di minuti prima che tornasse a rivolgersi a me.

«Non l'uomo» disse infine. «L'altra donna.»

«Charles» dissi allungando la mano. «Dammi una foto di Brock da mostrare a Yo-Yo.»

Mitch, che finora era rimasta in silenzio, si rianimò e domandò a occhi sgranati: «Stai davvero parlando con il gatto?»

«Dopo un po' inizia a sembrare meno strano» le disse la nonna con una risatina.

«Qualcuno ha vuotato il sacco... e ne è uscito il gatto» esclamò Charles. Rise solo lui a quella pessima battuta.

Non era il momento di preoccuparsi del fatto che una studentessa del college avesse scoperto il mio segreto. Ero vicina alla soluzione del caso, e appena in tempo: mancavano solo dieci ore allo speciale di mia madre. Forse sarebbero state sufficienti.

Charles estrasse dalla borsa una foto di Brock e Yo-Yo emise un verso stridulo.

«Non è lui» tradusse Gattavius.

«Allora che significa quando dice che è l'altro?» mi lamentai. Qualcosa non quadrava. Forse Yo-Yo non era la chiave per risolvere il caso in fin dei conti.

«Brock è *l'altro*» insistetti rivolgendomi a Gattavius ma continuando a fissare Yo-Yo. «Chi altri potrebbe mai essere?»

«Telefono a Breanne» annunciò Charles che aveva già composto il numero.

«Fai parlare me» dissi strappandogli di mano il telefono.

«Pronto?» rispose Breanne con un tono amichevole e allegro che non le avevo mai sentito prima.

Lanciai una rapida occhiata a tutti i presenti e mi portai un dito alle labbra per intimare loro di restare in silenzio. «Salve Breanne, sono Angie Russo, l'assistente legale che lavora al caso di suo fratello.»

«Mi pareva di averle già detto che non voglio che lavori più al suo caso» ringhiò lei, ogni milligrammo di gentilezza evaporato in meno di un secondo.

«Verrò rimossa dal caso oggi stesso» spiegai rapidamente. «Ma Charles mi ha chiesto di recarmi al college frequentato da Michelle Hayes per vedere se riuscivo a trovarla. Ha solo pochi minuti liberi prima di dover andare a lezione, ma mi ha detto che è stata l'agente immobiliare.»

Di certo non avrei rivelato il mio segreto a qualcuno che mi detestava!

«Impossibile» rispose acida Breanne. «Non sono stata io e non è stato nemmeno mio fratello. Ed è ridicolo che ora la ragazza mi accusi, quando nelle dichiarazioni rilasciate alla polizia aveva giurato di non avere idea di chi potesse essere il colpevole.»

Strinsi il pugno e ridistesi la mano, facendomi forza per ciò che sarebbe seguito: «Se non è stata lei, allora chi? A chi altro mai potrebbe riferirsi?»

Breanne sbuffò infuriata e finì per mettersi a urlare: «Questo è troppo! Ora chiamo il signor Thompson per sporgere reclamo!»

«La prego, prima risponda alla domanda» insistetti sperando che non mi sbattesse il telefono in faccia prima di farlo.

«L'agente immobiliare» sbraitò Breanne. «Potrebbe essere chiunque. Sa che ce ne sono più di tremila iscritti all'albo solo nello stato del Maine? Può essere chiunque sia passato all'open house, qualcuno che ha visto la casa in precedenza o quello che si occupava dell'acquisto della nuova casa. Chiunque fra queste persone avrebbe potuto impossessarsi delle chiavi. Chiunque di loro potrebbe averli uccisi.»

«Aspetti un attimo» dissi. Mi mancava il fiato e tremavo per l'improvvisa eccitazione per ciò che avevo appena realizzato. «Me lo ripeta.»

«Chiunque avrebbe potuto prendere le chiavi. Il fatto che lei insista ad accusarmi quando sono io che pago…»

Anche se le piaceva gridarmi contro, dovevo interromperla per non farle perdere il filo. «Non quello. Ciò che ha detto prima» la scongiurai.

«Anche se lei non vuole fare altro che accusare me, Michelle potrebbe riferirsi a chiunque. E se sa qualcosa, perché non l'ha detto prima?»

«Lasciamo un attimo da parte la questione» dissi. «Ha parlato di un altro agente immobiliare. Non è lei a essersi occupata dell'acquisto della nuova casa?»

Breanne trasse un profondo respiro. Forse stava finalmente iniziando a capire. «No. Avrei voluto farlo, ma avevano già assunto qualcun altro prima di rivolgersi a me per la vendita.»

«Sa chi è quest'altro agente immobiliare?» chiesi trattenendo il respiro.

La sua risposta sarebbe stata determinante.

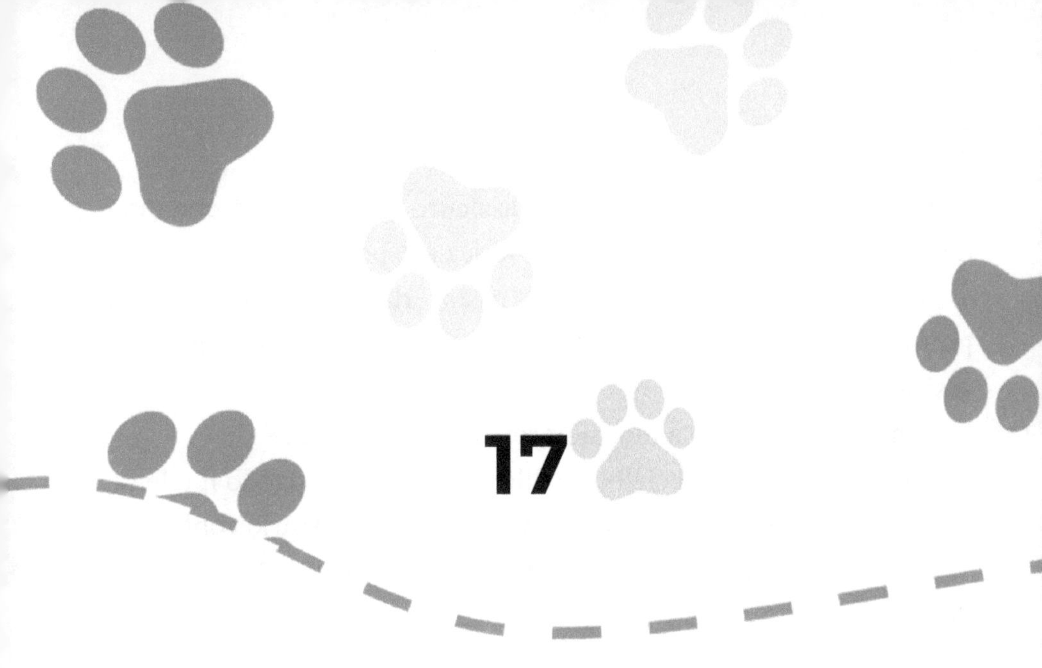

17

Tutti mi fissavano mentre aspettavo la risposta di Breanne all'altro capo della linea. Perfino il mio cuore sembrò rallentare per paura di perdersi anche solo una parola.

«Non capisco che importanza possa avere» mugugnò lei con grande delusione di tutti noi.

Charles mi strappò di mano il telefono e praticamente ci gridò dentro: «Breanne, sono Charles. Pensiamo che l'altro agente immobiliare sia la chiave per scagionare suo fratello. Può dirci di chi si tratta?»

Seguii Charles che camminava nervosamente, cercando di restare abbastanza vicina da poter udire la conversazione.

Sorprendentemente Breanne sembrava furiosa con lui quanto lo era con me: «Ah, davvero?» chiese sarcastica. «Perché solo due secondi fa la sua assistente mi ha accusato di aver assassinato gli Hayes.»

Charles mi lanciò un'occhiata di fuoco, ma mantenne un tono

calmo a beneficio di Breanne: «Le assicuro che non è ciò che intendeva dire. È solo che lei… fa un po' fatica a esprimersi a volte.»

«Voglio che sia rimossa dal caso» ribadì Breanne con un profondo sospiro. «E comunque lei farebbe bene cercarsi un nuovo assistente.»

Charles riuscì solo a mormorare: «Potrebbe solo…»

«Oh, per l'amor del cielo!» strillò la nonna strappando il telefono a Charles e consegnandolo a Mitch, che rimase a fissarlo confusa.

«Avanti, tesoro» la incoraggiò la nonna. «Dille chi sei e chiediglielo.»

«Pronto, sono Michelle Hayes» balbettò la ragazza al telefono.

Calò il silenzio: eravamo tutti in attesa di vedere cosa sarebbe accaduto.

«Potrebbe gentilmente dirmi il nome dell'agente immobiliare che si occupava dell'acquisto della nuova casa dei miei genitori?» chiese Mitch con voce tremante. Non sapevo se il tremito nella sua voce fosse genuino o servisse ad aggiungere un effetto drammatico, ma speravo che funzionasse sulla strega all'altro capo della linea.

Il telefono era finito troppo lontano perché riuscissi a udire la risposta di Breanne, ma Mitch annuì mentre l'altra parlava.

«La prego» aggiunse poi la ragazza, la voce rotta. «Voglio solo scoprire chi ha ucciso i miei genitori e accertarmi che venga punito come merita. Può aiutarmi a farlo?»

Ascoltò in silenzio, annuì di nuovo, poi si voltò verso di noi e alzò il pollice. Infine disse: «Va bene. La ringrazio moltissimo per l'aiuto… Sì, certamente… Arrivederci.»

«Allora?» gridò la nonna, sul punto di esplodere per l'eccitazione.

Mitch porse il cellulare a Charles. Sembrava piuttosto soddisfatta di sé. «Ha detto che così su due piedi non se lo ricorda, ma che può trovare il nome nel database degli agenti immobiliari. Guarda subito e invia un messaggio a Charles con le informazioni. Ha detto anche... ehm... che preferisce non avere più niente a che fare con l'assistente.»

Ovviamente. Iniziavo a pensare che Breanne ce l'avesse con me per qualcosa di più di qualche disegnino sulla parete, ma onestamente non mi importava. Non finché avevamo un doppio omicidio da risolvere.

Charles mi rivolse uno sguardo comprensivo. Proprio in quel momento gli arrivò un nuovo messaggio. «Sandra Lynn della Lighthouse Realty & Brokerage. Questo nome vi dice qualcosa?» chiese guardandoci uno alla volta.

Scuotemmo tutti il capo e lui tornò a concentrarsi sul cellulare.

«Aspettate» disse strizzando gli occhi mentre fissava lo schermo. Le nuvole si erano diradate e il sole brillava sul campus. Era come se Dio stesso volesse sottolineare l'importanza di quel momento.

«Breanne mi ha inviato un link» spiegò Charles, le dita in rapido movimento sul telefono.

Mi avvicinai e rimasi a fissare il browser che si apriva lentamente. Quando infine il sito si caricò, riconobbi quasi subito la donna ritratta nell'homepage. Era in piedi davanti a un faro con motivi a spirale bianchi e neri, i riccioli rossi che ondeggiavano lievi nella brezza; sorrideva mettendo in mostra un enorme cartello con su scritto *VENDUTO*.

«Non è la donna in cui ci siamo imbattuti al Little Dog Diner?» chiese Charles. «Quella che voleva il nostro tavolo?»

Strizzai gli occhi e la osservai con maggior attenzione: sì, era proprio lei. Ma non era lì che ricordavo di averla vista per la prima volta. «Era alla Bayside Printing Company quando io e la nonna siamo andate a indagare. Ha detto che sperava di ritirare un ordine prima della chiusura. È per colpa sua che non ho potuto dare un'occhiata in giro.»

Negli occhi di Charles balenò un lampo. «Questo significa che sicuramente conosceva Bill, se non Ruth» dedusse.

Io non avevo mai comprato casa, ma qualcosa non quadrava: «Ma se si erano già affidati a lei per l'acquisto della nuova casa, perché non commissionarle anche la vendita di quella vecchia?»

Charles si strinse nelle spalle: «Non sempre la gente ricorre allo stesso agente immobiliare per entrambe le cose; però è strano che il suo nome non sia saltato fuori prima nel corso dell'indagine.»

«Qui dice che l'agenzia si trova a Misty Harbor, il che spiegherebbe perché l'abbiamo incontrata in quel locale» sottolineai. «Anche quello si trova lì.»

Charles si mordicchiò il labbro e chiese: «Dovremmo telefonarle?»

«E farle sapere che stiamo arrivando? Certo che no!» sbottò la nonna, strappandogli nuovamente il telefono di mano. «Dammi quell'affare» disse sbuffando. Poi marciò dritta verso Yo-Yo e gli mise il dispositivo davanti al muso.

Il cane iniziò subito a ringhiare e digrignare i denti e la nonna fece un balzo indietro per evitare di essere morsa.

Gattavius trotterellò al mio fianco: «Dice che…»

«Credo sia superfluo dirlo» lo interruppi. Sorrisi raggiante. Ce l'avevamo fatta! Ci eravamo riusciti davvero! E appena in tempo.

«Andiamo a prendere il colpevole» disse la nonna marciando verso il parcheggio. Si fermò un istante, si voltò e chiese: «Vieni con noi, Mitch?»

La ragazza saltò giù dal muretto: «Andiamo!»

Tornammo tutti di corsa all'auto raggiungendola a tempo di record.

«Tutto combacia» dissi ansante mentre mi allacciavo la cintura di sicurezza. «Sandra somiglia sufficientemente a Breanne da confondere Yo-Yo. Ed entrambe sono agenti immobiliari e hanno lavorato per gli Hayes, cosa che ha creato ulteriore confusione.»

«E poi gli umani sono tutti uguali» sottolineò Gattavius.

«Sì, anche» dissi con una risata liberatoria. Accidenti, ce l'avevamo fatta. «Ora dobbiamo solo trovare prove che reggano in tribunale e Brock tornerà a essere un uomo libero.»

«Lasciate fare a me» disse la nonna scrocchiandosi le nocche come se si preparasse per una battaglia.

«Non se ne parla!» mi precedette Charles. «Ha già fatto più che abbastanza.»

«Aspettate un attimo» dissi con tono calmo facendo del mio meglio per essere ragionevole. «Ci aspetta un lungo viaggio. Potremmo riprendere in considerazione tutto ciò che già sappiamo alla luce di queste nuove informazioni e cercare di scoprire che motivi avrebbe potuto avere Sandra Lynn per...» mi interruppi ricordando che ora c'era Mitch con noi. «Beh, lo sapete.»

«Certo» disse Charles rivolgendomi un sorriso impertinente. «Se riusciamo a restare tutti svegli questa volta...»

«Molto divertente» risposi sarcastica. «Non è il momento di scherzare. È tempo di trovare risposte.»

«Ci penso io ad aggiornarti, Mitch» disse la nonna dal sedile posteriore. Poi appoggiò una mano sui nostri: «Dov'è la tua borsa, Charles?»

«Ce l'ho qui» dissi chinandomi a prenderla. «Dammi solo un attimo per... ehm... dare una sistemata, poi è tutta tua.» Presi le foto e i resoconti scritti della scena del crimine e li nascosi nel vano portaoggetti, poi passai la borsa alla nonna, che iniziò subito a spiegare ciò che sapevamo a Mitch, che la ascoltava rapita.

«Quindi abbiamo finito?» chiese Gattavius acciambellato sul cuscino sulle mie ginocchia. «Caso chiuso?»

«Ci siamo quasi» lo rassicurai con una carezza sulla testolina.

«E come facciamo a passare da «quasi» a caso chiuso?» chiese con un ringhio. Cercai di non prenderla sul personale perché sapevo quanto odiava i viaggi in auto e non avevo pensato di portare una seconda pastiglietta da somministrargli per il viaggio di ritorno.

«Ho bisogno di tornare a casa e dormire per sei o sette giorni» mi informò con un sospiro esausto.

«Yo-Yo ci ha fornito prove schiaccianti contro Sandra Lynn» gli spiegai. «L'unico problema è che non saranno sufficienti in tribunale.»

«Perché è un cane?» chiese Gattavius.

Alzai gli occhi al cielo: «Credo che tu sappia perché. Non fare lo spiritoso.»

«E quindi ora che si fa?» insistette.

«Ora dobbiamo trovare prove da poter presentare senza che gli altri pensino che siamo pazzi. Quindi la risposta è molto semplice: dobbiamo ripercorrere tutto per trovare indizi che supportino ciò che abbiamo scoperto. Capisci?»

«Sì, ma sembra un impegno notevole.» Charles svoltò bruscamente e Gattavius si irrigidì ancora di più. «C'è un'altra possibilità, lo sai?»

«Ah, davvero? E quale sarebbe?» lo sfidai appoggiandogli una mano sulla schiena per aiutarlo a non cadere.

Sbatté la coda con enfasi prima di rispondere: «Ottenere una confessione. *Ovvio.*»

Finalmente tutte quelle ore passate davanti alla TV sembravano essere servite a qualcosa. Ero ben contenta che fosse un fan di tutto ciò che spaziava da *Dora l'esploratrice* a *Law & Order,* che di certo avevano ispirato questa perla di saggezza.

Charles si voltò un attimo a fissarmi prima di riportare gli occhi sulla strada: «Che cosa dice?»

Questo era un bel dilemma. Non volevo mentirgli ma sapevo che l'idea della confessione forzata non gli sarebbe andata a genio.

Con il caso precedente mi ero messa nei guai per aver voluto fare tutto da sola e ci avevo quasi rimesso la pelle. Questa volta non avrei commesso lo stesso errore.

No di certo.

Questa volta avrei portato Gattavius con me quando avrei fatto irruzione nell'ufficio di Sandra Lynn per chiederle una spiegazione.

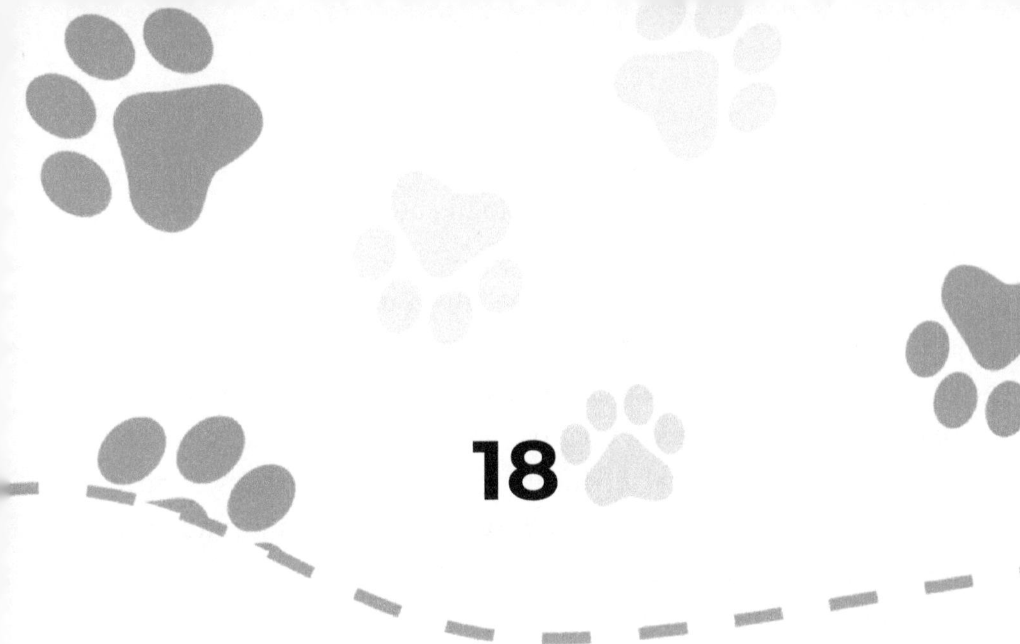

18

Quando facemmo ritorno a Glendale era già mezzogiorno e il sole splendeva alto nel cielo. La nonna ci invitò tutti a pranzo a casa sua; avremmo potuto approfittarne per revisionare ancora una volta i fatti nel tentativo di dimostrare la versione di Yo-Yo.

Glissai l'invito fornendo una motivazione più che valida: la necessità di portare Gattavius a casa affinché potesse utilizzare la lettiera. Non c'era bisogno che sapessero che dopo avevo intenzione di fare una piccola sosta.

«Ok, ora che si fa?» chiese Gattavius dopo una visitina alla cassetta, strofinando le zampe sul tappetino che gli avevo comprato appositamente.

«Che vuoi dire?» chiesi rovistando in frigo in cerca di qualcosa di adatto a uno spuntino veloce per placare la fame.

Mi rivolse un'occhiata di commiserazione: «Che vuol dire 'che vuoi dire'? *Voglio dire* che otterremo quella confessione, giusto?

Pensavo che non ne avessimo parlato in auto perché non volevi dirlo a Chuck il Ciuco, non perché ti eri già arresa.»

Mentre proseguiva con l'arringa trovai un pacchetto di formaggini vecchi ma non ancora scaduti in fondo allo scomparto per le verdure e ne presi un paio con cui arginare il brontolio di stomaco. Scartai il primo, ne staccai un grosso pezzo e me lo ficcai in bocca.

A quel punto cercai di fugare i dubbi del tigrato: «Certo che otterremo la confessione! Potrei presentarmi lì fingendomi una cliente con te nascosto nella borsa di vimini.»

Gattavius arricciò il naso: «Detesto quella borsa.»

«Hai un'idea migliore?» lo provocai mettendomi in bocca un altro pezzettone di formaggio.

Lui camminava su e giù per il tavolo in preda alla frustrazione: «Ho parecchie idee, ma nessuna che non metta a rischio almeno una delle mie sette vite. Sarei anche pronto a scarificarne una per la riuscita dell'impresa, ma qualcosa mi dice che non saresti d'accordo.»

«Io ho una sola vita, ricordi?» Forse avrei dovuto offendermi per il fatto che continuava a dimenticare, o almeno non prendere minimamente in considerazione questo piccolissimo dettaglio, ma in quel momento ero troppo tesa per pensarci.

«Ah, già.» Gattavius si sedette appoggiando comodamente il posteriore sul tavolo e scuotendo il capo. «Voi umani siete così fragili.»

Inghiottii l'ultimo boccone del primo formaggino e aprii il secondo alzando gli occhi al cielo: «E va bene, sarò anche fragile, ma penso comunque che tenerti in una borsa per mezz'oretta sia meglio che rischiare la sola vita che ho, non credi?»

Anziché rispondere, sollevò una zampa posteriore sopra la testa e iniziò a leccarsi il sedere.

«Ehi, scusa? Dico a te!» All'improvviso avevo perso l'appetito.

«Che c'è? Ci sto pensando. Dammi un minuto» borbottò continuando a leccarsi. Era bello sapere che proteggere la mia vita aveva un'importanza paragonabile a evitare di entrare in una normalissima borsa di vimini che, tra l'altro, non puzzava affatto. Ma la questione dell'olfatto super sviluppato era una scusa, lo sapevo bene: quello snob del mio gatto diceva che puzzava solo perché non sopportava che l'avessi presa in un negozio dell'usato.

«E va bene» disse infine, tirando giù la zampa. «Starò nella borsa, ma mi devi un favore.»

«Te ne devo già uno per la pettorina» puntualizzai pentendomi all'istante di non saper tenere chiusa la mia boccaccia. Ci infilai un altro pezzo di formaggio sperando che così avrei evitato di dire altre cose di cui mi sarei pentita.

Un sorriso malvagio gli si dipinse sul muso: «Già» rispose con una risata maliziosa. «E questo favore non fa che diventare sempre più grande. Continua così, mia cara. A questo bel micione serve un nuovo... beh, di tutto!»

Accidenti. Non sapevo se ero più preoccupata per la minaccia o disgustata dalle sue cattive maniere. Decisi di ingoiare la preoccupazione insieme a un grosso boccone di formaggio non masticato, ma non fu una buona idea: mi restò incastrato in gola rischiando di strozzarmi.

Gattavius restò seduto a fissarmi mentre facevo ampi gesti verso la mia gola; non mosse nemmeno un baffo mentre tossivo e mi battevo sul petto, riuscendo finalmente a rimuovere il boccone incriminato.

«Cosa avresti fatto se fossi morta?» gli chiesi con voce rauca. «Ho rischiato di soffocare e a te non è neanche venuto in mente di aiutarmi!»

Sbadigliò: «Oh, era questa la ragione di tutta quella sceneggiata? Pensavo che stessi solo cercando di prendere tempo. Se non ci diamo una mossa Chuck il Ciuco e gli altri verranno a cercarci. È questo che vuoi?»

Uffa! Il fatto che avesse ragione era più detestabile della totale mancanza di empatia.

«Va bene, andiamo» dissi dopo aver riempito una bottiglietta con l'acqua del rubinetto.

Gattavius mi seguì esitante: «Niente pettorina questa volta?»

«No» risposi estraendo trionfante qualcosa dall'armadio dei cappotti e mostrandoglielo. Non vedevo l'ora di scorgere la sua delusione; era questa la natura del nostro rapporto. «Oggi la borsa!»

Alzò la zampa tenendola dritta accanto alla testa. Non gli avevo mai visto fare quel gesto: doveva averlo imparato dai programmi per bambini. «Ho una domanda.»

Sollevai le sopracciglia, facendogli cenno di proseguire.

«Qual è il mio ruolo in tutto questo?»

«Se qualcosa va storto, usa l'iPad per chiedere aiuto. Se va stortissimo, attacca e graffia senza pietà. Pensi di farcela?»

Annuì: «Se ti ricordi di prendere il mio iPad.»

Con un gemito tornai in camera da letto a prendere il suo giocattolo preferito. «Così va bene?» gli chiesi infilando il dispositivo nella tasca posteriore della borsa. Era un modo davvero strano di prepararsi per una situazione pericolosa, ma rappresentava bene come fosse diventata la mia vita.

«Ancora una cosa» gli dissi mentre ci dirigevamo all'auto. «Ora chiamo mia madre.»

«Perché? Non basto io a proteggerti?»

«Fidati di me» dissi ridendo. «Basti e avanzi per la maggior parte del tempo, ma le ho promesso uno scoop e farò in modo che lo ottenga.»

Sembrava ancora confuso: «Ma lei non cercherà di fermarti? Non è per questo che non abbiamo detto niente alla nonna e a Charles?»

«Sì, è per questo, ma mia madre non è un tipo che si preoccupa facilmente. Capisce che il fine giustifica i mezzi.»

Gattavius mi salì in grembo e mi conficcò gli artigli nelle cosce quando avviai il motore. «Beh, è la tua vita, quindi è una tua decisione» disse.

Non il migliore degli atteggiamenti per un assistente. Speravo che, se fosse dovuto intervenire, avrebbe fatto il necessario per salvarmi. Non ne ero più tanto sicura dopo la scena con il formaggio a casa.

Ma non era il momento di pensare a questo: dovevo salvare un uomo innocente dal trascorrere il resto della vita in prigione. L'ultima volta ero finita nei guai perché non mi ero resa conto del pericolo; questa volta invece ne ero consapevole ed ero pronta ad affrontarlo.

Dopo aver allacciato la cintura di sicurezza, collegai l'iPad di Gattavius al Bluetooth dell'auto e chiamai mia madre con FaceTime attivando solo l'audio.

Rispose così in fretta che non sentii neanche suonare: «Ehi, Angie. Ha qualche novità?»

«In effetti» annunciai a voce alta per essere certa che mi sentisse nonostante il motore in sottofondo, «mi sto recando proprio ora a Misty Harbor. Pensi di riuscire a raggiungermi con una troupe e le telecamere?»

«Ci vorrà un po' per organizzare la cosa. Qui a Glendale è raro utilizzare degli inviati per le notizie, ma arriverò il prima possibile. Dove devo raggiungerti?»

«Lighthouse Realty & Brokerage» risposi snocciolando l'indirizzo.

«Sono davvero colpita. Come avete fatto a scoprire il vero colpevole?» chiese.

Il mio cuore di figlia era pieno d'orgoglio, tuttavia esitavo:

mamma non sapeva ancora la verità sul mio superpotere e non mi sembrava né il momento né il modo per parlargliene.

«È una lunga storia. Vediamo di mandarla in onda!» dissi sapendo benissimo che non mi sarei mai sognata di parlare delle mie bizzarre capacità al TG locale. Sarebbe stato già abbastanza difficile dirlo a mia madre, ma mi sarebbe toccato farlo entro fine giornata.

«La mia figliola in gamba! Quel diploma in giornalismo ha dato i suoi frutti! Sono ancora convinta che sia quella la tua vera strada. Saremmo un'ottima squadra noi due!»

«Ci penserò, mamma» dissi, ben sapendo che la cosa non mi attirava proprio per niente. Avrei detestato trovarmi in diretta concorrenza con la mia ambiziosa genitrice e, peggio ancora, dover lavorare fianco a fianco con lei ogni giorno. Ci volevamo un gran bene, ma la compagnia reciproca andava presa a piccole dosi.

Lei rise bonariamente: «Ok, ho capito. Ma hai ragione: ora concentriamoci su ciò che va fatto.»

Restava un'ultima cosa da dirle, la più difficile: «Mamma?»

«Sì?»

«Se ricevi una chiamata da questo numero nelle prossime ore... soprattutto una chiamata muta... chiama la polizia. Ok?»

Inspirò profondamente e mi chiese: «Stai per fare qualcosa di pericoloso?»

Mi auguravo proprio di no.

«No, è solo per precauzione» mentii. Sapevo che Sandra aveva già ucciso, *per ben due volte,* e niente mi garantiva che non avrebbe deciso di eliminarmi, una volta saputo che l'avevo scoperta e che intendevo farla pagare per i suoi crimini.

«È sempre una buona idea avere un piano B» disse mia madre in tono rassegnato. «Sarò lì il prima possibile.»

«Ok» risposi. «Chiamami quando arrivi. Forse avrò il telefono spento, ma ti richiamerò appena possibile. Mamma?»

«Sì?»

«Ti voglio bene.»

«Anch'io.»

Feci un respiro profondo e mi rivolsi a Gattavius: «Ecco fatto» dissi. «Ora il numero di mia madre è l'ultimo della cronologia. Chiamala se ci sono problemi, ok?»

Aveva un'espressione tetra; forse iniziava finalmente a capire quanto fosse rischiosa quella situazione per me, o forse era solo turbato dal viaggio in auto. Non ne ero certa.

L'unica cosa sicura era che stavamo andando a stanare un'assassina. *E niente mi avrebbe fermata.*

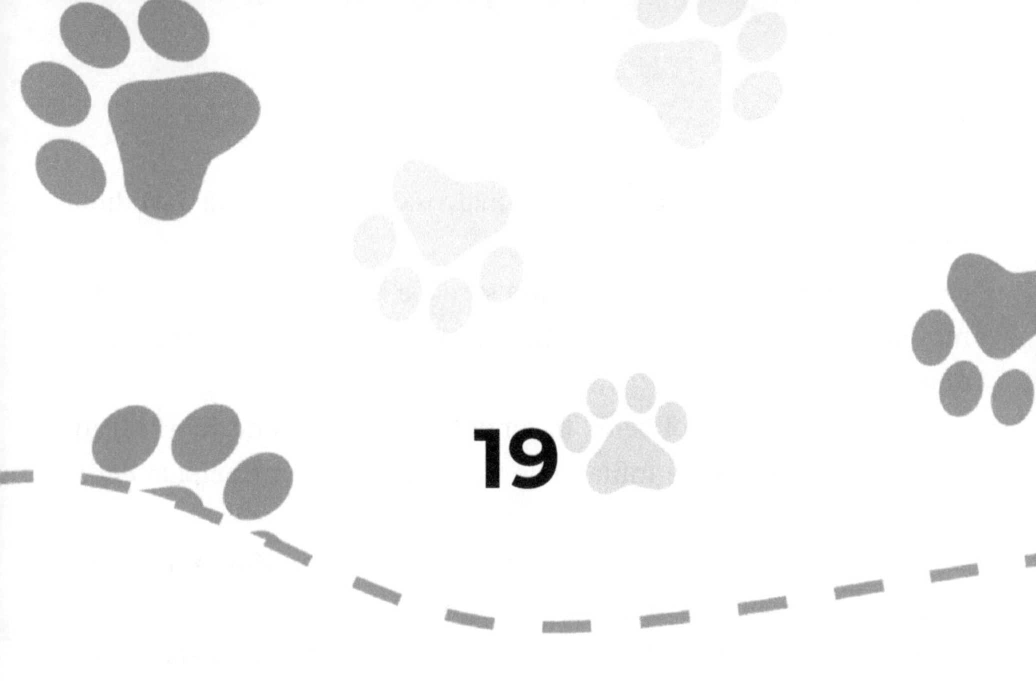

19

«È ora di entrare in azione» mormorai, ancora seduta al posto di guida della mia auto, nel piccolo parcheggio della Lighthouse Realty & Brokerage. Mi tremavano le mani mentre prendevo la borsa di vimini dal sedile del passeggero e la tenevo aperta per consentire a Gattavius di entrarci.

Ringhiò ma obbedì senza lamentarsi.

«Ricordati che l'iPad è nella tasca posteriore» gli dissi. «Terrò la borsa in grembo. In caso di emergenza salta fuori e buttala a terra. In questo modo l'iPad dovrebbe finire sul pavimento e potrai usarlo.»

«Ho capito» rispose. «Ma se finisse con lo schermo rivolto a terra?»

«Speriamo che non succeda» dissi. Accidenti, avrei dovuto pensarci prima, ma ormai eravamo arrivati ed era il momento di agire.

«Mettilo dentro la borsa» suggerì lui tirando fuori la testa per osservarmi.

«Ma non ti piace che ci sia qualcosa dentro. Ti dà fastidio» sottolineai.

«È spiacevole, ne convengo. Ma sarebbe ben più spiacevole se tu morissi e dovessi addestrare un altro umano a prendersi cura di me.»

«Oh, allora mi vuoi bene, in fondo!» squittii tirando fuori l'iPad dalla tasca posteriore e infilandolo nello scomparto principale della borsa.

«Basta smancerie. Andiamo ad assicurare alla giustizia quella criminale!» disse acquattandovisi dentro.

Bene. Feci un altro respiro profondo e scesi dall'auto sistemandomi la borsa sulla spalla e avvicinandomi alla porta d'ingresso. Speravo che Sandra fosse in ufficio. Avevo evitato di chiamare per accertarmene: preferivo improvvisare. È vero, non avevo un piano, ma speravo nel provvidenziale aiuto del gene di famiglia del talento per la recitazione.

Il suono di una campanella annunciò il mio arrivo quando spinsi la porta a vetri per entrare. Un piacevole profumo di vaniglia aleggiava nell'aria e la sala d'attesa ospitava due bei divani imbottiti e un'invitante gamma di riviste. C'era perfino un piccolo frigo con bottigliette d'acqua, vari tipi di soda e caffè freddo in lattina.

Vedendo che non c'era nessuno alla scrivania all'ingresso, colsi l'occasione per sgraffignare un caffè. Avrei dovuto comprarmi qualche lattina da tenere a casa. La aprii, ne gustai un goccio e tracannai il resto in tre sorsare.

Coraggio in forma liquida?

Me lo auguravo.

«Buongiorno e benvenuta alla Lighthouse Realty & Brokerage» mi salutò una voce femminile dall'altro lato della stanza. «Come possiamo esserle utili?»

Lanciai un'occhiata alla nuova arrivata e riconobbi all'istante

Sandra Lynn con i suoi inconfondibili riccioli rossi e un ampio sorriso che, ora lo sapevo, nascondeva oscuri segreti. Afferrai i manici della borsa: avevo bisogno di sentire che Gattavius era al mio fianco per mantenere il controllo e restare concentrata sul da farsi.

«Buongiorno» dissi con quello che, speravo, fosse un sorriso cordiale. «Sono qui perché vorrei acquistare una casa.»

Sandra rise, un suono sorprendentemente penetrante. Mi chiesi se mi sarei fatta ingannare dal suo atteggiamento cordiale se non fossi stata a conoscenza dei fatti. «Allora posso sicuramente esserle utile. Perché non ci accomodiamo nel mio ufficio?» Si avviò di buon passo lungo il corridoio e io la seguii.

«È fortunata» mi disse voltandosi a guardarmi mentre camminava. «Di solito chi si presenta senza appuntamento deve accontentarsi di uno dei nostri agenti junior, ma questo pomeriggio mi hanno annullato un appuntamento. In qualità di proprietaria dell'agenzia e agente con la maggior esperienza, le farò avere la casa dei suoi sogni in un batter d'occhi.»

Mi rivolse un sorriso falso, si fermò e mi fece cenno di precederla nel piccolo ufficio scarsamente illuminato.

«Una vera fortuna» replicai con un sorriso educato.

«Come si chiama, mia cara? Si tratta del suo primo acquisto?» Sandra si sedette alla scrivania e si chinò verso di me mentre parlavamo.

«Mi chiamo Angela» dissi porgendole la mano per stringere la sua. Non era una vera e propria bugia ma nemmeno la pura verità. Nessuno mi chiamava così a parte Gattavius, e anche lui lo faceva solo raramente. «Proprio così» conclusi.

«Bene, lasci che le illustri qualche concetto di base» disse lanciandosi in un lungo monologo che mi diede il tempo di esaminare attentamente l'ufficio. Niente saltava particolarmente all'occhio, ma non mi ero certo aspettata di trovare un martello insanguinato sulla scrivania.

Sandra concluse il discorso e restò in attesa che io dicessi qualcosa, ma non avevo prestato abbastanza attenzione da sapere cosa.

«Cosa sta cercando, mia cara?» ripeté. Il suo sorriso vacillò leggermente mentre aspettava una risposta.

«Ehm...» Ripensai a tutte le teorie che io, Charles, la nonna e Mitch avevamo ipotizzato durante il viaggio di ritorno a Glendale. Tutte erano incentrate sulla stessa domanda: *Che motivo avrebbe potuto avere l'agente immobiliare per uccidere i suoi clienti?* I soldi sembravano la questione più plausibile. Non capivo cosa ciò potesse implicare, ma decisi di sollevare con cautela la questione:

«Mi piacerebbe un bell'appartamento con tre camere da letto, ma temo che i miei risparmi non siano sufficienti a trasformare il mio sogno in realtà.»

Si accigliò brevemente, scosse il capo e tornò a sorridere: «Non c'è problema. Possiamo lavorarci su. Di che cifra stiamo parlando?»

«Beh, è piuttosto modesta.» Purtroppo questo era vero.

Strinse le labbra truccate con cura in una linea dura: «Mmm.»

«Può aiutarmi in qualche modo?» chiesi facendo del mio meglio per sembrare una donna in cerca di una casa che non poteva permettersi.

Sandra si irrigidì prendendosi qualche istante per riflettere: «Ci sono dei programmi governativi che forniscono prestiti per l'acquisto della prima casa. Il tasso d'interesse non sarà molto conveniente, ma capita di frequente quando si acquista una proprietà per la prima volta.»

«Ok» dissi impotente.

«Perché ha deciso di procedere proprio ora se si tratta di un momento di difficoltà economica?» chiese.

Dovevo pensare in fretta per evitare di destare sospetti, così dissi la prima cosa che mi venne in mente: «Beh, nell'appartamento in cui vivo ora, io e il mio gatto ci stiamo sempre addosso. Ci serve più spazio. Oh, e ho anche un cane! Uno Yorkshire.»

A quelle parole la donna impallidì. Deglutì prima di scoppiare nuovamente in una risatina stridula: «Sembra proprio che siate al completo» disse.

Forse me l'ero solo immaginato, ma aveva vacillato alla menzione dello Yorkshire. Forse, insistendo un po', sarei riuscita a innervosirla abbastanza da ottenere una confessione.

«A lei piacciono i cani?» chiesi stringendomi la borsa in grembo per rassicurare Gattavius che, senza dubbio, non era contento di non poter prendere parte a quella conversazione: in fin dei conti, da quando aveva conosciuto Yo-Yo sottolineare la superiorità dei gatti rispetto ai cani era diventato uno dei suoi passatempi preferiti.

«Mi sono occupata per un po' del cane di un'amica» rispose Sandra voltandosi dall'altra parte per sistemare dei documenti. «Non so se ne prenderei uno, ma visto che lei ce l'ha dovremmo pensare a una casa con un giardino recintato.» Mi porse trionfante un elenco.

Mi interrogavo sulle sue parole mentre fingevo di consultarlo: si era occupata del cane di un'amica? Si riferiva forse a Yo-Yo? Era per questo che lui era scomparso per qualche settimana prima di ricomparire davanti alla porta di casa dove Charles l'aveva trovato? E se era andata così, perché Yo-Yo non ce l'aveva detto?

Pensavo che la perdita di memoria legata al trauma si fosse risolta quando aveva ritrovato Mitch, ma forse ancora non ricordava altri dettagli che non fossero direttamente legati all'accaduto.

«Non so se uno di questi è il posto che fa per me» dissi posando l'elenco sulla scrivania. «Ma grazie lo stesso.»

«Ha fatto qualche ricerca online? Questi elenchi non sempre sono aggiornati, ma se ha qualche idea su cosa potrebbe piacerle, questo ci aiuterebbe a fare una ricerca più mirata.»

Era brava a non perdere il filo della conversazione: a ogni commento mi portava un po' più vicina all'acquisto. Ci sarebbe voluto ben di più per metterla fuori gioco, ma per fortuna avevo un asso nella manica.

«In effetti...» dissi stringendomi la borsa di vimini al petto, nel tentativo di attutire il tremito delle mani. «C'è una casa che mi piace molto a Glendale. È al di là delle mie possibilità economiche, ma spero che potremmo ottenere un buon accordo.»

«Saro lieta di negoziare con i proprietari e vedere cosa si può fare» rispose Sandra con un sorriso ossequioso. «È sicura di volere proprio quella? Riusciamo a preparare un'offerta?»

«Beh, è una bella casa. Suppongo che potremmo provarci» dissi fingendomi esitante.

Lei annuì entusiasta. Doveva essere bello guadagnarsi una succosa commissione senza aver dovuto fare praticamente nulla; probabilmente ora mi vedeva come un grosso dollaro ambulante. «Magnifico. Ha l'indirizzo?»

Tirai fuori il cellulare e finsi di cercarlo. Infine le diedi l'indirizzo degli Hayes, che ormai sapevo a memoria.

Sandra non disse nulla, si limitò a fissarmi, così aggiunsi: «Come ho detto, speravo di poter ottenere un buon prezzo perché in quella casa sono state assassinate due persone.»

«Non penso che quella sia la casa giusta per lei, mia cara» disse infine.

«Perché no?» protestai. «È un bellissimo quartiere e avrei un sacco di spazio per me e per i miei animali. Non potremmo fare almeno un tentativo?»

«La esorto davvero a optare per una proprietà dalla storia meno sordida» disse tornando a consultare la documentazione e tirando fuori un altro elenco apparentemente a caso: «Questa sembra davvero bella. Che ne dice?»

Non diedi neanche un'occhiata. Con gli occhi fissi nei suoi, mi passai la lingua sulle labbra e dissi: «Ha detto che avremmo potuto preparare un'offerta ed è ciò che intendo fare. Possiamo iniziare, per favore?»

Lei scosse il capo. «Forse non dovrei dirlo perché... ecco, forse penserà che ho qualche rotella fuori posto ma...» si fermò e scoppiò a ridere, ma io rimasi seria, in attesa.

«Ma la casa di cui parla...» continuò. «È infestata dai fantasmi.»

«Eh!? Mi dia un secondo.» Posai la borsa a terra proprio di fronte alla gigantesca scrivania in modo che non riuscisse a vedere ciò che stavo facendo senza alzarsi in piedi. Presi l'iPad e feci cenno a Gattavius di uscire. Quando dispositivo e gatto furono sul pavimento e mi fui accertata che il tigrato stesse già chiamando mia madre, mi rizzai sulla sedia e rivolsi nuovamente l'attenzione a Sandra, che sembrava sempre più nervosa.

«Infestata?» chiesi scuotendo il capo. «Dice sul serio?»

Annuì enfatica: «So che non tutti credono ai fantasmi e cose simili, ma in quella casa ci sono davvero, e sono molto arrabbiati. Meglio non farsi coinvolgere in un simile pasticcio.»

«Caspita!» dissi fingendo di pensarci attentamente per guadagnare tempo. Se mia madre avesse risposto alla chiamata prima che giocassi le mie carte, avrebbe potuto sentire tutto. Udii un brusio proveniente dal basso: doveva essere lei.

«Cos'è stato?» chiese Sandra guardandosi intorno nella stanza in cerca della fonte del rumore.

«Aspetti. Ho una domanda» mi affrettai a dire per richiamare la sua attenzione. «Ha detto che quei fantasmi sono arrabbiati. Non sarà perché li ha uccisi lei?»

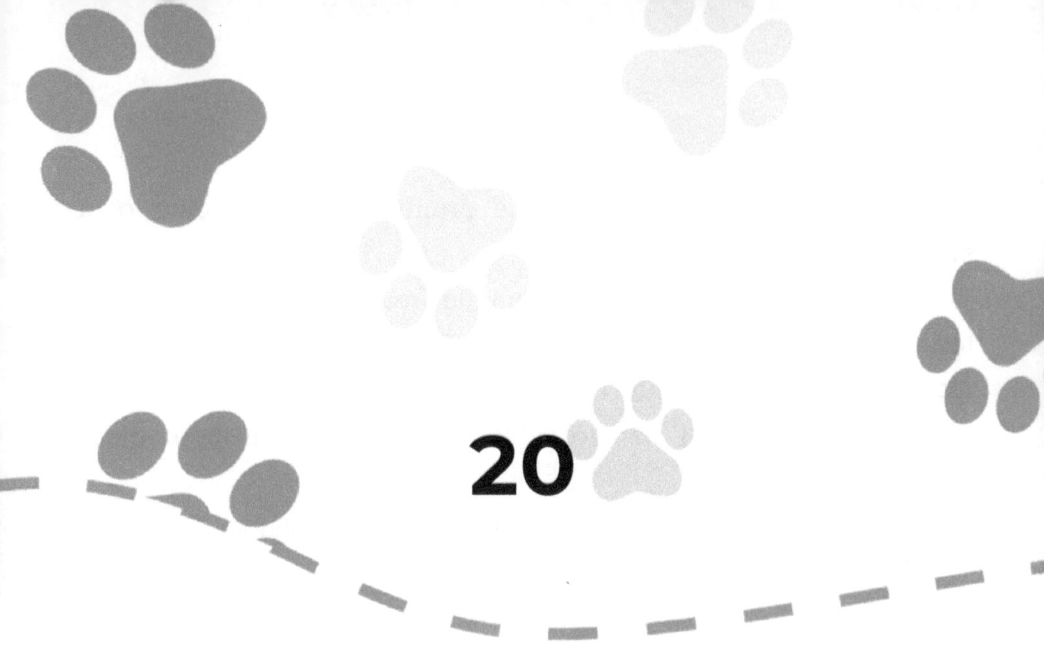

20

«Nessuno ha mai osato insultarmi in questo modo in tutta la mia vita. Se ne vada! Esca subito dal mio ufficio!» gridò l'agente immobiliare. Ogni traccia di cortesia era sparita dal suo volto, che ora era una maschera di rabbia. Scattò in piedi così in fretta che feci un balzo indietro, terrorizzata.

E, incespicando per alzarmi a mia volta, pestai la coda di Gattavius, che emise un terrificante ululato e saltò dritto sulla scrivania soffiando come un indemoniato.

«Che diavolo è? Da dove salta fuori?» sbraitò Sandra facendosi sempre più rossa in viso.

«Perché prima non risponde alla mia domanda?!» le gridai. «So che è stata lei a uccidere gli Hayes e posso provarlo!»

«Non può provare proprio un bel niente! Se ne vada da qui!»

Incrociai le braccia sul petto e la fissai dritto negli occhi, sperando che non si accorgesse di quanto fossi impaurita: «Non andrò da nessuna parte finché non ammetterà ciò che ha fatto!»

«Io non ho fatto niente» disse pronunciando con cura ogni parola. Ma io non ci cascai.

«Ha assassinato gli Hayes a sangue freddo. Gli ha spaccato la testa a martellate e ha incastrato il tuttofare» dissi. «Ucciderà anche me se diventerò sua cliente?»

Sandra sbuffò e si slanciò verso di me, ma ero troppo veloce per lei.

Schizzai fuori dal suo ufficio e tornai verso l'ingresso. «Aiuto!»

«Non c'è nessun altro qui» mi disse lei avvicinandosi con deliberata lentezza.

Intravidi un'opportunità e la colsi al volo: infilandomi a forza nel corridoio la superai, tornai di corsa nel suo ufficio e mi chiusi a chiave all'interno.

«Te ne pentirai!» gridò prendendo furiosamente a pugni la porta.

La ignorai e iniziai ad aprire freneticamente cassetti e armadietti in cerca di prove: «Aiutami a trovare qualcosa di utile!» dissi a Gattavius, ancora intento a leccarsi la coda dolorante.

Rovistammo in tutto l'ufficio.

Qualcosa doveva esserci di certo.

«Ho chiamato tua madre come mi avevi detto» mi informò il tigrato.

«Chiamo la polizia!» tuonò Sandra dal corridoio.

«Benissimo, così potranno arrestarla subito!» gridai a mia volta sfidandola a farlo e rivolgendo un sorriso grato a Gattavius.

«Grazie per l'aiuto» gli dissi. «Sei stato bravo.»

Continuammo la nostra frenetica ricerca ancora per un po', la mia disperazione che cresceva a ogni istante.

«E questo cos'è? Queste parole mi sembrano familiari» disse Gattavius colpendo con la zampa una pila di lettere poste sopra uno schedario, che caddero a terra sparpagliandosi. Non aveva ancora imparato a leggere, ma iniziava a riconoscere alcune parole e i numeri.

Setacciai la corrispondenza e trovai una lettera indirizzata a Charles.

«Oh! Pensava di farla franca ricattando il mio collega?» gridai a Sandra sventolando in aria la lettera anche se lei non poteva vederla. «A che scopo minacciarlo quando sa benissimo che non è stato Brock Calhoun a uccidere Bill e Ruth Hayes?»

Ma lei non rispose. In effetti nell'intero ufficio regnava il silenzio. L'unico suono che percepivo era quello del sangue che mi scorreva a velocità folle nelle vene. Il cuore iniziò a battermi furiosamente e pregai che Sandra non fosse riuscita a mettere le mani su una pistola o su qualche altra arma con cui abbattere la porta per arrivare a me.

Un attimo dopo la porta d'ingresso dell'agenzia immobiliare si aprì di colpo con un violento scampanellio.

«Sono Laura Lee di Channel 7 News. Può spiegare ai nostri telespettatori cosa sta succedendo qui?» La voce di mia madre si levò forte e chiara; riuscivo a immaginarmela sul piede di guerra, intenta a brandire il microfono come una spada. Di sicuro era una di quelle occasioni.

Sentendomi al sicuro ora che erano arrivati i rinforzi, spalancai la porta e tornai nell'area d'ingresso giusto in tempo per vedere Sandra Lynn che tentava la fuga.

«Mamma! Fermala!» gridai iniziando a correrle dietro. Non avevo la minima idea di cosa avrei fatto se l'avessi presa, ma dovevo almeno provarci.

«Basta così» mi intimò mia madre, lasciando cadere il microfono e afferrandomi per le braccia. Il cameraman iniziò a correre, ma l'enorme telecamera che aveva in spalla rallentava la sua andatura.

Attraverso la porta a vetri vidi un'auto della polizia fermarsi con uno stridio di pneumatici: ne balzarono fuori due poliziotti armati.

«L'ho presa!» Udii la voce di Charles da un punto che non riuscivo a scorgere.

Mia madre mi lasciò andare e mi precipitai fuori per poter vedere cos'era successo: mi trovai davanti Charles che teneva saldamente bloccata una Sandra ormai al limite della disperazione.

«Non avete nessuna prova!» gridò.

«In realtà ho questa» dissi sventolando la lettera in aria. «Era nella posta da spedire» spiegai porgendola al poliziotto più vicino.

«Lettere minatorie, eh?» disse l'ufficiale con una smorfia dopo averla letta. «Grazie» mi disse poi infilandosela in tasca. «Ma doppio omicidio premeditato e frode dovrebbero bastare a tenerla dentro per un bel po'.»

«Ho dei diritti!» gridò pateticamente Sandra.

«Ha ragione» disse l'altro ufficiale. «Glieli leggo subito. Ha diritto di rimanere in silenzio...»

Charles mi si avvicinò zoppicando leggermente: Sandra doveva aver opposto resistenza quando lui l'aveva catturata. «Stai bene?» mi chiese apprensivo.

«Sì.»

Una volta accertatosi che fosse proprio così, il suo bel volto si contrasse in una maschera di rabbia: «Perché sei venuta qui da sola?»

«Dovevo trovare un modo per dimostrare l'innocenza di Brock e questo mi sembrava il più diretto.»

«Il più assurdo» ribatté lui. «E pericoloso.»

Scossi il capo ripensando a ciò che aveva detto il poliziotto. «Avete trovato altri modi per dimostrare che è stata lei?»

Si passò una mano fra i capelli e sospirò: «Sì. Se fossi tornata da tua nonna avrei potuto dirtelo subito.»

«Come avete fatto?» insistetti. Non riuscivo ancora a capire perché l'agente immobiliare avesse ucciso dei clienti e la cosa mi faceva impazzire.

«Mitch» disse semplicemente Charles. «Ha messo in moto le cose inviando qualche messaggio mentre tornavamo a Glendale.»

«Ma ha detto che il suo telefono...»

«Ha usato quello di tua nonna» mi interruppe. «In ogni caso, eri sulla pista giusta con la Bayside Printing Company, ma non hai fatto le domande giuste. L'ex capo di Bill, il signor Weber, è riuscito a effettuare un ripristino di sistema e recuperare dei file che erano stati eliminati. Quando ha saputo di dover esaminare la documentazione relativa alla Lighthouse Realty & Brokerage, ha trovato proprio ciò che ci serviva.»

Ero felicissima che avessimo trovato le risposte che cercavamo, ma ancora non riuscivo a capire: «Ovvero?»

«Il movente» disse Charles con un gran sorriso. «Era un piccolo particolare ed era facile non accorgersene, ma nell'ultimo materiale che aveva mandato in stampa, Sandra aveva incluso una pagina di troppo.»

«Che vuoi dire?» chiesi facendogli cenno di sbrigarsi a rispondere alla domanda che mi aveva perseguitata per tutta la settimana.

«Che aveva passato a Bill un documento finanziario che mostrava alcune attività illegali legate a documenti falsi e conti offshore» spiegò.

«E lo ha ucciso per questo?» chiesi. «Perché temeva che la denunciasse?»

«Mi ha ricattata!» gridò Sandra. «Ha detto che, poiché sapevo già come aggirare le regole, non doveva essere un grosso problema per me procurargli una casa nuova senza fargli sborsare un soldo. Razza di idiota egoista! Ma io non avevo mezzo milione da buttare al vento. Cosa avrei dovuto fare?»

«Per prima cosa non rubare» disse uno degli agenti abbassandole la testa e spingendola sul sedile posteriore della volante.

«E di certo non avrebbe dovuto uccidere né lui né nessun altro» commentò l'altro agente.

«E questo è tutto» annunciò mia madre raggiungendoci. «Brock Calhoun è innocente e il vero assassino è stato assicurato alla giustizia. Il tutto in diretta in esclusiva su Channel 7.»

Quando iniziò a intervistare Charles, sgattaiolai silenziosamente fuori dall'inquadratura per andare a recuperare il mio gatto e il suo iPad all'interno dell'agenzia.

Trovai Gattavius appallottolato sulla scrivania di Sandra. Nonostante il chiasso e tutto ciò che era successo, era riuscito ad appisolarsi.

«Ehi.» Lo scossi delicatamente per svegliarlo. «Ce l'abbiamo fatta.»

Strizzò gli occhi, sbadigliò e disse: «Fantastico. E ora che si fa?»

«Che ne dici di un panino all'astice al Little Dog Diner?»

* * *

Charles si unì a noi e offrì panini a tutti, inclusi Mitch, la nonna e Yo-Yo che ci avevano raggiunti poco dopo l'arresto di Sandra. Lasciai che fosse lui a raccontare tutti i dettagli e mi concentrai sul delizioso pasto che avevo davanti.

Verso la fine del racconto la nonna mi diede uno schiaffo sulla nuca facendomi quasi strozzare di nuovo.

«Cosa ho fatto?» mi lamentai, la bocca ancora piena.

«Se osi fare di nuovo qualcosa di tanto stupido ti uccido» disse scoccandomi un'occhiataccia.

«Scusa» balbettai. «Brock è già stato informato?» chiesi poi nel tentativo di cambiare argomento.

Charles si leccò la maionese da un dito. «Le procedure di rilascio sono già in corso. Uscirà entro sera.»

Quella notizia mi rese così felice che non potei fare a meno di sorridere mentre divoravo il secondo panino.

Mitch finì di mangiare per prima; prese in braccio Yo-Yo e se lo appoggiò in grembo. Quella scena mi fece tornare in mente qualcosa che ancora non quadrava.

«Quando ho parlato con Sandra,» dissi facendo una piccola pausa per accertarmi che tutti mi stessero ascoltando, «lei ha detto di essersi occupata di un cane per un'amica. Pensate che potesse riferirsi a Yo-Yo?»

«Credi davvero che l'abbia rubato, tenuto prigioniero per qualche settimana e poi l'abbia lasciato andare? Sembra improbabile» disse Charles. «Che motivo avrebbe avuto per farlo?»

«Chiediamolo a lui» disse Gattavius prima di mettersi in bocca un grosso pezzo di gamberetto.

«Lo faresti?» chiesi, aggiungendo subito «per favore» quando vidi che tergiversava.

«Che cosa...?» iniziò Charles, ma lo zittii mentre aspettavo che gli animali finissero di parlare.

«Affermativo» disse Gattavius poco dopo. «L'ha preso quella notte perché lui non la smetteva di abbaiare, ma lui è scappato ed è tornato a casa. Gli ci è voluto un po' per ritrovare la strada da Misty Harbor, ma era determinato a tornare a qualunque costo.»

Riepilogai rapidamente la risposta al resto del gruppo.

«Allora perché non ha ucciso anche lui?» chiese Charles.

«Suppongo che anche la crudeltà abbia un limite» disse la nonna con un elegante cenno del capo.

«Ha detto che gli dispiace di non essere riuscito a ricordare tutto prima» mi informò Gattavius. «E che vi ringrazia per aver aiutato la sua famiglia.»

«Che ne sarà di lui ora?» domandai.

«Charles mi sta aiutando a presentare una mozione per poterlo tenere con me al campus come animale di supporto emotivo» rispose Mitch con un sorriso. «Non ce la farei a separarmi di nuovo da lui. È tutto ciò che mi è rimasto della mia famiglia.»

«E fino ad allora starà da me» aggiunse Charles. «Ma non ci dovrebbero essere problemi a ottenere l'approvazione, tenendo conto del fatto che...» La voce gli si affievolì ma fu Mitch a concludere: «I miei genitori sono stati assassinati.»

«Che giornata» disse la nonna con un profondo sospiro. «Suggerirei di prenderci una pausa prima del prossimo caso, se per te va bene» disse rivolgendosi a me.

«Cosa ti fa pensare che ce ne sarà un altro?» chiesi sorpresa.

«Perché, tesoro, anche se non sempre scegli il modo più sicuro di agire, credo che tu abbia finalmente scoperto la tua vocazione.»

«E cioè?»

«Sei il miglior investigatore privato dell'intero Maine» dichiarò con un sorriso orgoglioso.

«E allora brindiamo» dichiarò Charles sollevando il bicchiere di soda.

«Cin cin» aggiunse Mitch.

Fu allora che mia madre piombò nel locale per unirsi a noi. «Eccomi!» gridò. «Che cosa mi sono persa?»

«Niente» disse la nonna facendomi l'occhiolino. «Proprio niente.»

Suppongo che avrei potuto parlargliene più avanti. Per quel giorno avevamo già fatto il pieno di emozioni.

Gattavius mi diede un colpetto con la zampa: «Ora che il caso è chiuso, è il momento di riparlare di quel favore.»

Mia madre era impegnata a dare ordini alla cameriera, così mi piegai verso di lui e sussurrai: «Di che si tratta?»

«Voglio che mi compri una casa» disse con un sorriso degno dello Stregatto.

«Una casa!» strillai.

Annuì entusiasta: «E non una qualsiasi. La *mia* casa. Voglio tornarci.»

Rimasi a bocca aperta in cerca di una risposta appropriata, ma non mi venne in mente niente.

«Non preoccuparti, verrai anche tu» aggiunse Gattavius nel vano tentativo di rispondere alle mie obiezioni. Aveva imparato molto sugli esseri umani e la loro società, dovevo riconoscerglielo, ma alcune cose ancora non gli entravano proprio in testa, l'esistenza dei soldi prima fra tutte.

«Vuoi che acquisti la casa di Ethel?» sussurrai. «Non potrò mai permettermi una villa di quella portata!»

«Penseremo in un secondo momento a questi dettagli» mi rassicurò rimettendosi a mangiare.

Alzai gli occhi e vidi mia madre che mi fissava con un'espressione che riconobbi all'istante.

Lo sapeva.

VOLUME TRE

INDAGINE SENZA PELO

Non ho deciso io di diventare un'investigatrice privata con un gatto parlante criticone come assistente, ma ormai non c'è modo di tornare indietro. Soprattutto ora che una figura politica di spicco è stata uccisa proprio a due passi da casa mia.

Gli unici testimoni sono i due gatti senza pelo della senatrice, Jacques and Jillianne. In genere gli animali ci aiutano di buon grado a trovare l'assassino dei loro proprietari, ma stavolta sembra che i colpevoli possano essere proprio i due subdoli felini.

Sorprendentemente Gattavius vuole darmi una mano, ma fatica a capire i due principali sospettati a causa dello strano modo di esprimersi degli Sphynx. E io che credevo che il gattese classico fosse già abbastanza difficile!

. . .

E così, anche dopo due casi già risolti, non so proprio come farò a venire a capo anche di questo. Sarà troppo tardi per tornare sui miei passi e dedicarmi a un altro lavoro?

1

Ciao, sono Angie Russo e il mio gatto non la smette mai di parlare. E non mi riferisco ai normali miagolii, ma a discorsi veri e propri che io sono in grado di comprendere. Finora sono l'unica che sembra avere questa capacità e non ho la minima idea del perché.

Tutto è iniziato quando ho preso la scossa dalla vecchia macchina per il caffè dello studio legale in cui lavoro come assistente. Da allora io e Gattavius abbiamo utilizzato il nostro superpotere per risolvere due casi di omicidio e devo ammetterlo: siamo un'ottima squadra!

Sono trascorse solo poche settimane dall'indagine che è valsa un biglietto 'Esci gratis di prigione' al tuttofare Brock Calhoun, e il mio compare felino non vede già l'ora di risolvere un altro caso. A quanto pare, al momento dormire e lamentarsi tutto il giorno non è abbastanza emozionante per lui.

Da sempre sono alla ricerca del mio talento speciale, qualcosa che mi renda unica e che mi dia uno scopo nella vita. Da giovane mia nonna era una star di Broadway, mentre i miei genitori sono entrambi giornalisti televisivi e amano il loro lavoro.

Tutti e tre hanno trovato la loro strada fin da giovani, senza incertezze, mentre io ho dovuto lottare a lungo per capire quale fosse la mia. Ero talmente indecisa da non riuscire neanche a scegliere un corso di laurea specialistica; ho ottenuto, invece, ben sette diplomi universitari.

Di certo non mi sarei mai aspettata di scoprire che la mia vocazione fosse fare l'assistente legale, soprattutto considerando quanto ho sempre detestato gli avvocati. Ma ora che ho Gattavius e il mio superpotere, lavorare per Thompson, Longfellow & Associates mi offre la copertura perfetta per utilizzare il mio talento per fare giustizia, anche perché il nuovo socio dello studio conosce bene la mia capacità di parlare con gli animali.

Proprio così! Charles non è stato licenziato: al contrario, ha ottenuto una promozione. Ero così orgogliosa di lui che gli ho perfino proposto di tornare al Little Dog Diner di Misty Harbor per festeggiare con i panini all'astice più buoni del mondo, ma lui ha detto che avremmo dovuto andarci un'altra volta perché aveva già un impegno con la sua ragazza, Breanne Calhoun.

Sì, anch'io pensavo di non aver capito bene.

La notizia che aveva iniziato a uscire con quella donna scortese e fredda come il ghiaccio, che fino a poco prima sospettavo di omicidio, era stata più che sufficiente ad azzerare la mia cotta per lui una volta per tutte. Avevo anche deciso che, se Gattavius l'avesse ancora chiamato Chuck il Ciuco, non mi sarei più data la pena di correggerlo.

Ciò nonostante, il pensiero di lui e Breanne insieme mi faceva stare male.

Ma era meglio così, suppongo: avevo proprio bisogno di concentrarmi sulla mia capacità di parlare con gli animali per riuscire a comprenderla a fondo. Inoltre, io e Gattavius dovevamo imparare a indagare senza destare sospetti. E ciò significava che non avevo tempo per l'amore, le cotte o qualsiasi cosa avessi provato per Charles.

In ogni caso, a che ti serve un fidanzato quando hai un gatto parlante?

A me non serviva di certo! Beh, almeno per il momento.

Ultimamente avevo trascorso molto più tempo con mia madre. Da quando ci aveva aiutati a catturare l'assassino nell'ultimo caso a cui avevo collaborato, era diventata una celebrità. Aveva realizzato uno scoop in esclusiva ed era riuscita perfino a mandare in onda in tempo reale il mio confronto con l'assassina e il suo arresto. Il servizio era stato trasmesso in tutti gli Stati Uniti e lei e mio padre avevano ricevuto offerte di lavoro da ogni angolo del paese.

L'ultima proveniva da San Antonio, credo.

Ma lei non intendeva accettarne nessuna finché non avessi acconsentito a trasferirmi insieme a loro. Io però non avrei mai lasciato la nonna e lei non avrebbe mai lasciato Bluebarry Bay, quindi saremmo rimasti tutti esattamente dove ci trovavamo.

Certo, se troppa gente fosse venuta a conoscenza del mio segreto, prima o poi me ne sarei dovuta andare. Al momento erano in cinque a saperlo: la nonna e i miei genitori, a cui ero stata io a dirlo, più Charles Longfellow III e una studentessa universitaria di nome Mitch, che invece lo avevano scoperto per caso. Auspicabilmente nessun altro ne sarebbe venuto a conoscenza, ma sembrava che molte persone fossero già sul punto di scoprire tutto.

E questo mi preoccupava parecchio.

Soprattutto perché mia madre mi aveva appena chiesto di aiutarla con la sua nuova indagine giornalistica...

* * *

Finalmente ero passata all'orario part-time e avevo una giornata libera, il che, purtroppo, significava restarmene a casa a imballare la mia roba sotto la supervisione di un tigrato estremamente esigente.

Non soltanto avevo dovuto buttare parecchie cose che lui reputava inadeguate, ma era proprio lui la ragione per cui dovevo traslocare. D'accordo, ero stata io a dirgli che gli dovevo un grosso favore per averlo portato a spasso con pettorina e guinzaglio, ma non avevo messo in conto che l'entità di quel favore potesse ammontare a cinquecentocinquanta metri quadrati!

Infatti era venuto fuori che il famoso favore consisteva nell'acquisto dell'antica villa in cui Gattavius aveva vissuto con Ethel Fulton prima che questa venisse assassinata e che lui, a seguito di una serie di eventi uno più pazzesco dell'altro, venisse a vivere con me. E così una pettorina da dodici dollari mi era venuta a costare un gran numero degli assegni mensili che ricevevo per occuparmi di tutto ciò che riguardava il suo benessere. Una bella lezione che mi aveva insegnato a pensarci due volte prima di fargli una promessa senza conoscerne bene i termini.

Certo, il mio ex capo, il signor Fulton, mi aveva fatto uno sconto più che generoso sul prezzo, anche perché non c'erano stati potenziali acquirenti da quando si era diffusa la notizia dell'omicidio della proprietaria precedente; ma anche tenendo conto di tutti questi aspetti, Fulton Manor mi sarebbe costata una fortuna, non soltanto per il mutuo, ma anche per i numerosi lavori che sembravano necessari a fini di sicurezza.

O almeno così aveva detto l'ispettore che aveva controllato le condizioni della tenuta.

E in men che non si dica la vendita era stata conclusa e la casa era pronta affinché io e Gattavius andassimo a viverci. Buffo quanto la burocrazia possa rallentare o sveltire le procedure in base a quanto sono altolocate le tue conoscenze. A Bluebarry Bay i Fulton vantavano contatti di ogni tipo e così mi ero ritrovata ad acquistare una villa principesca praticamente senza muovere un dito.

Anche la nonna, che adorava me e il mio gatto in ugual misura, aveva deciso di darmi una mano. Nonostante possedesse da oltre trentacinque anni una casetta pittoresca, aveva deciso che era giunto il momento di venderla e trasferirsi da me nella mia nuova tenuta sull'East Coast.

«La differenza» mi spiegò «è che ora sarò io a stare da te e non il contrario.» Era così che giustificava il fatto di trasferirsi a casa mia dopo avermi praticamente cacciata da casa sua meno di un anno prima.

Onestamente ero ben contenta di avere qualcuno che potesse fungere da intermediario fra me e Gattavius. Anche se gli volevo bene che di più non avrei potuto, si infuriava regolarmente con me trovando modi sempre nuovi di forzare i deboli argini che avevo tentato di imporgli.

E così quel weekend ci saremmo trasferiti tutti, anche se la nonna non aveva ancora ricevuto nessuna offerta d'acquisto. Breanne diceva che sarebbe stato più facile vendere una volta che la casa non fosse più stata occupata dal proprietario attuale. Proprio così. Non riuscivo a credere che la nonna avesse scelto proprio la Calhoun Realty per occuparsi della vendita. Avremmo dovuto farci una bella chiacchierata sul concetto di lealtà.

Ma prima dovevamo sopravvivere al trasloco.

«Sta arrivando qualcuno» mi informò Gattavius saltando sul fondo del letto dove gran parte del mio guardaroba era adagiata in attesa di valutazione. Ritenevo che dovermi traferire fosse un'ottima occasione per liberarmi di ciò che non mi serviva più, anche se nella nuova dimora avrei avuto a disposizione dieci volte lo spazio che avevo ora.

Un attimo dopo udii bussare nervosamente alla porta e la voce di mia madre che mi chiamava: «Angie? Angie, ci sei?»

«Arrivo» strillai lasciando cadere a terra la scatola mezza piena che tenevo fra le braccia.

Girai il pomello e mia madre si precipitò subito dentro: «Non indovinerai mai cos'è successo!» mi disse avvicinandosi all'armadio, prendendo una delle mie giacche e ficcandomela in mano tutta esaltata.

«Di che si tratta?» chiesi ancora un po' assonnata, assolutamente impreparata a quel livello di entusiasmo.

Mi seguì in cucina, dove presi e aprii una lattina di Diet Mountain Dew. Era il mio più recente tentativo di trovare un surrogato del caffè e finora era andata piuttosto bene.

«Lou Harlow è stata assassinata!» squittì deliziata.

«Ehm, mamma, potresti mostrarti un po' meno entusiasta quando parli della morte di qualcuno?» E poi Lou Harlow non era una persona qualunque: in qualità di uno dei due senatori incaricati di rappresentare l'eccelso stato del Maine, era una delle persone più in vista tra gli abitanti di Bluebarry Bay.

E ora era morta e, per qualche motivo, mia madre era esaltata alla notizia.

«Scusami. So che è una brutta cosa che sia morta e tutto il resto, ma indovina chi è stata incaricata di occuparsi del servizio speciale?» Si mordicchiò il labbro inferiore e si puntò il petto con entrambi i pollici spalancando gli occhi in modo esagerato ed estremamente comico.

«Congratulazioni» mormorai, ancora turbata dalla sua reazione.

«Grazie» disse con un sorriso vago. «A quanto pare ho fatto un lavoro talmente buono con il servizio sull'omicidio degli Hayes che hanno deciso di assegnarmi un altro reportage investigativo.»

«Sono felice per te, mamma.» E lo ero davvero. Aveva lavorato duramente per arrivare dove si trovava e ora, finalmente, ne raccoglieva i frutti… cadaveri compresi, suppongo.

«Bene, perché ho bisogno del tuo aiuto.»

«Cosa? No, no, no, no.» Ok, avevo preso parte alle indagini per trovare il vero assassino degli Hayes e scagionare Brock Calhoun, ma questo non significava che volessi trovarmi di nuovo coinvolta in un altro caso di omicidio, soprattutto se si trattava di un caso che avrebbe attirato l'attenzione di tutta l'America. Come questo, per l'appunto.

«Angie, in realtà non hai altra scelta.»

Mugugnai e scossi il capo: «Così riuscirai sicuramente a convincermi.»

«La senatrice è stata uccisa a casa sua» mi rivelò. «E sai dove abitava?»

«Da qualche parte a Glendale?» sospirai.

«Non in un posto qualsiasi» mi corresse mia madre con una nuova luce che le balenava negli occhi nocciola. «Ma proprio nella casa di fianco a quella in cui stai per andare a vivere!»

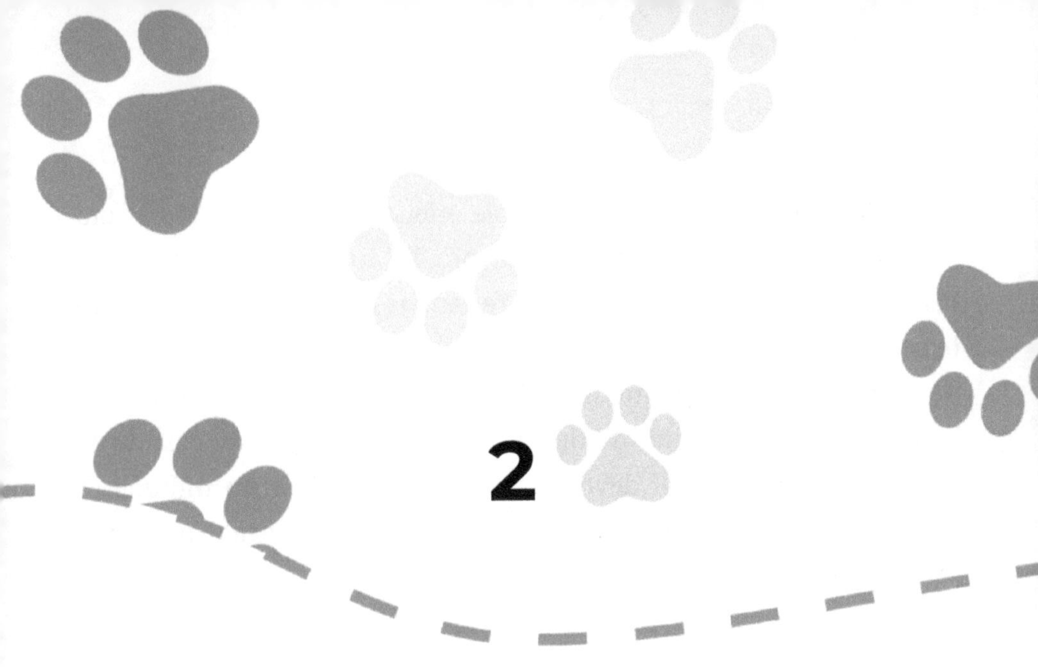

2

Ok, questo decisamente non era ciò di cui avevo bisogno proprio il giorno del trasloco! La mia nuova casa era già stata marchiata da un omicidio e ora anche quella accanto era diventata la scena di un crimine.

Mia madre mi fissava con occhi scintillanti: «Allora?» Mi diede un colpetto con il gomito come se non stessimo facendo niente di più innocuo che discutere degli ultimi pettegolezzi su qualche reality show. Ma quello non era un reality show. Era vita vera. La mia vita.

«Conosco quell'espressione» dichiarò Gattavius seduto accanto a me. «È quella che hai sempre quando stai per decidere di fare qualcosa di stupido.»

«Ok, buona fortuna per l'indagine» borbottai sperando di metterli a tacere entrambi per poter tornare a riempire scatoloni.

Ma non funzionò.

Mia madre mi afferrò i polsi e iniziò a tirare cercando di farmi alzare dalla sedia. «Vieni con me. Ho bisogno di te!» gemette, enfatizzando ogni parola con un notevole effetto drammatico. Non c'era da stupirsi che fosse la giornalista più in voga di Blueberry Bay. Perfino io mi trovai a voler sapere (e temere) cosa sarebbe accaduto in seguito.

Con uno strattone mi liberai dalla sua presa e mi avvolsi le braccia intorno alla vita in atteggiamento difensivo: «Nel caso tu te lo sia dimenticata, oggi devo traslocare e ho ancora un milione di cose da fare prima che arrivino quelli della ditta. Ormai mancano solo poche ore.»

Mia madre esitò a quelle parole. Si piazzò dietro la mia sedia e mi appoggiò le mani sulle spalle facendomi trasalire: «Ore, dici? Allora abbiamo tutto il tempo di andare a dare un'occhiatina veloce. Dai, non sei almeno un po' curiosa?»

Mi morsi il labbro cercando con tutta me stessa di non rispondere. La verità era che percepivo già il fremito di emozione dell'indagine. E, nonostante il buon senso e le cose da fare mi suggerissero di lasciar perdere, ero intrigata dal fatto che la scena del crimine fosse proprio la casa di fianco alla mia.

Un cadavere fresco di giornata dai vicini. Che regalo di benvenuto accogliente!

Accorgendosi di aver catturato la mia attenzione, mamma decise di giocarsi il tutto per tutto. Avvicinò il viso al mio e iniziò a far dondolare la mia sedia: «Ecco cosa faremo. Ora tu vieni con me a dare un'occhiata veloce, poi torniamo qui e ti aiuto a finire di riempire gli scatoloni. Che ne dici? Affare fatto?»

Con un gemito appoggiai la fronte sul tavolo. Le gambe anteriori della sedia ricaddero sul pavimento con un gran tonfo. «Affare fatto» mormorai contro il legno freddo.

«Ci risiamo. Perché non ne sono affatto sorpreso?» commentò Gattavius sarcastico prima di correre via senza neanche degnarmi di un'occhiata.

«Evviva!» Mia madre batté le mani più volte e prese a tirarmi di nuovo per un braccio. A volte mi sembrava di essere l'unica adulta della famiglia, il che era tutto dire, considerando che mamma aveva da poco passato i cinquanta e la nonna aveva superato i settanta, seppur portati benissimo.

«Andiamo!» disse mia madre tirandomi ancora per il braccio. Questa volta mi alzai e la seguii. «Ti aggiorno io su tutto durante il tragitto.»

Mantenne la parola. Iniziò a parlare nell'istante stesso in cui inserì la chiave nel cruscotto: «So che la politica non ti interessa granché, ma la senatrice Lou Harlow era al suo quarto mandato, con vittorie schiaccianti a ogni elezione, e molto probabilmente sarebbe stata rieletta di nuovo. Qui era amata da tutti, un fatto che rende la sua morte ancora più scioccante.»

Mi mordicchiavo l'unghia del pollice mentre parlava, una brutta abitudine che di recente era sfuggita sempre più al mio controllo.

Mia madre mi diede uno schiaffetto con la sua mano dalla manicure perfetta: «Smettila. È disgustoso!»

«Scusa» mormorai, passando l'indice sul bordo frastagliato dell'unghia e cercando di tornare a concentrarmi sul discorso.

«Allora forse un rivale in politica voleva prendere il suo posto e ha pensato che ucciderla fosse più semplice che batterla in modo onesto?»

«Forse» disse mia madre riappoggiando entrambe le mani sul volante, ora che sembrava non fosse necessario sgridarmi una seconda volta. «Approfondiremo sicuramente questa pista e vedremo cosa ne salterà fuori.»

Percepii un *ma*. Vedendo che lei non aggiungeva altro, decisi di provarci io: «Ma?»

«Perché ucciderla in casa sua quando trascorreva la maggior

parte del tempo a Washington?» chiese come se io potessi avere una risposta.

Mi strinsi nelle spalle: «Magari era una soluzione più comoda.»

«Ma è troppo ovvio, non credi?» Si accigliò mentre ci rifletteva su.

«Forse il nostro assassino non è poi così furbo. In ogni caso, come è morta la senatrice?» Per quel che ne sapevo, però, in genere gli assassini erano piuttosto scaltri. Scaltri e vanitosi. Due tratti che, combinati con l'assenza di senso morale, spesso significavano guai, sia per le loro vittime che per me, fiera detective in erba che faceva del proprio meglio per consegnarli alla giustizia.

Beh, almeno negli ultimi tempi.

Avrei continuato per sempre a dare la caccia ai killer di Blueberry Bay e dintorni?

Solo il tempo avrebbe potuto dirlo, ma avevo il vago sospetto che la risposta sarebbe stata un sonoro 'Oh diamine, certo che sì!'

Mia madre si fermò a uno stop e mise la freccia, poi si voltò verso di me. Anche questa volta con un'espressione di assoluta gioia, mi rivelò: «Qualcuno l'ha buttata giù dalle scale.»

Oh, per l'amor del cielo...

«Allora come fanno a sapere che non si è trattato solo di un banale incidente?» Forse eravamo state un po' troppo precipitose; perfino io, che già mi vedevo come l'investigatrice del secolo di Glendale, Stato del Maine.

Mia madre sembrava confusa: «Come fanno? Chi? Siamo noi a indagare e non lo sappiamo per certo, ma sospettiamo vivamente che ci sia qualcosa sotto.»

Mi morsi la lingua per non dirle che in realtà era la polizia a occuparsi delle indagini e che io ancora non ne sapevo abbastanza per far parte di quell'altisonante 'noi'. Ma sembrava che fossi io la prima a doverlo ancora imparare.

Scrollandomi di dosso il senso di delusione, girai la testa per guardare il panorama che vedevo scorrere accanto a noi dal finestrino. La vegetazione si estendeva a perdita d'occhio: piante, fiori, erba. Ovunque la vita sbocciava. Beh, eccetto che nella tenuta di Lou Harlow.

I gabbiani si lasciavano trasportare dalla brezza, ricordandomi che la meravigliosa Blueberry Bay era solo poco più in là. Vivevamo così vicini all'oceano che l'aria aveva sempre un lieve sentore di sale. La mia nuova casa era quasi sulla costa, tanto che avrei potuto raggiungere la spiaggia a piedi in dieci minuti.

«Spero che la smettano di spuntar fuori cadaveri da queste parti» dissi con un sospiro. Tanto per cominciare, la nostra era una piccola città. Se gli omicidi fossero continuati a quel ritmo, la popolazione si sarebbe dimezzata entro la fine dell'anno.

«Non trovi che da un lato sia emozionante?» chiese lei mentre guidava lungo il viale privato che conduceva alle residenze più esclusive di Glendale tra cui, inspiegabilmente, ora c'era anche casa mia.

Capivo perché si sentisse così. Per anni aveva sprecato il proprio talento giornalistico su articoletti di elogio e storie di importanza secondaria. Adesso il nuovo, meschino corso degli eventi nella nostra cittadina era fonte di notizie di rilievo e di incarichi assai più interessanti per lei.

Tuttavia, erano morte delle persone e questo non andava per niente bene.

Un improvviso lampeggiare di luci rosse e blu in cima alla collina mi salvò dal dover rispondere. Mi madre imboccò una traversa dopo la mia nuova casa e si fermò proprio davanti alla tenuta della povera Lou Harlow. C'erano poliziotti ovunque, molti di più di quelli che lavoravano nella nostra piccola e tranquilla città. Sembrava che le forze dell'ordine dell'intero paese si fossero riversate lì; che poi fossero lì per indagare o semplicemente per fissare davanti a sé con sguardo inebetito, era tutto da vedere.

Alcuni agenti chiacchieravano davanti al vialetto d'ingesso, i caffè da asporto in mano. Altri si aggiravano pavoneggiandosi intorno alla proprietà, parlando nelle radioline e carcando di darsi un'aria importante. Altri ancora erano intenti a sistemare intorno al portico l'odioso nastro giallo che delimita le scene del crimine.

Detestavo tutto questo. Moltissimo. La senatrice si meritava di meglio. Chiunque se lo sarebbe meritato.

Mia madre si fermò proprio dietro alla volante più vicina e spense il motore. «Pronta?» mi chiese, lanciandomi una rapida occhiata prima di precipitarsi già dall'auto e dirigersi senza esitazioni verso il gruppo di agenti che stazionava davanti alla casa.

«Che dispiegamento di mezzi!» disse in tono gioviale, mentre io mi affannavo per raggiungerla. Pur essendo più alta di lei, e quindi avendo, almeno in teoria, una falcata più lunga, lei schizzava di qua e di là come un colibrì, a volte così velocemente da faticare a starle dietro anche solo con lo sguardo.

«È una scena del crimine, non potete stare qui» ci informò un'agente di provincia, facendoci cenno di sloggiare con la mano.

«Sono Laura Lee di Channel 7 News» dichiarò con orgoglio mia madre porgendole la mano in segno di saluto.

La donna sogghignò, rifiutandosi di stringergliela: «Oh, allora non vi vogliamo qui, poco ma sicuro!»

Dall'altra parte del cortile uno dei poliziotti del posto ci vide e gridò: «Va tutto bene. Lei è con noi.» L'agente Bouchard ci corse incontro: «La signora è autorizzata» disse agli altri.

«Grazie» gli disse mia madre rivolgendo un sorriso falso all'agente che aveva cercato di impedirci di entrare. «Ora sia così gentile da aggiornarci sui fatti.»

Sospirai e presi mentalmente nota del fatto che *Come trattare gli altri e farseli amici*, la nota guida di auto-aiuto di Dale Carnegie, sarebbe stato un regalo perfetto per mia madre alla prima occasione.

«Agente Raines?» lesse mia madre sul badge della poliziotta dall'aria seccata. «Voglio solo dare una mano.»

«E come diavolo pensa di fare?» sbottò l'altra.

Cercai di ignorare il loro battibecco, osservando l'imponente facciata di pietra proprio di fronte a noi. Proprio come la mia nuova dimora, Fulton Manor, anche questa doveva misurare almeno 450 metri quadrati ed era probabilmente vecchia quanto lo stesso stato del Maine. Al secondo piano splendidi bovindi sporgevano a intervalli irregolari in quella che sembrava una ristrutturazione piuttosto recente. Mi chiesi se si riuscisse a scorgere l'oceano da lassù. In ogni caso sembravano un posto comodo in cui adagiarsi con un buon libro. Forse avrei potuto far aggiungere una seduta incorporata nel corso dei lavori di ristrutturazione.

Ero ormai quasi completamente immersa in quella fantasia quando qualcosa catturò il mio sguardo. Strizzai gli occhi per cercare di vedere di cosa si trattasse, ma l'unica cosa che riuscii a notare fu lo svolazzo delle tende. Chiunque stesse osservando la caotica scena in giardino ora era sparito.

Lasciai mia madre a discutere con l'agente Raines e mi feci lentamente strada verso l'ingresso. Forse lei preferiva indagare parlando con la gente, ma io avevo sempre preferito saltare a piè pari nelle situazioni e vedere cosa riuscivo a scoprire.

Per lo meno, se all'interno avessi trovato qualche brutta sorpresa, ci sarebbero stati decine di agenti che vagabondavano nelle vicinanze. Avrei potuto ricevere aiuto in un batter d'occhi.

Giusto?

Non avevo proprio nulla di cui preoccuparmi mentre entravo in punta di piedi proprio nel bel mezzo della scena del crimine.

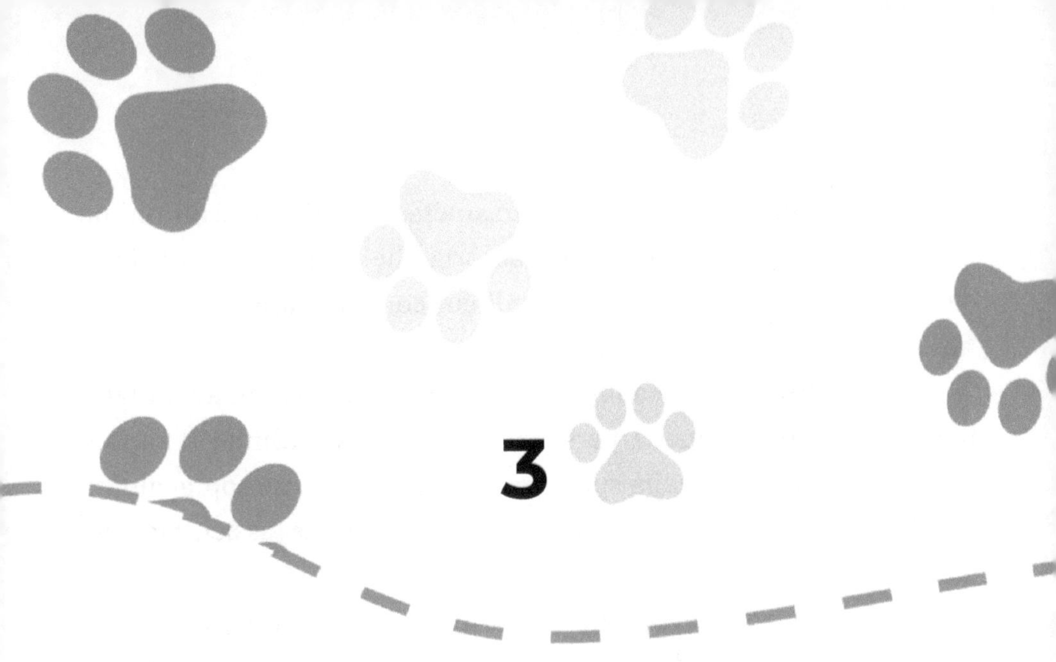

3

Nonostante la frenetica attività all'esterno, l'interno della magione era vuoto. Sinistramente vuoto. Appena entrata mi trovai di fronte all'imponente scalinata. Era stata transennata e tutto era già stato ripulito, ma i segni dell'accaduto erano evidenti.

Uno degli scalini più in basso aveva ceduto, mettendo in dubbio la stabilità dell'intera struttura. A pochi metri dall'ultimo scalino la posizione del corpo della senatrice era stata delineata con una lucente sagoma bianca. Poveretta. Era stata una forza della natura da viva, ma quel contorno che ne sottolineava la morte sembrava terribilmente piccolo.

Anche se mia madre dava per scontato che non sapessi nulla di politica e di attualità, avevo votato per la senatrice alle ultime due elezioni. La Harlow si batteva per proteggere la bellezza della natura del nostro paese e i suoi cittadini. Anche se non mi sentivo sostenitrice di nessun partito, molto spesso mi ero trovata in accordo con le prese di posizione della senatrice Harlow.

Inoltre, dalle poche interviste trasmesse in TV e articoli online che ero riuscita a trovare, mi ero accorta che mi piaceva. Mi ricordava la nonna, solo che indossava tailleur con pantaloni realizzati su misura, anziché dei kimono di seta a fiori.

Si era battuta instancabilmente in nome della gente, aveva fatto tanto e ora una di quelle persone l'aveva uccisa. Chinai il capo e recitai una preghiera nella speranza che la morte fosse sopraggiunta rapida e indolore e che presto l'assassino venisse assicurato alla giustizia.

Di recente avevo avuto a che fare con vari casi di omicidio, ma questo in qualche modo mi toccava più da vicino. Lou Harlow non era un'estranea: era una persona che avevo visto in TV, su internet e perfino sullo strano giornale che ancora faceva la sua comparsa ogni giorno in ufficio.

«Eccoti» gridò mia madre alle mie spalle, facendo svanire la sacralità del momento con il proprio ingresso.

Tenni lo sguardo fisso davanti a me. C'era forse qualche indizio importante che non avevo notato per via delle emozioni che in quel momento offuscavano la mia razionalità?

«Una cosa davvero terribile» gracchiò mia madre mostrando finalmente un po' di sano rimorso.

Restammo lì, una di fianco all'altra, ad analizzare la scena finché un bagliore verde giallastro in cima alle scale non attirò la mia attenzione. Feci qualche passo in avanti per poter vedere meglio.

«Che cos'è? Vedi qualcosa?» mi chiese mamma in un bisbiglio eccitato.

Non riuscivo a capire cosa ci fosse lassù, ma glielo indicai ugualmente.

Entrambe allungammo la testa e ci sporgemmo finché, finalmente, vidi un muso terrificante, simile a quello di una mummia, che mi fissava dall'alto. «Credo sia un animale di qualche tipo.» Ma non assomigliava a nulla che avessi mai visto. Magari allo zoo, ma in libertà lungo la costa del Maine? Non mi risultava niente del genere.

«La senatrice aveva due gatti» sottolineò mia madre, ancora intenta a sporgersi per riuscire a vedere qualcosa.

«Di qualunque cosa si tratti, dubito che possa essere un gatto.» Feci un altro passo avanti, piegando il collo all'indietro per vedere meglio, ma l'unico risultato fu riuscire a farmi male. «Accidenti. Se solo non fosse così buio qui dentro!» gemetti.

Mia madre prese il cellulare e scattò una foto con il flash. Il lampo di luce fu più che sufficiente a illuminare completamente il piccolo animale che aveva attirato la mia attenzione. Un secondo esemplare identico, ma più grande, se ne stava seduto più lontano dal corrimano. Sembravano usciti da un film dell'orrore, ma almeno ora sapevo che erano gatti.

Gatti senza pelo e con moltissime rughe. Che orrore!

Sussultai immaginando Gattavius rasato a quel modo, un'immagine ancora più spaventosa dei due bizzarri Sphynx seduti davanti a me.

Mia madre mi mostrò la foto che aveva scattato: «Sono gatti senza pelo» disse in tono pratico.

Rabbrividii di nuovo: «Perché qualcuno dovrebbe mai volere un gatto senza pelo?»

«Allergie? Bisogno di attenzioni?» ipotizzò mia madre stringendosi nelle spalle. «Forse entrambe le cose.»

Dall'alto risuonò un ringhio che mi fece venire la pelle d'oca. Anche se non da molto, ero un'amante dei gatti. Allora perché quei due mi spaventavano così tanto? Era per la mancanza del pelo o perché se ne stavano appostati nel luogo in cui era stato commesso un omicidio? O tutte e due le cose?

Dopo un altro sonoro ringhio il gatto più grande fece la sua comparsa in cima alla scala scrutandoci dall'alto in basso come un sovrano insoddisfatto. O una guardia carceraria. O un assassino.

«Ciao» dissi, pur sapendo che non sarebbe riuscito a capirmi senza Gattavius a fare da interprete.

Spalancò la bocca ed emise un soffio terrificante, poi girò sui tacchi e si allontanò, con il gatto più piccolo che lo seguiva.

«Lo ammetto: quelle bestie mi terrorizzano» dichiarai.

Mia madre infilò il telefono nella borsetta e si girò verso di me con la stessa espressione eccitata che aveva mostrato per la maggior parte della mattinata. «Sai a cosa sto pensando?»

«Non sono sicura di volerlo sapere» ammisi. Avrei dovuto essere a casa a riempire gli ultimi scatoloni prima del trasloco, non starmene lì in infradito a farmi guardare dall'alto in basso da quei due bizzarri felini. Non c'era nessunissimo motivo per cui quel piccolo sopralluogo non avrebbe potuto aspettare.

Mia madre mi prese la mano e me la strinse. Era evidente che non la pensavamo allo stesso modo. «Stavo pensando» mi rivelò con un gridolino di gioia «che questo sembra proprio un lavoro per la 'Detective che parla con gli animali'!»

«Detective? Che parla con gli animali?» Scossi il capo e cercai con tutte le mie forze di non alzare gli occhi al cielo. Ovvio che mi avesse trovato un soprannome degno di un titolo in prima pagina. Probabilmente nella sua testa aveva già scritto e riscritto la storia più e più volte.

«È il tuo nuovo nome» disse dandomi un'altra strizzatina alla mano. «Ti piace?»

«Mi va bene Angie.» Non darle corda per nessun motivo! Volevo mantenere il segreto sul mio superpotere, non farlo finire in prima pagina.

«Non per te» disse lei con un sospiro. «Per la tua agenzia.»

«Non ho nessuna agenzia» puntualizzai. Non mi piaceva la piega che stava prendendo la conversazione.

«Ti sbagli anche su questo» canticchiò. «Il lavoro lo stai già facendo. Basterà mettere un'insegna e farti pagare.»

«Un'idea affascinante, ma non voglio che la gente sappia che riesco a parlare con gli animali» le ricordai. Avevo già lo stipendio dell'impiego part-time allo studio legale e l'assegno per occuparmi di Gattavius a tempo pieno e supervisionare il suo fondo fiduciario.

«Penseranno tutti che sia una trovata pubblicitaria» ribatté lei facendomi l'occhiolino. «Solo noi sapremo la verità. Inoltre, ti darebbe una scusa per portare con te il gatto durante le indagini, che è proprio ciò che ti serve, no? Di sicuro quei due sanno cos'è successo. Me lo sento.»

«Perché questa storia ti entusiasma tanto?» chiesi rassegnata al fatto che, a quanto pareva, stavo per aprire un'agenzia investigativa e, cosa ancora peggiore, il mio gatto sarebbe stato il mio nuovo socio in affari.

«È marketing, mia cara» rispose mia madre scuotendo elegantemente i capelli.

Accidenti! Era incorreggibile!

Feci due ampi passi indietro, stando attenta a non alterare la scena del crimine mentre mi allontanavo da quella pazzoide che avevo per madre. Voltandomi verso la porta dissi: «Ok, fantastico. Allora vado ad accertarmi che la polizia sappia della presenza dei gatti. Con la scalinata transennata non sarà facile tirarli giù.»

Mia madre mi seguì mentre tornavo all'esterno. Strizzai gli occhi per l'improvviso cambio di luminosità e scandagliai i presenti alla ricerca dell'unico agente che conoscevo abbastanza da osare rivolgermi a lui. Una volta che i miei occhi si furono riabituati alla luce, individuai l'agente Bouchard al confine della proprietà, intento a esaminare una macchia di sempreverdi al bordo del più ampio bosco deciduo che divideva la proprietà degli Harlow dalla mia.

Gli corsi incontro, ben sapendo che mia madre non avrebbe avuto problemi a starmi dietro se avesse voluto.

«Sa che ci sono dei gatti lì dentro?» gli chiesi, imbarazzata dal fiatone dopo la brevissima corsa.

«Devono essere Jacques e Jillianne» disse ridacchiando. «Bruttini, eh?»

«Sono... teneri. Mmm... a modo loro» dissi. Molto a modo loro. Anche se poco prima l'avevo pensato anch'io, all'improvviso mi sentivo protettiva nei loro confronti.

In quel momento mia madre ci raggiunse. Aveva attraversato il prato con passe elegante anziché scapicollarsi come avevo fatto io. Suppongo che facesse parte del suo personaggio. Le notizie non aspettano nessuno, mi diceva spesso, ma per una donna di classe potrebbero fare un'eccezione.

L'agente Bouchard le rivolse un sorriso gentile: «Sì. La senatrice li ha presi da un allevamento in Francia. Da qui i nomi strambi. Sono tipetti sfuggenti. È tutta la mattina che provo ad acchiapparli, ma finora non c'è stato verso. Il parente più prossimo arriverà a breve, sarà un problema suo.»

«Il parente più prossimo?» Mia madre si fece spazio fra noi. Aveva già sfoderato il telefono, mettendoglielo davanti come se fosse un microfono, e avviato l'app di registrazione: «E chi sarebbe?»

L'agente Bouchard osservò il telefono, si schiarì la gola e rispose con voce chiara: «Suo figlio, Matthew Harlow. Vive a Chicago. Dovrebbe arrivare in serata.»

«E chi potrebbe aver ucciso Lou Harlow?» chiese mamma spingendo il telefono ancora più sotto al naso dell'agente.

Questi sospirò e allontanò da sé quella mano: «È troppo presto per dirlo. Non abbiamo ancora escluso la possibilità che si sia trattato di un tragico incidente.»

Fino a quel giorno avevo visto una sola scena del crimine, quella di Bill e Ruth Hayes, che erano stati uccisi in casa loro. Ci ero stata parecchio tempo dopo l'accaduto, ma ora provavo la stessa sensazione di allora.

Chiamiamolo istinto.

O presentimento.

O intuizione.

In ogni caso sapevo che la causa della morte di Lou Harlow non era stata un incidente. Qualcuno la voleva morta e aveva deciso di prendere in mano la situazione.

Ora dovevamo solo scoprire di chi si trattasse.

La Detective che parla con gli animali era ufficialmente entrata in azione.

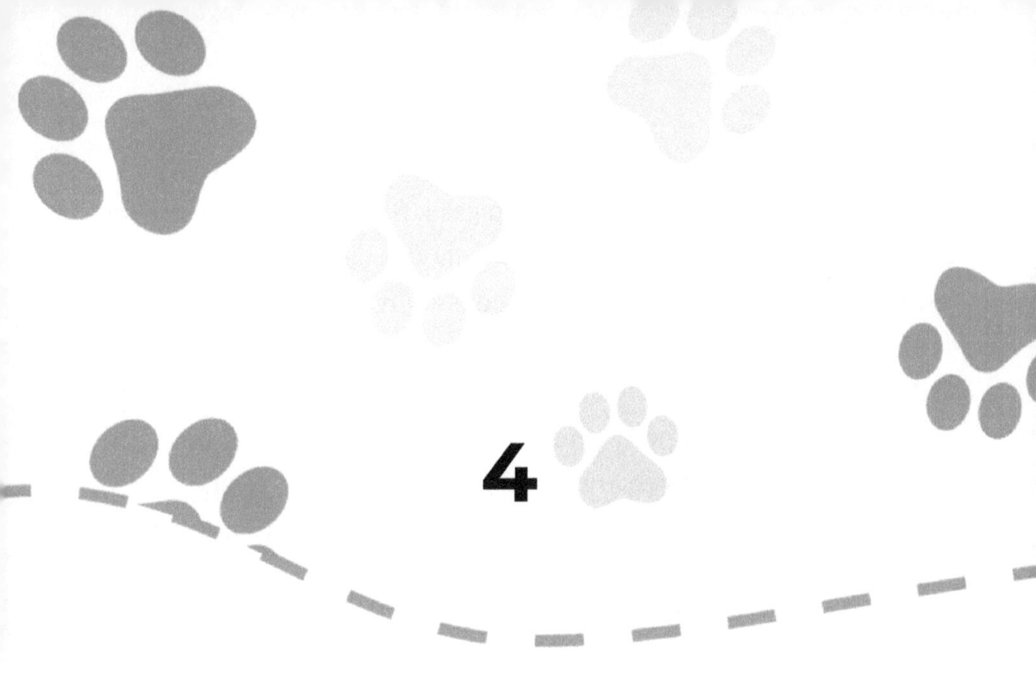

4

Come promesso, mamma venne ad aiutarmi a finire di inscatolare la mia roba e, anche se mi dispiaceva ammetterlo, avrei preferito che non l'avesse fatto. Tanto per cominciare, doveva dire la sua su tutto.

Non lo dico per esagerare. Letteralmente tutto.

Prendeva le mie cose una per una, si accigliava e se le rigirava fra le mani. Sembrava convinta che, se le avesse esaminate con cura da ogni angolazione, si sarebbero trasformate come per magia in qualcosa che potesse soddisfare le sue aspettative.

Da adolescente mi ero chiesta spesso se provasse la stessa sensazione anche nei miei confronti, ma con il tempo avevo imparato a conoscerla: era una brava persona e mi amava con tutto il cuore, solo che non era affatto tagliata per la maternità.

«Vuoi davvero tenere questa roba?» mi chiese per l'ennesima volta. «Posso comprartene uno nuovo. Più bello.»

Dopo un'ora che andavamo avanti così, in pratica mi aveva proposto di comprarmi l'intero contenuto dell'appartamento come regalo di inaugurazione della nuova casa. Sapevo che avevamo gusti ben diversi—lei era molto più sofisticata di quanto sarei mai stata io —ma avrei comunque voluto che ci desse un taglio.

L'altro problema era che volevo disperatamente raccontare a Gattavius della scena del crimine e di quei due bizzarri Sphynx. Certo, mia madre sapeva che riuscivo a parlarci, ma mi sentivo ancora a disagio a conversare con il mio gatto davanti a lei.

I nostri gusti non erano l'unica cosa in cui eravamo diverse: lei era una persona razionale a cui interessavano fatti concreti e spiegazioni comprovate. Mi aveva posto un milione di domande, alla maggior parte delle quali non sapevo rispondere. Per farla breve il punto era: com'è possibile che voi due riusciate a comunicare?

Non avevo ancora idea del perché si fosse stabilita questa connessione tra me e Gattavius o come funzionasse di preciso. Mi sarebbe piaciuto capirlo prima o poi, ma al momento ero troppo indaffarata con il trasloco per starmene seduta con lei a fare mille ipotesi sulla questione.

«Sai,» disse lei osservando i piatti e le stoviglie impilati nella credenza, «ora vivrai in una tenuta di lusso. La maggior parte della tua roba non è adatta a quel tipo di estetica. Potrebbe risultare sgradevole per chi viene a farti visita.»

«Va bene così, mamma» dissi spingendola da parte con un colpetto d'anca e riponendo io stessa i piatti che le recavano tanta offesa. «Non penso che inviterò molta gente e non sono una che si crede chissà chi. Lo sai.»

Si spostò e aprì un altro armadietto: «Forse possiamo trovare un compromesso» insistette. «La nonna ha uno splendido set di stoviglie. Potresti buttare queste e usare le sue. Oh! Queste potresti darle in beneficenza. Ti piacciono i negozi dell'usato, giusto?»

«Vedremo» dissi per chiudere la questione. Sì, mi piacevano i negozi dell'usato, ma per fare acquisti, non per portarci la mia roba.

Mamma si accigliò di nuovo stringendosi al petto uno dei miei piatti rossi. Mi piacevano quei piatti e mi piaceva la mia vita. Perché lei non poteva limitarsi ad accettare che non l'avremmo mai pensata allo stesso modo su certe questioni? Che problema c'era se la maggior parte delle mie stoviglie provenivano dal discount? Per mangiare andavano bene quanto quelle che lei aveva acquistato a cento volte tanto nelle sue adorate boutique di lusso.

«Oh, questa mi piace» disse curiosando nella credenza successiva da cui prese una tazza da tè di porcellana Lenox a fiori. La esaminò a occhi sgranati.

«Non voglio che metta a soqquadro le mie cose» disse Gattavius infastidito saltando sul bancone della cucina e facendo prendere a mamma un tale spavento che lei lasciò cadere la tanto ammirata tazza dritto sul pavimento.

Tutti e tre fissammo la tazza come in una scena al rallentatore, ma era troppo tardi. La delicata porcellana andò in frantumi e Gattavius emise un grido straziante: «Il mio recipiente per l'Evian!»

Mamma fece un passo indietro. «Mi dispiace moltissimo!» mi disse e si capiva che era la verità. Forse tutti quei commenti indesiderati non li faceva per cattiveria, ma soltanto perché a volte faticava a trovare altri argomenti di conversazione. Forse per questo era così eccitata di condividere con me l'indagine sulla morte di Lou Harlow.

«Ti comprerò un servizio nuovo, promesso» disse, ricacciando indietro le lacrime. D'un tratto mi sentivo la figlia peggiore del mondo. Perché mi risultava così difficile trascorrere più di pochi minuti in compagnia di mia madre? Dovevo impegnarmi di più!

Ovviamente non ebbi il coraggio di dirle che quel servizio era insostituibile. Era appartenuto all'ex proprietaria di Gattavius, la buon'anima di Ethel Fulton, ed era una delle poche cose che gli restavano di lei. Certo, a breve ci saremmo trasferiti nella sua villa, per lo più ancora arredata, ma tant'è. Quel servizio da tè era speciale per Gattavius: era l'unico in cui accettava di farsi servire il cibo e l'acqua e, ora che mancava una tazza, avrei dovuto lavarle ancora più di frequente per ovviare al problema.

«Ascolta,» dissi in tono il più gentile possibile «credo di potermela cavare da sola ora. Perché non vai e cerchi di scoprire tutto il possibile sull'omicidio di Lou Harlow?»

Si torse le mani in preda all'agitazione: «Sei sicura?» Nonostante il tono esitante, capii che era impaziente di andare quanto lo ero io che se ne andasse.

Mi sentivo in colpa? Eccome! Probabilmente non avrei mai smesso di sentirmi in colpa per il complicato rapporto con lei e papà.

Ciò nonostante, io e mamma eravamo sempre andavate più d'accordo frequentandoci a piccole dosi. Ero contenta che ci fossimo avvicinate nelle ultime settimane, ma ci serviva più tempo per consolidare il nostro nuovo rapporto e quello non era il giorno più adatto per iniziare, per quanto quel pensiero mi sembrasse ingiusto.

Non era la priorità, con tutte le cose che avevo ancora da fare.

Facendo attenzione a evitare la tazza in frantumi, mi avvicinai a mia madre e la abbracciai forte: «Sicurissima. So che stai morendo dalla voglia di tornare a occuparti del caso. Io me la caverò.»

Lei sospirò felice: «Mmm, mi conosci così bene!» disse prima di recuperare rapidamente la sua roba e precipitarsi alla porta. «Ti scrivo se ci sono novità. Ciao!»

E in un attimo se n'era andata di nuovo.

Gattavius riprese a miagolare disperatamente. Anche se potevamo comunicare a parole, a volte tornava al classico modo di esprimersi felino, di solito quando era in preda a emozioni forti, come ora.

«Mi dispiace» gli dissi accarezzandolo con cautela sulla testa. Speravo di consolarlo senza che quel gesto gentile mi costasse un morso, ma con lui non si poteva mai sapere.

«È come se Ethel fosse morta un'altra volta» mi disse. Piegò le orecchie all'indietro e le appiattì contro la testa; la coda frustava l'aria come un metronomo. Le pupille erano così ampie e nere che ero certa che si sarebbe messo a piangere, un comportamento tipico da parte sua.

«Mi dispiace davvero moltissimo» ripetei, incerta su cos'altro potessi fare.

Lui continuava a fissare i minuscoli frammenti di porcellana sparsi qua e là sul pavimento della cucina. Bianchi, rosa e bordati d'oro, ormai niente di più che ricordi andati in pezzi della sua vecchia vita. Grandioso, ora ero anch'io sul punto di piangere.

«Vado a prendere la scopa» mormorai. Non volevo che vedesse quanto ero turbata.

Ma ancora prima che facessi un passo lui si piazzò di fronte a me gridando: «No!»

Il mio cuore accelerò, iniziando a battere all'impazzata mentre mi chiedevo quale altra follia mi stesse aspettando: «Ehi, e ora che c'è?»

«Non sono ancora pronto» mi informò. «Prima ho bisogno di un po' di tempo con lei.»

«Con la tazza rotta?» chiesi con dolcezza. Era diventato bravo a rilevare il sarcasmo, sia nel tono di voce che nell'espressione del volto, e mi trattava con durezza quando accadeva. Ovviamente lui era autorizzato a dirmi tutto quello che gli pareva, ma io dovevo sempre mostrargli il massimo rispetto.

Anche in situazioni come questa.

Gattavius annusò l'aria e sollevò il nasino, come faceva sempre quando voleva mostrarsi superiore. «Sì» si limitò a rispondere.

«Purtroppo non abbiamo tempo.» Mantenni un'espressione composta e comprensiva. «La ditta di traslochi sarà qui fra circa un'ora e non possiamo continuare ad andare in giro per la stanza senza dare una ripulita. È pericoloso. Uno di noi potrebbe ferirsi un piede o una zampa.»

Emise un miagolio addolorato, poi si voltò dall'altra parte: «Fa quello che devi fare.»

Andai a prendere scopa e paletta sentendomi la peggior proprietaria di gatti del mondo. Peggior figlia e peggior proprietaria nel giro di dieci minuti. Il mio indice di gradimento non sarebbe risalito tanto presto.

Quando tornai, Gattavius era ancora immobile nella stessa posa melodrammatica. Solitamente le sue sceneggiate mi infastidivano, ma in quel momento mi dispiaceva davvero per lui perché ne comprendevo il senso di perdita.

«Ti sarebbe d'aiuto se ci prendessimo il tempo di dire qualche parola?» suggerii.

Il tigrato incupito volse leggermente la testa guardandomi di sottecchi: «Tipo un funerale?»

«Sì» dissi scrollando le spalle. «Qualcosa del genere.»

Finalmente si voltò verso di me. Aveva già un aspetto migliore, come se i pezzi del suo cuore avessero iniziato a riunirsi. «Dove la seppelliremo?» chiese.

«Oh. Mmm.» Non avevo tempo per una cosa simile, ma sembrava aver bisogno di sentirmi vicina, così provai a suggerire qualcosa che potesse andare bene per entrambi: «Potremmo seppellirla stasera a casa di Ethel.» In quel modo avrei avuto tempo di finire di impacchettare la mia roba e forse quella soluzione l'avrebbe anche fatto sentire meglio.

«Ottima idea, Angela!» disse Gattavius con uno dei suoi rari sorrisi.

Mi beai di quell'elogio raro e sincero. Era una primadonna, certo, ma era una bella sensazione renderlo felice, in particolare considerando che il più delle volte era scontento per ogni minima inezia.

«Stasera!» gridò gioiosamente. «Così avrò anche tempo di preparare un discorso.» E corse via, lasciandomi a rassettare il disastro e preparare la tazza per la sepoltura.

Accidenti! Anche se ero lieta che si sentisse meglio, avevo intenzione di parlargli dell'omicidio di Lou Harlow e di quei due strani gatti.

Beh, la questione avrebbe dovuto aspettare.

Perché quel giorno più mi impegnavo, più la lista delle cose da fare si allungava?

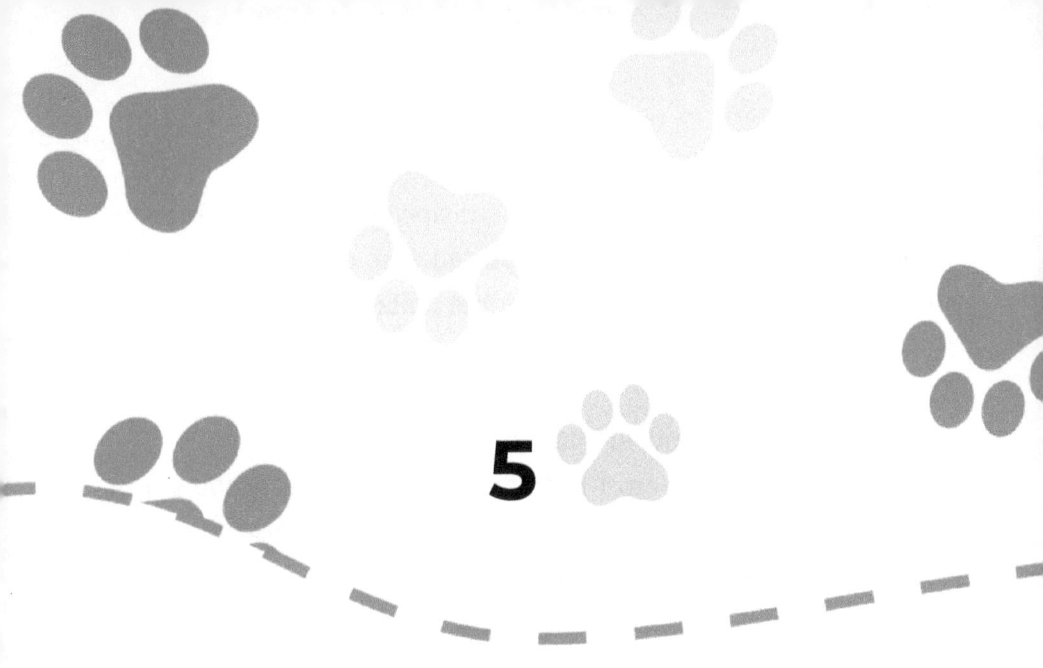

5

La tristezza di Gattavius sparì nell'istante stesso in cui svoltammo nel lungo viale ventoso che conduceva a Fulton Manor.

«Casaaaaa!» ululò trovando perfino il coraggio di staccare gli artigli dalle mie cosce per tirarsi su a guardare fuori dal finestrino. «È davvero bello essere a casa!»

Quando parcheggiai e aprii la portiera lui saltò subito giù: «Casaaaaaa!» continuò a strillare rotolandosi nell'erba come un cucciolo.

Stavo per chiedergli di darci un taglio, ma lui schizzò su per i gradini del portico e si infilò come un fulmine nella gattaiola, il cui sportello scorrevole si aprì in risposta al segnale emesso dal suo collare. Non avevo mai pensato di comprargliene uno nuovo, né lui mi aveva mai chiesto di farlo. Probabilmente aveva sempre saputo che, prima o poi, saremmo venuti a vivere qui. Dopotutto l'idea era stata sua.

A quanto pareva per ora Gattavius aveva trovato il modo di

tenersi occupato. Nel frattempo, i traslocatori stavano finendo di prendere le ultime cose dal mio appartamento e ciò mi dava modo di prendermi un po' di tempo tutto per me nella mia nuova tenuta.

Una tenuta! Di mia proprietà!

Assurdo.

Ma anche fighissimo, lo ammetto.

I mei occhi percorsero i tre piani fino alla torretta che si innalzava oltre il lato opposto del tetto. Avevo già deciso che la mia camera da letto sarebbe stata la stanza lì in cima, proprio come se fossi una stramba principessa moderna.

La nonna aveva reclamato per sé la camera da letto padronale, quella utilizzata da Ethel Fulton. Era proprio lì che l'anziana signora era morta e io già mi sentivo a disagio a vivere nella sua casa, figurarsi a occupare la sua ex camera da letto!

Nonna aveva liquidato la questione con una risata, dicendo: «Oh, cara. La morte fa parte della vita.» Supponevo che alla sua età la cosa non la turbasse quanto accadeva a me, ma francamente speravo di non arrivare mai al punto di sentirmi a mio agio a dormire nel posto in cui solo pochi mesi prima era stato ritrovato un cadavere.

Già era inquietante trasferirsi in una casa in cui era stato commesso un omicidio. E infatti faticavo ancora ad accettare la cosa. Al momento ero abbastanza certa che la prima bolletta dell'elettricità sarebbe ammontata a varie migliaia di dollari considerando che intendevo dormire con tutte, ma proprio tutte, le luci accese finché non mi fossi sentita al sicuro nella mia nuova dimora.

Se fosse stato per me, non avrei mai scelto una tenuta così grande ed elegante, ma Gattavius era stato irremovibile. Perfino il signor Fulton, il mio ex capo, sembrava ben felice di liberarsi in fretta della proprietà, nonostante ciò costituisse una perdita finanziaria non da poco per lui e gli altri eredi.

Vedendo Gattavius entrare e uscire dalla gattaiola emettendo versetti di gioia, dovetti ammettere che quel posto era davvero adatto a lui. Che importava che fosse un comune gatto domestico? L'apparenza inganna e il suo animo era decisamente quello di un nobile.

Lo lasciai a godersi il momento e tirai giù dal furgoncino una delle scatole più leggere. Dentro la casa un velo di polvere ricopriva ogni superficie. Avrei dovuto occuparmi delle pulizie prima di traslocare, ma non avevo i soldi per assumere qualcuno. D'altra parte era successo tutto così in fretta che avevo avuto a malapena il tempo di imballare la mia roba, figuriamoci pensare ad altro.

Ci sarei arrivata. Prima o poi.

Era solo un'altra cosa da aggiungere in fondo all'infinito elenco delle cose da fare. Beh, magari verso la metà.

Il mio obiettivo era rendere la casa vivibile prima che la nonna ci raggiungesse alla fine del mese. A lei serviva più tempo per sistemare le sue cose: doveva impacchettare i beni di un'intera vita a Blueberry Bay, per non parlare dei cimeli dei suoi tempi di gloria a Broadway.

Lo capivo, perciò non le avevo detto quanto mi facesse paura l'idea di dormire da sola in quell'immensa dimora. E poi avevo Gattavius che forse mi avrebbe protetta in caso di pericolo. O forse no. Ma un cinquanta percento di possibilità era meglio di niente, in caso di necessità.

Un'altra cosa inquietante?

Fulton Manor e la casa accanto, Harlow Manor, erano state progettate in modo praticamente identico pur essendo state costruite entrambe ben prima dell'epoca delle abitazioni prodotte in serie. Mi venne da pensare che a qualcuno la prima fosse piaciuta talmente tanto da fargli decidere di costruirne un'altra identica.

Senza sapere perché, mi trovai a dirigermi ancora e ancora verso l'imponente scalinata: era talmente simile a quella della casa accanto da farmi rabbrividire ogni volta. Ero come una falena impazzita attratta proprio nel bel mezzo delle fiamme. *Burn, baby, burn*.

«Cosa c'è che non va?» mi chiese Gattavius, rivolgendomi uno sguardo stanco dopo essere passato per la decimilionesima volta dalla gattaiola.

Mi strinsi nelle spalle: «Sono solo un po' stranita dall'omicidio nella casa accanto.»

Si immobilizzò all'istante, fissandomi senza nemmeno appoggiare a terra la zampa anteriore sinistra: «Aspetta, che cosa hai detto? Qualcuno ha ucciso quell'adorabile anziana signora? Quando?»

Oh, giusto. Non avevamo ancora avuto modo di parlarne a causa della triste fine della tazza da tè. «Stamattina» dissi osservandolo attentamente per valutare la sua reazione. «O più probabilmente la scorsa notte, in effetti.»

Gattavius sussultò e sbatté la zampa ancora sollevata sul parquet: «E non me l'hai detto?»

«C'è stata la questione della tazza da tè e... mi dispiace» mi scusai, sapendo bene che era il modo più sicuro di evitare una discussione. Gattavius amava litigare e detestava perdere, il che significava che finiva sempre con l'averla vinta lui.

Scosse il capo sgomento e mi fissò a lungo facendomi sentire a disagio, prima di salire rapidamente alcuni scalini e piazzarsi in posizione rialzata: «Avanti, ora dimmi» mi intimò in tono perentorio. «Devo sapere esattamente cos'è successo.»

Sotto il suo sguardo indagatore mi sentivo tesa come sotto i riflettori, ma feci come mi era stato detto. Anche se in teoria io ero la proprietaria e lui l'animale domestico, avevo la sensazione di essere io quella che veniva addestrata ed educata. «La senatrice è stata uccisa. Qualcuno l'ha spinta giù dalle scale» spiegai.

«Dalle scale!» esclamò Gattavius sollevando prima una zampa e poi l'altra e fissando il gradino sotto di sé.

Annuii scioccamente: non riuscivo a trovare nulla da dire.

«Jacques e Jillianne» soffiò a denti stretti. «Li spellerò vivi quei buoni a nulla! Corse giù per le scale e stava per sfrecciare di nuovo fuori dalla gattaiola, ma lo fermai.

«Aspetta!» gridai. «Conosci Jacques e Jillianne?» Mi sentivo una sciocca ogni volta che pronunciavo quei bizzarri nomi francesi. Perché mai dare dei nomi così strani a dei gatti? Gli ottocento nomi di Gattavius erano già un problema sufficiente, ma almeno erano tutti nomi inglesi. Un momento. Lo erano davvero? Francamente faticavo a ricordarli, motivo per cui gli avevo affibbiato quel nomignolo, più carino e molto, molto più corto.

Lui sospirò senza girarsi verso di me, le piccole spalle feline gravate dal peso della palese delusione nei miei confronti: «Ovviamente li conosco. Eravamo vicini di casa e, nel caso tu non te ne sia accorta, lo siamo di nuovo.»

«Siete amici?» chiesi impaziente, girandogli intorno in modo da trovarci faccia a muso.

Sembrava sul punto di starnutire, ma non lo fece. Invece disse: «Con quei due stramboidi? Non se ne parla nemmeno!»

«Ok, hanno un aspetto particolare ma questa non è una buona ragione per...»

«Non è per il loro aspetto, Angela. È per il modo in cui parlano.» Ringhiò proprio come aveva fatto lo Sphynx più grande quella mattina.

Non capivo a che gioco stessimo giocando, ma detestavo essere esclusa. Scossi il capo e gli lanciai un'occhiataccia: «Ti stai comportando da razzista, o meglio, da specista. Che caduta di stile!»

Lui si limitò a sogghignare: «Oh, capirai presto cosa voglio dire. Dai loro un po' di tempo. Non ci vorrà molto.»

Risalì alcuni scalini e si voltò verso di me; non riuscii a interpretare lo scintillio nei suoi occhi. «In ogni caso,» disse come se un pensiero l'avesse colpito all'improvviso, «morte per caduta dalle scale? Già, classica mossa da gatto.»

«Che cosa intendi...» iniziai a dire. Ma lui mi interruppe con la risata malvagia che sfoderava quando voleva risultare particolarmente drammatico. Pareva proprio che fosse uno di quei momenti.

«Voglio dire» dichiarò ansimando freneticamente «che sono stati Jacques e Jillianne a uccidere la senatrice. I gatti sono i colpevoli. Caso chiuso.» Se ne andò imbronciato, ridacchiando ancora fra sé e sé.

Feci due ampi passi indietro, sentendomi come se avessi appena guardato nel vuoto e visto la mia morte svolgersi davanti ai miei occhi. Qualunque cosa fosse accaduta in seguito, mi sarei guardate bene le spalle ogni volta che fossi salita o scesa dall'imponente scalinata che fino a poco prima consideravo il fiore all'occhiello della mia nuova casa.

La risata di Gattavius riecheggiò nell'ingresso. Cosa ci trovava di così divertente? Perché continuava a ridere?

A quanto pareva lui e mia madre erano entrambi morbosamente affascinati dalla morte della senatrice. Peccato che ne parlassero con me anziché discuterne tra loro.

È solo il suo modo di fare, ricordai a me stessa. Gli piace essere al centro dell'attenzione. Non ti farebbe mai del male.

Ma poi ripensai a tutte quelle anziane, dolci gattare trovate morte e divorate dai loro amati animaletti domestici e rabbrividii...

Beh, se non altro Gattavius mangiava solo Sheeba!

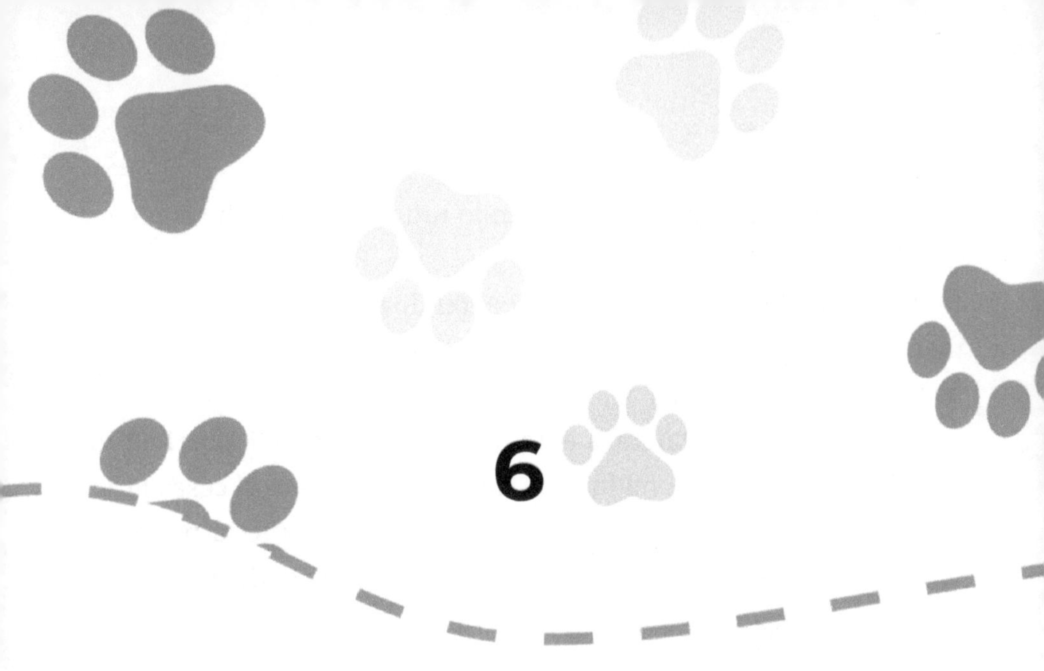

6

Anche se avrei avuto bisogno di andare a prendere alcune cose di sopra, decisi di restare al pianoterra mentre i traslocatori portavano in casa tutta la roba più pesante. Mi serviva un po' di tempo per venire a patti con la rivelazione di Gattavius sugli omicidi perpetrati dai felini e sul loro metodo di esecuzione preferito.

Non avevo mai nemmeno sospettato l'esistenza di una simile atrocità. Povera ingenua che non sono altro.

A dire la verità non mi ero portata dietro molta roba dalla vecchia casa, così avevo fatto piuttosto in fretta a disimballare le cose più urgenti. E poiché ancora mi veniva la nausea ogni volta che passavo accanto alla scalinata, decisi di prendere una boccata d'aria facendo un giretto intorno alla tenuta.

Splendide aiuole perfettamente curate circondavano la casa su tre lati, mentre il retro si apriva su un grazioso portico a due piani con tanto di caminetto e doppio dondolo. Poco più in là, un fitto bosco circondava la proprietà, offrendo tutta la privacy che si poteva desiderare e anche di più.

Ok, probabilmente d'ora in poi avrei dovuto trascorrere almeno metà del tempo a occuparmi della manutenzione del giardino, ma ne sarebbe valsa la pena.

Un rumore in lontananza e un bagliore rosso fra gli alberi attirarono la mia attenzione: mi inoltrai nell'erba per capire di cosa si trattasse. A quanto pareva mi bastava piegare un po' la testa per avere un'ottima visuale sul giardino della povera senatrice. Riconobbi all'istante l'auto sportiva rossa appena entrata nel vialetto. In fondo, c'erano solo due macchine sportive di lusso rosse a Glendale: una apparteneva a mia nonna, l'altra al signor Thompson.

Rimasi a osservare con stupore misto a una certa inquietudine Richard Thompson, il mio capo e socio senior dello studio legale, scendere dall'auto e salire i gradini che portavano all'ingresso. Stranamente non aveva con sé la ventiquattrore che teneva sempre con sé, tanto che sembrava una bizzarra appendice del suo fianco sinistro. Sembrava nervoso mentre si allentava la cravatta e si guardava intorno per vedere se ci fosse qualcuno. I poliziotti ormai se n'erano andati, forse si erano riuniti da qualche altra parte. E, grazie al cielo, Thompson non sapeva che avrebbe potuto trovarmi poco più in là oltre gli alberi.

Rimasi immobile e vidi l'agente Bouchard uscire dalla villa per andare a salutare Thompson. Il suo distintivo rifletteva la luce del sole come una moneta nuova di zecca. Dal fianco della tenuta ero abbastanza vicina da cogliere frammenti della conversazione. Udii Bouchard salutare il nuovo arrivato: «Signor Thompson, come posso esserle utile?»

Allungai il collo nel tentativo di vedere l'espressione del signor Thompson, ma un ramo basso mi ostruiva la visuale.

«Ho sentito la notizia» disse lui, la voce profonda riecheggiante fra gli alberi. «Così ho pensato di passare per rendere omaggio alla senatrice.»

L'agente Bouchard scese gli scalini e fece cenno all'altro di seguirlo: «Di certo non c'è bisogno che ti dica che questo non è né il momento né il luogo appropriato.»

«Lo so» concordò il mio capo. Sembrava non sapere cosa fare delle proprie mani. «Solo... è stato tutto così inaspettato.»

Il poliziotto sospirò passandosi una mano fra i capelli. «Già, siamo tutti sconvolti. Ma questo non cambia le regole.»

Si scambiarono qualche altra frase che non riuscii a sentire, poi il signor Thompson risalì in auto e se ne andò.

«Che cos'è successo di là?» chiese Gattavius scegliendo proprio quel momento per strusciarsi contro la mia gamba facendomi venire un colpo.

«Non ne ho idea» gli dissi sinceramente, ancora diffidente per il fatto che io e lo studio legale fossimo in qualche modo coinvolti in tutti gli omicidi che si verificavano in città, a partire da quello di Ethel Fulton all'inizio dell'anno.

«Spero che il prossimo inquilino non abbia animali domestici» mi informò il tigrato con uno sbadiglio annoiato, mentre entrambi scrutavamo ancora con aria assente fra gli alberi.

Quell'affermazione mi sorprese abbastanza da arrischiarmi a lanciargli un'occhiata. Nel frattempo a Harlow Manor tutto era tornato alla tranquillità; anche l'agente Bouchard era scomparso alla vista.

«Non ti piacciono gli altri gatti?» chiesi.

«Nel mio territorio?» sbuffò sarcastico. «Preferirei non doverlo condividere con nessuno, se ho la possibilità di scegliere. Questo posto è mio! Ho i miei alberi su cui arrampicarmi, e hai visto fra i rami? Quelli sono i miei volatili da divorare... o da lasciarti ai piedi del letto quando ti comporti da brava umana!»

Rabbrividii al ricordo del suo ultimo regalino: «Allora vedrò di non comportarmi mai più da brava umana!»

Mordicchiò i fili d'erba davanti alle sue zampe, ne ingoiò qualche boccone e ridacchiò fra sé: «Tanto per fartelo sapere, presto troverai vomito verde.»

«Mmm, ok» dissi con un'alzata di spalle.

Francamente con lui spesso le punizioni non erano poi molto peggiori delle ricompense, e questa, in particolare, mi sembrava piuttosto innocua.

«Ti scombinerà l'intera giornata!» mi spiegò con un sorrisetto. Poi emise una risata sinistra, confermandomi che era tornato in modalità 'genio del male'. L'unico problema era che le nostre definizioni di genio erano estremamente diverse.

Quando smise di ridere trasse un respiro profondo e si voltò a guardarmi: «Non capisci, vero?» disse con un gemito di frustrazione e un sibilo.

Scossi il capo e in quel momento l'agente Bouchard ricomparve nel mio campo visivo davanti a Harlow Manor. Perché si trovava ancora lì? Che cosa stava facendo?

«Dovrai pulire vomito verde!» mi spiegò Gattavius fra risate che sembravano sempre meno convinte. «Di solito inizi la giornata pulendo vomito marrone. Vedi? Ti scombussolerà fin dalla mattina presto! Non riuscirai a reggere!»

«Oh accidenti, mi hai in pugno» dissi con un sospiro rassegnato. Sarebbe stato meglio per entrambi se avesse pensato di aver trovato un nuovo modo per infastidirmi. Traeva un tale piacere dal provare tecniche di addestramento sempre nuove, che non avrei avuto il coraggio di spiegargli che non aveva proprio capito cosa funzionasse e cosa no per rimproverare un umano.

«Sei soddisfatto adesso?» gli chiesi voltandomi a osservarlo con un sorriso scettico.

«Per ora» rispose. «Ma aspetta di vedere cosa accadrà domani mattina!»

«Ok, perfetto.» Lanciai un'occhiata alla sagoma immobile dell'agente Bouchard; la mia curiosità continuava a crescere. Chi avrebbe voluto uccidere una senatrice al quarto mandato così amata dai suoi elettori? Perché la polizia riteneva necessario sorvegliare la scena del crimine? E i suoi strani gatti senza pelo avevano qualcosa a che fare con l'accaduto o no?

«Ehi, hai da fare adesso?» chiesi a Gattavius quando mi resi conto che avrebbe potuto intrufolarsi fra gli alberi per dare un'occhiata più da vicino.

Lui sollevò il naso e rispose: «Sì!» poi fece un giro in cerchio con la coda ben sollevata in aria omaggiandomi di una visuale indesiderata sul suo sederino gattoso.

«Grazie tante!» gli gridai dietro.

Lanciai un ultimo sguardo fra gli alberi e decisi di lasciar perdere. Per il momento. Forse la polizia aveva già identificato il colpevole ed era per questo che sorvegliavano la casa. Anche se ora avevo un titolo ufficiale, grazie alla sessione di marketing improvvisata di mia madre di quella mattina, ero ancora una novellina inesperta in materia.

Gli esperti erano i poliziotti e io dovevo avere fiducia nel fatto che avrebbero svolto bene il loro lavoro. Ma anche mentre formulavo quel pensiero, sapevo che sarebbe stata solo questione di tempo: presto o tardi mi sarei ritrovata a sgusciare fra quegli alberi per indagare sull'omicidio di persona.

7

Quando gli addetti al trasloco se ne andarono stava ormai calando la sera. Non soltanto mi avevano aiutata a portare nella nuova casa i miei scarsi averi, ma si erano anche fermati ad aiutarmi a riorganizzare l'arredamento già presente nella tenuta e avevano caricato sul furgone qualche mobile che non volevo tenere per poi fare una sosta veloce al negozio dell'usato.

Beh, probabilmente non sarebbe stata poi tanto veloce, considerando che avevano finito per portarsi via più roba di quella arrivata con il trasloco. Ma di certo non mi sarei tenuta il letto in cui Ethel era morta, o qualsiasi altra cosa che si trovasse nella sua stanza, se è per questo. Non mi importava affatto che la nonna non avesse problemi a utilizzare i mobili dell'ex proprietaria della casa: mi davano i brividi e mi rifiutavo di tenerli in casa mia. Era già abbastanza orribile che Gattavius non ne avesse voluto sapere di separarsi dall'elegante set da pranzo in cui era stata servita la cena avvelenata. Non avevo la minima intenzione di coronare il tutto con mia nonna che dormiva nel letto di un'anziana signora defunta.

«Sono lieto che se ne siano andati» dichiarò Gattavius mentre, con le zampe anteriori appoggiate al davanzale, osservava il camion dei traslochi allontanarsi. «Puzzavano di umano sudato. Puah!»

Alzai gli occhi al cielo, ma per fortuna era troppo distratto per farci caso. «Forse perché hanno passato il pomeriggio a spostare roba pensante per aiutarci?»

«È ugualmente disgustoso. Ho un sistema olfattivo molto delicato, io» disse contorcendo il naso a sottolinearlo. Beh, su questo non potevo dargli torto.

«Tu sei a posto?» gli chiesi sperando che mi desse tregua, ma aspettandomi che mi facesse spostare la sua roba di qua e di là per tutta la sera finché non avesse trovato la sistemazione più adatta.

«Sì» rispose con un tono così noncurante che mi sorprese. Trasferirci qui avrebbe significato vivere con un gatto diverso, meno esigente? Non potevo fare altro che sperare.

«Sarò pronto per la cerimonia funebre quando lo sarai anche tu» disse appoggiando il posteriore sul liso tappeto orientale e fissandomi con occhi grandi e inquisitori.

Giusto, la tazza da tè! «Ok, vado a prendere la scatola» dissi cercando di ricordare se l'avessi lasciata in macchina o riposta da qualche parte in cucina.

Con una mossa fulminea Gattavius mi sbarrò la strada: «Ho detto quando sarai pronta.»

«Sono pronta. Possiamo farlo subito.» Oh, era così dolce che prendesse in considerazione le mie necessità una volta tanto! Forse la perdita della tazza da tè lo aveva portato a dare più valore agli amici che gli restavano. Forse avevamo raggiunto un punto di svolta nel nostro rapporto.

Scosse il capo e assunse un tono condiscendente: «No, Angela.

Non sei pronta. Non avevo intenzione di dirti niente perché davo per scontato che lo sapessi già, ma...» Fece una pausa e un respiro profondo, con aria drammatica. «Anche tu puzzi di umano sudato!»

...O forse non era cambiato proprio niente.

Mi posai le mani sui fianchi e lo fissai: «E allora? Preferisci che prima mi faccia una doccia?»

«Non è che lo preferisco» mi corresse esaminandosi una zampa con noncuranza. «Lo esigo.»

Volevo solo farla finita una volta per tutte con quella ridicola storia del funerale per la tazza da tè, ma girai sui tacchi e mi diressi in bagno. Caspita, mi aveva addestrata davvero bene!

Per quanto fosse irritante che il mio gatto mi ordinasse cosa fare, l'acqua calda diede sollievo ai muscoli indolenziti e mi sentivo davvero meglio quando, poco dopo, mi infilai i miei jeans preferiti e raggiunsi Gattavius al piano terra.

«Sono pronta!» trillai, decisa a recuperare i resti della tazza.

La sagoma pelosa del tigrato comparve in cima alle scale facendomi prendere un sonoro spavento. «No» si limitò a dire. «Così non va.»

«Cosa c'è che non va adesso?» chiesi tamburellando con un piede per l'impazienza. Era un gesto che comprendeva bene, perché spesso faceva lo stesso sbattendo la coda.

«Per gli umani non è forse consuetudine vestirsi di nero per partecipare a un funerale?» Girò la testa di lato come se lo affliggesse dovermi spiegare una cosa così semplice. In fin dei conti, si supponeva che l'esperta di usanze umane fossi io.

«Sì, ma...»

Sollevò una zampa per zittirmi: «Proprio come pensavo. Su, su, allora, datti una mossa!»

Sospirando andai a cercare il vestito nero che avevo indossato per la commemorazione di Ethel mesi prima. A quel punto ero così irritata che Gattavius doveva ritenersi fortunato che quello non stesse per diventare il suo funerale.

È in lutto. Soffre, continuavo a ripetermi. Ma la verità era che mi avrebbe trattata a quel modo anche se avesse appena trascorso la giornata più bella della sua vita. La maggior parte delle persone percepisce in parte l'altezzosità dei gatti e il fatto che ritengano che tutto sia dovuto loro; ma non sanno quanto questi aspetti della personalità felina siano radicati, perché non hanno la possibilità conversare con i loro beneamati signori supremi come invece faccio io. Ciò nonostante, Gattavius mi perdonava per la maggior parte dei miei difetti, quindi io facevo del mio meglio per tollerare quegli atteggiamenti.

Quando infine mi presentai con il lungo vestito nero e i capelli raccolti sulla nuca, Gattavius mi rivolse fusa di approvazione: «Finalmente! Ora andiamo.» Trotterellò fuori attraverso la gattaiola e attese sul portico che lo raggiungessi. Una volta uscita, recuperai la piccola bara improvvisata - una scatola da scarpe di un paio di sandali acquistati al discount, dal vano portaoggetti dell'auto - e lo seguii mentre percorreva un lato della villa.

Si fermò all'estremità di un muretto dai cui lati spuntavano splendide azalee rosa: «Ho scelto questo posto» mi informò «perché le azalee mi ricordano i fiorellini che decoravano la povera tazza da tè defunta.»

Strizzai gli occhi per osservare meglio i fiori e i resti della preziosa tazza di ceramica fra le mie mani e mi accorsi che aveva perfettamente ragione. Mi inteneriva il fatto che ci avesse pensato tanto. Mi chiesi se sarebbe stato altrettanto attento nell'organizzare il mio addio, nel caso in cui fosse vissuto più a lungo di me. Un pensiero morboso, me ne rendevo conto, ma giustificato, considerando il recente numero di omicidi in città.

«Vuoi che vada a prendere una pala?» gli chiesi vedendo che non aveva la minima intenzione di scavare con le zampe nel terreno soffice.

«Sarebbe davvero opportuno, Angela.» Chinò il capo con reverenza. Stava forse pregando? E se era così, quale divinità pregano i gatti? Credeva nel mio stesso Dio? E come poteva un oggetto inanimato giungere nell'aldilà? Tutte quelle domande mi affollavano la mente; fino a quel momento avevo semplicemente dato per scontato che il mio gatto venerasse se stesso e si aspettasse che anch'io aderissi a quel credo religioso.

Lo lasciai a... beh, qualsiasi cosa stesse facendo. Ci sarebbe stato tutto il tempo per le domande in seguito. Ora dovevo rispettare quello strano rituale che non comprendevo, ma che sembrava di importanza vitale per lui.

Per fortuna non mi ci volle molto a trovare una piccola pala nel capanno da giardino di Ethel. Mentre tornavo di buon passo al luogo della sepoltura, mi chiesi se si fosse occupata in prima persona della progettazione del giardino o se avesse assunto qualcuno per farlo. Mi chiesi anche quanto tempo mi ci sarebbe voluto per imparare a prendermi cura delle numerose specie di piante che vi crescevano. Speravo di imparare in fretta, così da non ucciderne troppe con la mia inettitudine. Non avevo nessuna intenzione di celebrare altri funerali per oggetti inanimati! Ok, tecnicamente le piante sono esseri viventi, ma non mi sembrava comunque il caso di commemorarle con una cerimonia funebre. Ovviamente la tazza da tè era un'eccezione e mi auguravo che questo fatto fosse ben chiaro anche al mio gatto.

Tornata da lui, mi inginocchiai e iniziai a scavare nel punto che mi aveva indicato. Nel frattempo lui iniziò un lungo elogio della sua amica tazza e dei bei momenti trascorsi insieme.

«Mi serviva l'acqua ogni volta che avevo sete» gemette. «Non ha mai permesso che la mia Evian venisse contaminata da un'orribile mosca.» Gli tremò la voce: «Nossignore! Teneva l'acqua dentro e le mosche fuori, proprio come dovrebbe fare una tazza da tè come si deve. Mi mancherai, mia amata tazza! La colazione non sarà più la stessa senza di te. E neanche la cena!»

Dovetti sforzarmi moltissimo per mantenere un'espressione seria e, grazie al cielo, ci riuscii perché, una volta finito di parlare, il felino si voltò verso di me e disse, in totale serietà: «Ora tocca a te dire qualcosa.»

Accidenti! Perché non ci avevo pensato? Avrei dovuto aspettarmelo e farmi trovare preparata. Ancora perplessa, dissi la prima cosa che mi venne in mente sperando che gli andasse bene: «Era una brava tazza. Graziosa. Si abbinava bene alle altre del set.»

«Proprio così!» gemette Gattavius. Quando tacque, udii l'inconfondibile rumore di uno schianto dall'altra parte del boschetto.

«Cos'è stato?» bisbigliai al tigrato.

Lui rimase in silenzio a fissare la fossa che avevo scavato per la tazza e la sua bara.

«Hai sentito quel rumore?» gli chiesi, questa volta in tono febbrile. E se l'assassino fosse tornato? Se fosse venuto a cercarci e mi avesse trovata seduta lì all'aperto, immobile, senza che nemmeno lo vedessi?

Avevo le mani sudate. Per fortuna non avevo più in mano la tazza perché mi sarebbe caduta andando incontro a una seconda morte.

Gattavius mantenne lo sguardo rivolto a terra, l'espressione seria e rispettosa, del tutto incurante dei miei timori. «Credo che abbiamo finito qui» disse tristemente. «Angela, puoi occuparti di ricoprire la bara ora?»

Annuii e ricoprii con attenzione di terra la scatola da scarpe mentre Gattavius intonava una mesta melodia funebre costituita solo da miagolii, senza parole. L'avrei anche trovata bella se non avessi temuto che potesse condurre l'assassino dritto a noi. Per fortuna il tigrato teneva gli occhi chiusi mentre cantava, così potevo guardare alle mie spalle e tenere d'occhio il bosco.

Gli ci vollero cinque minuti per terminare la canzone. Quando quel bizzarro rito funebre giunse al termine, parve finalmente soddisfatto, chinò il capo un'ultima volta e disse: «Bene, è ora di andare a giocare agli investigatori!», poi iniziò a correre gettandosi a capofitto nel bosco.

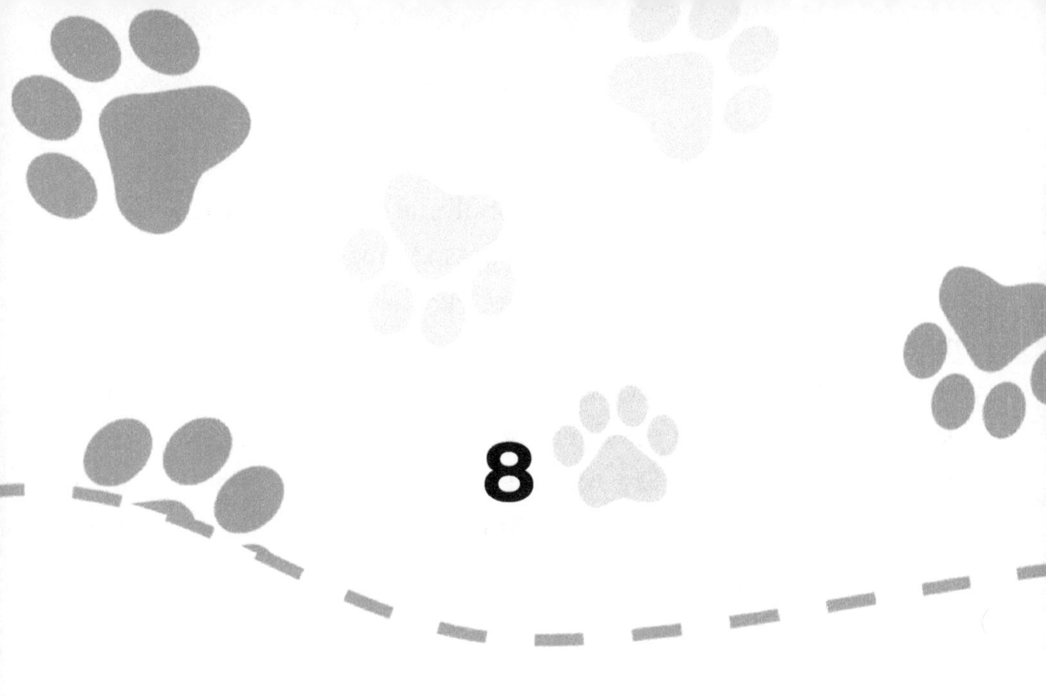

8

Riuscivo a stento a stare dietro a Gattavius mentre si faceva strada nel fitto bosco. I rami mi colpivano il petto man mano che mi addentravo sempre più fra la vegetazione. Il bosco che collegava le due tenute si estendeva per non più di una quindicina di metri, ma senza un sentiero da seguire mi sembrava ben più fitto e buio di quanto apparisse alla luce del pomeriggio.

Pur camminando con cautela, inciampai su una radice nodosa, finendo per cadere dritto con la faccia a terra. Naturalmente, per via del funerale della tazza da tè, indossavo scarpe eleganti aperte sulle dita, cosa che rese la botta particolarmente dolorosa.

Con un gemito mi girai sul fianco, afferrando con la mano le dita del piede e cercando di individuare Gattavius nell'oscurità. Probabilmente era già arrivato a Harlow Manor, il che significava che mi trovano da sola nel bosco buio, spaventata e per di più con un piede dolorante, che mi avrebbe reso ben difficile scappare in caso di necessità.

Un sinistro scricchiolio risuonò a pochi metri di distanza mentre qualcosa avanzava lentamente verso di me sul letto di foglie secche che ricoprivano il suolo come uno spesso tappeto.

Ti prego, fa' che non sia un lupo. Fa' che non sia un lupo! pregai mentalmente. I lupi avrebbero avuto il coraggio di spingersi tanto vicino a una zona abitata? Non ne avevo idea, ma il bosco che collegava le due magioni si estendeva per l'intera lunghezza del quartiere elegante di Glendale. Era più che plausibile che qualche animale selvatico vivesse nelle vicinanze e mi avesse individuata ritenendomi una preda facile per uno spuntino serale.

«C'è qualcuno?» gridai nell'oscurità. Restare in silenzio mi sembrava ancora più spaventoso.

Forse l'agente Bouchard era ancora di guardia a Harlow Manor e sarebbe arrivato in mio soccorso, auspicabilmente facendo un po' più di attenzione a dove metteva i piedi di quanto avessi fatto io.

Lo scricchiolio cessò, lasciandomi sola con l'inquietante sibilo del vento che soffiava fra gli alberi. Non sarei mai più andata nel bosco con il buio, mai e per nessun motivo, a prescindere da quanto qualcosa potesse incuriosirmi.

E quella sera sembrava davvero il momento giusto per mettere in pratica il mio nuovo proposito 'niente bosco di notte', non appena fossi riuscita ad andarmene da lì.

Mi girai sulla schiena e mi tirai su a sedere. Avevo male ovunque e, poco ma sicuro, dovevo rifarmi la doccia. Per fortuna sembrava che non mi fossi rotta nulla, così premetti le mani già sporche a terra per rialzarmi. Il piede dolorante faticava a reggere il mio peso, così che zoppicavo come uno zombie, muovendomi a rilento fra la vegetazione.

Avevo fatto solo pochi passi quando udii di nuovo lo scricchiolio.

Avrei voluto mettermi a correre ma sapevo che, con il piede in quelle condizioni, l'unico risultato sarebbe stato una seconda caduta. Così continuai ad arrancare lentamente mentre l'animale, o qualunque cosa ci fosse là dentro, mi seguiva a breve distanza. Ero circa a metà strada fra casa mia e quella della senatrice quando udii Gattavius gridare: «Oh, se cerchi rogne le hai trovate, chiaro?!»

«Gattavius?» lo chiamai voltandomi per cercare fra gli alberi il suo corpicino striato. Non ero mai stata così felice di sentire la sua vocina irata ed esigente.

Purtroppo non fu lui che mi trovai davanti. Vidi, invece, due paia di occhi giallo-verdi avvicinarsi sempre più, finché non ci trovammo a breve distanza l'una dagli altri. Le macchie bianche del gatto più piccolo mi resero più facile individuarlo, ma il grosso Sphynx nero rimase avvolto nell'ombra, ad eccezione di quei grandi occhi scintillanti.

Pochi istanti dopo Gattavius saltò fuori dalla boscaglia e mi squadrò da capo a piedi: «Cosa ti è successo?»

«Sono caduta» dissi in tono piatto senza staccare gli occhi dai due bizzarri visitatori privi di pelo. Anche se mi avevano spaventata, il bosco apparteneva a loro tanto quanto a noi.

«Quei due ti hanno fatta inciampare?» Si piazzò fra me e i due Sphynx miagolando e soffiando, facendomi sentire un po' più al sicuro e molto amata.

«Non credo» dissi cercando con lo sguardo la malefica radice che mi aveva fatto ruzzolare a terra, senza però riuscire a individuarla nell'oscurità sempre più fitta.

«Beh, non mi stupirebbe affatto» borbottò.

Il più grande degli Sphynx si fece avanti ed emise una serie di profondi miagolii.

«Oh accidenti, non ricominciare!» soffiò Gattavius in risposta.

«Che cosa ha detto?» chiesi trascinandomi zoppicante fino all'albero più vicino e allungando una mano per appoggiarmi al tronco in modo da non dover restare in precario equilibrio su un piede solo durante l'intera conversazione.

Gattavius aveva detestato collaborare con lo Yorkshire traumatizzato coinvolto nel nostro ultimo caso, ma sembrava ancora più seccato di dover parlare con gli Sphynx. Trasse un respiro profondo e tradusse: «Ha detto: 'La notte il gufo usa cantare in un modo che la curiosità sa pungolare'.»

Beh, non era proprio ciò che mi aspettavo. «Eh?! Cosa?» chiesi spostando il peso per appoggiarmi ancora di più all'albero.

«Non cosa» mi corresse Gattavius con un profondo sospiro. «Chi!»

«Eh?» Con la mano libera mi grattai il capo, totalmente frastornata.

Lui sospirò di nuovo: «Ricordi ciò che ti ho detto? Che non mi piace il loro modo di fare? È per questo. Non per il loro aspetto bizzarro, ma per il loro strambo modo di parlare. Si esprimono per indovinelli in rima. È per questo che si chiamano Sphynx, gatti sfinge. Lo capisci ora?»

«Vuoi dire come la creatura mitologica posta a guardia dei segreti degli dei?» Trovavo folle e affascinante che un vecchio mito che ricordavo a malapena avesse fatto capolino nelle nostre vite.

«Oh, non era così altruista» dichiarò Gattavius come se avesse conosciuto di persona la sfinge dell'antica mitologia greca. «Era un demone malvagio che tormentava chiunque gli capitasse a tiro.» Lo disse fissando i due gatti privi di pelliccia e rizzando minacciosamente il pelo.

«Wow» bisbigliai.

Gattavius si girò verso di me, ancora più agitato di prima. «Quindi ora capisci perché non avevo tutta questa voglia di chiacchierare con questi due. In ogni caso, la più grossa è Jillianne, mentre il piccoletto è Jacques.»

«So che sei a disagio ora» dissi nel tentativo di calmarlo. Mi era ben chiaro che ognuno dei tre felini aveva quattro zampe forti e in perfetta forma, mentre io al momento potevo contare su un piede solo. Se non altro, nonostante la frustrazione, Gattavius si era schierato dalla mia parte. «Ma il loro aiuto ci sarebbe davvero utile» continuai. «Potresti dire loro che sono la nuova vicina e che sono lieta di conoscerli?»

«Sai che la sfinge si divertiva a uccidere gli umani?» Gattavius si leccava una zampa mentre parlava, forse perché non gli piaceva starsene seduto sul terreno sporco del bosco, o forse per evidenziare il fatto che lui aveva il pelo, mentre i nostri interlocutori ne erano privi.

Dopo un breve scambio di battute mi informò: «Hanno detto, e cito le testuali parole: 'Sian scritti, annunciati o in note redatti, porgiamo all'umana gli omaggi dei gatti'.»

«Oh, mi danno il benvenuto!» strillai, assai più divertita del mio povero gatto insofferente. «Come hanno fatto a inventarselo così su due piedi? Devono essere dei geni!»

Gattavius soffiò. Di nuovo era evidente che la nostra definizione di genialità era molto diversa. «Non sono obbligato a restarmene seduto qui a fare da traduttore, sai. Se vuoi che ti aiuti, vedi di evitare di incoraggiare questi atteggiamenti assurdi.»

Mi sembrava che avesse detto che gli Sphynx parlavano sempre in quel modo, ma correggerlo lo avrebbe solo spinto a correre a casa, mentre a me servivano ancora molte risposte dai due bizzarri felini senza pelo. «Per favore, puoi chiedere loro se sanno chi ha ucciso la loro proprietaria?» dissi invece.

Gattavius tenne gli occhi fissi nei miei, come a volermi sfidare: «Mi sto annoiando a morte, quindi ti consiglio di riflette attentamente sulle domande da porre perché non ho nessuna intenzione di restarmene qui per tutta la notte» mi avvertì.

«Ok, ok» mugugnai. «Ora potresti riferirmi cosa hanno detto?»

Premette le orecchie contro il capo e scosse la testa. «Ti stai divertendo anche troppo, ma voglio essere chiaro fin da subito: non li adotteremo!»

Stavo per mettermi a gridargli contro, quando si decise a rifermi l'indovinello successivo in tono piatto e monocorde: «La risposta è tesa a confermare, seppur onta non possa non portare.»

«Sì!» strillai allegramente. «Significa sì, vero? Sanno chi è stato!» Questo caso si poteva chiudere in un battibaleno, considerando che avevamo due testimoni oculari proprio davanti a noi e anche disposti a parlare.

Gattavius emise un lamento spaventoso, girò sui tacchi e scomparve tra i rami degli alberi.

«Ehi, aspetta!» gridai tentando di seguirlo. Speravo che anche gli Sphynx ci avrebbero seguiti: morivo dalla voglia di porre loro la domanda successiva. Sarebbe bastato questo per identificare l'assassino, e ironicamente la mia domanda sarebbe stata proprio la risposta al loro primo indovinello: Chi? Chi aveva ucciso la senatrice? Come faceva Gattavius a non capire quanto fosse importante?

«Sanno chi ha ucciso la senatrice!» gli gridai dietro. «Devi solo porre loro un'ultima domanda e avremo risolto il caso in tempo record!»

Non riuscivo più a vederlo. Mi aveva davvero abbandonata lì? E io che iniziavo a pensare che ci tenesse a me. Continuavamo a pungolarci e sospettavo che sarebbe stato molto più semplice infastidirlo piuttosto che lasciare che fosse lui a infastidire me.

«Ehi, Gattavius!» gridai in un ultimo, fiacco tentativo di convincerlo con le buone. «Dove sei?»

Nessuna risposta. Perfino il vento aveva smesso di far stormire le fronde.

Grandioso. Se n'era andato lasciandomi sola e con un piede fuori uso in quel bosco spaventoso. A meno che...

Mi voltai in cerca degli Sphynx, ma andai a sbattere contro un ampio torace e un bel pancione. Un busto umano, maschile.

Non volevo nemmeno guardarlo in faccia: mi girai e cercai di correre via. Piede dolorante o meno, dovevo tornare alla relativa sicurezza di casa mia. Dovevo uscire da quell'orribile bosco subito. Ne andava della mia vita, letteralmente.

Avevo fatto un solo passo quando l'uomo mi afferrò per un braccio e mi attirò a sé.

«Ehi, che diavolo...» gridai lottando per liberarmi.

Mi tappò la bocca con la mano sudata prima che potessi finire la frase o gridare per chiedere aiuto.

La fine era giunta. Era così che sarei morta: non cadendo dalle scale, ma persa in un bosco a pochi metri dalla mia nuova, imponente dimora.

Non si era rivelato affatto un buon primo giorno nella nuova casa.

Proprio per niente.

9

La situazione era questa: fuggire o lottare. Preferibilmente entrambe le cose.

Ero già stata tenuta in ostaggio da un assassino. Ero stata gettata giù da un pontile e lasciata ad affogare. Potevo sopravvivere anche a questo. Raccolsi il coraggio e morsi con forza il palmo carnoso che mi copriva la bocca.

Sì! Aveva funzionato!

L'aggressore gridò per il dolore e si allontanò da me, stringendosi la mano contusa.

«Ahia, perché l'ha fatto? La voce gli uscì un po' acuta per un uomo, e nasale.

«È stato lei ad aggredirmi!» puntualizzai, osservando il suo volto arrossato che si abbinava bene ai pantaloni del pigiama di flanella rossi. Ora che lo guardavo con attenzione aveva un'aria decisamente meno minacciosa, ma ciò non toglieva che avrebbe potuto sopraffarmi facilmente per forza e stazza.

«Chi è lei?» chiesi. «Cosa ci fa nel bosco della mia proprietà?»

Non c'era nessun bisogno che sapesse che mi ero trasferita lì solo quel pomeriggio. In effetti, probabilmente sarei stata più al sicuro se non l'avesse saputo.

Se non altro ebbe la decenza di mostrarsi dispiaciuto. Continuando a massaggiarsi la mano dolorante, si affrettò a spiegare: «Ho sentito delle voci, così sono uscito per vedere cosa stesse succedendo e lei mi ha sbattuto contro.»

Gli lanciai un'occhiataccia e incrociai le braccia sul petto. Doveva essere bello essere un uomo grande e grosso e potersi aggirare nel bosco al buio senza doversi preoccupare della propria sicurezza, al di là dei classici serial killer con la motosega. Io, invece, mi mettevo spesso in situazioni rischiose, con solo il mio tigrato lunatico a guardarmi le spalle. Quindi non avrei dovuto giudicarlo così duramente, suppongo. «Non mi ha ancora detto chi è lei.»

«Sono Matt Harlow» rispose porgendomi la mano sana per presentarsi.

«La prima volta l'ho morsa. Davvero si fida a porgermi l'altra mano?» chiesi spalancando gli occhi come a volerlo sfidare, proprio come Gattavius faceva spesso con me. Non mi sarei sentita al sicuro finché non me ne fossi andata da quel dannato bosco. Ero troppo vulnerabile in quel luogo buio e sconosciuto, con un uomo decisamente più grosso di me e un infortunio che mi rallentava l'andatura.

Matt fece un balzò indietro e rise nervosamente. Se non altro era spaventato anche lui. «Ha ragione» disse. «Allora mi assicura che sta bene?»

«Sì» risposi, anche se il dolore pulsante alle dita dei piedi si stava facendo più intenso.

«Volevo solo accertarmene.» Sollevò le braccia con un gesto rapido, poi si voltò e si allontanò nella direzione da cui era venuto. «Buonanotte.»

Rimasi a guardarlo allontanarsi finché non scomparve alla vista, poi ripresi il lento tragitto verso casa. E così quello era Matt Harlow, il parente più prossimo della senatrice. Se ci fossimo incontrati in circostanze diverse avrei potuto provare a scucirgli qualche informazione o cercare di capire cosa sapeva. Nella situazione attuale, però, preferivo aspettare la luce del giorno e un segnale stabile per il cellulare prima di valutare la possibilità di accusarlo di omicidio.

D'accordo, sembrava un brav'uomo—alto e paffuto come un orsacchiotto—ma restava il fatto che la sua reazione istintiva, quando gli ero finita addosso, era stata afferrarmi e tapparmi la bocca. E ciò era più spaventoso di quanto avrebbero mai potuto essere i due felini senza pelo che parlavano per indovinelli.

«Sono a casa» gridai quando infine riuscii a trascinarmi oltre la soglia. Non sapevo perché mi dessi la pena di annunciare il mio arrivo, quando era evidente che al mio compare a quattro zampe non importava nulla della mia sicurezza.

Gattavius si mostrò abbastanza astuto da non farsi vedere: in caso contrario si sarebbe beccato una bella ramanzina per avermi abbandonata nel bosco proprio quando gli Sphynx stavano per rivelarci un'informazione cruciale per il caso. Beh, se non aveva intenzione di farsi vedere poteva benissimo andare a letto senza cena, per quello che me ne importava.

Mi aggirai per la casa con passo pesante per accertarmi che gli fosse chiaro che ero arrabbiata con lui. Ma quando passai per la terza volta dall'open space al piano inferiore, feci una sosta in cucina per versargli una porzione di Sheeba fresco nella ciotola. Anche se volevo dargli una lezione, non avevo intenzione di sopportare i suoi lamenti strazianti per tutta la notte.

Mi presi comunque la mia rivincita, perché gli servii quello al gusto che gli piaceva di meno, il pollo, che avevamo in casa soltanto perché era incluso nella confezione che acquistavo di solito al negozio per animali. Di solito mettevo da parte le bustine al pollo e le portavo al gattile come donazione, ma immaginavo che utilizzarne una per una vendetta più che meritata non fosse un peccato imperdonabile.

Non ancora soddisfatta, marciai su per le scale per raggiungere la mia camera da letto nella torretta e mi sbattei la porta alle spalle. L'addetto della compagnia telefonica sarebbe venuto solo l'indomani per sistemare la connessione a internet, quindi per quella sera avrei dovuto accontentarmi della connessione del cellulare per navigare un po' in rete prima di dormire. Anche se, trovandosi nei pressi del bosco, le pagine si caricavano con lentezza esasperante, volevo comunque fare un po' di ricerche sulle attività recenti della senatrice per vedere se sarei riuscita a trovare qualche indizio su un possibile movente.

Già che c'ero, feci qualche ricerca anche su Matt Harlow. Da quello che trovai, sembrava un classico uomo di mezza età; viveva in città, aveva divorziato da poco e lavorava come addetto alle vendite. Nessun particolare mi saltò all'occhio come indicativo di un serial killer, ma era possibile che finora avesse ucciso una sola volta, sempre ammesso che la prematura dipartita della senatrice gravasse davvero sulla coscienza di suo figlio.

Per il momento non c'era altro.

Un raspare impaziente di artigli risuonò alla porta.

«Vattene!» gridai. In quel momento non volevo avere a che fare con quella primadonna del mio gatto.

Gattavius mormorò tra sé e sé parole sommesse che non riuscii a capire, anche se sembrava intento in una lite. «Scusami» mi disse infine, dopo una breve esitazione.

Ero così colpita che il cellulare mi cadde di mano. Non pensavo che l'avrei mai sentito pronunciare quella specifica parola. Da lui mi aspettavo frasi come 'Dovrai chiedermi scusa in ginocchio', non delle scuse sincere fatte con il cuore.

Sorrisi, pronta a sfruttare al massimo quel momento. Proprio come faceva di solito lui, dovevo prendermi la rivincita in qualche modo. «Cos'hai detto?» chiesi fingendo di non aver sentito.

Non sapevo se fosse venuto a scusarsi per ottenere dello Sheeba di un altro gusto o perché era davvero dispiaciuto, ma era già un traguardo.

Quando udii la sua voce tesa e alterata, capii di averlo punito abbastanza. «Hai capito benissimo! Stai solo... Accidenti! Mi dispiace, ok? Ti chiedo scusa!»

Corsi verso la porta come in una scena al rallentatore. Quel momento non era poi così diverso dalle storie in cui l'eroina corre attraverso un prato fiorito per raggiungere l'eroe. Sì, volevo davvero bene al mio gatto e quello era un momento speciale per me, non giudicatemi per questo.

Spalancai la porta, gli sorrisi e gli dissi: «Ti perdono.»

«Bene» disse lui con un sorriso malizioso. «C'è comunque una bella pozza di vomito verde che ti aspetta in fondo alle scale.» E corse via dimenando trionfalmente i fianchi. Sinceramente non ricordavo nemmeno la questione del vomito verde, ma avevo questioni più importanti di cui occuparmi.

Lasciando la porta della mia camera aperta nel caso in cui avesse deciso di tornare per un po' di coccole riappacificanti, mi rinfilai a letto e ripresi le ricerche sulla senatrice e suo figlio.

Per prima cosa lessi tutti gli articoli pubblicati nell'ultimo mese che la riguardavano. Poi, annoiata a morte, mi concentrai su ciò che sapevo.

Aprii l'app per prendere appunti e iniziai ad annotare tutto ciò che avevo scoperto fino ad allora:

. . .

Eletta per quattro mandati, probabile rielezione.

Morta per caduta dalle scale.

Gradino più in basso sfondato.

Mamma mi ha chiesto di indagare sulla questione.

Sensazione che non si sia trattato di un incidente quando ho visto la scena del crimine.

Due Sphynx presi da un allevamento in Francia.

L'agente Bouchard è rimasto a guardia della casa per la maggior parte della giornata.

Thompson è andato a porgere omaggi ed è stato mandato via.

Il parente più prossimo è Matt Harlow. Mi ci sono imbattuta nel bosco e mi ha tappato la bocca quando ho cercato di gridare.

Per ora era tutto ciò che sapevo, giusto? Prendendo in considerazione tutte le persone menzionate in quell'elenco, per ora i sospettati includevano l'agente Bouchard, Matt Harlow, il signor Thompson, mia madre e un allevatore di gatti francese. Ci avrei aggiunto anche chiunque fosse in corsa per la carica di senatore alle prossime elezioni di metà mandato; tuttavia, queste si sarebbero tenute solo fra due anni, motivo per cui ritenevo improbabile che si fosse trattato di un rivale politico.

Queste riflessioni mi riportarono a un'altra domanda importante: come mai la senatrice conosceva il signor Thompson? Certo, avrei potuto chiederlo direttamente a lui quando fossi tornata al lavoro, ma mi avrebbe detto la verità o avrebbe tentato di depistarmi?

Continuai a fare ricerche su Google per circa un'ora in cerca di collegamenti fra la senatrice Harlow e il signor Thompson, ma senza nessun risultato. Poiché sarei stata in ferie per il resto della settimana, decisi di chiedere un favore a un amico.

«Pronto?» Charles, socio junior dello studio legale, nonché

ragazzo per il quale avevo avuto una cotta, rispose con un sussurro frettoloso.

«Charles, mi serve un favore» gli dissi.

«Sono al cinema con Breanne. Aspetta un secondo.» Udii le lamentele seccate dalla sua fidanzata, poi la sua voce chiara e forte: «Ok, sono nell'ingresso. Come posso esserti utile?»

«La senatrice Harlow è stata assassinata» gli dissi, giusto in caso non ne fosse già al corrente.

Ma lo era. Ovviamente. «Non hanno ancora escluso l'ipotesi che possa essersi trattato di un incidente» mi corresse.

«Ma io sì!» dissi, e lui sapeva che era meglio non contraddirmi. «Comunque, fatto curioso: Thompson si è presentato a casa della senatrice oggi pomeriggio e ha cercato di entrare, ma la polizia lo ha mandato via.»

«Strano. Come fai a saperlo?»

«Abito nella casa accanto, ricordi?» risposi in tono pratico.

«Non riesci proprio a stare alla larga dalle indagini, eh Russo?» disse con una risata, anche se l'oggetto del discorso era un omicidio. Sentirlo ridere mi fece di nuovo provare qualcosa per lui; ma dato che era già impegnato, ricacciai indietro quella sensazione e tornai a concentrarmi sui fatti.

«Potresti parlare con Thompson?» chiesi. «Scoprire come faceva a conoscere la senatrice? Perché oggi è andato a casa sua?»

«Lo farò» disse. «C'è altro?»

«No, torna pure al tuo appuntamento, rubacuori!» Sperai che non si fosse accorto del mio tono sarcastico. In ogni caso, riattaccò subito, lasciandomi di nuovo sola in quell'enorme casa e con un potenziale assassino come vicino, per di più.

Sarei riuscita a convincere la nonna a trasferirsi un po' prima? In quel modo avrei avuto un gatto lunatico e una vecchietta esuberante a proteggermi in caso di pericolo.

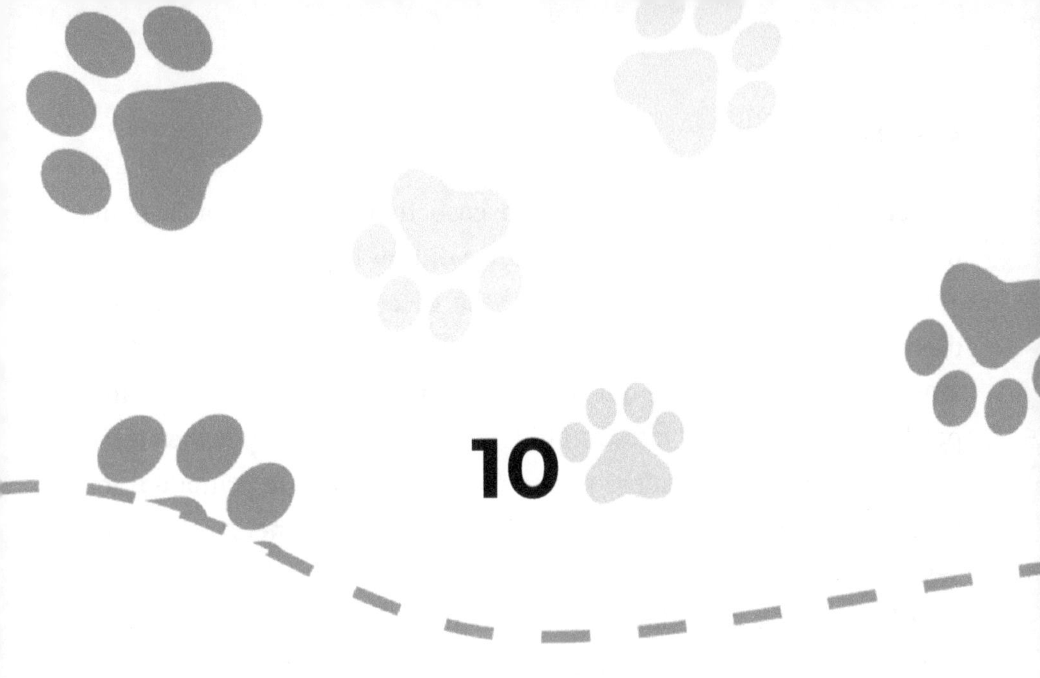

10

Nonostante un altro paio d'ore di ricerche sulla vita, la storia e le prese di posizione politiche della senatrice, la mattina dopo non mi sentivo neanche di una virgola più vicina alla soluzione del caso. Certo, avrebbe potuto trattarsi di una questione di sostanziosa eredità, come per Ethel Fulton, ma per qualche motivo ne dubitavo.

Pur avendomi terrorizzata la notte prima, niente faceva pensare che il suo educato e paffuto figlio arrivato di corsa dal Midwest potesse essere un assassino; piuttosto, solo un uomo un po' goffo nelle relazioni sociali. Ciò nonostante, non potevo escluderlo del tutto o sarei rimasta con due gatti e il mio capo come principali sospettati.

Speravo che Charles riuscisse a ottenere le informazioni che mi servivano entro fine giornata. Io mi ero schierata dalla sua parte quando nessun altro aveva voluto prestargli aiuto per il caso di omicidio 'impossibile da vincere'. Ma contro ogni aspettativa quella volta ce l'avevamo fatta e sentivo che potevamo farcela ancora.

Questa volta non si trattava di un caso in tribunale, ma la gente meritava di sapere la verità sulla morte di Lou Harlow.

Dopo una rapida colazione a base di cereali, raccolsi i capelli dietro la nuca, indossai un audace prendisole in stile retrò e salii in auto. Volevo risolvere la questione il prima possibile e non soltanto per la senatrice o per i cittadini di Glendale, ma anche per me stessa. Non ero riuscita a prendere sonno facilmente la notte prima e dubitavo di riuscirci finché non mi fossi sentita al sicuro nella mia nuova casa.

«Dove pensi di andare?» chiese Gattavius saltando sul cofano e scoccandomi occhiate di fuoco attraverso il parabrezza.

«A trovare i vicini» lo informai. Non mi sarei arrischiata ad addentrarmi di nuovo nel bosco, neanche alla luce del sole. «Ora scendi dall'auto così posso mettere in moto.»

«Vengo anch'io» disse, schizzando verso gli alberi. Non mi sorpresi affatto: lui preferiva non salire in macchina, io invece sì.

Percorsi il lungo vialetto tortuoso di casa mia, poi un breve tratto di strada e infine imboccai l'altrettanto lungo e tortuoso vialetto che conduceva a Harlow Manor. Certo, quando il mio povero piede fosse guarito completamente avrei impiegato meno tempo passando dal bosco, ma non sempre la velocità è l'aspetto più importante quando si deve arrivare al punto.

Come quando si tratta di risolvere un mistero.

L'avevo imparato a mie spese durante la mia primissima indagine: ero partita al galoppo verso la linea del traguardo senza prendermi il tempo necessario a prepararmi per la gara, e mi era quasi costato la vita.

Ripensandoci, mi ero messa in pericolo anche per risolvere il mio secondo caso. Questa volta, invece, mi sarebbe piaciuto consegnare l'assassino della senatrice alla giustizia senza rischiare di lasciarci le penne. Sarebbe stato decisamente più professionale risolvere un caso senza mettere in pericolo la vita di nessuno.

Forse oggi avrei avuto fortuna e la giornata avrebbe costituito un punto di svolta per la Detective che parla con gli animali! Ridacchiai a quel pensiero, ma dovevo ammettere che lo slogan di mamma cominciava a piacermi.

Quando giunsi alla tenuta degli Harlow mi sorprese l'assenza sia di auto della polizia che di auto sportive di lusso. Un vecchio furgone arrugginito era invece parcheggiato di fronte all'ingresso principale. La porta era aperta, ma non scorsi nessuno all'interno, nemmeno i bizzarri gatti che sapevo per certo vi abitassero.

«Eccomi qui!» la voce di Gattavius mi giunse attutita attraverso la vegetazione. «E ti ho anche portato un regalino» aggiunse. Quando lo scorsi, vidi che aveva in bocca un roditore morto.

«Che schifo!» dissi, rassegnata all'idea che la mattina dopo avrei trovato vomito di gatto più disgustoso del solito.

«C'è qualcuno?» chiese una voce profonda dall'interno della casa.

Rimasi accanto all'auto in attesa che la persona che aveva parlato uscisse sul portico. Quando il proprietario della voce si materializzò, emisi un grido di gioia e corsi ad abbracciarlo. «Brock! Che bello vederti a piede libero!» Sperai di non averlo offeso con quelle parole, ma mi sembrava meglio evitare riferimenti diretti al fatto che l'ultima volta che l'avevo visto era stato nella sala colloqui della prigione.

«Angie, giusto?» mi chiese con un ampio sorriso. «Grazie per aver lavorato al mio caso!»

Ops. Ovviamente lui non conosceva me tanto quanto io conoscevo lui. Avevo trascorso quasi una settimana ossessionata dal suo caso, mentre lui mi aveva solo vista per pochissimo tempo nel bel mezzo di quello che doveva essere stato il periodo peggiore della sua vita.

«Ehi, è stato un piacere» dissi dandogli un colpetto con il pugno sulla spalla.

«Beh, per me un po' meno» mi corresse con una risata. «Ma apprezzo il pensiero.»

Aveva un bell'aspetto. Davvero molto bello. I capelli scuri erano più corti dell'ultima volta, tagliati con cura a una lunghezza appena sufficiente da poterci passare le dita in mezzo...

Cosa? Io? No! La mia ultima cotta era finita malissimo, con *lui* che usciva con un'altra. Inoltre, il caro Brock ricordava a malapena il mio nome. Non era proprio il caso di indulgere in fantasie romantiche su di lui.

Ciò nonostante, il suo sorriso era gentile e sincero. Non riuscivo a credere che quella strega dai capelli rossi fosse la sua gemella. A parte il cognome, non avevano quasi niente in comune. Niente di visibile, almeno.

Brock mi fece cenno di seguirlo in casa, poi si accovacciò davanti alle scale e si rimise al lavoro.

Quei pantaloni! Quella maglietta! Che muscoli! E come maneggiava il martello... Caspita!

Sembrava proprio che la mia cotta per Charles Longfellow III fosse acqua passata. Seppur scagionato da ogni accusa, mi chiesi se la nonna avrebbe approvato che uscissi con un ex carcerato. Ma certo! Anzi, probabilmente avrebbe trovato la situazione ancora più eccitante di quanto facessi io.

No, no, no. Lascia perdere, Angie! Non avevo tempo per le faccende romantiche, o anche solo per pensarci, quando c'era un assassino a piede libero.

«Quindi ti hanno assunto per riparare la scala?» chiesi, giusto per dire qualcosa di sensato.

I suoi occhi scuri e scintillanti erano davvero affascinanti quando si voltò a fissarmi. «Proprio così» disse. «E ne sono molto grato. Anche se sono stato assolto, molta gente ancora non è a suo agio all'idea che lavori per loro.»

«Oh, io ho in mente un paio di cosette che potrei farti fare!» Ero sempre più ipnotizzata dai muscoli ben visibili sotto i jeans. Aspettate: l'avevo davvero detto ad alta voce?

«Di che si tratta?» chiese voltandosi verso di me e strofinandosi la fronte con il braccio.

«Ehm...» Esitai, incapace di ricordare a cosa stessi pensando. Poi capii quel era il problema. Per quanto trovassi affascinante l'uomo che mi stava di fronte, non si trattava di lui. Il punto era la mia personale versione della kriptonite: il caffè. Tutt'a un tratto realizzai di non aver assunto neanche un briciolo di caffeina prima di uscire. Non c'era da stupirsi che avessi il cervello in pappa. Avrei dovuto prestarci più attenzione d'ora in poi.

Mi pizzicai l'interno del braccio per tornare alla realtà e finalmente riuscii a sorridere e rispondere: «La mia nuova casa avrebbe bisogno di qualche lavoretto, se hai tempo. Abito nella casa qui di fianco.»

Rimase a fissare in direzione di casa mia come se riuscisse a vederla attraverso le solide mura di Harlow Manor: «Certo, mi farebbe piacere.»

Gattavius fece la sua comparsa sulla porta con tracce di sangue fresco sul pelo del muso; grazie al cielo non c'era traccia della carcassa con cui aveva fatto lo spuntino di metà mattina. «Non c'è da stupirsi che tu non abbia un fidanzato» mormorò iniziando a leccarsi.

Accidenti, ero così imbranata che perfino il mio gatto se ne accorgeva. Davvero un pessimo modo di iniziare la giornata. Dei peggiori.

Il brusco arrivo di Gattavius mi ricordò che mi ero recata lì per un motivo, che non era flirtare con il tuttofare. «In effetti ero passata per parlare con Matt Harlow. È in casa?»

Brock rimestò in un contenitore pieno di viti finché trovò quella che stava cercando. «No, è uscito poco dopo il mio arrivo. Per la lettura del testamento» mi spiegò restando concentrato su ciò che stava facendo. «Vuoi che gli dica che sei passata?»

«Sì, grazie.» Non mi restava nulla da fare lì, così mi diressi alla porta scoccando un'occhiata irritata a Gattavius quando gli passai accanto. Continuava ad affermare che gli umani sembravano tutti uguali, ma ora riusciva a distinguere correttamente gli uomini dalle donne nove volte su dieci. Mi chiedevo se gli Sphynx fossero altrettanto in difficoltà, se avessero visto l'assassino ma non fossero stati in grado di identificarlo.

«Ehi, aspetta. Non ti ho detto una cosa» mi gridò dietro Brock.

Mi voltai così in fretta che praticamente feci una giravolta completa. Il vestito mi roteò intorno come in un film d'altri tempi e Brock ridacchiò.

«Volevo solo dirti che abbiamo ricevuto ufficialmente un'offerta per la casa di tua nonna. A quanto pare potrà trasferirsi da te molto presto.»

Eh già. Lui e sua sorella erano stati incaricati della vendita della casa della nonna. C'era un intero mondo là fuori, oltre a noi due e al mio gatto criticone.

«Grazie» risposi. «È una bella notizia.»

Tornai lentamente all'auto, facendo attenzione a non caricare troppo il peso sul piede infortunato. Se la nonna aveva un acquirente per la casa, avrebbe potuto raggiungermi molto prima di quanto avessimo preventivato.

Non mi vergognavo affatto ad ammettere che mi sentivo come una ragazzina spaventata che aveva bisogno che la nonna le rimboccasse le coperte per andare a letto. Almeno finché l'assassino a piede libero a Glendale, l'ultimo della serie, non fosse stato catturato e imprigionato. Forse avrei potuto invitarla quel pomeriggio per festeggiare la vendita imminente e poi scongiurarla di restare per la notte.

Quando avesse saputo che c'era stato un omicidio dai vicini, non sarebbe riuscita a resistere.

11

Naturalmente la nonna accettò di passare da me nel pomeriggio per (cito testualmente) 'cercare prove per la nostra nuova indagine'. Forse avrei dovuto chiamare mia madre anziché la nonna, considerando che lei era già ufficialmente coinvolta. Ma la nonna si era rivelata pronta e determinata nell'indagine precedente e mi piaceva il suo approccio nell'interrogare i testimoni, meno diretto di quello di mia madre.

Non avevo nessun dubbio sul fatto che, se non avesse fatto carriera come giornalista, mia madre sarebbe stata un'ottima guardia carceraria. D'altro canto, invece, la nonna era nata per recitare. Anche se la sua carriera a Broadway era terminata quasi cinquant'anni fa, le piaceva da matti indossare nuovi panni e buttarsi a capofitto a interpretare il ruolo di qualsiasi personaggio risultasse utile alle nostre indagini.

E io? Supponevo di essere la mente che dirigeva le operazioni. O qualcosa del genere. Ora come ora eravamo solo detective improvvisate con un certo talento per trovare indizi e cacciarci nei guai.

Certo, se mia madre avesse potuto fare a modo suo, presto avrei avuto sul prato di fronte a casa un bel cartello con su scritto 'Investigatore privato'.

La nonna era l'attrice, il poliziotto buono. Mia madre era la reporter ostinata, alias il poliziotto cattivo, e io ero quella che si occupava di fare tutte le ricerche e poi si lanciava in battaglia a spron battuto senza alcun riguardo per la propria sicurezza.

Quindi, forse, non ero la mente, in fin dei conti.

Svuotai qualche altro scatolone mentre ci riflettevo su—come se la cosa avesse una qualche importanza, come se stessi scrivendo un romanzo o preparando il lancio di un programma televisivo sulle nostre imprese. Quello sì che sarebbe stato un gran giorno! E sia mia madre che la nonna lo avrebbero apprezzato. Ma per ora desideravo solo che i miei abiti fossero appesi in ordine nell'armadio.

Avevo scelto la camera da letto più piccola della casa non soltanto perché mi piaceva l'idea di vivere in una torre, ma anche perché una stanza piccola mi dava di più la sensazione di essere a casa. Nonostante la personalità istrionica, la nonna mi aveva insegnato a essere umile e a gioire delle piccole cose; e infatti dovevo ancora abituarmi all'idea di essere la proprietaria di una tenuta tanto imponente.

Quando mi accorsi che il minuscolo armadio della stanza riusciva a contenere meno della metà del mio guardaroba, sospirai in preda alla frustrazione. È vero, era quasi tutta roba proveniente da negozi dell'usato, ma amavo ciascuno di quei capi e detestavo l'idea di separarmene. Il fatto è che, purtroppo, non si fanno più abiti come quelli degli anni Ottanta e Novanta; e anche se all'epoca ero appena nata, niente mi avrebbe impedito di adorare i tocchi di colore audaci e le allegre fantasie degli abiti che andavano di moda allora.

«Chi ti ha fatto la pupù nella lettiera?» chiese Gattavius

scegliendo proprio quel momento per sgattaiolare fuori da sotto al letto. Non sapevo nemmeno che quel briccone fosse lì.

«Utilizzi dei modi di dire davvero strani» gli dissi aggrottando le sopracciglia, per poi tornare a concentrarmi sul problema. «E comunque, i miei abiti non ci stanno in questo armadio.»

«Innanzi tutto, anche tu parli in modo strano.» Gattavius trasse un respiro profondo prima di avventurarsi nell'armadio a controllare personalmente. Quando uscì, dichiarò: «E secondo, anche se non capisco proprio cosa ve ne facciate voi umani di tutti quei vestiti, ti sei accorta che ci sono sei camere da letto in questa casa? Sei! Una in più delle vite che mi restano. Mi sembrano più che sufficienti. Basta che tu ne scelga un'altra e ci metta la tua roba.»

Scossi il capo chiedendomi se avrei dovuto porre domande sulle vite perdute e cosa ciò implicasse esattamente. Per quel che ne sapevo, io avevo una sola vita da vivere—e da perdere. E questo era il motivo per cui le nostre indagini, per quanto eccitanti, potevano risultare anche molto pericolose.

«Vieni» disse Gattavius con un sospiro ansimante. «Credo proprio di sapere qual è la stanza perfetta. Avanti, seguimi.»

Con un cumulo di appendiabiti fra le mani lo seguii giù lungo la scala a chiocciola e attraverso il secondo piano della nostra nuova casa. Beh, nuova per me, almeno. Lui si era già perfettamente riambientato come un vero padrone di casa. Non l'avevo mai visto altrettanto a suo agio nel mio appartamento, ma come ho già detto, il tigrato sembrava davvero nato per vivere nell'opulenza.

«Questa!» disse fermandosi davanti a una porta chiusa in fondo al corridoio e colpendo con la zampa la luce che filtrava da sotto.

La aprii e sussultai, lasciando cadere a terra gli appendiabiti che si sparpagliarono con un gran fragore. Mi ero completamente dimenticata di quella stanza. Certo, avevo visitato la casa un paio di volte prima di firmare il contratto, ma all'epoca ero rimasta così colpita dal lusso generale della villa da aver a malapena notato i dettagli.

E wow...quella stanza era proprio bella!

Innanzitutto c'era una grande bovindo con una comoda seduta, come quelli che avevo visto ad Harlow Manor e che desideravo tanto. Lo splendido arredo doveva essere lungo quasi due metri, quindi volendo avrei potuto anche farci un pisolino. Spesse tende oscuranti lo affiancavano su entrambi i lati. Dovevano essere state chiuse quando avevo visitato la casa: ecco perché non me ne ricordavo! Quella spiegazione era decisamente preferibile all'idea che non avessi notato o mi fossi dimenticata di aspetti così importanti.

Dal soffitto a volta pendeva un antico lampadario di cristallo che, alla luce del sole, proiettava minuscoli arcobaleni in tutta la stanza. La maggior parte delle lampadine era bruciata, ma ciò non ne riduceva minimamente la magnificenza. Il parquet color miele presentava qualche graffio, ma era solido. Non ci sarebbe voluto molto a levigarlo e lucidarlo quando avessi avuto il tempo e i soldi per occuparmene—o per chiedere al tuttofare sexy di farlo.

«Allora, pensi che vada bene come nuovo armadio?» chiese Gattavius saltando sulla seduta e dando una breve occhiata all'esterno prima di voltarsi di nuovo verso di me. «È piccolo, quindi ho pensato che ti sarebbe piaciuto.»

«Armadio?» Sussultai di nuovo. «Non se ne parla! Questa diventerà la mia biblioteca!»

Le lacrime mi scorrevano sul volto e mi inzuppavano la maglietta, ma non me ne importava affatto. Gattavius poteva prendermi in giro finché voleva, ma finalmente avevo trovato qualcosa che mi emozionava davvero e senza riserve nella nostra nuova casa.

Come avrei potuto sentirmi altrimenti, ora che dormivo in una torre come Raperonzolo e che avrei avuto una biblioteca tutta mia come Belle? Mi ero ritrovata a vivere in una fiaba. Certo, con il buio la tenuta si trasformava in una casa infestata, ma... ma...

Ora avrei avuto una biblioteca tutta mia!

Una bussata energica al piano di sotto pose fine a quel momento speciale. In caso contrario sarei potuta rimanere lì tutto il giorno a fare progetti su come arredare la stanza, al momento vuota.

«Non c'è il campanello?» chiesi a Gattavius. chiudendomi con riluttanza la porta alle spalle e dirigendomi verso le scale.

Lui fece spallucce e schizzò giù per scoprire chi era venuto a trovarci.

Nonostante detestassi l'idea di abbandonare il mio sogno a occhi aperti, immaginavo che potesse trattarsi della nonna, e a lei non piaceva essere lasciata ad aspettare.

«C'è qualcuno?» chiese una voce maschile dal tono nasale.

Seguirono altri colpi alla porta, un po' più insistenti questa volta.

Riconobbi subito Matt Harlow quando vidi la sua figura massiccia attraverso i pannelli di vetro colorato della porta d'ingresso. Spalancai la porta e rimasi immobile sulla soglia. È vero, ero andata a fargli visita quella mattina, ma mi sentivo ancora molto ansiosa in sua presenza e avrei continuato a sentirmi così finché non fossi riuscita a escluderlo completamente dalla lista dei sospettati.

«Salve» disse ficcandosi una mano in tasca e rivolgendomi un cenno di saluto con l'altra. Mi chiesi se fosse quella che gli avevo morso la notte prima. «È passata da me stamattina?»

Con un gesto rapido mi accertai di avere il cellulare in tasca per maggior sicurezza, poi feci un passo indietro e gli feci cenno di entrare: «Gradisce una tazza di tè?» gli chiesi pensando che si trattasse del gesto più adatto per dei vicini di casa.

Gattavius attraversò l'ingresso di corsa emettendo terribili miagolii spaccatimpani: «È troppo presto! Troppo presto!» gridò.

«Il suo gatto ha qualcosa che non va?» chiese Matt piegando il capo per osservarlo meglio.

Mi strinsi nelle spalle: «Sta bene. Allora, un tè?» ripetei.

«Certamente, la ringrazio.» Un sorriso sincero gli attraversò il volto e per la prima volta notai la sua somiglianza con la madre.

Lo condussi in salotto e gli feci cenno di accomodarsi sull'antico divano vittoriano dalle rifiniture in legno di ciliegio scuro. La casa presentava molte tipologie di legno diverse e non mi era chiaro se ciò fosse dovuto a una progettazione inaccurata o a se si trattasse di un antico stile decorativo di cui non ero a conoscenza.

A metà strada dalla cucina mi voltai, consapevole che si trattava del momento perfetto per porre a Matt un paio di domande molto importanti.

«Anche lei ha dei gatti, vero?» Speravo che la mia brama di parlare degli Sphynx non fosse troppo evidente. Avevo bisogno che Matt stesse dalla mia parte, ammesso che non fosse l'assassino.

Congiunse le dita davanti a sé. Sembrava incerto su cosa fare ora che era seduto comodamente in casa mia. «Io? No. Ma mia madre ne ha sempre avuti, da che ricordi.»

«E cosa ne sarà ora dei mici?» chiesi in tono indifferente.

Si strinse nelle spalle cercando di mettersi a suo agio sul rigido divano. «Non lo so ancora» ammise. «Sono rimasti sempre nascosti da quando sono arrivato. Pensavo di regalarli ai miei figli, in modo che sia la mia ex moglie a doversene occupare al posto mio. Ma temo che gli farebbero venire gli incubi come capitava a me da bambino.»

«Incubi? Perché?» chiesi pur avendo già capito. Ero disposta a tutto pur di farlo continuare a parlare.

«Ha mai visto dei gatti senza pelo?» mi chiese rabbrividendo. «Sembra che abbiano il cervello fuori dalla scatola cranica.»

Ridemmo entrambi. Era una descrizione piuttosto calzante. Ciò nonostante, Jacques e Jillianne avevano iniziato a piacermi, ora che avevo avuto la possibilità di parlarci un po'. Certo, erano particolari, ma anche molto affascinanti. «Ha detto di aver sofferto di incubi da bambino. Ha sempre avuto paura dei gatti?»

Si schiarì la gola e tossì portandosi un pugno davanti alla bocca. «Non ho paura dei gatti. Un tempo mi piacevano, ma poi mia madre conobbe quell'allevatore francese e da allora ha sempre avuto solo Sphynx di razza purissima.»

Sembrava proprio che mi fosse capitata una buona opportunità, così fortuita che non avrei mai immaginato che potesse accadere: «Se le fa piacere, sarei lieta di occuparmi di loro finché non avrà deciso a chi affidarli» dissi con un sorriso suadente.

«Cosa?!» proruppe Gattavius rientrando di corsa nella stanza e saltando sul divano di fianco a Matt. «Non dirai sul serio! Non permetterò mai che—»

«Oh,» disse Matt interrompendo inconsapevolmente la filippica del tigrato, «sarebbe fantastico. Se non è troppo disturbo, ovviamente.»

«Oh, nessun disturbo!» dissi con un ampio sorriso, divertita dall'espressione di puro orrore dipinta sul muso del mio gatto.

«Traditrice!» mormorò Gattavius sottovoce.

Matt allungò una mano per accarezzarlo, ma ricevette un'artigliata dal tigrato furibondo. «Ahia!» protestò. «Era la mano sana!»

Il gatto soffiò e corse a nascondersi in un'altra stanza strillando parolacce in gattese a pieni polmoni.

«Sono spiacente» dissi, piena d'imbarazzo. Speravo fosse ancora disposto ad affidarmi i gatti della madre dopo aver visto quanto si comportava male il mio.

«Allora, che ne dice di un tè?» chiesi, precipitandomi in cucina prima che avesse la possibilità di ripensarci. In questo modo avrei avuto qualche minuto di calma per pensare alle domande da porgli.

Se fossi riuscita a fare quelle giuste, avrei potuto trovare i pezzi del puzzle mancanti per risolvere finalmente l'omicidio di Lou Harlow.

12

Servii a Matt una tazza di Earl Grey liscio, senza latte, senza zucchero, niente di niente. Avrebbe dovuto accontentarsi perché non avevo ancora avuto tempo di andare a fare la spesa dopo il trasloco. Era già un miracolo che avessi del tè.

«Grazie» disse con un sorriso gentile, accettando la tazza tiepida e tenendola fra le mani. «Senta, per quanto riguarda la scorsa notte... volevo scusarmi per... Beh, sono certo che se ne ricorda.»

«Acqua passata» minimizzai, pur essendo lieta che si fosse scusato. Dovevo tenermelo buono se volevo che mi dicesse ciò che sapeva sull'omicidio di sua madre.

«Lei è così gentile e si è perfino offerta di badare ai gatti. Sono davvero desolato per il modo in cui mi sono comportato. È solo che...» Sospirò profondamente rigirandosi la tazza fra le mani in modo da rivolgere la decorazione nella mia direzione. Era la mia tazza *crazy cat lady*. La nonna me l'aveva regalata qualche mese prima per festeggiare l'adozione ufficiale di Gattavius ed era una delle mie preferite.

Matt sospirò di nuovo, gli occhi rivolti al pavimento: «Non è molto virile ammetterlo, ma ero terrorizzato.»

«È comprensibile» lo rassicurai. «Dopotutto sua madre è appena stata uccisa.»

«Esattamente!» Matt si portò la tazza alle labbra, bevve un piccolo sorso e la posò sul tavolino. Non c'erano sottobicchieri, ma il vecchio mobile era già piuttosto usurato, quindi non era una questione molto rilevante al momento. «E adesso io sto lì, a casa sua. È la casa in cui sono cresciuto, ma le garantisco che, ora come ora, mi dà i brividi.»

«La capisco perfettamente.» Allungai la mano stretta a pugno aspettandomi che lui facesse lo stesso e la colpisse, come gesto d'intesa. Ma lui non sembrò comprendere e finimmo per stringerci la mano.

«Quindi è cresciuto da queste parti?» chiesi bevendo a mia volta un sorso. Detestavo il sapore del tè senza almeno due bei cucchiaini di zucchero, così avevo riempito la mia tazza solo con acqua calda. In questo modo avrei potuto bere insieme a Matt facendo sembrare le mie domande una chiacchierata informale anziché un interrogatorio.

«Non da queste parti.» Si fermò e scosse il capo. «Proprio qui. Nella casa di fianco.»

«Se non sono troppo indiscreta, perché ha deciso di trasferirsi?» Ero molto soddisfatta della piega presa dalla situazione: Matt si stava confidando con me senza la minima esitazione. Quanto sarebbe stato disposo a rivelarmi prima di finire il tè?

«Per amore.» Sbuffò e alzò gli occhi al cielo. «E si è visto com'è andata a finire.»

Gli rivolsi un sorriso comprensivo. Anche se non avevo mai avuto una relazione davvero importante, mi dispiaceva per il suo recente divorzio. La delusione doveva essere ancora cocente e, come se non bastasse, aveva appena perso la madre. «E allora perché non torna a vivere qui? Suppongo che sua madre le abbia lasciato la casa.»

«Sì, ma non ho ancora deciso.» Si accigliò, tamburellando con le dita sul lato della tazza. «Sarebbe difficile viverci senza pensare costantemente a cosa le è successo.»

«È stata una buona madre?» chiesi prima di bere un altro sorso dalla mia tazza di acqua calda.

Se anche pensava che stessi ponendo troppe domande troppo in fretta, Matt non lo diede a vedere. Invece, sembrava felice di aprirsi, o almeno di avere qualcuno con cui parlare. Poveretto.

«Era la migliore» disse con un sospiro nostalgico. «E tutto ciò che si legge su di lei sui giornali è vero: aveva davvero un cuore d'oro. Ha sempre fatto volontariato, anche prima di essere eletta senatrice. Pensi che a Natale abbiamo sempre trascorso più tempo a servire pasti alla mensa dei poveri che a casa ad aprire regali.»

«Incredibile. Sono certa che moltissima gente sentirà profondamente la sua mancanza. Io per prima.» Sapevo già che la senatrice si era sempre prodigata per il prossimo, ma sentirlo dire da suo figlio in persona mi fece provare ancora più rabbia per il fatto che qualcuno avesse brutalmente posto fine alla sua vita anzitempo.

Gli occhi di Matt si illuminarono di genuino calore: «La conosceva bene?»

Sorrisi: «Beh, ho sempre votato per lei e si vedeva che credeva davvero in ciò che diceva. Era molto rassicurante.»

Matt prese la sua tazza e bevve lentamente un lungo sorso. «Non so davvero chi potesse volerle fare del male» disse scuotendo il capo. «Questa storia non ha alcun senso.»

«Potrebbe essersi trattato di un incidente» puntualizzai, pur essendo la prima a non crederci.

«Può darsi» ammise.

Restammo seduti in silenzio per qualche istante. Lui non aggiunse altro, ma sentivo che non era ancora pronto ad andarsene, così decisi di porgli un'altra domanda.

«Quando sono passata, stamattina, lei era alla lettura del testamento. È andato tutto bene?» Ripensai all'unica lettura di testamento a cui avevo presenziato: quella in cui ero quasi morta per mano di una vecchia macchina per il caffè e durante la quale avevo scoperto il mio superpotere e incontrato Gattavius per la prima volta. Per quel che ne sapevo, potevano rivelarsi eventi decisamente tumultuosi.

«Tutto nella norma, direi» rispose Matt indifferente. «Non ci sono state sorprese. Io ho ereditato la casa, per entrambi i miei figli c'è un fondo fiduciario di cui potranno disporre al compimento dei diciotto anni. Il resto è stato quasi interamente destinato al finanziamento di una borsa di studio di cui mia madre parlava da anni, ma che non aveva mai avuto la possibilità di portare a compimento.»

«Una borsa di studio? Che bella iniziativa» dissi annuendo. «Per studenti di scienze politiche?»

Matt ridacchiò: «Assolutamente no. Mia madre ha sempre detestato i politici, anche dopo essere stata eletta. Diceva che erano persone intelligenti e con buone intenzioni che purtroppo si erano smarrite lungo la via. Ma per lei non è stato così, che Dio l'abbia in gloria.»

«Posso chiederle per che cos'è, allora, la borsa di studio?» domandai, sperando di non risultare insensibile a tornare sull'argomento dopo le sue belle parole. «Sa, sto pensando di riprendere gli studi: magari potrei fare richiesta.»

Non avevo davvero intenzione di tornare all'università in quel periodo della mia vita, ma conoscendomi e considerando la mia insaziabile sete di sapere, era solo una questione di tempo.

Matt si guardò intorno osservando la mia elegante dimora. Era evidente che stesse pensando: perché mai dovrebbe servirle una borsa di studio? Ma non disse nulla. Nonostante il nostro primo incontro non fosse stato dei migliori, era una persona gentile, proprio come doveva essere stata sua madre. «Biologia. Biologia marina, per l'esattezza» disse. Decisamente non era la risposta che mi sarei aspettata.

Vedendo la mia espressione confusa, si affrettò a spiegare: «Lo so, sembra strano per una senatrice, vero? Ma erano gli anni Settanta: io ero appena nato e mio padre pretendeva che mia madre stesse a casa a occuparsi di me. Penso che lei non ne fosse soddisfatta - e infatti alla fine ha chiesto il divorzio -, ma nel frattempo aveva iniziato a interessarsi al movimento Save the Whales. Fu la sua primissima esperienza di attivismo politico e ne rimase affascinata.»

Fece una pausa e bevve un altro sorso di Earl Grey prima di continuare: «Per questo è rimasta tutta sola in quella casa enorme per tutti questi anni: non voleva lasciare l'oceano e tutto ciò che esso significava per lei. Suppongo di aver preso un po' da lei perché quando mi sono trasferito a Chicago ho scelto una casa affacciata su lago Michigan. E tutt'ora non riesco a immaginare di vivere in una casa, guardare fuori dalla finestra e vedere qualcosa che non sia una vasta distesa d'acqua.»

«Quindi sua madre voleva portare avanti il proprio impegno per la salvaguardia delle balene attraverso l'istituzione di una borsa di studio» riassunsi con un sorriso sognante. «Che bel pensiero.»

Si udì nuovamente bussare alla porta, questa volta un suono veloce e leggero.

«Arrivo!» gridai balzando in piedi e strillando di gioia quando vidi la figura della nonna attraverso il vetro colorato.

«Eccomi qui» disse lei entrando. Indossava galosce verde acceso e un paio di leggings decorati da arcobaleni, abbinati a una vecchia maglietta ormai scolorita a causa dei troppi lavaggi. «Ora dimmi tutto su questi gatti che parlano per indovinelli!»

Mi voltai verso Matt con un'espressione divertita: «Si tratta di un libro che stiamo leggendo insieme» mi affrettai a spiegare. I libri erano sempre un'ottima scusa perché poca gente voleva approfondire la questione. Un fatto triste, ma molto comodo. «In ogni caso, le presento mia nonna. Nonna, lui è Matt, il figlio della senatrice Harlow.»

«Oh, povero caro!» disse la nonna fiondandosi a sedersi accanto a lui e appoggiandogli il dorso della mano sulla fronte. «Come si sente?»

«Bene» rispose Matt con un tono che la fece sembrare più una domanda che una risposta.

«Ho sempre votato per sua madre» dichiarò con orgoglio la nonna. «Non ci sarà mai nessuno come lei.»

Matt sollevò la tazza: «A mia madre.»

Tornai a sedermi sulla poltrona di fronte a loro: «Matt mi stava giusto raccontando alcune cose su sua madre. E io mi sono offerta di badare ai gatti della senatrice mentre lui finisce di occuparsi di sistemare la casa e tutto il resto.»

«Gatti e opinioni non sono mai troppi!» commentò la nonna annuendo con una risatina. Non ero d'accordo su nessuna delle due cose, ma decisi di lasciar correre.

Matt bevve un altro lungo sorso di tè, poi posò la tazza vuota sul tavolino. «Sarà meglio che vada» disse alzandosi in piedi. «Grazie ancora per l'ospitalità e per le belle parole su mia madre.»

La nonna si alzò a sua volta e lo abbracciò stretto. Sembrava minuscola di fianco a quell'omone grande e grosso. Ma si capiva che lui aveva apprezzato il gesto.

Quando la nonna lo lasciò andare, mi alzai e lo accompagnai alla porta: «Mi faccia sapere quando preferisce che venga a prendere i gatti» dissi soffermandomi sulla soglia.

«Oh, giusto!» disse lui con un tono che faceva supporre che se ne fosse già dimenticato—o forse fingeva di averlo dimenticato dopo la sceneggiata di Gattavius. «È sicura che non sia un fastidio eccessivo?»

«Sicurissima!» dissi, forse un po' troppo precipitosamente. La verità era che avevo davvero bisogno di quei gatti: avevano le risposte per risolvere l'omicidio e non vedevo l'ora di scoprire cosa avrebbero detto. «Forse potrei venire da lei ora? Sa, per dargli un po' di tempo per adattarsi al nuovo ambiente prima che faccia buio.»

Non potevo correre il rischio che cambiasse idea e, ora che era arrivata, la nonna avrebbe potuto aiutarmi a far tornare il buonumore a Gattavius abbastanza perché si rendesse utile. Anche se avrei dovuto essere io la sua migliore amica, era evidente che il felino preferiva la sua compagnia alla mia. Mi sforzai di non sentirmi ferita.

Matt inarcò le sopracciglia, che si unirono mentre mi osservava: «È sicura di esserne sicura?»

«Più si è, meglio è!» dichiarò la nonna facendo scivolare un braccio attorno alla vita di entrambi e attirandoci più vicini a sé. «Ora andiamo a prendere i nostri ospiti!»

Matt non disse altro mentre uscivamo tutti e tre sul portico. Mi guardai intorno ma non vidi altre auto oltre alla coupé sportiva della nonna—il che significava che Matt aveva attraversato il bosco per venire a farmi visita.

E anche se era risultato un'ottima compagnia per il tè pomeridiano, la cosa non mi piaceva per niente. Il fatto che si sentisse a suo agio a girovagare nel bosco dopo lo spavento reciproco di quella notte significava che sarebbe stato disposto ad addentrarvisi di nuovo con il favore delle tenebre?

Forse, in fin dei conti, non ero al sicuro come speravo.

13

Appena giungemmo a Harlow Manor, Matt si scusò e si allontanò per rispondere a una telefonata, lasciando a me e alla nonna il compito di localizzare e acchiappare i gatti. Nonostante i nostri sforzi, impiegammo quasi un'ora per trovare Jacques e Jillianne, acchiapparli e tornare a casa. Sembravano tanto abili a nascondersi quanto lo erano a inventare indovinelli. Così, per non rischiare di lasciarceli sfuggire di nuovo, io e la nonna li portammo direttamente nella stanza che avevo scelto come mia futura biblioteca e ci accertammo di chiudere bene la porta prima di lasciarli uscire dai trasportini.

Portai con noi anche Gattavius; i graffi sulle mie braccia erano la dimostrazione che non era molto contento di trovarsi lì.

«Mi oppongo!» strillò scagliandosi contro la porta chiusa, in segno di protesta.

«Taci o ti darò io un qualcosa su cui obiettare!» Non avevo idea di come avrei potuto concretizzare quella minaccia a vuoto, ma per fortuna funzionò.

«Vieni qui bel gattino!» lo chiamò la nonna tamburellando con le dita sul parquet, dove entrambe eravamo sedute a gambe incrociate.

Gattavius detestava essere chiamato gattino, ma adorava la nonna: così si diresse lentamente verso di lei e le si arrampicò in grembo. Lei iniziò subito a coccolarlo facendogli i grattini nel punto che gli piaceva di più, proprio sotto il mento. Vedevo la sua rabbia sciogliersi e svanire. Grazie al cielo!

«Vediamo di darci una mossa» disse, lanciandomi un'occhiata sconfortata. Per fortuna ero abituata alle sue sceneggiate e alla disapprovazione costante, perciò non sarebbe bastato questo a mandare a monte i miei piani.

I due Sphynx si erano rifugiati in un angolo della stanza e rabbrividivano accanto al condotto dell'aria condizionata. Avevano un aspetto così avvilito che mi sentivo male all'idea di averli confinati lì. Ma avevano le informazioni che ci servivano. E poi avevano deciso loro di andarsi a sedere proprio nel punto in cui il fiotto d'aria fredda si riversava nella stanza.

Il più piccolo dei due emise un miagolio roco e Gattavius sospirò. Seguendo il suo suggerimento, feci del mio meglio per rendere la conversazione più veloce e indolore possibile, se non per lui almeno per i nostri ospiti.

«Cominciamo!» disse la nonna con gli occhi scintillanti per l'emozione. «Non vedo l'ora di risolvere gli indovinelli!» Quella mattina, al telefono, le avevo raccontato tutto e ora era carica e pronta a entrare in azione.

«Ok.» Fissai Gattavius, che evitò il mio sguardo. «Gattavius» dissi per attirare la sua attenzione. «Se vuoi sbrigartela in fretta devi concentrarti.»

Si voltò verso di me con le orecchie appiattite sul capo e il pelo ritto sulla coda: «E va bene. Cosa vuoi che chieda ai due prodigi privi di pelo?»

«Chiedi loro chi ha ucciso la loro umana» dissi con lo stesso atteggiamento insofferente che avevo perfezionato da adolescente.

La nonna si lasciò andare a una risatina gioiosa; Gattavius rimase seduto in braccio a lei e prese a strillare rivolto agli Sphynx.

I due gatti rimasero rintanati nel loro angolino buio, come se fossero incollati lì. Lo scambio richiese molto più tempo di quanto era mai accaduto con Yo-Yo, lo Yorkshire Terrier testimone oculare del nostro ultimo caso, e iniziai a sentirmi annoiata mano a mano che i minuti passavano senza che trovassimo una risposta ai miei quesiti.

Poi all'improvviso Gattavius mi fissò negli occhi torcendo le vibrisse. Non sembrava affatto contento. «Lo sapevo!» gridò. «Mi hai accusato di specismo, ma il mio istinto non sbaglia!»

«Che vuoi dire?» chiesi strofinandomi le gambe ormai formicolanti.

La nonna guardò Gattavius in totale ammirazione mentre lui rivelava: «Sono stati loro a uccidere la senatrice!»

«Oh, andiamo!» gridai. Voleva davvero ricominciare con quella storia?

Ma lui continuò risolutamente a insistere sulla colpevolezza dei felini: «Dico sul serio. Lo hanno ammesso proprio ora.»

«Davvero? Dimmi che cosa hanno detto» pretesi, desiderando di non dover fare affidamento su di lui come traduttore quando i suoi pregiudizi erano così evidenti.

«Sarebbe molto più semplice se mi credessi sulla parola, sai? Ma va bene.» Sospirò e ripeté l'indovinello: «'È probabile che la rivelazione ti sciocchi, ma i colpevoli sono proprio davanti ai tuoi occhi.'»

Naturalmente aveva ragione. La risposta era ovvia, ma...

«Non è nemmeno un indovinello!» commentai cupa. «È solo una rima.»

«Accidenti, hai appena ottenuto una confessione - e anche piuttosto diretta, considerando con chi hai a che fare. Che altro ti serve?»

«Poni la domanda in un altro modo» gli intimai. Poi, a bassa voce, aggiornai la nonna mentre Gattavius riprendeva a parlare con gli Sphynx.

Passarono parecchi altri minuti prima che il tigrato si rivolgesse di nuovo a me: «Ok, Angela. Hanno detto: 'La prima volta non ci hai creduto, ma sai già chi è il responsabile dell'accaduto'.»

Gattavius sbatté con forza la coda contro le gambe della nonna e lei smise di colpo di accarezzarlo. «Sei soddisfatta ora?» chiese allargando gli occhi.

«Non molto» risposi con suo gran scontento. «Hanno detto che lo sappiamo già, ma io ho un intero elenco di sospettati. Potrebbe essere stato il signor Thompson, o Matt, o perfino l'agente Bouchard.»

«O potrebbero essere stati i due stramboidi che hanno appena confessato» sbraitò, scoccando loro un'occhiata glaciale seguita da un soffio.

«Che cosa ne pensi, nonna?» chiesi dopo averle riferito quell'ultima parte della conversazione.

«Caspiterina!» gemette lei, massaggiandosi le tempie con piccoli movimenti circolari. «Non sono mai stata brava con gli indovinelli. Entrambe le interpretazioni potrebbero essere corrette.»

Mi mordicchiai il labbro inferiore mentre pensavo a come procedere: «Ok, facciamo così» dissi aspettando che Gattavius tornasse a rivolgermi l'attenzione. «Chiedi loro come l'hanno uccisa. Non come è morta, cosa hanno fatto loro per ucciderla.»

«Lo sappiamo già» rispose lui con un tono condiscendente fino all'esasperazione.

Agitai il pugno verso di lui brontolando; ciò lo convinse a collaborare ancora.

Quando mi riferì le parole degli Sphynx, lo fece in tono piatto e senza commenti: «'La risposta si può trovare su ciò che scende e al contempo sale.'»

«Le scale!» dissi ricordando un indovinello risalente ai tempi della scuola. «Ok, ma questo ci dice dove. A noi serve sapere come.»

Gattavius gesticolò con la zampa nella mia direzione: «Sei insopportabile, lo sai?»

Mi rendevo conto che la sua pazienza era appesa a un filo sempre più sottile—e anche la mia, se è per questo—ma non avevamo ancora finito. «Accidenti, chiediglielo e basta» esplosi. Era stato un errore pensare che il suo affetto per la senatrice lo avrebbe reso più collaborativo questa volta. Invece per tutto quel tempo aveva avuto la convinzione di aver già risolto il caso da solo. Che bisogno poteva mai esserci di fatti e testimoni quando avevi un ego grande quanto l'intero Stato del Maine?

Gattavius mugugnò e disse: «Mi devi un favore. Un favore immenso!»

«Più dell'ultimo? Hai preteso niente meno che una villa!» risposi di scatto, rifiutandomi di darla vinta al mio gatto... di nuovo.

Lui alzò gli occhi al cielo ma rivelò l'indovinello successivo senza protestare: «'È caduta così com'è vissuta, con passo sicuro e cuore puro.'»

«Mi sembra che mi stiano solo rigirando le domande. Ci vorrà un'eternità» gemetti risistemandomi sullo scomodo pavimento. Non vedevo l'ora di riempire quella stanza con mobili confortevoli e mensole a parete intera ricolme di libri. Mi sarei sistemata sulla comoda seduta del bovindo per questa chiacchierata se la nonna non si fosse sistemata subito sul pavimento. Considerando che avevo oltre quarantacinque anni in meno di lei, non avrebbe dovuto essere così terribile.

La nonna mi appoggiò una mano sul ginocchio: «Tesoro, se ti fidi del tuo gatto, lascia che sia lui a parlare. Sarà più facile per tutti.»

Se ti fidi di lui. Era un grande 'se'. Colossale.

Era evidente che Gattavius avesse già deciso chi fosse il colpevole prima ancora di sentire un solo dettaglio sulla morte di Lou Harlow. Tuttavia, non potevo negare che gli Sphynx, a modo loro, sembravano aver confessato.

«Hai ragione» dissi alla nonna con un piccolo sorriso. Poi mi rivolsi a Gattavius: «Non c'è bisogno che tu traduca. Parla con loro, poi mi riferirai più tardi.»

Mi rivolse un'occhiata stanca poi saltò giù dal grembo della nonna e raggiunse i due gatti senza pelo nell'angolo della stanza. Dopo vari minuti di miagolii trotterellò indietro e riprese posto in braccio alla nonna.

«Sono stati loro. L'hanno uccisa facendola inciampare sulle scale. Sono pentiti e si sentono malissimo per ciò che hanno fatto. Per quanto io li disprezzi, non sembrano averlo fatto di proposito, ma chi può dirlo?»

«Grazie» mormorai. Il fatto che lasciasse aperta qualche possibilità mi faceva sentire un po' meglio. Prima era certo che avessero assassinato la loro proprietaria a sangue freddo, mentre ora aveva detto che si era trattato di un incidente. Era possibile che quell'indagine fosse un completo buco nell'acqua? Il mio istinto si era sbagliato così tanto? Con l'esperienza sarei dovuta migliorare, non peggiorare.

Proprio in quel momento il cellulare iniziò a vibrare. Lo estrassi dalla tasca e lessi il nuovo messaggio in arrivo da mia madre: 'La polizia ha stabilito che si è trattato di un incidente. Sto arrivando'.

Passai il telefono alla nonna in modo che anche lei potesse leggere il messaggio.

«Ma tu non credi che sia così» disse la nonna appoggiando

Gattavius a terra in modo da potersi rialzare, cosa che fece con un unico movimento fluido.

Faticosamente mi alzai anch'io, in modo molto meno aggraziato. «Non so più cosa credere» ammisi. Gli ultimi due giorni erano stati frenetici e pieni di eventi, dal trasloco all'indagine e tutto il resto. Ero esausta, fisicamente e psicologicamente. Era possibile che vedessi indizi dove non ne esistevano?

Ma mi bastò un'occhiata per capire che anche la nonna non si era ancora arresa.

E questo era sufficiente per farmi andare avanti.

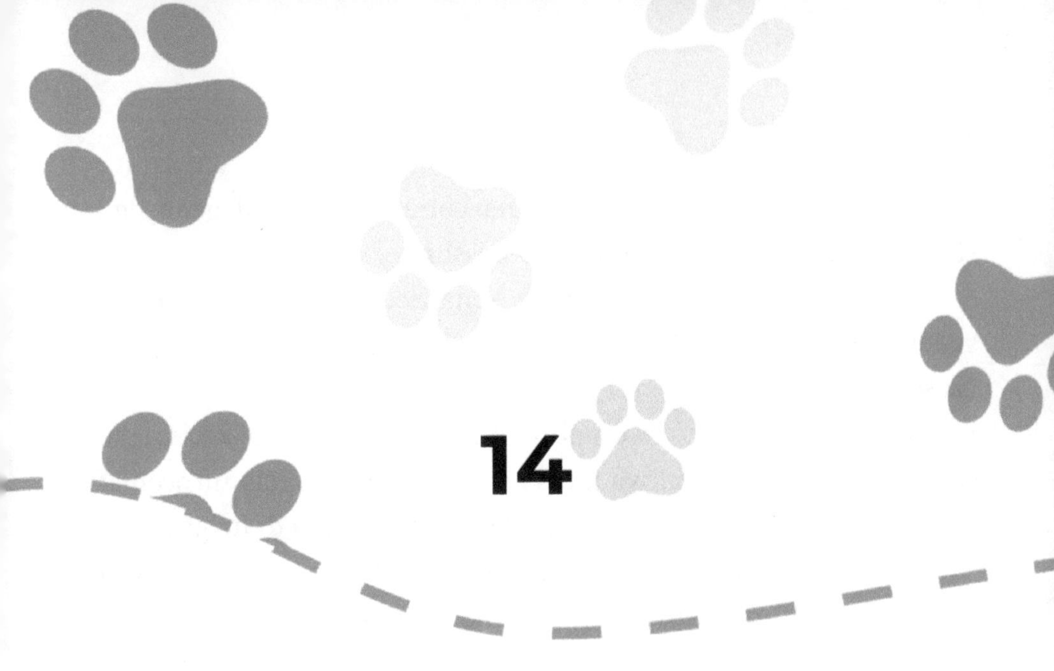

14

Mia madre arrivò circa dieci minuti più tardi. È una caratteristica delle città piccole come Glendale: non ci vuole mai molto per arrivare a destinazione. Ora che abitavo nel lussuoso quartiere est mi trovavo in una zona più tranquilla e lontana dal centro, ma il traffico in città era comunque scarso e si arrivava in breve tempo ovunque.

La nonna si avviò verso l'ingresso per farla entrare, cosa di cui mia madre non sembrò felice.

«Angie?» mi chiamò mia madre entrando a passo di marcia in salotto, dove mi trovò seduta, intenta a consultare il cellulare. «Che cosa ci fa lei qui?»

Non molto cortese da parte sua, ma anche lei e la nonna preferivano godere della compagnia reciproca a piccole dosi. A quanto pareva, nella mia famiglia la tipologia di personalità saltava sempre una generazione, quindi, se un giorno avessi avuto una figlia, mi sarei ritrovata ad aver a che fare con una ragazzina estremamente loquace e ambiziosa. Io e la nonna condividevamo il gene della stramberia, cosa che a me andava benissimo.

«Parlavamo della morte della senatrice» risposi, avvilita nel vedere gli angoli della bocca di mia madre precipitare ancora più in basso.

«Pensavo stessimo lavorando al caso insieme» disse. La sua consueta sicurezza appariva messa a dura prova. Lanciò un'occhiata verso la porta, come se stesse valutando la possibilità di fuggire.

«Infatti era così» dissi con dolcezza, detestandomi per aver ferito nuovamente i suoi sentimenti. «Cioè, lo stiamo facendo, ma...»

La nonna oltrepassò mia madre e si accomodò sul divano: «Oh, ora piantala, Laura Jean! Ci siamo dentro tutte insieme, ok?» Diede qualche colpetto sul divano accanto a sé facendo cenno a mamma di unirsi a noi.

«Infatti» dissi, abbracciando rapidamente mia madre nel tentativo di risollevarle il morale. «E poi la nonna non è qui da molto, vero?»

«Già» rispose la nonna facendomi l'occhiolino, cosa che dubito fosse sfuggita a mia madre. Sigh.

«Bene» disse mamma scuotendo il capo e poi facendolo dondolare da un lato all'altro, un tic che aveva fin da quando ero bambina —o almeno, così mi era stato detto. «Visto che faccio ancora parte del club, ho alcune notizie da darvi.»

Frugò nella borsa e ne estrasse un blocco per appunti. «Innanzitutto, hanno stabilito che si è trattato di un incidente. Pensano che la senatrice avesse bevuto un po' troppo a una raccolta fondi e che si sia inciampata, cadendo così dalle scale.»

Inciampata sui suoi gatti, pensai. Ma non dissi nulla. Non mi sentivo ancora pronta a conversare con Gattavius davanti a mia madre e non volevo suscitare domande che avrebbero richiesto di farlo, o di essere costretta a dirle di no quando era già più che evidente che avevo ferito i suoi sentimenti.

«Il parente più prossimo è arrivato ieri sera» continuò lei. «Matthew Harlow, addetto alle vendite, divorziato, residente a Chicago.»

Annuii senza proferire parola.

«La contea ha assegnato un agente addetto al controllo della scena del crimine quando Matthew Harlow non è in casa» continuò mia madre.

«Un agente? Perché?» Ricordai di aver visto l'agente Bouchard il pomeriggio precedente, e quanto ciò fosse parso inconsueto. Tuttavia quella mattina, quando ero passata, non c'era nessuno, ad eccezione di Brock, il tuttofare.

Mia madre posò il blocco per appunti e mi fissò negli occhi: «Perché la senatrice era una persona importante e temono che qualcuno possa intrufolarsi nella proprietà per rubare. Di certo non aiuta il fatto che si tratti di una delle tenute più eleganti di Glendale.»

Mi scoccò un'occhiata eloquente. Proprio come la tua. Seppur silenzioso, il messaggio mi giunse forte e chiaro.

«Quindi ora che si fa?» chiesi mentre una sensazione di delusione ormai familiare mi cresceva dentro. Avrei dovuto essere lieta che il caso fosse stato risolto, ma qualcosa non quadrava. «Caso chiuso?»

«Ah!» strillò mamma. «Non direi proprio! Possono dire finché vogliono che si è trattato di un incidente, ma io so che c'è sotto qualcosa di losco.»

Le rivolsi un ampio sorriso e le diedi il cinque. Ero lieta che fossimo d'accordo su un fatto così importante.

«E quando la polizia non fa il proprio dovere, è compito dei reporter scoprire la verità. Giusto, cara?» disse la nonna con un sorriso conciliante.

«Giusto!» disse mamma, anche se ora appariva meno sicura di sé.

«Sono d'accordo» dissi afferrando il cellulare e porgendolo a mia madre. «Ecco i miei appunti. Ho qualcosa da aggiungere dopo la chiacchierata con Matt di oggi pomeriggio.»

«Hai parlato con Matt? Senza di me?» Mamma scosse il capo senza staccare gli occhi dal telefono, ma sapevo di aver ferito di nuovo i suoi sentimenti.

«Mi dispiace, mamma.» Ed ero sincera. Dovevo impegnarmi di più nel nostro rapporto, ora che avevamo iniziato a trascorrere più tempo insieme e che finalmente condividevamo qualcosa. «Non era in programma.»

«Si è imbattuta in lui nel bosco ieri sera» disse la nonna chinandosi in avanti e congiungendo le mani.

«Nonna!» gemetti. «Potresti smetterla?»

Aggiornai mia madre su tutti gli avvenimenti che si era persa nelle ultime trentasei ore. «Scusami per non averti telefonato. È successo tutto così in fretta» conclusi.

«Grazie per le informazioni» disse, in tono un po' troppo cordiale per i miei gusti. «Ma ora credo proprio di dover scappare. Ciao mamma» disse rivolta alla nonna, che rimase seduta al proprio posto mentre io accompagnavo mia madre alla porta e la salutavo.

«Perché ti comporti così?» le chiesi quando fui di ritorno. «Lo sai che le dà fastidio.»

«È proprio per questo che lo faccio» disse la nonna con un'alzata di spalle.

La fissai con le mani sui fianchi.

«E allora? Lei si comporta allo stesso modo con te!» insistette la nonna. E su questo aveva ragione.

«Forse dovremmo impegnarci tutte un po' di più per andare d'accordo.» Mi lasciai cadere su una sedia con un sospiro. «Voglio dire, siamo tutte adulte.»

«Se lo dici tu.»

«Fantastico.» Ora che l'avevo rimproverata, era tempo di passare a un'altra questione: «Allora resti a dormire qui?»

Un'espressione dispettosa balenò sul volto della nonna, che scoppiò a ridere e mi chiese: «Per proteggerti dai mostri annidati sotto al letto?»

Mi limitai a fissarla. Mi rifiutavo di abboccare a quel giochetto. «Sai benissimo perché.»

«E va bene» disse lei annuendo pensierosa, con un'espressione cupa. «Dovevo togliermi quest'ultima soddisfazione. Prometto che mi comporterò bene d'ora in poi.»

«E passerai la notte qui?» chiesi senza tentare di dissimulare quanto ciò fosse importante per me.

Lei annuì: «Sì.»

Feci un gran sospiro di sollievo e proprio allora Gattavius ricomparve dal luogo in cui si era rifugiato durante la visita di mia madre, qualunque esso fosse. Supponevo che non l'avesse ancora perdonata per l'incidente con la tazza da tè del giorno prima.

«Ehi. Dico a te! Cos'hai intenzione di fare dei due assassini che hai invitato a vivere con noi?»

«Oh, Jacques e Jillianne!» strillai. «Immagino che dovrei lasciarli uscire dalla biblioteca ora. Che c'è?»

Gattavius indietreggiò e strizzò gi occhi rabbiosamente, l'espressione che mi sarei aspettata se avessi osato punirlo spruzzandogli addosso dell'acqua. In ogni caso, non l'avrei fatto per nulla al mondo, soprattutto ora che sapevo che avrebbe potuto farmi fuori con facilità, se solo gliene fosse venuta voglia.

«Assolutamente no!» disse con enfasi.

«Ma hai detto che si è trattato di un incidente» gli ricordai, faticando per rialzarmi in piedi.

Gattavius sbatteva la coda a una velocità tale da sembrare uno di quei giganteschi pupazzoni dondolanti che talvolta si vendono davanti ai concessionari di automobili. «Sì, e vuoi davvero rischiare che accidentalmente facciano fuori anche te? Hai una vita sola, giusto?»

«Ok, hai ragione.» Questa volta aveva ragione lui. Per quanto provassi pena per gli Sphynx, quel giorno non avevo nessuna intenzione di tirare le cuoia.

La nonna ci osservava deliziata, anche se riusciva a comprendere solo parte della conversazione: «Se quei gatti resteranno qui, dovremmo portargli dell'acqua e del cibo. E la lettiera» aggiunse.

«Giusto.» Erano nostri ospiti: metterli un po' più a proprio agio era il minimo che potessi fare. «Gattavius, dove abbiamo messo la tua cassetta igienica di riserva?»

«Oh, no. Non se ne parla! Di sicuro ti stai prendendo gioco di me. Tu prova soltanto a dare la mia cassetta a quei due e io ti garantisco che userò il tuo letto per fare i bisognini per il resto della mia vita!» Ok, non era esattamente ciò che desideravo, ma mi sembrava del tutto inutile andare al negozio per animali a comprare una lettiera nuova quando in casa avevamo già tutto il necessario.

Sospirai e gli posi una domanda di cui quasi sicuramente mi sarei pentita: «Che cosa vuoi che faccia?»

«Voglio che tu li rispedisca a casa loro. Non mi piace averli qui.» Rimase in piedi tra me e le scale, il corpo teso.

«Ma non vuoi scoprire chi ha ucciso la senatrice?» chiesi avvicinandomi.

«Ehi, sveglia! Sappiamo già chi è stato!»

Ci pensai su. Forse c'era un modo per convincerlo... «Allora non dovremmo tenerli rinchiusi finché... ehm... non ci sarà il processo?»

Era un tentativo disperato, me ne rendevo conto. Non avevo idea di come si facesse giustizia nel mondo animale; tuttavia, Gattavius era un grande appassionato di serie TV poliziesche. Speravo che far leva sulla sua passione per avvocati e tribunali lo avrebbe convinto a vedere le cose dalla mia prospettiva.

«Oh Angela, hai assolutamente ragione!» disse, come se quella possibilità lo sconvolgesse nel profondo. «Vado a fare la guardia.»

«Li terrà d'occhio» spiegai alla nonna, chiedendomi come fossi riuscita ad aggiungere 'guardia carceraria per felini' al mio curriculum e se mai questa nuova qualifica sarebbe potuta risultare utile.

Beh, se non altro avevo trovato il modo di tenere occupato Gattavius.

Per ora.

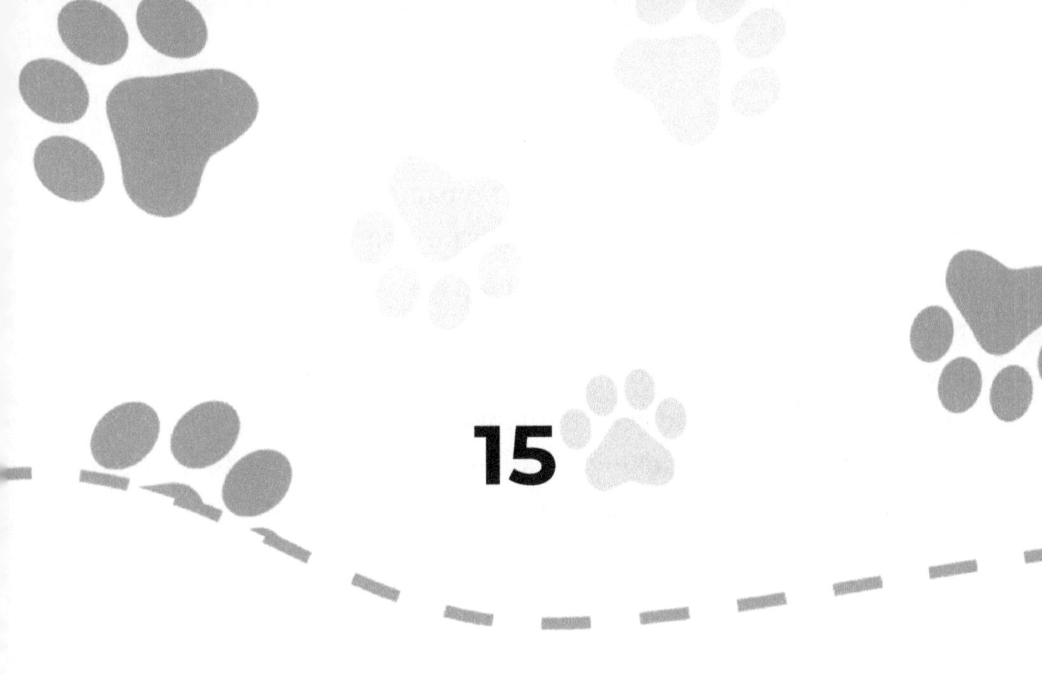

15

La presenza della nonna mi aiutò a dormire meglio. Avevo chiuso a chiave lo stesso la porta della mia camera, ma almeno avevo fatto qualche progresso nel sentirmi a casa in quella gigantesca villa. Presto avrei finito di disfare gli scatoloni, la nonna si sarebbe trasferita ufficialmente con tutti i suoi vecchi ninnoli colorati che mi ricordavano la mia infanzia e forse saremmo anche riuscite a scovare l'assassino della senatrice Harlow.

Ultimamente quello era il mio sogno ricorrente—almeno fra quelli più folli.

Sentendomi splendidamente riposata, quella mattina fui svegliata dal profumo più delizioso dell'intera storia umana.

Caffè!

Scendendo gli scalini due alla volta mi precipitai in cucina, dove trovai la mia adorata nonnina con un grembiule a pois legato al vitino da vespa e un'enorme caraffa di caffè fumante in mano.

«Buongiorno» trillò.

Avrei voluto stringerla in un abbraccio senza fine, ma temevo di rovesciare il caffè. Nella fretta di preparare tutto in tempo per il trasloco, non mi ero soffermata a pensare a cosa avrebbe comportato vivere con la nonna. Che problema c'era se ero terrorizzata dalle macchine per il caffè, dopo che una di esse mi aveva quasi uccisa? Bramavo ancora quella deliziosa bevanda ristoratrice e ora, grazie alla nonna, avrei potuto berla ogni mattina.

«Grazie grazie grazie!!!» strillai mentre lei prendeva la mia tazza *crazy cat lady* appena lavata e la riempiva. «Dove hai trovato una macchina per il caffè?» chiesi dopo un primo sorso che mi portò dritta in paradiso.

«Ho portato la mia» mi spiegò, chinandosi per controllare qualcosa che cuoceva nel forno. Inizialmente non avevo percepito altro che l'aroma inebriante del caffè, ma ora che mi ero data una calmata, si era fatto strada anche il profumo di pane alla banana.

«Hai ancora paura di usarla, vero?» La nonna si voltò verso di me con un ampio sorriso. Era sempre stata mattiniera. Io invece non molto.

Annuii, troppo felice per sentirmi in imbarazzo, mentre gustavo un altro appagante sorso di quella pozione magica.

«Allora mi occuperò io della colazione d'ora in poi» dichiarò, continuando a muoversi qua e là per la cucina come se ne fosse la padrona. Beh, in un certo senso lo era.

«Ehi» dissi dopo aver assunto abbastanza caffeina da attivare il cervello. «Dove hai dormito stanotte?» Avevo fatto portare via tutto dalla vecchia camera di Ethel e la nonna non aveva ancora portato qui la sua roba, letto incluso.

«Ho condiviso la stanza con i nostri ospiti senza pelo» disse, gli occhi che scintillavano mentre mi strizzava con delicatezza il braccio. «Il posticino accanto alla finestra è comodissimo!»

«Nonna!» la rimproverai. «Non dovresti dormire lì.»

Spazzò via le mie preoccupazioni agitando uno strofinaccio nella mia direzione: «Ho dormito benissimo.»

«In ogni caso, dovrò chiamare qualcuno per far portare qui almeno il tuo letto.» Mi scolai il resto del caffè mentre ci riflettevo.

«Oh, potrei chiedere a Brock» realizzai man mano che il cervello ingranava. «Dovrebbe passare oggi per farmi un preventivo per qualche lavoretto di rinnovo. Sono certa che sarebbe lieto di portare qui tutto ciò che ti serve con il furgone.»

All'improvviso mi venne in mente un'altra cosa di cui non avevamo ancora parlato: «Ieri quando l'ho incontrato mi ha detto che hai ricevuto un'offerta per la casa...»

La nonna gongolò a quell'osservazione: «È vero. E non indovinerai mai da parte di chi!»

Di solito non mi piacevano gli indovinelli, ma ero così felice per il caffè che decisi di stare al gioco: «Mamma e papà?»

«Nah! Non lascerebbero mai la loro casa sulla baia. Riprovaci.» Strofinò distrattamente il bancone mentre mi guardava lambiccarmi il cervello in cerca di una risposta.

«Qualcuno che veniva a scuola con me?» Non mi veniva in mente nessuno che conoscessi che stesse cercando casa, perciò ero piuttosto confusa.

La nonna sorrise e scosse il capo: «No, ma è qualcuno che conosciamo entrambe. Qualcuno di piuttosto affascinante.»

Mi appoggiai al bancone della cucina, la tazza ancora in mano: «Mmm.» La nonna flirtava spudoratamente con tutti e, in base alla mia ultima stima, trovava affascinanti almeno metà degli uomini della città. Di recente l'agente Bouchard, di gran lunga più giovane di lei, aveva suscitato il suo interesse, ma non mi sembrava il tipo che avrebbe potuto apprezzare un'accogliente casetta retrò in un quartiere senza vista sul mare.

Incapace di trattenersi ancora, la nonna svelò la grande notizia: «Ma come?! Dai! Si tratta del nostro caro Charles!»

Risi a quella che pensai fosse una battuta, ma lei continuò a fissarmi con espressione sincera. «Aspetta. Dici sul serio?» strillai.

Lei annuì entusiasta e fece una piccola giravolta per la gioia: «Mai stata più seria. Ha detto che era arrivato il momento di sistemarsi, ora che frequenta qualcuno.»

«Nonna, è una splendida notizia!» gridai, mettendomi a ballare con lei per la gioia. «E visto che siamo amici, potrai tornare a dare un'occhiata alla tua vecchia casa di tanto in tanto.»

«Oh, ci conto» disse, gli occhi accesi da uno scintillio malizioso mentre passava a un veloce foxtrot che non avevo la minima speranza di riuscire a emulare. «Un lieto fine per tutti.»

Un leggero bussare alla porta d'ingresso attirò l'attenzione di entrambe.

«Vado io» dissi alla nonna appoggiandole una mano sulla spalla mentre si fermava. «Tu stai qui a tenere d'occhio il pane alla banana. Ne voglio un pezzo appena lo sforni.»

«Signorsì signora» disse facendomi un saluto militare senza che ne comprendessi il perché. Ma se avessi capito anche solo la metà delle cose che faceva, sarebbe già stato un ottimo risultato. E quella giornata era iniziata bene.

Mi diressi nell'ingresso scalza, ancora spettinata dopo la nottata e con una tazza di caffè mezza piena in mano. Quando riconobbi la persona dall'altro lato del pannello di vetro colorato, quasi mi si fermò il cuore. Beh, non letteralmente, ma quasi, considerando il panico che provai in quel momento.

Purtroppo, Brock mi vide prima che riuscissi a svignarmela e mi rivolse un cenno di saluto con la mano. Non avevo possibilità di fuga. *Diamine*!

Mi girai di spalle e mi strofinai gli occhi nella speranza di scacciare l'aria assonnata, poi sfoderai il mio miglior sorriso a bocca sigillata e aprii la porta: «Buongiorno.»

«Spero che non sia troppo presto» disse lui, squadrandomi dalla testa ai piedi come per valutare i pantaloncini del pigiama rosa shocking e la canotta dalle spalline sottili.

«No, sei in perfetto orario. Accomodati. Nonna!» chiamai rivolta verso la cucina. «C'è Brock. Andiamo di sopra.»

«Sì, capo» strillò lei.

Brock aggrottò le sopracciglia e premette la mano sul corrimano delle scale, bloccandosi lì. «Sì, ascolta... potresti non chiamarmi più Brock?»

Quella richiesta mi sorprese così tanto che dimenticai il proposito di tenere la bocca chiusa finché non avessi avuto modo di lavarmi i denti: «Cosa? E perché no? Non è forse il tuo nome?»

Lui risucchiò l'aria fra i denti, poi disse: «Sì, ma ormai il mio nome è talmente associato al caso Hayes che mi sento in imbarazzo ogni volta che qualcuno lo pronuncia.»

Lo capivo. Era stato accusato ingiustamente di doppio omicidio e per mesi tutti a Glendale erano stati certi della sua colpevolezza. Non potevo biasimarlo se era in cerca di un nuovo inizio dopo quella faccenda.

«Oh, ma certo. E come dovrei chiamarti?» chiesi con un altro sorriso a bocca sigillata.

Emise un gran sospiro di sollievo: «Che ne dici di Cal? È l'abbreviazione di Calhoun, quindi di fatto è ancora il mio nome, ma non è marchiato dall'onta.»

«Vada per Cal allora» dissi facendo un goffo schiocco e puntandogli contro le dita mimando una pistola. Un'idea stupida.

Ma lui sembrò trovarlo divertente, perché scoppiò a ridere: «Grazie, Ang.»

Salimmo le scale e raggiungemmo la stanza che fungeva da

prigione per gatti improvvisata, in attesa di trasformarsi nella mia futura biblioteca. Gattavius era in piedi davanti alla porta con l'aria di uno che non ha chiuso occhio per tutta la notte, l'equivalente di varie notti in bianco per un umano. Rabbrividii al pensiero di quanto sarebbe stato scontroso finché gli Sphynx non fossero stati rilasciati, o almeno trasferiti in un altro carcere.

«Vai a dormire un po'» gli dissi con la vocina stucchevole che solitamente la gente utilizza con i propri animali domestici—gente normale con gatti normali, intendo.

Lui sbadigliò e si trascinò via con passo malfermo.

Feci attenzione a non lasciar uscire gli Sphynx mentre entravamo, poi mi rivolsi a Brock e iniziai a spiegare: «Questa è la mia stanza preferita. Vorrei installare delle mensole a parete, risistemare il parquet e aggiungere delle luci per trasformarla in una biblioteca. Che ne pensi?»

«Sembra proprio la stanza perfetta per farlo» disse muovendosi lentamente in cerchio al centro della stanza per osservarla meglio. «Ehi, ma quelli non sono i gatti della senatrice?» chiese quando vide Jacques e Jillianne rabbrividire nel loro angolino gelido.

«È una lunga storia» dissi tornando verso la porta. «Potresti iniziare a prendere qualche misura? Torno subito.»

Lui fece un cenno affermativo con il capo; chiusi in tutta fretta la porta alle mie spalle e mi fiondai in bagno per spazzolarmi i capelli e lavarmi i denti. Mi spruzzai anche un po' di acqua fredda sul viso, ma decisi di non fare altro per non esagerare.

«Non mi ci dovrebbe volere molto per il lavoro che mi hai descritto» mi disse Brock—ops, Cal—quando tornai da lui. Era in piedi accanto al bovindo e osservava il giardino sul retro, magnificamente progettato. Si intravedeva l'oceano dietro le cime degli alberi una vista davvero splendida.

«Ottimo» dissi raggiungendolo accanto alla finestra con un lieve brivido d'eccitazione. Anche con la caffeina in circolo, faticavo a trovare qualcosa da dire trovandomi così vicina a un uomo tanto attraente. «Quanto verrà a costare? E quando potresti cominciare?»

Cal mi disse una cifra che mi fece venire il mal di stomaco finché non mi spiegò che includeva gli scaffali su misura con cui rivestire le pareti. A quel punto mi sembrava un vero affare! Non riuscivo a credere che quel bellissimo ragazzo mi avrebbe costruito la biblioteca che desideravo tanto. A volte i sogni si avverano.

Concordammo l'affare con una stretta di mano, poi lui disse: «Se per te va bene, potrei cominciare oggi stesso. Come ti dicevo, alla luce di quanto successo di recente la gente non fa esattamente la fila per assumermi.»

«Affare fatto, Cal Calhoun» dissi con un gran sorriso, elettrizzata all'idea di trascorrere altro tempo insieme, in parte perché sarebbe stato lì in caso di pericolo e in parte perché ero attratta da lui. «Io e la nonna resteremo a casa a disfare scatoloni oggi. Fai un fischio se ti serve qualcosa.»

«Ok.»

«Cal? Ancora una cosa.» Avevo bisogno di ripetere quel nomignolo per abituarmici. Più lo dicevo, più mi piaceva. Era semplice e attraente, proprio come lui.

«Sì?» Prese il metro a nastro che aveva portato con sé e lasciò rientrare in posizione la lunga linguetta gialla.

«Per favore, fai attenzione agli Sphynx. Sono tipetti sfuggenti» dissi utilizzando le stesse parole che l'agente Bouchard mi aveva detto solo un paio di giorni prima.

E con ciò scivolai fuori dalla stanza e raggiunsi di corsa la mia camera in cima alla torretta per cercare l'outfit perfetto caso mai, durante il giorno, mi fossi imbattuta nel ragazzo per cui avevo una cotta.

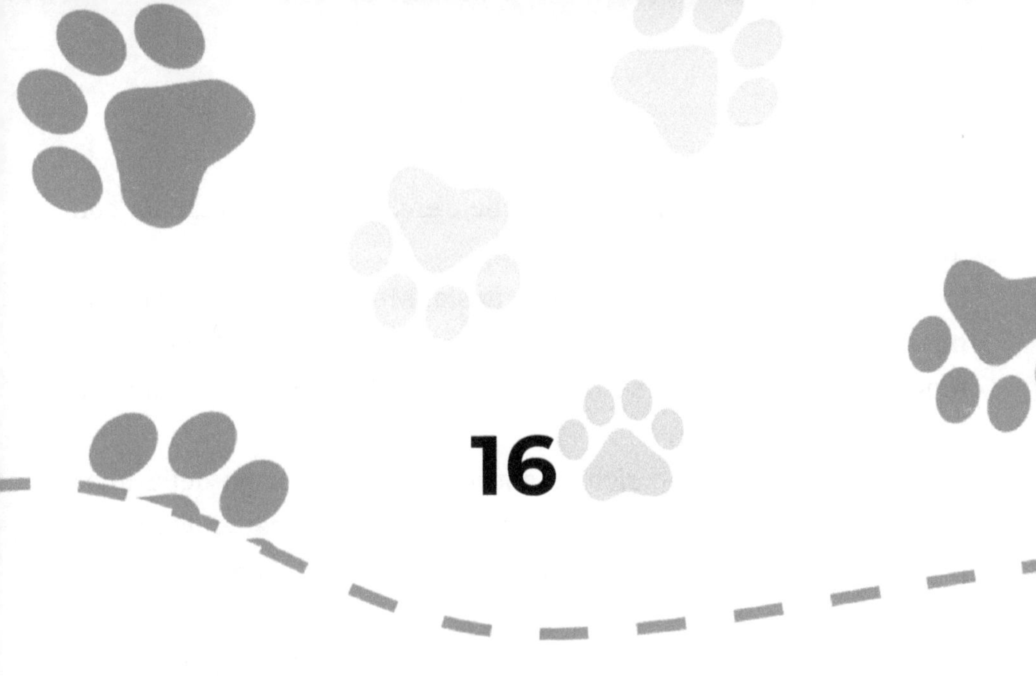

16

Il cellulare iniziò a suonare con insistenza proprio mentre mi stavo lavando i capelli. Chiusi l'acqua, presi un asciugamano e saltai fuori dalla doccia giusto in tempo per rispondere a Charles prima che la chiamata venisse passata per la seconda volta alla segreteria telefonica.

«Pronto?» dissi, sgocciolando sul freddo pavimento piastrellato. La vecchia finestra cigolò quando la aprii: in quel modo sarebbe entrato almeno un po' di tepore.

«Angie, sono io» disse Charles, come se non avesse idea del fatto che al giorno d'oggi la visualizzazione di nome e numero di chi chiama è una funzione standard su tutti i cellulari.

«Novità?» chiesi stringendomi addosso l'asciugamano. Ovviamente dovevamo conversare mentre ero nuda e bagnata. Tenendo conto di quanto ero fortunata di solito, come minimo sarei scivolata su una delle pozze formatasi a terra, avrei sbattuto la testa e perso conoscenza e Brock—voglio dire, Cal—avrebbe dovuto buttare giù la porta per salvarmi. E magari, già che c'ero, mi sarei risvegliata con un secondo superpotere segreto.

Ok, ora ero nuda, bagnata e in ansia. Muovendomi con cautela, mi sedetti sul bordo della vasca mentre Charles mi spiegava il motivo della chiamata. Se non altro, se fossi caduta da lì non mi sarei fatta troppo male.

«Scusa se non ti ho richiamata ieri.» All'altro capo della linea udii l'inconfondibile rumore di una porta che sbatte. Fece una pausa, poi riprese a parlare: «Thompson si è preso un paio di giorni per lutto.»

«Per la senatrice?» chiesi incredula. Non mi aspettavo un comportamento del genere da parte di un maniaco del lavoro come il mio capo.

«Esattamente» disse Charles, che sembrava sorpreso quanto me. «A quanto pare erano più legati di quanto si potesse immaginare.»

Sussultai rischiando di perdere l'equilibrio e dimenando le braccia per non cadere. «Pensi che avessero una relazione?»

«Oh, avanti» sbottò Charles. «Thompson e la senatrice? Ma dici sul serio?»

«Beh, tutto è possibile» borbottai sulla difensiva.

«Ma non è così che stavano le cose» disse, chiaramente irritato.

Ciò non mi impedì di proseguire con la mia linea di interrogatorio: aveva delle informazioni e mi servivano il prima possibile. «E allora come stavano le cose?» chiesi.

«Sta a sentire » rispose Charles. Me lo immaginai sorridere mentre camminava avanti e indietro nel suo ufficio. Gli piaceva un sacco fare rivelazioni sconvolgenti, tirare fuori la classica pistola fumante. Mi chiedevo se sarebbe stato questo il caso. «La senatrice Harlow aveva intenzione di dimettersi. Stava preparando Thompson per candidarsi alle elezioni come suo successore scelto personalmente.»

«Thompson?!» esclamai. «Ma lui è pessimo a relazionarsi con gli altri.» Non soltanto insisteva a chiamare tutti per cognome, ma spesso criticava me e altri dipendenti in ufficio. Sapevo che lo faceva per proteggere l'ottima reputazione dello studio legale, ma non era piacevole. Il pensiero che venisse eletto come rappresentante del nostro Stato mi diede una stretta allo stomaco.

«Forse» disse Charles, apparentemente riluttante a parlare male del socio senior. «Ma non si può negare che sia un uomo intelligente e, che tu ci creda o no, lui e la senatrice Harlow condividevano molte opinioni politiche.»

«Tipo quali?» strillai. Non riuscivo a credere a ciò che mi aveva detto.

«Erano amici di lunga data. Si sono conosciuti più di trentacinque anni fa, quando erano entrambi volontari di Save the Whales. Thompson ha detto che sono stati alcuni degli anni migliori della sua vita.»

Di nuovo Save the Whales. Poteva trattarsi di un elemento rilevante? Abbastanza da costare la vita alla senatrice? E in quel caso, Thompson sarebbe stato il prossimo bersaglio?

«Charles?» dissi sapendo di potermi fidare di lui. «Credi che la senatrice possa essere stata assassinata per questioni che hanno a che fare con il suo attivismo a favore dell'ambiente?»

«All'epoca o adesso?» ribatté. La sua mente instancabile era già al lavoro.

«Sia allora che adesso» dissi. «C'è qualcosa di cui sei a conoscenza che potrebbe darci informazioni sul motivo per cui qualcuno avrebbe potuto volerla morta?»

Sospirò: «Sai che la polizia ha concluso che si è trattato di un incidente.»

«Sì, ma io dubito che tu te la sia bevuta.»

«In effetti la situazione è sospetta.» Ci pensò su un istante prima di proseguire. «Quanto ti intendi di politica nazionale?»

«Non molto» ammisi. «Ho fatto qualche ricerca su Google sulla senatrice e sulle notizie che la riguardano, ma non mi è saltato all'occhio nulla.»

Lui sogghignò: «Eccoti un breve riepilogo. La scorsa settimana è stato annunciato che un'importante compagnia petrolifera ha presentato una petizione per la costruzione di un oleodotto. Si tratta solo di una proposta, ma la gente è preoccupata. Questo oleodotto attraverserebbe prevalentemente il nostro stato, eliminando anche una piccola parte di uno dei nostri parchi nazionali.»

Sembrava una cosa orribile. Amavo le bellezze naturali e la vicinanza all'oceano del mio paese, proprio quanto le aveva amate la senatrice. E ora una grande operazione petrolifera rischiava di rovinarne una parte, e per cosa?

«Capisco perché la senatrice non sarebbe stata d'accordo, considerando il suo impegno nei confronti dell'ambiente» dissi a Charles.

«Ci vorrà ancora un pezzo prima che la petizione venga messa ai voti, ma la Big Oil sta facendo molte pressioni per far approvare il progetto. La loro argomentazione principale è che creerebbe posti di lavoro e costituirebbe un'importante fonte energetica locale, riducendo pertanto la dipendenza dall'importazione.» Mi spiegò tutto meticolosamente, senza lasciar minimamente trapelare la sua opinione in proposito. Considerando che era arrivato da poco dalla California, mi ritrovai a chiedermi se stesse dalla parte della Big Oil o del parco nazionale. Per quanto mi riguardava, io non avevo dubbi.

«Ma la senatrice non sarebbe mai stata d'accordo con un progetto che provocasse la distruzione di parte di uno dei nostri parchi nazionali, suppongo.»

«No di certo, anche se si tratterebbe solo di venti chilometri quadrati e la proposta include la costruzione di un nuovo parco protetto più a nord.» Stava facendo l'avvocato del diavolo solo per il gusto di discutere o credeva davvero che l'oleodotto non fosse un disastro incombente?

Gemetti, sempre più frustrata: «Ma che senso ha proteggerlo se basta che arrivi qualcuno con abbastanza soldi per distruggerlo a suo capriccio?»

«Capisco la tua posizione, Angie. Davvero.» Charles sospirò e fece una pausa. «Ma devi sforzarti di capire anche tu: l'equilibrio dei meccanismi politico-istituzionali esiste per un motivo, e funziona. Non si tratta di un capriccio. Affinché la costruzione dell'oleodotto venga approvata, la maggioranza del senato dovrebbe votare a favore. E come sai, Harlow era solo una dei cento senatori.»

Strofinai le dita sul bordo morbido dell'asciugamano. La mia pelle era ormai quasi asciutta, ma i capelli erano bagnati e pieni di shampoo. «Allora perché l'assassino avrebbe eliminato solo lei?» chiesi.

Charles abbassò la voce, facendomi pensare che qualcuno fosse passato davanti alla porta del suo ufficio e, per qualche motivo, lui volesse che quella conversazione restasse fra noi. «Ti ricordo nuovamente che non sappiamo se si è davvero trattato di omicidio. Ma se lo fosse, ci sarebbero molte ragioni per eliminare proprio la senatrice.»

Oh, finalmente. Forse Charles aveva trovato la pistola fumante dopotutto. «Tipo?» chiesi, la curiosità al culmine.

« Innanzitutto, in qualità di uno dei due senatori dello stato in cui l'oleodotto verrebbe costruito, la sua opinione avrebbe avuto un certo peso» iniziò. Fece una pausa poi riprese a parlare a volume normale: «Aggiungici il fatto che aveva salde opinioni conservazioniste, per cui quasi certamente si sarebbe schierata con i Democratici su qualsiasi questione riguardante l'ambiente. Con un senato diviso come il nostro, il suo sarebbe facilmente diventato il voto decisivo sulla questione. O almeno, avrebbe potuto.»

Udii bussare all'altro capo della linea.

«Solo un secondo» gridò Charles. Poi mi disse: «Devo andare.»

«Grazie Charles» risposi. «Mi sei stato di grande aiuto. Mi hai dato molto su cui riflettere.»

«Angie, aspetta.» Fece una pausa. Quando riprese a parlare la sua voce era decisamente più bassa e più seria di prima: «Per favore, stai attenta. Se hai ragione e c'è una cospirazione politica in atto, potresti ritrovarti nella lista dei bersagli. Lascia perdere, ti prego. Lascia che siano le autorità a occuparsene, qualsiasi cosa accada. Ok?»

«Ok» dissi con naturalezza incrociando le dita dietro la schiena. Non volevo farlo preoccupare, ma ormai ero così vicina alla soluzione del caso che non aveva senso tirarsi indietro. «Grazie per aver chiamato. Ci sentiamo.»

Riattaccai prima che potesse ribattere, finii di farmi la doccia, mi vestii e andai a cercare la nonna.

Con un po' di fortuna avremmo risolto la questione entro sera.

E forse, una volta tanto, la fortuna era dalla mia parte.

17

Trascorsi buona parte del pomeriggio a riflettere su chi, tra la gente del posto, avrebbe potuto trarre beneficio dalla costruzione dell'oleodotto. Quanto doveva essere disperata la situazione per considerare l'omicidio una soluzione accettabile per uscirne?

Immaginavo che un disoccupato potesse necessitare di un lavoro al punto da prendere misure così drastiche, soprattutto se aveva una famiglia da mantenere. Tuttavia, la proposta era molto recente e ciò significava che la notizia non si era ancora diffusa più di tanto e non si erano ancora fatte molte ipotesi sui possibili esiti. Anche se non seguivo le notizie di attualità quanto avrei dovuto, venivo comunque a conoscenza degli eventi più rilevanti tramite i social network.

E di questa notizia non si era ancora parlato, almeno non sui social che seguivo.

Quindi l'assassino della senatrice doveva essere qualcuno della sua cerchia. Qualcuno che prestava molta attenzione alle notizie o che ne veniva a conoscenza prima che si diffondessero.

Meditando su questo fatto, telefonai a mia madre; purtroppo rispose subito la segreteria telefonica. Cavolo!

Trascorsi un po' di tempo a fare ricerche su internet, ma senza venire a capo di nulla. Volevo riferire al più presto alla nonna della mia conversazione con Charles, ma lei faticava a non eccedere con il chiasso quando si emozionava per qualcosa. La sua voce sarebbe riecheggiata ovunque in quell'enorme casa per cui, con Cal ancora al lavoro, la nostra chiacchierata avrebbe dovuto aspettare.

Un'ora dopo provai a richiamare mia madre. Lei non abbandonava mai una notizia prima di essere giunta a una conclusione soddisfacente, ed essendo la reporter che l'aveva annunciata, probabilmente ne sapeva più di me sull'oleodotto e su chi avrebbe potuto trarne i maggiori benefici.

Ma non riuscii a contattarla neanche questa volta. *Grrr.* Doveva avere il telefono spento, cosa che non era affatto da lei. Forse lei e papà avevano deciso di assistere a una matinée al nuovo teatro nella città vicina.

Nervosa e incapace di restarmene ancora seduta ad aspettare, decisi di andare a vedere come procedevano i lavori nella mia futura biblioteca. Forse avrei trovato un modo gentile per congedare Cal un po' prima in modo da poter parlare con la nonna di ciò che avevo scoperto.

«Toc toc» dissi prima di aprire la porta ed entrare.

La stanza era ancora più fredda di prima e mi avvolsi le braccia intorno al busto. Era quel periodo dell'anno in cui a Glendale le giornate erano tiepide e soleggiate, ma alla mattina e alla sera la temperatura si abbassava in modo sgradevole. Il grande bovindo era spalancato, le tende trasparenti svolazzavano al vento verso l'interno.

Cal non c'era, e nemmeno gli Sphynx.

Oh no. Che disastro!

Mi precipitai giù per le scale in cerca di qualcuno, chiunque.

Cal era fuori, intento a caricare il furgone. «Tornerei domani, se per te va bene» disse prima di notare la mia espressione allarmata: «Ehi, qualcosa non va?»

«Hai lasciato la finestra aperta?» chiesi. La voce mi uscì incrinata e stridula, una cosa che detestavo: «I gatti sono spariti.»

Cal chiuse lo sportellino del piano di carico del furgone e mi rivolse uno sguardo dispiaciuto: «Accidenti! Mi dispiace. Ti aiuto a cercarli.»

Incapace di attendere oltre, percorsi rapidamente il perimetro del giardino nella speranza di ritrovare i gatti scomparsi, mentre Cal li cercava vicino alla casa. Doveva aver informato anche la nonna, perché uscì anche lei ad aiutarci.

«Non ho lasciato la finestra aperta» mi disse quando ci ritrovammo. «L'ho aperta per qualche minuto per cambiare l'aria, ma ho tenuto d'occhi i gatti per tutto il tempo. Quando l'ho richiusa erano ancora lì.»

«Ti credo» dissi, ma ciò non alleviava la mia preoccupazione. Cosa avrebbe detto Matt se fosse venuto a sapere che i gatti di cui mi ero offerta di occuparmi erano fuggiti? Che desiderasse tenerli o meno, non sarebbe stato affatto contento che fossi riuscita a perdere una delle ultime cose che gli restavano di sua madre.

Scrutai verso il bosco, a disagio. Avrei dovuto inoltrarmici di nuovo? Gattavius mi avrebbe aiutata? E in ogni caso, dove si trovava adesso?

Individuai un'auto sportiva rossa davanti alla casa della senatrice. Sembrava che Thompson fosse andato a fare visita a Matt. Speravo che ciò avrebbe tenuto quest'ultimo occupato abbastanza a lungo da consentirmi di ritrovare i gatti scomparsi. Trascorremmo un'altra mezz'ora a cercarli mentre il sole iniziava a tramontare.

«Mi dispiace davvero molto» disse Cal. Purtroppo non avevamo fatto alcun progresso. «Posso comunque tornare domani per il lavoro?»

«Certamente. E non preoccuparti. Dico sul serio. So che non è stata colpa tua» lo rassicurai.

Lui annuì cupamente, salì sul furgone e se ne andò.

«Metto su qualcosa per cena» annunciò la nonna dandomi qualche colpetto rassicurante sulla spalla. «Non preoccuparti, tesoro. Sono certa che torneranno presto.»

Mi mordicchiai il labbro mentre facevo un altro giro intorno alla casa. Perché quegli Sphynx erano così bravi a nascondersi? E perché Gattavius non era venuto a dare una zampa?

Infine mi arresi e, arrancando su per le scale, andai a ispezionare i piani superiori della casa. Forse non erano affatto usciti. Era possibile che si fossero rintanati in qualche angolo gelido a rabbrividire tristemente. E poi, perché volevano sempre starsene al freddo?

Intanto la temperatura all'interno era scesa. Con grande disappunto mi accorsi di aver lasciato la finestra del bagno spalancata dopo la telefonata di Charles. La richiusi, decidendo che era giunto il momento di una meritata pausa. Avrei potuto ricominciare a cercare i gatti dopo essermi riposata un po'. Ora avevo solo bisogno di sedermi.

Mentre mi avvicinavo alle scale, un'ombra si mosse in fondo al corridoio. Strizzai gli occhi per vedere meglio, chiedendomi se avessi trovato gli Sphynx proprio ora che stavo per abbandonare le ricerche. Purtroppo non erano loro, ma solo la mia fervida immaginazione. Con lo sguardo fisso sulle belle finestre dai vetri colorati dell'ingresso di sotto, scesi il primo gradino e misi un piede dritto su Gattavius, materializzatosi dal nulla: eppure solo un secondo prima avevo controllato di avere via libera e lui non c'era.

Il tigrato emise un terrificante ululato di dolore e io cercai di spostare il peso in tutta fretta per evitare di fargli ancora più male;

ma facendolo persi l'equilibrio e rotolai giù per diversi gradini ritrovandomi a metà scala.

«Hai cercato di uccidermi!» gridai afferrandomi la testa che pulsava. Cadendo l'avevo battuta—avevo battuto ogni singola parte del corpo. «Hai davvero cercato di uccidermi!»

Gattavius spalancò gli occhi per l'orrore: «È stato un incidente!» cercò di giustificarsi, scendendo le scale zoppicante per raggiungermi. Si era fatto male anche lui, ma se la sarebbe cavata.

E io? Ero stata quasi uccisa dal mio gatto e non avevo idea del perché.

La nonna arrivò di corsa: «Oh cielo, Angie! Va tutto bene?»

«Gattavius ha cercato di uccidermi» gridai di nuovo. Come poteva essere accaduto davvero?

«No, Angela, no!» si difese di nuovo lui, senza agitare la coda o esprimere come di consueto la sua irritazione. «È stato un incidente! Ho visto un puntino rosso. Non volevo...»

La porta d'ingresso si spalancò all'improvviso. Mia madre comparve nell'androne, illuminata in controluce dal sole al tramonto, i capelli arruffati da cui spuntavano rametti a strane angolazioni. «Sali subito in macchina!» mi disse. «Mamma, dammi le chiavi!» ordinò alla nonna.

«Non è stata colpa mia! Non volevo farlo!» piagnucolava Gattavius, ma di lui mi sarei occupata più tardi. Scesi gli scalini più in fretta possibile e balzai sul sedile del passeggero della coupé sportiva rossa della nonna.

«Che sta succedendo?» gridai mentre mia madre saliva in auto e inseriva la chiave nel cruscotto.

Il motore ruggì mentre prendeva vita e mia madre pigiò sull'acceleratore facendo alzare una gran nuvola di polvere alle nostre spalle. Partimmo a una velocità tale che mi ritrovai schiacciata con forza contro il sedile. La testa iniziò a pulsare di nuovo, ma il dolore non era nulla in confronto alla curiosità morbosa per ciò che stava per accadere.

«Mamma!» gridai tenendomi forte al cruscotto mentre schizzavamo lungo il vialetto e da lì ci infilavamo sulla strada principale. «Che cosa sta succedendo?»

«Ho visto chi ha cercato di ucciderti» rispose e solo in quel momento notai che ansimava, esausta. «Ero nel bosco e sono arrivata di corsa appena l'ho visto sgusciare fuori dalla finestra di casa tua. Ha ucciso la senatrice Harlow e ha cercato di uccidere anche te. Piccola mia! Se riesco a beccarlo prima degli sbirri lo faccio fuori!»

«Mamma!» gridai per essere certa che riuscisse a sentirmi nonostante il rombo del motore. Lei svoltò bruscamente e la potente fuoriserie della nonna sbandò lungo la via principale di Glendale. «Chi? Chi ha cercato di uccidermi?»

Mia madre stringeva il volante con tanta forza da farsi sbiancare le nocche, ma continuò a pigiare sull'acceleratore. Attraversammo le rotaie della ferrovia e quasi perse il controllo del veicolo. Ciò nonostante, procedevamo a una velocità a cui nessuna auto dovrebbe essere mai spinta.

«Forza, forza» borbottava, la mascella tesa in una linea determinata.

Le sirene ululavano alle nostre spalle: vidi un'auto della polizia di contea che ci inseguiva e acquisiva rapidamente velocità.

«Mamma!» gridai. Non sapevo ancora cosa stesse succedendo ma mi sembrava di essere stata salvata da una trappola mortale solo per finire dritta in un'altra. «Fermati! La polizia ci sta inseguendo!»

«Bene» disse lei inspirando profondamente e accelerando ancora di più. Il tachimetro era pericolosamente vicino ai duecentocinquanta chilometri all'ora. Com'era possibile? Perché mai lo stavamo facendo?

Il panico mi strinse in una morsa mentre procedevamo in quella folle corsa. Accidenti, qualcuno aveva cercato di uccidermi e ora stavo per morire per mano di mia madre che guidava come una pazza!

«Dove potrebbe voler andare?» mi gridò lei. «Dove può essere diretto adesso?»

«Chi?» gridai in risposta. Non ci capivo ancora niente.

«Il tuo capo» tagliò corto lei cambiando freneticamente corsia. «Richard Thompson.»

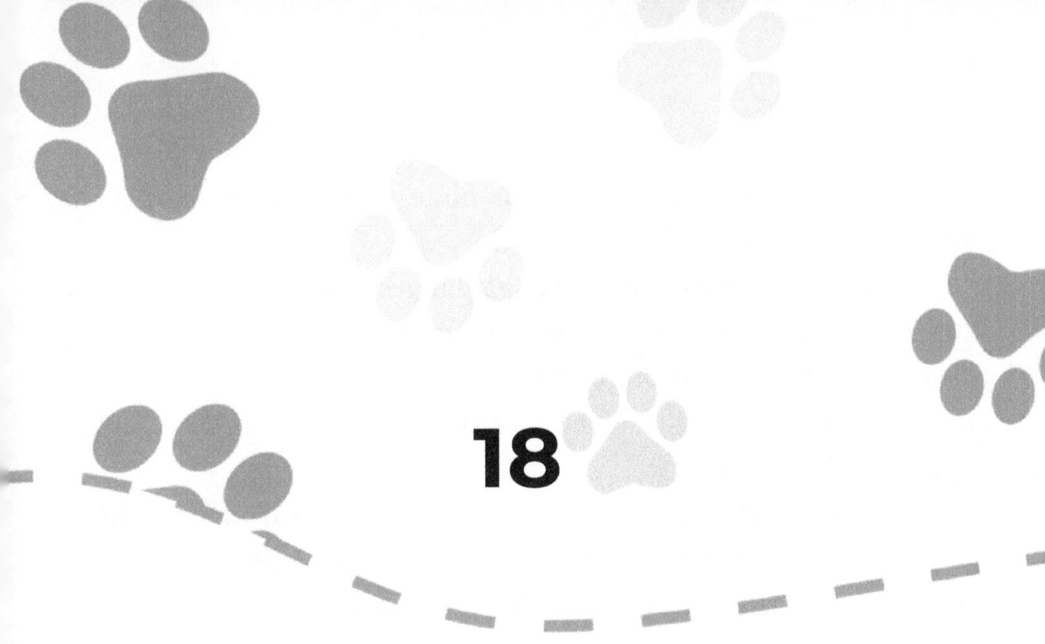

18

Mi girava la testa mentre sbattevo contro la portiera e la cintura di sicurezza mi affondava nel petto. Davvero mia madre pensava che il mio capo avesse cercato di uccidermi? Non poteva essere. Era stato Gattavius a farmi inciampare. Non avevo nemmeno visto il signor Thompson quel giorno.

«Mamma» dissi, ormai in iperventilazione. «Non so cosa tu abbia visto, ma il signor Thompson non è mai stato a casa mia.»

«Invece c'era» gridò lei svoltando di nuovo bruscamente.

Fu allora che capii che eravamo dirette allo studio legale. Avevamo sempre l'auto della polizia alle calcagna. Mi voltai e vidi l'espressione determinata dell'agente Raines lanciata all'inseguimento. Lei e mia madre erano partite con il piede sbagliato fin dal loro primo incontro e quel tallonamento a velocità folle faceva dubitare fortemente che il loro rapporto sarebbe mai potuto essere amichevole, qualsiasi piega avessero preso le cose.

«Non so come ha fatto a entrare» continuò mia madre. «Ma è uscito da una finestra.»

«Quando?» chiesi in tono implorante, senza riuscire ancora a capire. Come poteva essere tutto vero?

«Circa due minuti prima che raggiungessi la porta di casa tua» disse lei, rallentando leggermente mentre passavamo davanti all'ufficio legale. L'auto di Thompson non c'era.

Le tempistiche indicate da mia madre corrispondevano a quelle della mia caduta, ma...

«Non c'erano auto. Non ne ho vista né sentita nessuna partire prima di noi» insistetti. Anche se Thompson fosse riuscito a entrare e uscire da casa mia senza farsi vedere, non sarebbe riuscito a svignarsela indisturbato con la sua auto sportiva rossa. E non mi sfuggiva l'ironia del fatto che l'inseguito e l'inseguitrice guidassero lo stesso tipo di veicolo. Che inseguimento pazzesco sarebbe stato se Thompson fosse stato alla guida della sua auto!

«Ma certo!» gridò mia madre facendo un'inversione a U degna di un film d'azione. «È ancora lì. Dobbiamo tornare indietro! Tua nonna è in pericolo!»

Il morso della paura serrò ogni fibra del mio corpo al pensiero della mia povera, fragile nonnina tutta sola con un assassino. Era tosta, ok, ma il suo era solo un atteggiamento. Se lui l'avesse aggredita, non avrebbe avuto la minima possibilità di scampo.

Le sirene ululavano ancora alle nostre spalle. «Accosti il veicolo!» tuonò l'agente Raines all'altoparlante.

«Avanti, mamma» la spronai, continuando a tenermi ben salda al cruscotto. «Torniamo dalla nonna!»

Non avevo idea di dove o in che occasione mia madre avesse imparato a guidare a quel modo, ma ci riportò alla tenuta in tempo record, il che era tutto dire considerando la rapidità con cui avevamo fatto il percorso inverso.

Non appena l'auto frenò sbandando, saltai giù e mi precipitai verso casa inciampando sugli scalini del portico. «Nonna!» gridai. «Ti prego, dimmi che stai bene!»

La nonna comparve sulla soglia con indosso il suo grembiule a pois, intenta ad asciugarsi le mani con uno strofinaccio: «Certo che sto bene, tesoro. Ho appena finito di preparare la cena. Tu e tua madre vi siete divertite con quell'inseguimento a tutto gas?»

La strinsi forte, ma l'agente Raines mi allontanò da lei, furente. Era già riuscita ad ammanettare mamma e farla sdraiare faccia a terra. «Si fermi!» gridai. «Non siamo noi i cattivi!»

Ma lei mi ammanettò e iniziò a elencarmi i miei diritti.

Mamma si dimenava a terra: «Lui è ancora qui da qualche parte. Ha cercato di uccidere mia figlia!»

La poliziotta non sembrò prenderla sul serio. «Non me la dà a bere» borbottò.

Ma la nonna le picchiettò con il dito sulla spalla facendoci sussultare tutte: «Senta un po', signorina. Se mia figlia dice che c'è un assassino a piede libero, allora farà meglio a crederci. Che importanza ha se è andata un pochino oltre il limite di velocità? È forse una questione grave quanto un assassino in libertà?»

L'agente Raines rise sarcastica: «Un pochino? Diciamo almeno centoventi chilometri l'ora in più.»

«Dovevo pur attirare la sua attenzione in qualche modo» mugugnò mia madre mentre tentava disperatamente di rimettersi in piedi.

«Beh, ci è riuscita» disse l'agente premendomi le mani sulle spalle e costringendomi a scendere i gradini del portico. «Si è guadagnata la mia completa attenzione e un biglietto di sola andata per la prigione di contea.»

No, no, no. Era tutto sbagliato. Non avevo ancora avuto tempo di mettere insieme tutti gli indizi per scoprire perché Thompson avesse ucciso la senatrice e poi avesse provato a uccidere anche me. Ma mi fidavo di mia madre e se lei diceva di averlo visto, allora molto probabilmente lui era ancora lì da qualche parte.

«Thompson!» gridai cercando senza successo di sfuggire all'agente. «Sappiamo che è là fuori.»

«La smetta di sviare l'attenzione» ringhiò l'agente. Perché questa donna non ci dava retta? Se ci avesse portate via, la nonna sarebbe stata in pericolo e probabilmente Thompson non sarebbe mai stato consegnato alla giustizia.

L'agente Raines mi spinse verso l'auto, mentre la nonna la colpiva a ogni passo: «Lasci andare mia nipote!»

Stava andando tutto rapidamente a rotoli. C'era una sola persona a cui potevo rivolgermi ormai. Beh, non esattamente una persona...

«Gattavius!» gridai voltando la testa per guardare verso la casa. «Aiutaci!»

In quel preciso istante il mio fido, adorato tigrato uscì di corsa dalla gattaiola elettronica e mi fissò con sguardo tremante: «Angela, io non ti farei mai e poi mai del male!»

«Lo so» dissi con dolcezza, una cosa non facile considerando che ero ancora in custodia della polizia. «Aiutaci. Aiutaci a prendere Thompson. È lui l'assassino, non gli Sphynx.»

L'agente Raines mi guardava come si guarda il più patetico degli spettacoli: «Forse riuscirà a cavarsela con la scusa dell'infermità mentale» disse, ed era evidente che la cosa la rendeva estremamente insoddisfatta.

Gattavius corse in cortile e iniziò a gridare a pieni polmoni. Restammo tutte a fissarlo mentre urlava: «Jacques! Jillianne! Adesso! Consegniamo l'assassino della vostra umana alla giustizia! Fatelo in stile felino! E fatelo ora!»

Non so se sapesse davvero dove si nascondessero, ma un attimo dopo un verso terribile risuonò sul tetto, seguito da un soffio fortissimo e...

Thompson apparve barcollando, allontanandosi dal punto in cui si era nascosto dietro la torretta. La mia torretta!

«Eccolo!» gridai all'agente Raines, voltandomi con forza per costringerla a guardare.

«Signore» gridò la poliziotta quando finalmente lo vide. «Questa è violazione di domicilio. Cosa ci fa lì sopra?»

«Oh, ehm...» balbettò il mio capo strofinandosi le mani sulla giacca. Rivoli di sangue fresco gli colavano su un lato del viso e riconobbi all'istante l'opera di un gatto infuriato—forse due.

Thompson infilò una mano sotto la giacca e ne estrasse una pistola lucente. Rischiavo di morire per la terza volta nel giro di quindici minuti. Che razza di giornata.

«Signore! Metta giù l'arma!» gridò l'agente Raines spingendomi a terra, presumibilmente per tenermi al sicuro.

Gattavius corse da me e iniziò a leccarmi via la sporcizia dalla guancia con la linguetta rasposa: «Mi dispiace moltissimo, Angela! A ripensarci, sono stato usato. Non ti farei mai del male. Sei la mia umana e ti voglio bene.»

«Lo so» risposi, desiderando di non essere ammanettata e potergli accarezzare la testolina soffice. «Anch'io ti voglio bene.»

Un urlo terrificante ci spaventò tutte a morte. Mi voltai giusto in tempo per vedere Thompson cadere al suolo: una gamba era piegata a un'angolazione anomala dopo quel volo da un'altezza di due piani, e lui gridava di dolore.

Girandomi sul fianco guardai su e vidi Jacques e Jillianne, finalmente ricomparsi, seduti sul bordo del tetto, intenti a leccarsi con soddisfazione le zampe prive di pelo. E all'improvviso un altro pezzo del puzzle andò a posto. Non sapevo ancora perché l'avesse fatto, ma Thompson aveva usato gli Sphynx per far inciampare la senatrice, proprio come aveva usato Gattavius per cercare di far inciampare me. Razza di stronzo scaltro! Non c'era da meravigliarsi che i poveretti, sconvolti, avessero confessato.

Gattavius lanciò un'occhiata a Jacques e Jillianne sul tetto, piangendo di gioia. «In puro stile felino!» si entusiasmò correndo verso la sagoma prostrata di Thompson.

Ciò che accade dopo non fu un bello spettacolo. Gattavius si arrampicò sulla schiena di Thompson e si accovacciò. Una chiazza umida si espanse rapidamente sulla giacca chiara dell'uomo e l'inconfondibile odore di urina di gatto si mescolò all'aria fresca della sera...

«Questo è per aver cercato di uccidere la mia umana!» strillò raspandogli vigorosamente la schiena con le zampe posteriori.

La nonna rise e batté le mani. L'avrei fatto anch'io se non fossi stata ammanettata. «Che spettacolo!» strillò.

«Agente Raines» borbottai con la faccia ancora premuta a terra. «Quell'uomo si è introdotto in casa mia e ha cercato di uccidermi. Siamo piuttosto certe che abbia ucciso anche la senatrice Harlow cercando di farlo sembrare un incidente.»

Thompson gemeva per il dolore, che doveva essere lancinante.

«È fortunato a non essersi spezzato l'osso del collo con una caduta del genere» disse la poliziotta togliendo le manette a me e a mia madre e poi andando ad ammanettare lui. «O forse no, considerando tutte le spiegazioni che dovrà dare una volta arrivato in centrale.»

Lo costrinse ad alzarsi in piedi e lui gridò nuovamente di dolore.

«Ben gli sta!» gridò la nonna quando l'agente Raines lo spinse sul sedile posteriore dell'auto della polizia e si allontanò nella notte.

E così, ora che sapevamo chi era il colpevole, era giunto il momento di scoprire il movente...

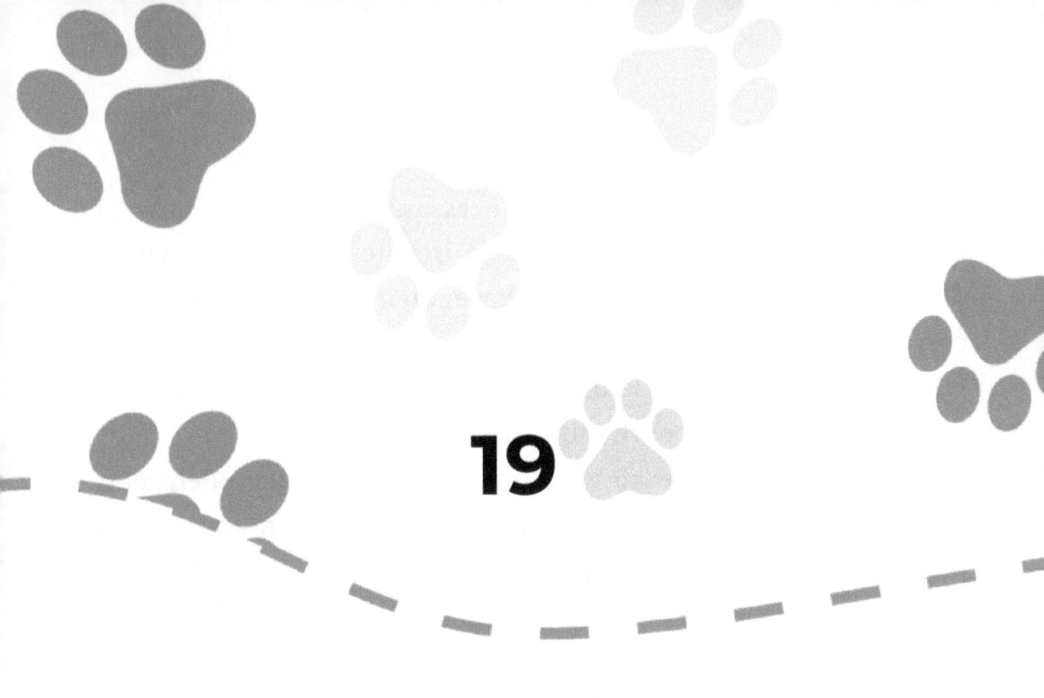

19

Io, la mamma e la nonna ci sedemmo al tavolo da pranzo—lo stesso al quale all'ex proprietaria della tenuta era stato servito il pasto avvelenato che le era costato la vita. Cercai di non pensarci troppo mentre gustavo la deliziosa e ben meritata cenetta preparata dalla nonna.

Nonostante lo sfarzo che ci circondava, stavamo mangiando un timballo di tagliolini al tonno con salsa viennese e pangrattato.

«Non riesco a credere che il signor Thompson abbia assassinato la sua amica. E che abbia cercato di uccidermi» dissi scuotendo tristemente il capo.

Gattavius, seduto di fianco a me, stava divorando un bel piatto di panna fresca. Sollevò la testa, ruttò e mi sorrise senza la minima traccia di vergogna. Era stupefacente la rapidità con cui tutto era tornato alla normalità.

«Beh, hai sempre detto che non era un granché come capo» puntualizzò la nonna conficcando il coltello in una piccola salsiccia e assaggiandone un pezzo con un'espressione di totale beatitudine.

«Non un granché come capo e assassino sono due cose ben diverse» sottolineò mia madre. Aveva trovato una vecchia bottiglia di pinot nero in cantina e lo stava bevendo a generose sorsate da un calice colmo fino all'orlo.

«Hai risolto il caso» le dissi con il mio miglior sorriso da brava figlia. «Sei stata tu a scoprire tutto. Ma come?»

Esitò un istante, bevve un altro sorso e poi disse: «Beh, non è stato facile, ma quando la polizia ha stabilito che si era trattato di un incidente, sapevo che non poteva essere la verità. Dato che tu e la nonna avevate formato il vostro club di indagini privato, ho deciso di nascondermi nel bosco e tenere d'occhio la situazione. È ciò che avrebbe fatto qualsiasi buon giornalista.»

«E hai visto Thompson gironzolare da queste parti» proseguii io.

«Sì. Mi sono insospettita soprattutto quando l'ho visto arrampicarsi fino a una finestra del secondo piano. Gli ospiti benaccetti di solito non lo fanno.» Bevve lentamente un altro sorso di vino e sospirò. «Tuttavia, non so ancora perché l'abbia fatto.»

«La senatrice stava pensando di ritirarsi. Lo stava preparando a prendere il suo posto» rivelai. «Me lo ha detto Charles oggi pomeriggio.»

«Ehi, questo non me l'hai detto!» protestò la nonna posando la forchetta e passandosi il tovagliolo sulle labbra.

«Non l'ho detto a nessuna delle due. Non ne ho avuto modo.»

«Quindi a quanto pare», disse mia madre sfiorando con un dito il bordo del calice mentre parlava, «Charles ha fatto una soffiata a Thompson. Per questo lui è venuto a ficcanasare qui.»

«Charles non farebbe mai nulla per mettermi in pericolo» ribattei, di nuovo con la paura che mi stringeva lo stomaco in una morsa.

«Non volutamente» concordò la nonna. «Pensi che Thompson l'abbia ingannato?»

«È colpa mia» borbottai, comprendendo finalmente che cosa era successo. «Ho chiesto a Charles di domandargli perché si fosse recato sulla scena del crimine il giorno del ritrovamento.»

«E tanto è bastato per metterlo in allerta e capire che sospettavi di lui» disse la nonna con cipiglio. «Non mi è mai piaciuto quel tizio.»

«Non l'hai nemmeno mai incontrato» puntualizzai, apprezzando però la prontezza con cui lei e mamma erano sempre disposte a schierarsi dalla mia parte.

«Ma erano amici» disse mia madre dopo qualche istante di silenzio. «Ha ucciso un'amica. Per che cosa? Potere?»

«Sinceramente non lo so» dissi. «Forse l'agente Raines e l'agente Bouchard riusciranno a scoprirlo.»

«Spero proprio che questo sia l'ultimo omicidio a Glendale per molti anni a venire» concluse la nonna con un sospiro.

«Io no» ribatté mia madre sollevando il bicchiere. Quando io e la nonna ci voltammo a guardarla inorridite, aggiunse: «Sono notizie che fanno un sacco di ascolti.»

«Io sono d'accordo con lei» disse Gattavius dal suo angolino al mio fianco. «Non mi sono mai divertito tanto in tutte le mie vite.»

Finimmo di cenare e mia madre se ne andò. Mi resi conto solo allora di aver dimenticato di chiedere a Cal di portare qui il letto della nonna, ma a lei sembrava non importare affatto.

«Mi piace dormire accanto al bovindo» disse. «È emozionante.»

Alzai gli occhi al cielo ma non dissi niente e mi diressi in camera mia.

Gattavius mi seguiva a breve distanza: «Angela?» chiese. «Tra noi è tutto a posto?

Ci infilammo a letto e gli accarezzai la schiena: « Ma certo. Non è stata colpa tua.»

Lui voltò la testa e si spostò fuori dalla mia portata: «Avrei dovuto fare di più. Aiutarti di più con gli Sphynx.»

«Sì, avresti dovuto» concordai. Su questo non intendevo soprassedere. «Ma non possiamo cambiare il passato. Solo cercare di fare meglio in futuro.»

Gattavius si rotolò sulla schiena facendo le fusa: «Ora puoi accarezzarmi la pancia» mi informò.

Esitai, le dita a pochi centimetri dal suo addome morbido: «Prometti di non mordermi?»

«Prometto che non ti morderò mai più» disse. Dubitavo che avrebbe mantenuto quella promessa: per quanto potesse sentirsi euforico e volesse dimostrarmi tutto il suo affetto, quel momento sarebbe passato e senza dubbio si sarebbe di nuovo arrabbiato con me prima o poi. Tuttavia, non dubitavo delle sue buone intenzioni.

Per quella sera decisi di rilassarmi un po' e mi godetti quell'inaspettata gentilezza. Lo coccolai ancora per qualche istante, poi il mio telefono prese a vibrare.

«Solo un attimo» dissi mettendo la chiamata in vivavoce. «Pronto?»

«Sono Charles» disse il mio amico, senza fiato.

Un ampio sorriso mi si dipinse sul volto: «Lo so.»

«Ti lascio a chiacchierare con il tuo fidanzato» annunciò Gattavius, correndo fuori dalla stanza e dirigendosi in chissà quale parte della casa. Ero lieta che Charles non riuscisse a capire cosa diceva il mio gatto, soprattutto perché sembrava molto preso dalla sua ragazza, Breanne Calhoun, e io, per quel che mi riguardava, non sapevo ancora come sarebbero andate le cose con il gemello di lei, Cal, per cui mi ero da poco presa una cotta.

«Ho sentito cos'è successo con Thompson» disse Charles. Gli si spezzò la voce, sembrava che stesse piangendo. «La polizia è venuta a interrogarmi stasera. Pensavano che fossi suo complice, che potessi essere coinvolto.»

«Sanno che non è così, vero?» sbottai. Non volevo a nessun costo che Charles si prendesse la colpa dell'accaduto. Era stato coinvolto nella faccenda solo perché gli avevo chiesto di aiutarmi.

«È colpa mia se è venuto a cercarti!» La voce gli si spezzò di nuovo. «Angie, se ti fosse successo qualcosa io...»

«Basta così. Non è successo niente. Sto bene. E tu come stai? Ti hanno già scagionato?»

«Non ufficialmente, ma sono certo che sia solo questione di tempo.»

«Sto ancora cercando di capire perché Thompson abbia ucciso una sua amica.» Iniziai a mordicchiarmi di nuovo l'unghia del pollice. Fortunatamente Charles non poteva vedermi mentre mi dedicavo a quell'attività disgustosa, né mia madre era lì a rimproverarmi.

«Non credo che intendesse farlo» rispose Charles. «Suppongo che volesse solo metterla fuori gioco per spingerla a ritirarsi subito e poter prendere il suo posto.»

«Ma per quale motivo?»

«Spero che la polizia riesca a farglielo confessare, ma suppongo che lui e la senatrice fossero in disaccordo in merito alla proposta di costruzione dell'oleodotto. Un tempo entrambi erano sostenitori dell'ambiente, ma è probabile che Thompson fosse disposto a mettere da parte i suoi principi etici per il giusto prezzo.»

«Ma è una cosa orribile!» sbottai. Mi strofinai la bocca con il braccio.

«Sì, lo è» concordò Charles. «Ma ora mi prometti che stai bene?»

«Promesso» lo rassicurai. «Oh, e congratulazioni! Ho saputo che hai fatto un'offerta per acquistare la casa di mia nonna.»

Lui rise: «Oh, quello. Ho dei bei ricordi del periodo a cui abbiamo lavorato insieme al caso Calhoun.»

«Buonanotte, Charles» dissi con un gran sorriso stampato in volto. Forse avevo ancora una possibilità con lui in fin dei conti.

«Hai finito?» chiese Gattavius in piedi sulla soglia.

«Sì. Posso avere altre coccole ora?» chiesi battendo la mano sul letto accanto a me.

Lui mi lanciò un'occhiataccia: «Angela, non in pubblico!» Si fece da parte rivelando Jacques e Jillianne, in attesa nel corridoio. Loro, a differenza di Gattavius, non capivano ciò che dicevo, ma a quanto pareva non era quello il punto.

«Scusate» mormorai mettendomi seduta sul letto. «Entrate pure.»

I tre gatti entrarono nella stanza e trovarono tutti un posticino comodo sul piumone.

Aspettai che Gattavius mi spiegasse cosa stava succedendo e, dopo un breve silenzio imbarazzato, lo fece: «So che hai ancora delle domande sull'accaduto, così sono andato a cercare questi due e li ho portati qui affinché possano rispondere.»

«Ma tu non li sopporti» sussurrai coprendomi la bocca, nel caso in cui sapessero leggere il labiale.

Gattavius si strinse nelle spalle: «Sono fastidiosi, ma anche tosti a modo loro. Hai visto come hanno buttato giù dal tetto quel tizio? È stato spettacolare!»

Risi e allungai la mano per accarezzare lo Sphynx più piccolo, Jacques. La sua pelle era sorprendentemente soffice, non viscida e fredda come mi aspettavo.

Anche Jillianne si avvicinò per farsi accarezzare, ma Gattavius mi saltò in grembo e miagolò in segno di avvertimento: «Giù le zampe dalla mia umana!» strillò.

Risi di nuovo. Mi piaceva quando il tigrato mostrava di tenere al nostro rapporto. Poiché non si faceva problemi a insultarmi ogni volta che voleva, sapevo che anche i complimenti erano sentiti e arrivavano dritti dal cuore.

«Ok» disse quando gli Sphynx si furono ritirati al fondo del letto. «Cosa vuoi sapere?»

«Hai parlato di un puntino rosso quando hai... voglio dire, quando sono caduta. Anche loro hanno visto un puntino rosso?»

I gatti miagolarono a turno per un po' e per una volta restai in silenzio a godermi lo spettacolo. Qualche minuto dopo Gattavius mi riferì: «Sì, un puntino rosso luccicante. Quello del puntatore laser.»

«Se sai che si tratta del puntatore laser, perché gli dai la caccia?» gli chiesi.

Lui si voltò verso gli Sphynx ma io lo interruppi: «No, l'ho chiesto a te.»

«È qualcosa che non possiamo evitare» disse in tono grave. «Alcune cose sono così e basta. Così come il sole sorge e gorgheggia il pettirosso, i gatti danno la caccia al puntino rosso.»

«Chi è che parla in rima ora?» gli chiesi con un sorrisetto. «Sei stato così poetico.»

Lui alzò gli occhi al cielo: «Vuoi che ti aiuti o no?»

«Sì, per favore.» Gli diedi un colpetto affettuoso sulla testa per scusarmi. «Chiederesti loro perché se ne stanno sempre seduti in quell'angolino gelido?»

«Oh, questo lo so già» disse Gattavius. «Lo fanno per punirsi.»

«Punirsi?» chiesi provando un'immensa pena per quei due poveri micetti.

Lui annuì: «I gatti amano il tepore e gli Sphynx ne hanno ancora più bisogno degli altri. Si sentivano così in colpa per aver ucciso la loro umana che hanno deciso di infliggersi quella punizione.»

«Ora sanno che non è stata colpa loro?»

Lui scosse il capo: «Non ne sono certo. Ho provato a spiegarglielo, ma sono ancora molto turbati.»

«Oh, poveretti» dissi spostandomi al fondo del letto per accarezzarli.

«Angela, non li terremo con noi!» mi avvertì Gattavius.

«Va bene» dissi con un sorriso dandogli un altro colpetto rassicurante. «Ho già il gatto perfetto per me e comunque credo di avere già in mente chi potrebbe essere l'umano perfetto per loro.»

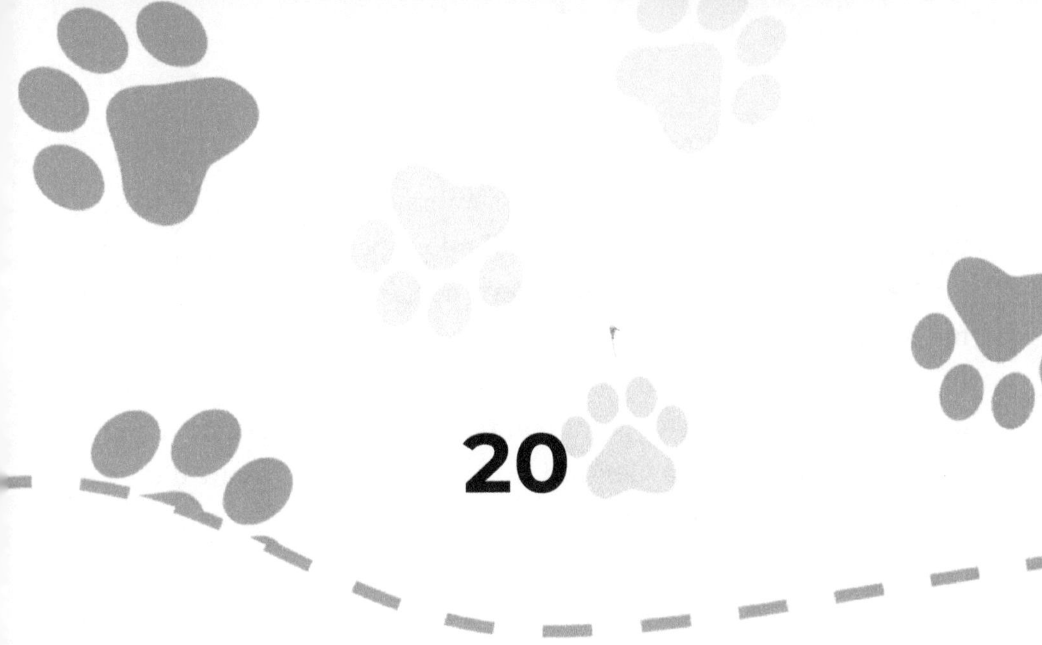

20

Sono trascorse un paio di settimane da quando io, la nonna e Gattavius ci siamo trasferiti e ora inizio a sentirmi davvero a casa mia qui. L'aspetto migliore, a parte essere tutti insieme ovviamente, è la nuova biblioteca che Cal ha realizzato per me. Ci ho spostato la mia scrivania e adesso ci trascorro ore intere a leggere, fare ricerche o navigare sui social. Cerco di tenermi più informata sull'attualità dopo che sono quasi stata uccisa a causa degli eventi politici del paese.

Mamma non potrebbe essere più orgogliosa.

Il mio ex capo, il signor Thompson, è stato accusato di omicidio colposo. Come sospettava Charles, non aveva intenzione di uccidere la senatrice Harlow, ma solo di metterla fuori gioco. Ha confessato di aver manomesso un gradino della scala e di aver drogato il drink della senatrice alla serata di raccolta fondi. E sì, ha usato i suoi gatti contro di lei. Per colpa di un puntino rosso scintillante, Jacques e Jillianne si sono trasformati in un'arma letale. Thompson aveva progettato tutto affinché la morte sembrasse un tragico incidente, ma non aveva fatto i conti con me e il mio super team investigativo.

Ha dichiarato che non intendeva uccidermi, solo spaventarmi, ma io non me la bevo. In ogni caso, non è me che deve convincere. In effetti non deve convincere più nessuno: è già stato radiato dall'ordine degli avvocati e non potrà mai più candidarsi al senato. L'unica questione che resta da definire è quanto tempo passerà dietro le sbarre e io spero che sia parecchio.

Jacques e Jillianne sembrano essere riusciti, finalmente, a perdonarsi e, anche se sentono molto la mancanza della loro umana, ora hanno un bravo papà che si occupa di loro. E non si tratta di Matt, bensì di Charles Longfellow III. Sapevo che si sentiva solo da quando Yo-Yo lo Yorkshire non sta più da lui e, considerando che ha deciso di restare a vivere qui, due gatti sono la soluzione perfetta per rendere più accogliente la sua nuova casa.

Lui non li trova inquietanti. Immagino che, essendo cresciuto in California, sia abituato alle stranezze e le affronti senza battere ciglio.

Anche Matt, il figlio della senatrice, ha deciso di restare a Bluebarry Bay. Dice che vuole portare avanti il lascito morale di sua madre e si sta contendendo con l'ex moglie la custodia estiva dei figli. Spera di dare loro la stessa infanzia da sogno che ha vissuto lui e di trasmettere loro l'amore per l'oceano. È un vicino decisamente simpatico ora che non ho più paura di lui; tuttavia, ha intenzione di vendere la tenuta e cercarsi un appartamento più piccolo. In questo modo potrà contribuire a finanziare il fondo per la borsa di studio Lou Harlow.

La senatrice ha lasciato il segno anche a Washington: riordinando le sue cose Matt ha trovato una proposta quasi completa per una fattoria eolica che verrà realizzata proprio qui nel Maine. Sua madre non aveva ancora avuto occasione di presentarla al senato, ma Matt si è accertato di consegnarla a chi di dovere.

Quindi tutto sta andando per il verso giusto. Non proprio un finale coi fiocchi ma... a volte bisogna accontentarsi.

Ora resta solo un'ultima questione da sistemare e me ne occuperò oggi stesso. Il mio nuovo campanello inizia a suonare con un jingle d'altri tempi che la nonna ha scelto da un lunghissimo elenco di opzioni.

«Arrivo» grido precipitandomi giù per le scale e spalancando la porta.

Mamma sembra tesa, ma io sono tranquilla. La stringo forte e la conduco nella mia nuova biblioteca.

Sussulta quando la vede: «Oh, Angie. È un sogno!»

Le faccio cenno di sedersi accanto al bovindo. Ho lasciato la finestra aperta e la mite brezza primaverile proveniente dalla baia soffia delicata nella stanza.

«Sì, lo è» concordo con un sospiro di gioia. «Ma non è per questo che ti ho invitata oggi.»

«Oh, e allora per cosa?» Mamma appoggia le mani in grembo, in attesa.

«C'è qualcuno che voglio farti conoscere. Gattavius!» grido e un instante dopo il mio compagno d'indagini felino ci raggiunge di corsa.

Mamma ride. «Conosco già Gattavius» dice allungando una mano per accarezzargli la soffice testolina striata.

Sorrido e scuoto il capo: «Ma non quanto lo conosco io. Vuoi parlare con lui?»

Lei aggrotta le sopracciglia e il suo sguardo si sposta su Gattavius e poi di nuovo su di me: «E come?»

«Vi faccio da interprete.» Appoggio le mani sulle sue e i suoi occhi si illuminando di gioia.

«Davvero?»

«Davvero.» Le stringo le mani, poi le lascio andare.

Mamma non riesce a nascondere l'eccitazione, anche se ci prova: «Ho così tante domande! Come funziona? Riesci a capire cosa dicono anche altri animali? Lui capisce ciò che dico? Che ruolo ha svolto la macchina per il caffè in tutto questo?»

Rido di nuovo. Il sorriso di mamma si spegne, ma io le passo un braccio intorno alle spalle per farle capire che va tutto bene.

«Sono tutte ottime domande» dico. «Affrontiamole una alla volta.»

VUOI SAPERE COME PROSEGUE LA STORIA?

Mentre aspetti la prossima avventura di questa serie, vieni a scoprire un altro dei miei libri. Se questo libro ti è piaciuto, scommetto che anche questo farà per te *Merlino sceglie un famiglio*.

Mi chiamo Gracy Springs e non ho poteri magici... ma il mio gatto invece sì. Ho avuto i primi sospetti quando l'ho visto rimanere in aria un po' troppo a lungo mentre inseguiva un pettirosso in giardino e ne ho avuto la certezza quando mi ha chiamata per nome!

Qual è stata la prima cosa che mi ha detto? Che non gli piaceva il nome che gli avevo dato, Morbidone, anche se gli calzava alla perfezione, come un maglione caldo il giorno di Natale. Ora lo chiamo Merlino, nome che a suo dire fa riferimento alle sue nobili e antiche ascendenze.

Dopo aver chiarito la questione del nome mi ha detto che non dovrò mai svelare il suo segreto o rischierò di trascorrere il resto della vita in una prigione magica. Ho accettato, senza sapere che coprire le sue tracce e tirarci fuori dai guai sarebbe diventato un lavoro a tempo pieno.

Quando il mio capo alla caffetteria è morto, la situazione è passata da difficile a praticamente impossibile... soprattutto perché i miei colleghi sembrano credere che sia io la responsabile.

Non mi resta che sperare che il mio gatto usi i suoi poteri per tirarmi fuori da questo pasticcio, perché ora come ora sembra che verrò maledetta se rivelerò il suo segreto a qualcuno e accusata di omicidio se non lo farò. Che guaio!

Acquista la tua copia di *Merlino sceglie un famiglio* e comincia subito a leggere!

Continua a leggere e lasciati catturare: sarà impossibile smettere...

ANTEPRIMA

MERLINO SCEGLIE UN FAMIGLIO

Mi chiamo Gracy Springs e sono sempre stata una ragazza come tante altre. Lavoro come barista e studio sociologia. Ho superato tutti gli esami, ma non ho ancora trovato un buon argomento per la tesi, e non potrò laurearmi finché non lo troverò.

Oops.

Vivo a Elderberry Heights, una piccola città nel sud della Georgia, e questo nome le calza a pennello, considerando che la maggior parte dei miei vicini ha superato la settantina. La casa in cui abito apparteneva a mia nonna Grace, che ha deciso di trasferirsi a sud, in una lussuosa residenza per pensionati nelle Florida Keys.

La nonna mi ha lasciato la casa in cui ha cresciuto mio padre e i miei zii; mi ha detto che si trattava di un anticipo sull'eredità e che, comunque, sono sempre stata la sua nipote preferita, e non soltanto perché abbiamo lo stesso nome.

Ha lasciato qui anche i mobili e tutto il resto, il che significa che ho almeno una trentina di centrini fatti all'uncinetto, e che il salotto è arredato con divani marroni a fiori e tavolini in rovere color miele. E io non ho il coraggio—né i soldi—per apportare dei cambiamenti.

Nonna Grace mi ha lasciato anche il gatto randagio che si è presentato alla sua porta solo pochi giorni prima che lei si trasferisse e subentrassi io. Il veterinario ha detto che è un Maine Coon. Io dico che è più grande di quanto un gatto dovrebbe mai essere, soprattutto considerando la voluminosa pelliccia striata e gonfia che lo fa sembrare una vera e propria palla di pelo.

Suppongo che sia per questo che l'ho chiamato Morbidone.

Occuparmi di un gatto che non volevo è un prezzo davvero piccolo da pagare per una casa gratis, e con il tempo ho iniziato ad affezionarmici. Non è esattamente un coccolone. In realtà, ogni volta che ho provato a prenderlo in braccio ha cercato di graffiarmi a sangue. E ci è riuscito due volte.

Ho smesso di provarci, ma se sto seduta, immobile, e fingo di non interessarmi a lui, a volte mi si accovaccia in grembo. Una volta si è perfino messo a fare le fusa.

Morbidone ama mangiare e spesso assaggia quello che mi preparo per cena. Gli piace anche correre avanti e indietro lungo i corridoi nel cuore della notte come se fosse posseduto.

Non avevo intenzione di lasciarlo uscire di casa e andare a zonzo a suo piacimento, ma è talmente bravo a scappare che, alla fine, mi sono convinta a installare una gattaiola in modo da non doverci più pensare.

E questo mi porta dritto a ciò che è accaduto questa mattina...

Ero in ritardo per il lavoro: i consigli della mia youtuber di make-up preferita su come truccarsi erano più facili a vedersi che a farsi. Alla fine mi sono lavata la faccia e ho optato per ombretto scuro e lucidalabbra. Così imparo a fare questo genere di esperimenti a ridosso dell'orario di lavoro, soprattutto considerando che quello spilorcio del mio capo approfitta di qualsiasi scusa per ridurmi lo stipendio. È ancora furioso perché una nota catena di caffetterie ha aperto un nuovo punto vendita a un paio di isolati di distanza, riducendo drasticamente i profitti del suo locale. Ma è anche troppo testardo per ammettere la sconfitta, motivo per cui non ha licenziato nessuno, ma ha ridotto l'orario a tutti e ora cerca ogni genere di scusa per pagarci meno del dovuto.

Proprio un bel tipo, il mio capo!

In ogni caso, non avevo più visto Morbidone dal momento della colazione e volevo accertarmi che fosse tutto a posto prima di uscire.

«Morbidone! Morbidone! Vieni qui, micino!» chiamai schioccando la lingua. Ma lui non arrivò di corsa. Non lo faceva mai. Stava sempre a me trovarlo.

Guardai sotto il letto, dietro il divano e fuori dalla finestra.

Infine lo vidi, il sedere in aria e il muso a terra nella classica posizione che precede un balzo. Dall'altro lato del cortile, un ignaro pettirosso tentava di farsi il bagno nella vasca per uccelli in pietra fatta installare dalla nonna, con le poche gocce non ancora evaporate a causa dell'intenso sole estivo.

Il posteriore di Morbidone ondeggiava.

Spiccò il salto, ma il pettirosso lo vide arrivare e volò via.

Morbidone lo inseguì.

Ma non con un normale balzo da gatto: sembrava un minuscolo atleta felino in procinto di fare una schiacciata a canestro con il pallone da basket. Su, e ancora su, all'inseguimento del volatile spaventato. Doveva essere arrivato a due metri d'altezza e continuava a salire ancora e ancora, sempre più in alto.

Proprio allora girò la testa nella mia direzione e mi vide. I suoi occhi verde smeraldo si fissarono dritti nei miei e, per un istante, rimase bloccato a metà del balzo, sospeso nell'aria.

Poi si voltò di nuovo e quel movimento improvviso ruppe l'incantesimo. Morbidone cadde di schianto a terra e sparì alla vista, lasciandomi lì a chiedermi: *Ma che diavolo è successo?*

* * *

Attribuii l'episodio del gatto che sconfiggeva la forza di gravità alla carenza di sonno e alla mia fervida immaginazione, e mi affrettai a raggiungere l'Harold's House of Coffee.

Pur ignorando i limiti di velocità e gli stop, arrivai con tre minuti di ritardo. Il capo in persona, il signor Harold, mi aspettava sulla porta del locale.

Si batté il polso con un dito, anche se non l'avevo mai visto indossare un orologio, e sbraitò: «Quando imparerai? Tre minuti fanno tre dollari, e dato che questa settimana è già la seconda volta che arrivi in ritardo, la detrazione è raddoppiata.»

Sbuffai e lo oltrepassai per andare a timbrare il cartellino.

«Gracy! Mi stai ascoltando?» domandò arrancando dietro di me come un anatroccolo impazzito.

«Sì. Mi sta scalando sei dollari per tre minuti di ritardo, anche se il locale è deserto e lei ci dà solo lo stipendio minimo. E solo perché è obbligato a farlo per legge. Tra non molto sarò io a pagare lei per il piacere di starmene qui a far niente mentre i clienti se ne vanno a spassarsela al *Mermaid's Brew* in fondo alla strada. Le sembra un riepilogo corretto della situazione?»

Il viso di Harold si fece paonazzo: «Che razza di insolente!» gridò. «Se formare un nuovo dipendente non costasse così tanto, ti ritroveresti senza lavoro all'istante. Per te è una vera fortuna che io—»

Fece un passo indietro, scosse la testa e ci riprovò: «Stammi a sentire, Gracy. Sei fortunata che—»

Non riuscì a dire altro: si accasciò a terra con un rantolo. Da rosso di rabbia a bianco come un cadavere nel giro di pochi secondi.

«Harold, Harold!» gridai, inginocchiandomi per controllare se respirasse ancora.

Ma non respirava.

Gli afferrai il polso per controllare il battito.

Niente.

Accidenti!

Acquista la tua copia di *Merlino sceglie un famiglio* e comincia subito a leggere!

MOLLY E I SUOI LIBRI

CHI È MOLLY FITZ

Tecnicamente, la scrittrice e autrice di best-seller Molly Fitz non è in grado di parlare con gli animali. Questo però non le impedisce di avere conversazioni serie e molto animate con i suoi tre assistenti-scrittori felini.

Molly vive in una sperduta regione selvaggia dell'Alaska insieme a suo bambinə e lo zoo di famiglia. Di tanto in tanto, Molly si arrischia a uscire di casa, se c'è in vista un buon pranzetto o aroma di caffè... o, magari, per incontrare nuovi amici animali.

Scopri di più su Molly e sui suoi libri, e non dimenticarti di iscriverti alla newsletter su **www.raccontimiciosi.com.**

* * *

UN DETECTIVE CON LE VIBRISSE

Angie Russo si è messa in società con il primo gatto parlante investigatore di Blueberry Bay, Gattavius, che, insieme alla sua banda un po' sgangherata di aiutanti animali e umani, risolverà ogni mistero... a patto che questo non interferisca con le sue abitudini. Comincia con il primo libro della serie, ***Il segreto del gatto***.

LE AVVENTURE MAGICHE DI MERLINO

Gracy Springs non è una maga... ma il suo gatto, sì! Adesso, però, Gracy deve mantenere il segreto, altrimenti rischia di passare il resto della vita in una prigione magica. Grossi guai sembrano attenderli a ogni passo. Comincia con il primo libro della serie, ***Merlino sceglie un famiglio***.

... E TANTE ALTRE NOVITÀ IN ARRIVO!

* * *

CONNETTITI CON MOLLY

Se sei alla ricerca di una community di lettori stravaganti, che amano gli animali tanto quanto i libri, allora non c'è dubbio: saremo amici!

Segui **la mia pagina Facebook**: www.facebook.com/raccontimiciosi

Iscriviti alla mia **newsletter** e riceverai un pacchetto gratuito in formato digitale, tutte le ultime novità e aggiornamenti e, nelle occasioni speciali, omaggi pensati apposta per gli appassionati: www.raccontimiciosi.com/iscriviti

www.ingramcontent.com/pod-product-compliance
Lightning Source LLC
Chambersburg PA
CBHW020323030826
48979CB00022B/965

9781644515747